COLLECTION FOLIO

William Faulkner

Treize histoires

Traduit de l'anglais par
R.-N. Raimbault et Ch.-P. Vorce
avec la collaboration
de M.-E. Coindreau
et préfacé par R.-N. Raimbault

Gallimard

Titre original :

THESE THIRTEEN

William Faulkner est né en 1897 dans l'État du Mississippi. Il appartient à une vieille famille aristocratique ruinée par la guerre de Sécession.

Après avoir essayé d'exercer différents métiers, après avoir vécu à New York et à Paris, il revient habiter dans son pays natal et s'installe à Oxford, Mississippi. Il partage alors son temps entre la littérature et la gestion de ses terres.

William Faulkner a reçu le prix Nobel en 1949. Il est mort en juillet 1962.

Il est probablement l'écrivain américain qui a eu le plus d'influence sur la littérature contemporaine, et en France, en particulier, il a été découvert et commenté par André Malraux, Jean-Paul Sartre, Claude Edmonde-Magny et bien d'autres écrivains.

PRÉFACE

Lorsqu'à la fin de l'été 1931 William Faulkner, auteur déjà célèbre, et âprement discuté, de six romans, — dont Sanctuaire, *paru au début de l'année, — publia ces* Treize Histoires (These Thirteen), *un critique américain écrivait : « Pour ceux, — et ils sont étonnamment nombreux, — qui ne se sentent pas le courage d'aborder la lecture de cet auteur, le présent volume constitue une excellente initiation, car ces nouvelles ne sont, pour la plupart, que des romans de Faulkner en miniature, bien que, au dire de certains, les romans de Faulkner ne soient que des nouvelles développées*[1]. »

Si l'on veut entendre par là que le lecteur novice, ou réticent, risquera moins de s'égarer, ou, si l'on préfère, de s'égarer moins longtemps dans un récit de quarante pages que dans un volume de quatre cents, cette réflexion ne semble pas dénuée de justesse. Ces nouvelles pourraient, en effet, servir utilement sinon d'initiation, du moins d'entraînement à la lecture de Faulkner. Il est également exact, — mais ceci n'est pas particulier à l'auteur de Treize Histoires, *— que la nouvelle et le roman, issus des mêmes fictions, nourris des mêmes observations, construits de façon sensiblement analogue et tendant à un but*

1. *New-York Times Book Review*, 27 septembre 1931.

identique, qui est de prêter à ces fictions les couleurs de la réalité, ne diffèrent en somme que par leurs proportions respectives. Mais la distinction, presque toujours arbitraire, entre ces deux « genres » s'impose chez Faulkner moins que chez tout autre écrivain, car, pour lui, l'étendue de ce qu'il écrit n'est qu'une simple question d'opportunité, déterminée par l'importance de ce qu'il juge nécessaire de dire au moment où il le dit, et la forme, brève ou longue, n'ajoute ni ne retranche rien au fait que, dans son œuvre encore fragmentaire, romans et nouvelles sont au même titre les parties d'un tout. Aussi pourrait-il être hasardeux de vouloir considérer, à l'heure actuelle, l'une de ces parties, quelle qu'elle soit, comme une initiation ou une introduction à telle ou telle autre, — encore qu'il existe entre elles des rapports certains, — puisque chacune pose en son entier le même problème, dont aucune d'elles prise séparément ne peut livrer la solution.

Ces Treize Histoires *sont divisées en trois parties, dans chacune desquelles l'auteur a réuni les nouvelles que semble apparenter une certaine communauté d'époque, de lieu ou de situation. La première partie se compose de ce qu'on pourrait appeler des histoires de guerre, des « choses vues », rapportées par l'ancien aviateur William Faulkner. Mais ce qu'il semble surtout avoir retenu de la guerre c'est le désarroi moral des survivants, de ces morts virtuels du 11 novembre 1918, qui avaient « depuis longtemps découvert que personne n'a de courage, mais que n'importe qui peut choir aveuglément dans l'héroïsme, comme on dégringole dans un regard d'égout ouvert au milieu du trottoir*[1] *». C'est leur puérilité sereinement obstinée parmi le meurtrier vacarme : — « La guerre, une fois qu'on est dedans, on se figurerait qu'elle va vous foutre la paix,*

1. Victoire.

qu'elle ne va pas s'amuser à vous jouer des tours de cochons[1] *» ; — leur ahurissement de chiens qui ont cassé leur chaîne, en cette nuit du 10 novembre qui, sous l'œil paterne d'un M.P., réunit vainqueurs et vaincus, ou, si l'on aime mieux, tous les vaincus, dans la même philosophie désabusée, la même saoulerie désespérée, la même morne débauche, puisque, en fin de compte, « tous les hommes sont frères et toutes leurs femmes sont sœurs*[2] *» ; enfin leur inaptitude, une fois la tourmente passée, à reprendre pied dans la vie, disons normale, dont ils ont perdu l'habitude ; leur souvenir indéfectiblement attaché, jusqu'à, et y compris, la pire déchéance, à ce temps d'exception où ils étaient quelque chose, eux qui, maintenant, parmi les autres hommes, ne sont plus que des hommes comme les autres, moindres que les autres.*

Les nouvelles que renferme la deuxième partie sont toutes situées en « Faulknerie », cet idéal comté de Yoknapatawpha, dans le Mississipi, dont Faulkner, son créateur, a esquissé la topographie dans un plan annexé à Absalom ! Absalom ! *L'écrivain se retrouve ici sur ses terres, dans l'atmosphère et parmi les types qui lui sont et qu'il nous a rendus familiers. Mystère des corps et des âmes ; des gestes et de leurs mobiles. Emily Grierson, recluse dans sa vaste demeure « remplie d'ombres et de poussière », vit depuis quarante ans, à l'insu de tous, — et couche toutes les nuits, — avec le cadavre décomposé de l'homme qu'elle aima*[3]*. Le coiffeur Hawkshaw, éternelle dupe de sa générosité, reste fidèle à une nuance de cheveux « ni bruns ni blonds », ceux de sa fiancée morte, ceux de Susan Reed, une petite traînée de Jefferson, qu'il finit par épouser, si l'on peut dire, en mémoire de l'autre*[4]*. Le même Hawkshaw,*

1. Tous les Pilotes morts.
2. Ad Astra.
3. Une rose pour Emily.
4. Chevelure.

impénitent redresseur de torts, essaye en vain de s'opposer au lynchage du nègre Will Mayes, faussement soupçonné d'avoir « attaqué, insulté, terrorisé, nul ne savait exactement quoi », une blanche, une fille montée en graine, à qui le regret de sa jeunesse et l'indifférence des hommes a tourné la tête[1]. Soleil Couchant *est l'analyse la plus subtile et la plus poignante de la peur instinctive des enfants devant la crainte superstitieuse des grandes personnes, et, par contre, de leur heureuse insouciance, de leur méconnaissance absolue du danger réel, dont la notion même leur échappe.* Feuilles Rouges *et* Un juste *nous reportent au début du siècle dernier, à l'époque où les Indiens Choctaws possédaient des esclaves noirs ; des Indiens gras, sédentaires et roublards, respectueux des formes de la tradition et de la justice, dont les superstitions, la cruauté et les roueries revivent en ces deux nouvelles pleines de relief et de couleur, tout imprégnées, la deuxième surtout, de cet humour si particulier et si âpre, qui éclate parfois en brèves et brûlantes étincelles dans les œuvres de Faulkner.*

La troisième partie, plus courte, ne contient que trois nouvelles. Ici, la scène se déplace. Avec les deux premières, nous sommes en Italie ; avec la troisième, quelque part hors du monde. Mistral, *avec ce murmure de vent qui parcourt le récit d'un bout à l'autre, cette obscure histoire d'amour, devinée, entrevue par éclipse, qui en constitue la trame, le ciel d'un vert acide, l'obsession des cloches, l'enterrement au crépuscule, les personnages qui apparaissent et disparaissent comme des marionnettes ballottées par la rafale et par le destin, est peut-être la chose la plus directe, la plus colorée, et, somme toute, à bien des égards, l'une des plus remarquables qu'ait écrites Faulkner.* Divorce à Naples *est encore un exemple de ce terrible humour, de cet humour à base de puritanisme, qui circule à travers*

1. Septembre ardent.

certains récits de Faulkner. C'est également une histoire d'amour, — entre deux matelots, — mais, ici, nulle obscurité, nul mystère sinon de ces « raisons » du cœur ou de la chair qui font, comme le dit un des personnages, que « le chien est retourné à ses vomissements ». La composition de Carcassonne *est, elle aussi, de cet « ordre essentiellement musical » que M. E. Coindreau a si justement remarqué dans celle de* The Sound and the Fury[1]. *Cette nouvelle, sous sa forme secrète et fulgurante, n'est que vision et musique pures, évocation héroïque et féerique soutenue, prolongée, par les thèmes alternés et repris du coursier (Tancrède, Bouillon, l'émir : réminiscence inattendue de la* Jérusalem délivrée), *de la résurrection* (« *Je suis la résurrection et la vie* ») *et des profondeurs sous-marines (dont l'esquisse se trouve déjà dans un passage de* Divorce à Naples : « *entrechoquant depuis longtemps ses os paisibles au fond de la mer* »), *pour aboutir decrescendo à la vision cosmique que suscite l'accord final : « la sombre figure de la Terre, sa mère. ».*

Il semble bien que, parmi ces nouvelles, quelques-unes, — Victoire, Une rose pour Emily, Septembre ardent, Chevelure, Mistral, *et, si l'on veut,* Divorce à Naples, — *contiennent dans leurs trente ou quarante pages respectives l'ample matière d'un roman. D'autres pourraient n'être que des épisodes détachés, tombés peut-être, de tel ou tel roman de la série Sartoris ou Sutpen-Compson.* Ad Astra *met en scène Bayard Sartoris junior.* Tous les pilotes morts *complète le récit de la mort de Johnny, son frère jumeau, fait par le même Bayard au cours du roman de* Sartoris, *et évoque les noms connus du vieux Bayard, de tante Jenny, d'Elnora, la négresse jaune. Le colonel Sartoris apparaît encore incidemment dans*

1. *Le Bruit et la Fureur*, traduit et préfacé par M.-E. COINDREAU. N.R.F. 1938.

Une rose pour Emily. *Mitch Ewing, l'employé aux messageries de la gare, qui intervient brièvement dans* Chevelure, *est, dans* Sartoris, *l'un des compagnons occasionnels de saoulerie du jeune Bayard.* Soleil couchant, Un juste *(et peut-être* Feuilles rouges *qui prolonge le récit du pseudo-nègre Fathers), sont des épisodes de l'enfance de Caddy, Jason et Quentin, personnages principaux de* Le Bruit et la Fureur. *Mais que dire de plus de ces nouvelles, sinon qu'elles font penser, en marge des romans, à ces matériaux surabondants mis provisoirement en réserve pendant l'achèvement de l'édifice, et qui prennent dans l'ensemble, au moment venu, leur place significative.*

A défaut d'une initiation, ces Treize Histoires *fourniront au moins certains points de repère, laisseront entrevoir de temps en temps les portions d'un fil conducteur qui pourrait être de quelque secours au néophyte désireux de pousser plus avant dans la lecture de Faulkner. Quant à l'initiation proprement dite, c'est en lui-même que le lecteur devra la chercher. Et la première chose qu'il lui faudra faire sera de se débarrasser de toute idée préconçue, de renoncer à toute comparaison, à tout rapprochement hasardeux avec les créations contemporaines qui se réclament du genre roman, d'aborder, en un mot, les œuvres de Faulkner comme un monde nouveau, dont les aspects, et, à plus forte raison, les profondeurs, ne sauraient se révéler à lui dès le premier contact, un monde nouveau auquel on doit se soumettre avant de le comprendre, qu'il faut subir avant de l'expliquer.*

Il sera nécessaire, en y pénétrant, d'y apporter le désir et la persévérance de la découverte, de ne point se demander à la première page : « Où veut-il en venir ? » de ne point exiger, au tournant de chaque chapitre, le poteau indicateur qui récapitule le chemin parcouru et vous impose la route à suivre vers un dénouement souhaité, prévu, attendu, mais de savoir parfois induire dans l'inconnu et consentir à se perdre pour mieux se retrouver.

Quatre siècles d'analyse psychologique, en lui faussant la vision du réel, ont atrophié chez le lecteur français le sens de l'effort. Avant d'avoir cherché à comprendre, il veut tout expliquer, ou, plutôt, demande qu'on lui explique tout ; et la peinture de la vie toute nue, toute simple, sans unité ni continuité, sans lien logique entre les événements, et, partant, dépourvue de cette succession spécieusement ordonnée qu'il nous plaît d'appeler l'action, lui apparaît comme une indéchiffrable énigme.

Telle est pourtant, dans le réel, l'énigme au milieu de laquelle nous sommes plongés, avec laquelle nous coexistons, au-dehors et au-dedans de nous-mêmes, sans jamais en percevoir autre chose qu'une simple juxtaposition de brefs et partiels aspects. C'est cela que nous avons nommé la vie. Mais, par le raisonnement qui compare, rapproche, enchaîne, subordonne et conclut, nous nous en sommes forgé une image tout autre que son authentique figure. Nous l'avons, pour ainsi dire, réduite de force aux trois unités, et c'est tout juste si nous ne nous reconnaissons pas le droit d'exiger de nos semblables, sous prétexte de les mieux comprendre, qu'ils coulent leur existence au moule de la tragédie classique et nous offrent de ce que nous apercevons de leurs faits et gestes un spectacle disposé selon les règles : exposition, conflit moral, action progressive, nœud, péripétie, dénouement. En somme, par suite d'une longue habitude, devenue une seconde nature, le lecteur moyen s'attend impérativement à trouver, dans toute œuvre qui prétend lui restituer l'aspect de la vie, un drame cohérent. De ce fait, ce qu'il requiert d'un roman, c'est beaucoup moins une restitution qu'une explication, et ce qui l'intéresse dans les personnages c'est beaucoup plus l'idée immédiate qu'il peut s'en faire que leur vérité objective.

Il est à peine besoin de dire qu'aborder la lecture de Faulkner dans de semblables dispositions d'esprit c'est aller au devant d'une complète déception. Car Faulkner n'explique rien. Rilke écrivait à Nanny von Escher au sujet de ses poèmes qu'il est dans leur nature « de donner fréquemment des sommes lyriques au lieu d'aligner les facteurs qui ont été nécessaires pour le résultat ». On pourrait, sur un plan différent, en dire autant d'un roman de William Faulkner. Lui non plus n'aligne pas des facteurs, il donne des sommes. Il ne s'évertue pas à discerner des causes, il constate des effets. Une fois ses personnages créés (c'est-à-dire recréés d'après nature), détachés de lui et lâchés à travers le décor qu'il leur a choisi, ils deviennent libres et indépendants. Faulkner cesse de les considérer comme des êtres fictifs, il s'interdit de les observer à travers les lunettes de ses propres conceptions psychologiques ou morales, il se garde de paraître en savoir sur eux plus long qu'eux-mêmes, et, à plus forte raison, que son lecteur éventuel, il se contente de les regarder vivre, de les regarder de l'extérieur, de saisir ce qu'il peut de ces « sommes » que sont leurs gestes ou leurs paroles, dans la succession apparente où il les perçoit, sans ajouter, retrancher, choisir ni classer. Il n'importe pas au lecteur une explication, — la sienne, — il lui propose un témoignage, il le met en présence d'une restitution intégrale de la vie.

Un roman de Faulkner pose donc exactement les mêmes problèmes, — et dans des conditions sensiblement identiques, — que les données elliptiques et complexes qu'il nous est permis d'extraire d'une observation impartiale de la vie dans sa matérielle nudité. La seule initiation requise pour les résoudre est de posséder une vue claire et un jugement net. On conviendra toutefois qu'en cette affaire le rôle strict du narrateur n'est pas de raisonner, mais d'observer, qu'il n'a pas à faire vivre ses personnages, mais à les regarder vivre, qu'il n'est point ici acteur, mais spectateur. Le rare mérite de William Faulkner, en plus de ses dons magnifiques d'écrivain, c'est d'avoir su se borner dans son œuvre à n'être qu'un spectateur.

R. N. RAIMBAULT.

PREMIÈRE PARTIE

VICTOIRE

I

Ceux qui le virent débarquer du rapide de Marseille à la gare de Lyon par ce matin humide aperçurent un homme de haute taille, à la démarche un peu raide, à la figure bronzée, avec des moustaches en pointes et des cheveux presque blancs. « Un milord — dirent-ils en remarquant son complet sobre et de bonne coupe, sa canne impeccable impeccablement portée, son bagage cossu — un milord militaire. Mais il a un je ne sais quoi dans les yeux. » Il y avait toutefois, en Europe, depuis quatre ans déjà, tant de gens, hommes et femmes, qui avaient aussi un je ne sais quoi dans les yeux. On le regarda donc s'en aller, dépassant les Français de la moitié de la tête, avec ses yeux caves et fixes, sa démarche guindée, tout à la fois étudiée et pleine d'assurance, et disparaître dans un taxi. Et l'on se dit, pour peu que l'on songeât encore à lui : « On le reverra dans les bureaux de l'Ambassade, dans les restaurants des boulevards ou en voiture au Bois avec les Anglaises chic. » Et ce fut tout.

Ceux qui le virent descendre du même taxi à la gare du Nord pensèrent : « Voici un milord pressé de s'en retourner chez lui. » Le porteur qui lui prit sa valise lui souhaita le bonjour en assez bon anglais. « Monsieur va en Angleterre », dit-il sans recevoir d'autres réponses que le farouche regard britannique, auquel il s'attendait sans doute, et il l'installa dans un wagon de première classe du Paris-Calais. Ce fut tout, également. Tout se passa fort bien même lorsqu'il descendit à Amiens. C'est une chose que font aussi les milords anglais. Ce ne fut qu'à Rozières qu'on commença à le regarder et à se détourner sur lui quand il était passé.

Une auto de louage le cahota tout le long d'une rue défoncée, entre des murailles éventrées sans portes ni fenêtres se dressant dans le crépuscule comme des tessons ébréchés. La rue, à demi obstruée de place en place par des murs écroulés, des pans de maçonnerie dans les fissures desquels croissait une maigre végétation, passait devant des cours dévastées et désertes. Dans l'une d'elles un tank muet, incliné sur le flanc, se rouillait au milieu d'un fouillis d'herbes folles. C'était Rozières, mais il ne s'y arrêta pas, car il n'y avait pas d'habitants et nul endroit où loger.

L'auto continua donc de se traîner cahin-caha et sortit enfin des ruines. La rue boueuse et sans pavés pénétrait dans un village de briques agressivement neuves, aux toits de tôle ondulée et de papier goudronné de fabrication américaine, et se terminait devant la plus haute des maisons. Elle était de plain-pied avec la rue, sa façade de briques percée d'une porte et d'une unique fenêtre garnie de vitres américaines sur lesquelles se lisait le mot *Restaurant*. « Nous voici arrivés », dit le chauffeur.

Le voyageur descendit, avec sa valise, son pardessus, sa canne impeccable. Il pénétra dans une salle assez vaste, nue et glaciale avec ses murs nouvellement plâtrés. Elle contenait un billard où trois hommes étaient en train de jouer. « Bonsoir monsieur », dit l'un d'eux en regardant par-dessus son épaule.

Le nouveau venu ne répondit pas. Il traversa la salle, passant devant le comptoir de zinc flambant neuf, et se dirigea vers une porte ouverte de l'autre côté de laquelle une femme d'une quarantaine d'années était en train de coudre. Levant les yeux de l'ouvrage qu'elle avait sur les genoux, elle regarda le voyageur.

— Bong jour, madame, dit-il. Dormie, madame?

La femme lui jeta un simple regard, bref et tranquille.

— C'est ça, monsieur, dit-elle en se levant.

— Dormie, madame? répéta-t-il en élevant un peu la voix, sa moustache en pointes légèrement emperlée de pluie, le dessous de ses yeux, au regard fixe et pourtant assuré, moite d'humidité. « Dormie, madame? »

— Bien, monsieur, dit la femme. Bien. Bien.

— Dor... tenta de dire encore une fois le voyageur. Quelqu'un lui toucha le bras. C'était le joueur de billard qui lui avait adressé la parole au moment où il entrait.

— Regardez, monsieur l'Anglais, dit l'homme. Il empoigna la valise et agita l'autre main en montrant le plafond. « La chambre. » Il toucha de nouveau le bras du voyageur, appuya sa joue contre sa paume en fermant les yeux, gesticula de nouveau dans la direction du plafond, et, traversant la salle, se dirigea vers un escalier de bois sans rampe. En passant devant le comptoir, il y prit une bougie. La grande salle et celle sur laquelle donnait la porte où était assise la femme étaient éclairées chacune par une seule ampoule nue pendant au bout d'un fil. Au pied de l'escalier, il alluma la bougie.

Ils montèrent, poussant devant eux leurs ombres vacillantes, jusqu'à un corridor étroit, froid et humide comme une tombe. Les cloisons au plâtre raboteux n'étaient pas encore sèches. Le plancher était de sapin couleur nature, sans tapis. De chaque côté brillaient des boutons de portes de métal vulgaire. L'air lourd écrasait comme une main la flamme même de la bougie. Ils pénétrèrent dans une chambre où régnait également une odeur de plâtre humide, plus glaciale encore que le couloir, un froid épais, presque matériel; on eût dit qu'entre ces murs sans vie et tout neufs l'atmosphère se prenait en gelée comme ces entremets brevetés que l'on prépare en trois minutes. La chambre contenait un lit, une commode, une chaise et une table de toilette. La cuvette, le pot à eau, le seau, étaient en émail américain. Lorsque le voyageur palpa le lit, les draps sous sa main ne firent pas entendre le moindre froissement, des draps rudes comme de la toile à sac, poissant moitement aux doigts dans l'air mort où, dans la faible lueur de la bougie, fumait l'haleine des deux hommes.

L'hôtelier posa la bougie sur la commode. « Dîner, monsieur? » dit-il. Le voyageur le regarda d'un air ahuri du haut de sa grande taille, paradoxal dans ses vêtements de bonne coupe, avec son air emprunté. Ses moustaches cirées luisaient comme de minces baïonnettes au-dessus d'une cravate à rayures aux couleurs particulières, — ce que l'hôte ne pouvait savoir — d'un régiment écossais. « Manger? » cria l'aubergiste avec une vigoureuse mimique des mâchoires. « Manger? » hurla-t-il en désignant le plancher d'un geste que singea son ombre.

— Yes, vocifèra à son tour le voyageur, — leurs figures n'étaient pas à un mètre l'une de l'autre, Yes ! Yes !

De la tête, l'aubergiste fit signe énergiquement qu'il avait compris, indiqua du doigt le plancher, puis la porte, renouvela son geste affirmatif et sortit.

Il redescendit au rez-de-chaussée, trouva la femme dans la cuisine devant le fourneau. « Il veut manger », dit-il.

— Je savais bien, dit la femme.

— Penses-tu qu'ils resteraient chez eux ? dit l'aubergiste. Je suis content de ne pas être né d'une race où les gens sont condamnés à un pays trop petit pour les contenir tous à la fois.

— Peut-être qu'il est venu voir la guerre, suggéra la femme.

— Probable, fit l'aubergiste. Mais il aurait dû venir il y a quatre ans. C'était dans ce temps-là qu'on avait besoin que les Anglais viennent voir la guerre.

— Il était trop vieux pour venir à ce moment-là, répondit la femme. T'as pas vu ses cheveux ?

— Alors qu'il reste chez lui maintenant, déclara l'aubergiste. Il n'a pas rajeuni.

— Peut-être qu'il est venu visiter la tombe de son fils, hasarda la femme.

— Lui ? fit l'aubergiste. Celui-là ? Il est bien trop gelé pour avoir eu un fils.

— T'as peut-être raison, convint la femme. Après tout, c'est son affaire. Notre affaire à nous c'est seulement qu'il a de l'argent.

— Tu parles, fit l'autre. Dans notre métier on peut pas choisir le gibier.

— Mais on peut toujours le plumer, repartit la femme.

— Épatant ! fit l'homme. Bravo pour « plumer » ! Ça vaudrait la peine de dire ça à l'Angliche lui-même.

— Pourquoi pas le laisser s'en apercevoir tout seul quand il s'en ira ?

— Crevant ! s'esclaffa l'aubergiste. De mieux en mieux. Crevant ! Ah, ah, crevant !

— Pas de blagues, dit la femme. Le voilà qui vient.

On entendit le pas régulier du voyageur, puis il apparut à la porte. A la lumière plus faible de la grande salle, son visage sombre et ses cheveux blancs le faisaient ressembler à un négatif de kodak.

Le couvert avait été mis pour deux personnes ; une carafe de vin rouge pour chacun. Tandis que le voyageur s'asseyait, l'autre convive entra et occupa la seconde place. C'était un petit homme à figure chafouine, qui semblait à première vue complètement dépourvu de cils. Il fourra le bout de sa serviette dans son gilet, s'empara de la louche — la soupière était entre eux deux au milieu de la table — et l'offrit à son vis-à-vis. « Faites-moi l'honneur, monsieur », dit-il[1]. L'autre, s'inclinant d'un air guindé, accepta la louche. Le petit homme souleva le couvercle de la soupière. « Vous venez examiner ce scène de nos victoires, monsieur ? » dit-il, se servant à son tour. L'autre le regarda. « Monsieur l'Anglais a peut-être beaucoup des amis qui sont tombés en voisinage ? »

1. En français dans le texte ainsi que les deux répliques suivantes. C'est un Suisse qui parle, et qui, bien qu'il prétende connaître toutes les langues, écorche impartialement, ainsi qu'on s'en rendra compte, le français et l'anglais. (Toutes les notes sont du traducteur.)

— Je ne parle pas français, dit l'autre tout en mangeant.

Le petit homme ne mangeait pas. Il tenait au-dessus de son assiette sa cuiller, qu'il n'avait pas encore trempée.

— *What agreeable for me. I speak the Engleesh. I am Suisse, me. I speak all langue*[1].

L'autre ne répondit pas. Il mangeait posément, sans hâte.

— *You ave return to see the grave of your galant countreemans, eh? You ave son here, perhaps, eh*[2]*?*

— Non, dit l'autre, sans cesser de manger.

— *No?*

Le voyageur finit son potage et mit l'assiette de côté. Il but un peu de vin.

— *What deplorable, that man who ave,* continua le Suisse. *But it is finish now. Not*[3]*?*

L'autre ne répondit pas, ne regarda même pas le Suisse. Avec ses yeux caves, ses moustaches raides, son visage figé, il semblait ne rien regarder.

— *Me, I suffer, too. All suffer. But I tell myself, What would you? It is war*[4].

L'autre ne répondait toujours pas. Il mangeait tranquillement sans se presser, et, ayant fini, il se leva et quitta la salle. Il alluma sa bougie en passant devant

1. Enchanté. Je sais l'anglais. Je suis Suisse, moi. Je parle toutes les langues.

2. Vous êtes revenu voir les tombes de vos vaillants compatriotes, hein? Vous avez sans doute un fils là-bas, hein?

3. Quelle pitié pour qui en a un. Mais c'est fini maintenant. N'est-ce pas?

4. Moi je souffre aussi. Tout le monde souffre. Mais je me dis : Que voulez-vous? C'est la guerre.

le comptoir où l'aubergiste accoudé près d'un autre homme en veston de velours de chasse souleva légèrement son verre en disant : « A votre bon sommeil, monsieur ! »

Le voyageur regarda l'aubergiste, son visage décharné à la lumière de la bougie, ses moustaches cirées et raides, ses yeux dans l'ombre. « Quoi ? » dit-il. « Oui, oui. » Il fit demi-tour et se dirigea vers l'escalier, tandis que les deux hommes accoudés au comptoir le regardaient s'en aller, le dos raide et guindé.

Depuis que le train avait quitté Arras, les deux femmes n'avaient pas cessé d'observer l'autre occupant du compartiment. C'était un compartiment de troisième. Il n'y en avait pas de première sur cette ligne. Elles étaient assises, la tête enveloppée d'un fichu, leurs grosses mains de paysannes immobiles et croisées sur des paniers fermés tenus sur leurs genoux, observant, assis en face d'elles sur une banquette de bois usée et graisseuse, — les cheveux blancs contrastant avec le visage hâve et bronzé, les pointes des moustaches, le complet de coupe étrangère, la canne, — l'homme qui regardait par la portière. Tout d'abord, elles n'avaient fait que l'observer, prêtes à détourner les yeux, mais comme il ne semblait pas faire attention à elles, elles se mirent à chuchoter entre elles tout bas derrière leurs mains. L'homme ne parut pas s'en apercevoir. Alors, bientôt, elles causèrent à mi-voix, détaillèrent de leurs yeux vifs, alertes, curieux, cette figure paradoxale légèrement penchée sur sa canne et regardant à travers une fenêtre aux vitres sales au-delà de laquelle il n'y avait rien à voir, si ce n'est, de temps en temps, une route défoncée, le moignon d'un arbre brisé à hauteur d'homme, surgissant de minuscules portions cultivées qui contournaient avec un apparent illogisme des îlots de terre signalés par de petits écriteaux peints en rouge, îlots impénétrables, déserts étendus sur les ruines enfouies dans leur sein. Puis, le train, ralentissant, passa soudain entre des tas de briques d'où s'élevait une maisonnette en tôle ondulée portant un nom en grosses lettres. Les femmes virent le voyageur se pencher en avant.

— Regardez ! dit une des femmes. Sa bouche. Il épelle le nom. Qu'est-ce que je vous disais ? C'est bien ça. Son fils a été tué par ici.

— Alors il en avait des tas de fils, fit l'autre femme. Depuis Arras il a lu tous les noms. Ah, ah ! Un fils, lui ? Un glaçon comme ça ?

— Ils ont tout de même des gosses.

— C'est pour ça qu'ils boivent du whisky. Autrement...

— C'est ça, ils ne pensent qu'à l'argent et à la boustifaille les Angliches.

Un moment après, elles descendirent. Le train repartit. D'autres voyageurs entrèrent dans le compartiment, d'autres paysans aux pieds crottés, porteurs de paniers contenant des volailles vivantes ou mortes. Ceux-ci à leur tour observèrent cette forme immobile et raide penchée vers la fenêtre tandis que le train roulait à travers la campagne dévastée et passait devant les stations de brique ou de tôle parmi les monceaux de ruines, regardant l'homme remuer les lèvres en lisant les noms.

— Qu'il regarde donc la guerre dont il a tout de

même enfin entendu parler, se dirent-ils les uns aux autres. Et puis il n'aura qu'à retourner chez lui. C'était pas dans l'aire de sa grange qu'on la faisait, la guerre.

— Ni dans sa maison, ajouta une femme.

II

Le bataillon est l'arme au pied sous la pluie. Il est en cantonnement depuis deux jours ; on a renouvelé et nettoyé l'équipement, comblé les vides, complété les rangs, et le voilà maintenant l'arme au pied, avec la stupide docilité d'un troupeau de moutons, sous la sempiternelle pluie, face à la silhouette ruisselante du sergent-major.

Quelques instants après, le colonel surgit d'une porte de l'autre côté de la place. Il demeure un moment dans l'embrasure, agrafant son trench-coat, puis, suivi de deux aides de camp, s'engage précautionneusement dans la boue avec ses bottes vernies et se dirige vers le bataillon.

— Par-a-de... Gard' vous ! hurle le sergent-major. Un cliquetis parcourt le bataillon, un bruit unique, étouffé, hargneux. Le sergent-major pivote sur les talons, fait un pas en avant vers les officiers et salue, sa badine sous l'aisselle.

D'un geste sec, le colonel porte la sienne à la visière de sa casquette.

— Repos, les hommes ! dit-il. Nouveau cliquetis, bruit unique, nonchalante détente. Les officiers arrivent devant le premier rang du premier peloton, le sergent-major marchant à la suite du dernier officier. Le sergent du premier peloton fait un pas en avant et salue. Le colonel ne répond pas. Le sergent prend place derrière le sergent-major, et tous les cinq parcourent le front de la compagnie, dévisagent chacun leur tour en passant ces figures rigides aux regards fixés droit devant elles. Première compagnie.

Le sergent salue le dos du colonel, retourne à sa place primitive et se tient au garde-à-vous. Le sergent de la seconde compagnie fait un pas en avant, salue, sans qu'on paraisse s'en apercevoir, va se placer derrière le sergent-major, et l'on passe l'inspection de la deuxième compagnie. Le trench-coat du colonel dégoutte sur ses bottes vernies. La boue monte du sol, escalade les bottes, s'y mélange à l'eau, forme des rigoles, grimpe toujours plus haut le long des bottes vernies.

Troisième compagnie. Le colonel s'arrête devant un soldat à qui son trench-coat aux épaules engoncées, sur lesquelles la pluie dégouline du derrière de son bonnet, donne vaguement l'air d'un oiseau irritable et furieux. Les deux autres officiers, le sergent-major et le sergent s'arrêtent à leur tour, et tous les cinq inspectent d'un œil sévère les cinq soldats qui leur font face. Les cinq soldats, rigides, regardent sans ciller droit devant eux, leurs figures comme des figures de bois, leurs yeux comme des yeux de bois.

— Sergent, dit le colonel d'un ton maussade, est-ce que cet homme s'est rasé aujourd'hui ?

— Mon colonel ! fait le sergent d'une voix claironnante.

— Sergent, répète le sergent-major, cet homme s'est-il rasé aujourd'hui ?

Tous les cinq maintenant fixent le soldat, dont le

regard impassible semble passer à travers eux, au-delà d'eux, comme s'ils n'étaient pas là.

— Faites un pas en avant quand vous parlez dans les rangs ! ordonne le sergent-major.

Le soldat, qui n'a rien dit, fait un pas hors du rang, envoyant un jet de boue encore plus haut sur les bottes du colonel.

— Votre nom ? demande le colonel.

— 024186 Gray, débite d'un trait le soldat.

La compagnie, le bataillon, regardent droit devant eux.

— Mon colonel ! tonne le sergent-major.

— M'col'nell, dit le soldat.

— Vous êtes-vous rasé ce matin ? demande le colonel.

— Non, m'col'nell.

— Pourquoi ?

— J' me rase pas m'col'nell.

— Vous ne vous rasez jamais ?

— J' suis pas vieux assez pour m'raser.

— Mon colonel ! tonne le sergent-major.

— M'col'nell, répète le soldat.

— Vous n'êtes pas...

La voix du colonel meurt quelque part derrière son regard courroucé, l'eau ruisselant de la visière de sa casquette.

— Prenez son nom, sergent-major, dit-il en continuant l'inspection.

Le bataillon regarde fixement devant lui. Au bout d'un moment, il voit reparaître le colonel, les deux officiers et le sergent-major toujours à la file indienne. Arrivé à sa place réglementaire, le sergent-major s'arrête, salue le colonel. Le colonel fait de nouveau avec sa canne le même salut sec et s'éloigne au trot, suivi des deux officiers, vers la porte d'où il avait surgi tout à l'heure.

Le sergent-major se retourne vers le bataillon « Para-a-a-de... » hurle-t-il. Un imperceptible mouvement passe de rang en rang, imperceptible précurseur de ce cliquetis hargneux et mouillé aussitôt né aussitôt mort. La badine du sergent-major a déserté son aisselle. Il s'appuie dessus maintenant, comme font les officiers. Pendant quelques moments son regard parcourt le front du bataillon.

— Sergent Cunninghame ! dit-il enfin.

— Sergent-major !

— Avez-vous pris le nom de cet homme ?

Il y a un instant de silence, un peu plus que bref, un peu moins que long. Puis le sergent demande : « Quel homme, sergent-major ? »

— Vous, soldat ! fait le sergent-major.

Le bataillon est au garde-à-vous, rigide. La pluie tombe silencieusement dans la boue entre le bataillon et le sergent-major, comme si elle n'avait pas la force de tomber plus fort, ou de s'arrêter.

— Vous, le soldat qui ne se rase pas ! dit le sergent-major.

— Gray, sergent-major ! précise le sergent.

— Gray, ici, pas gymnastique.

Le soldat Gray arrive sans hâte, s'avance d'un air ahuri devant le bataillon, son kilt sombre et mouillé pesant comme une couverture trempée. Il s'arrête devant le sergent-major.

— Pourquoi ne vous êtes-vous pas rasé ce matin ? demande le sergent-major.

— J' suis pas vieux assez pour m' raser, répond Gray.

— Sergent-major ! ajoute le sergent-major.

Gray regarde fixement au-delà de l'épaule du sergent-major.

— On dit sergent-major quand on s'adresse à un sous-officier breveté, dit le sergent-major.

Gray regarde obstinément au-delà de l'épaule du sous-officier. Son visage, sous son bonnet sans visière, semble aussi peu se soucier des lances glacées de la pluie que s'il était devenu de granit. Le sergent-major élève la voix :

— Sergent Cunninghame !

— Sergent-major !

— Prenez le nom de cet homme pour insubordination également.

— Bien, sergent-major !

Le sergent-major toise Gray de nouveau : « Je veillerai aussi à ce que vous soyez transféré au bataillon des punis, mon garçon. Rentrez ! »

Gray fait demi-tour sans se presser et retourne prendre sa place dans le rang, suivi du regard du sergent-major. Celui-ci élève de nouveau la voix :

— Sergent Cunninghame !

— Sergent-major !

— Vous n'avez pas pris le nom de cet homme quand on vous l'a commandé. Que cela vous arrive encore et je vous fourrerai dans le même sac.

— Bien, sergent-major !

— Rompez ! dit le sergent-major.

— Ben pourquoi qu' tu t'es pas rasé ? lui demanda le caporal.

Ils étaient de retour au cantonnement, une grange aux murs de pierre lépreux où ne pénétrait aucune lumière, accroupis dans l'atmosphère ammoniacale sur de la paille humide autour d'un brasier fumant.

— Tu savais donc pas qu'on passait l'inspection ce matin ?

— J' suis pas vieux assez pour m' raser, dit Gray.

— Mais tu t' rendais pas compte que le colonel il allait te repérer pendant la parade ?

— J' suis pas vieux assez pour m' raser, répéta Gray avec une placide obstination.

III

« Depuis deux cents ans, dit Matthew Gray, il ne s'est pas passé un jour, sauf le dimanche, sans qu'une coque en construction sur la Clyde ou sortant des bouches de la Clyde ne porte en elle un clou enfoncé par un Gray. » La tête inclinée, il regarda le jeune Alec par-dessus ses lunettes à monture d'acier. « Et sans excepter non plus leurs impies coups de marteau et leurs impies coups de scie du dimanche. Car, si l'on pouvait construire une coque en un jour, les Gray pourraient le faire », ajouta-t-il avec un orgueil farouche. « Et maintenant que te voilà assez grand pour aller aux chantiers avec ton grand-père et moi prendre ta place d'homme parmi les hommes, pour que l'on te confie comme à un homme un marteau et une scie... »

— Tais-toi, Matthew, dit le vieil Alec. Le gamin peut scier un trait aussi droit et enfoncer autant de clous dans une journée que toi ou même moi.

Matthew ne fit pas attention à son père. Il continua de débiter ses paroles lentes et mesurées tout en regardant son fils par-dessus ses lunettes.

— Et avec John Wesley, qui est de deux ans trop

jeune, le petit Matthew, qui l'est de dix ans, et ton grand-père, qui sera bientôt un vieillard...

— Hé, dit le vieil Alec, je n'ai que soixante-huit ans. Tu veux peut-être dire que le gamin, quand il aura fait son petit tour à Londres, me trouvera en rentrant à l'assistance publique ? Ce sera fini vers la Noël.

— Noël ou non, fit Matthew, un Gray, un constructeur de bateaux, n'a rien à faire dans une guerre anglaise.

— Tais-toi, dit le vieil Alec.

Il se leva, alla au placard près de la cheminée, revint à sa place avec une boîte. Elle était en bois, noircie et polie par le temps, avec des coins de fer et une énorme serrure de fer qu'un enfant aurait pu ouvrir avec une épingle à cheveux. Il tira de sa poche une clef de fer presque aussi grosse que la serrure. Il ouvrit la boîte, y prit avec précaution un petit écrin recouvert de velours, qu'il ouvrit à son tour. Sur la garniture de satin reposait une décoration, un morceau de bronze sur un ruban cramoisi : une croix de Victoria.

— J'ai continué à faire sortir les bateaux des bouches de la Clyde pendant que ton oncle obtenait de la Reine ce morceau de bronze, dit le vieil Alec. Personne s'en est plaint, que je crois. Et, s'il le faut, je le ferai encore pendant qu'Alec ira servir la Reine un brin lui aussi. Laisse aller le petiot, dit-il.

Il rentra la décoration dans la boîte de bois qu'il ferma à clef.

— Un brin de guerre ne lui fera pas de mal à ce petit. Si j'avais son âge, ou seulement le tien, je te fiche mon billet que je partirais moi-même. Alec, mon garçon, écoute un peu. Tu verras si on veut bien d'un solide bonhomme de soixante-huit ans et je m'en irai avec toi en laissant les vieux comme Matthew se débrouiller comme ils pourront. Allons, Matthew, ne tracasse pas le gamin ; les Gray n'ont-ils pas toujours servi la Reine quand elle avait besoin d'eux ?

Le jeune Alec alla donc s'engager. Un jour de semaine, il descendit la colline en habits du dimanche, avec un Nouveau Testament et un pain de ménage enveloppés dans un mouchoir. Et ce fut le dernier jour de travail du vieil Alec, car, peu de temps après, un matin, Matthew descendit seul la colline pour aller aux chantiers, laissant le vieil Alec à la maison. Et, depuis cela, quand il faisait beau, et quelquefois aussi quand il faisait mauvais, jusqu'à ce que sa belle-fille vînt le chercher pour le faire rentrer, il restait, enveloppé d'un châle, assis dans une chaise sur le perron à regarder vers le sud et vers l'est, appelant de temps en temps sa bru occupée à l'intérieur pour lui dire : « Écoute, maintenant les entends-tu les canons ? »

— Je n'entends rien, répondait la belle-fille. C'est seulement la mer du côté de Kinkeadbight. Rentrez à présent, Matthew ne serait pas content.

— Tais-toi, ma fille. Penses-tu que n'importe où dans le monde un Gray puisse tirer un coup de canon sans que j'en reconnaisse le son ?

Ils reçurent d'Angleterre, peu après son engagement, une lettre de lui où il disait que la vie du soldat ne ressemblait guère à celle d'un charpentier en bateaux des bords de la Clyde, et qu'il écrirait de nouveau un de ces jours. Ce qu'il fit, chaque mois ou à peu près. Il écrivait qu'être soldat ce n'était pas la même chose que de construire des bateaux, et qu'il pleuvait toujours. Et puis, pendant sept mois, on n'entendit plus parler de lui. Mais son père et sa mère continuèrent de lui écrire une lettre collective, le premier lundi de chaque mois, une lettre presque identique à la précédente, aux douze précédentes :

Nous allons bien. Les bateaux sortent du chantier de la Clyde plus vite qu'on ne peut les couler. As-tu toujours le Livre ?

Ces mots-là étaient de la lente et rude écriture de son père. Mais ceci était de la main de la mère :

Vas-tu bien ? N'as-tu besoin de rien ? Jessie et moi nous sommes en train de te tricoter des bas et nous te les enverrons. Alec, Alec.

Ce fut cette lettre, toujours la même, qu'il reçut pendant le temps qu'il passa au bataillon de discipline où son ancien caporal la lui faisait suivre, car il n'avait rien dit aux siens du changement survenu dans son existence. Il y répondit, confondu parmi ses compagnons de crime, accroupi dans la boue, sa tunique matelassée de journaux, la tête et les pieds enveloppés de bandes déchirées dans une couverture : *Je vais bien. Oui, j'ai toujours le Livre.* (Il ne leur disait pas que les gas de son peloton s'en servaient pour allumer leur pipe et qu'on en était maintenant bien au-delà des Lamentations). *Il pleut toujours. Amitiés à grand-père, à Jessie, à Matthew et à John Wesley.*

Puis, son temps de bataillon de discipline terminé, il retourna à son ancienne compagnie, à son ancien peloton, où il trouva de nouvelles figures et une lettre :

Nous allons bien. Les bateaux sortent toujours de la Clyde. Tu as une nouvelle sœur. Ta mère va bien.

Il plia la lettre, la mit de côté. « J' vois pas mal de nouvelles têtes dans le bataillon, dit-il au sergent. Probable qu'on a aussi un autre sergent-major ?

— Non, dit le caporal, c'est toujours le même. — Il regarda Gray d'un œil attentif, scrutateur ; sa figure s'éclaira : « Tu t'es rasé c' matin », dit-il.

— Oui, fit Gray, j' suis vieux assez pour m' raser maintenant.

C'était ce soir-là que le bataillon devait partir pour Arras. C'est pourquoi il répondit tout de suite à la lettre :

Je vais bien. Amitiés à grand-père, à Jessie, à Matthew, à John Wesley et à la petite.

« Bonjour ! Bonjour ! » Le général, les genoux enveloppés d'une couverture, la tête encapuchonnée, se penche hors de son auto et les salue d'un geste de sa main gantée en les interpellant gaiement tandis qu'ils pataugent sur la route de Bapaume et se rangent dans le fossé pour dépasser la voiture.

— L'est d' bon poil le vieux, dit une voix.

— D's officiers, fait un autre d'un ton traînant, et il se met à jurer tandis qu'il glisse dans la boue grasse du fossé qui lui monte jusqu'au genou et qu'il essaye de se raccrocher à la crête du talus.

— Eh ben, quoi, dit un troisième. L's officiers y vont à la guerre aussi, pas vrai.

— Pourquoi qu'y s'y tournent le dos, alors ? fait un autre. La guerre c'est point de c' côté-là.

Peloton après peloton, ils glissent, ils plongent dans le fossé et traînent péniblement leurs pieds lourds dans la boue gluante pour dépasser la voiture arrêtée et regagner le milieu de la route. « Y m'a dit comme ça, y m'a dit : « Les Boches y-s ont un nouveau canon qui portera jusqu'à Paris » qu'y m'a dit. Alors moi j'y ai dit : « C'est rien, y-s en ont un qui foutera en l'air tous les gas de l'état-major. »

« Bonjour, Bonjour ! » Le général agite toujours sa main gantée en interpellant joyeusement les soldats, tandis que le bataillon fait un détour par le fossé et regrimpe sur la route après avoir dépassé la voiture.

Les voilà dans la tranchée. Avant que le premier fusil ne leur partît dans le nez, pas un coup de feu n'a été tiré. Gray est le troisième. Pendant tout le temps qu'ils ont rampé entre deux éclatements, de trou d'obus en trou d'obus, il a réussi à se rapprocher du sergent-major et de l'officier. A la lueur de ce premier coup de fusil, il peut apercevoir dans les barbelés cette brèche vers laquelle les guidait l'officier, les reflets ternes et durs du fil de fer, là où les balles en ont éraflé la boue et la rouille, et, se détachant sur la lueur, la haute silhouette bondissante du sergent-major. Alors Gray s'élance d'un bond, baïonnette en avant, dans la tranchée remplie de cris, de râles et de coups sourds.

Les obus éclatent maintenant par douzaines. Dans la lumière blafarde, Gray aperçoit le sergent-major en train de lancer méthodiquement des grenades dans le boyau voisin. Il court vers lui, passant à côté de l'officier accoté, plié en deux, sur la banquette de tir. Le sergent-major a disparu dans le boyau. Gray le suit, le rejoint. Écartant d'une main le rideau de toile grossière, le sergent-major lance une grenade dans le gourbi, comme une peau d'orange dans le soupirail d'une cave.

Dans la lueur des fusées, le sergent-major se retourne. « C'est vous, Gray ? » dit-il. La grenade éclate sourdement sous terre. Le sergent-major en cherche une autre dans le sac suspendu à son cou quand la baïonnette de Gray lui pénètre dans la gorge. C'est un homme de haute taille. Il tombe à la renverse, cramponné des deux mains au canon du fusil contre sa gorge, les dents luisantes, entraînant Gray avec lui. Gray n'a pas lâché le fusil. Il essaye de rejeter le corps transpercé par la baïonnette en le secouant comme il ferait d'un rat enfilé sur une baleine de parapluie.

Il arrache la baïonnette. Le sergent-major s'affale par terre. Gray retourne son fusil et lui martèle la figure à coups de crosse, mais le sol trop mou de la tranchée n'offre aucune résistance. Gray jette autour de lui un rapide coup d'œil. Son regard tombe sur un caillebotis enfoncé dans la boue. Il le dégage, le glisse sous la tête du sergent-major et lui martèle de nouveau la tête à coups de crosse. Derrière lui, dans la première tranchée, l'officier crie : « Un coup de sifflet, sergent-major ! »

IV

Il était dit dans la citation qu'au cours d'une attaque de nuit, après la mise hors combat de l'officier et la mort de tous les N.C.O. [1], le soldat Gray, l'un des quatre survivants, avait pris le commandement de l'expédition (dont le but était un rapide coup de main en vue de se procurer des prisonniers), et tenu un point d'appui dans une tranchée ennemie de première ligne jusqu'à ce qu'une attaque de soutien vînt consolider la position. L'officier raconta qu'il avait donné ordre aux hommes de se replier, de le laisser là et de pourvoir à leur propre salut, mais que Gray était survenu on ne savait d'où avec une mitrailleuse allemande et que, pendant que ses trois camarades construisaient une barricade, il avait convaincu l'officier, lui avait pris son pistolet Very, avait tiré le signal coloré qui commandait l'attaque, tout cela si rapidement que le soutien était arrivé avant que l'ennemi pût contre-attaquer ou déclencher un tir de barrage.

Il est douteux que sa famille eut jamais connaissance de sa citation. En tous les cas, ni les lettres qu'il reçut pendant son séjour à l'hôpital, ni leur contenu n'avait changé : « Nous allons bien. On construit toujours des bateaux. »

Sa lettre suivante à sa famille eut encore cette fois plusieurs mois de retard. Il l'écrivait de Londres, quand il put de nouveau s'asseoir dans son lit :

J'ai été malade, mais ça va mieux maintenant. J'ai un ruban comme celui de la boîte, mais pas tout rouge. La Reine était là. Amitiés au grand-père, à Jessie, à Matthew, à John Wesley et à la petite.

1. Non-commissioned officers : sous-officiers et caporaux.

La réponse fut écrite un vendredi :

Ta mère est contente que tu ailles mieux. Ton grand-père est mort. La petite se nomme Elisabeth. Nous allons bien. Ta mère t'envoie ses amitiés.

Il n'écrivit que trois mois plus tard, en hiver de nouveau.

Ma blessure est guérie. Je vais à une école pour les officiers. Amitiés à Jessie, Matthew, John Wesley et Elisabeth.

Matthew Gray réfléchit longtemps sur cette lettre, si longtemps que la réponse fut en retard d'une semaine, écrite seulement le deuxième lundi du mois au lieu du premier. Il l'écrivit avec application, attendant que sa famille fût couchée. La lettre fut si longue, ou il mit si longtemps à l'écrire, qu'au bout de quelque temps sa femme entra dans la pièce, en robe de nuit.

— Retourne au lit, lui dit-il. Je vais venir tout à l'heure. C'est quelque chose qu'il faut dire au petit.

Quand il posa enfin la plume et s'appuya au dossier pour la relire, c'était une longue lettre écrite lentement, posément, sans rature ni pâté :

... ton bout de ruban... car c'est de ce côté-là que sont la vaine gloire et l'orgueil. C'est de l'orgueil et de la vaine gloire que de devenir officier. Ne renie jamais ta naissance. Tu es Ecossais et constructeur de bateaux. Si ton grand-père était là, il ne serait pas le dernier à te le dire... Nous sommes contents que ta blessure soit guérie. Ta mère t'adresse ses amitiés.

Il envoya chez lui sa décoration et sa photographie dans sa nouvelle tunique avec les brisques, le ruban et les poignets galonnés. Il retourna en Flandres au printemps, alors que les coquelicots étaient en fleurs dans les champs bouleversés de betteraves et de choux. Quand il avait des permissions, il les passait à Londres dans les maisons de repos pour les officiers, sans faire savoir à sa famille qu'il fût en permission.

Il possédait toujours le Livre. De temps en temps, il le retrouvait parmi ses effets et l'ouvrait à la page cornée à partir de laquelle sa vie avait changé : *et une voix dit, Pierre, lève-toi et tue...*

Souvent son ordonnance l'observait tandis que, machinalement, distraitement, il feuilletait le Livre et rêvait sur la page cornée — lui, l'officier sorti du rang, l'homme décharné et solitaire, avec son visage qui démentait son âge, ou son absence d'âge, avec sa modération, son calme profond et mûr, sa conviction grave et délibérée dans l'expression et dans le geste (« comme s'il était le diable en personne » disait l'ordonnance) — tandis qu'il écrivait à sa table bien rangée, qu'il écrivait avec application, lentement, sa langue dans sa joue, comme un enfant qui fait une page d'écriture :

Je vais bien. Il n'a pas plu depuis quinze jours. Amitiés à Jessie, Matthew, John Wesley et Elisabeth.

Il y a quatre jours que le bataillon est descendu des lignes. Il a perdu son major, deux capitaines et la plupart des lieutenants, de sorte que, maintenant, c'est le capitaine survivant qui remplit les fonctions de major et que les compagnies sont commandées par deux lieutenants et un sergent. Entre-temps, des renforts sont arrivés, on a complété l'effectif et le bataillon doit remonter demain en ligne. Aujourd'hui donc, la compagnie K se tient l'arme au pied, les rangs à quatre pas d'intervalle pour l'inspection, tandis que le lieutenant faisant fonction de capitaine, — il s'appelle Gray, — passe lentement devant le premier rang de chaque peloton.

Il inspecte les hommes un à un, sans hâte, minutieusement, le sergent derrière lui. Il s'arrête.

— Où est votre outil de tranchée? dit-il.

— Sauté... commence le soldat. Puis il se tait et regarde fixement devant lui.

— Sauté de votre sac, hein? termine pour lui le capitaine. Depuis quand? A quel combat avez-vous pris part depuis quatre jours?

Le soldat regarde fixement devant lui de l'autre côté de la rue endormie. Le capitaine s'éloigne. « Prenez son nom, sergent. »

Il passe l'inspection du deuxième peloton, du troisième. Il s'arrête de nouveau. Il toise le soldat des pieds à la tête.

— Comment vous appelez-vous?

— 010801 Mac Lean, m' cap'taine.

— Renfort?

— Renfort, m' cap'taine.

Le capitaine continue l'inspection. « Prenez son nom, sergent, son fusil est dégoûtant. »

Le soleil est en train de se coucher. Le village se profile comme une noire silhouette sur le soleil couchant, la rivière étincelle d'un miroitement de feu. Le pont qui la traverse est un arc noir où, lentement, comme des ombres chinoises, se meuvent des hommes.

La troupe se blottit dans le fossé sur le côté de la

route, tandis que le capitaine et le sergent regardent avec précaution par-dessus le talus.

— Pouvez-vous les distinguer? demande à voix basse le capitaine.

— Des Boches, m' cap'taine, murmure le sergent, je r'connais leurs casques.

A présent, la colonne a traversé le pont. Le capitaine et le sergent rentrent en rampant dans le fossé où sont blottis les hommes, parmi lesquels un blessé à la tête enveloppée de pansements.

— Faites tenir cet homme tranquille, maintenant, dit le capitaine.

Il marche en tête et suit le fossé jusqu'à ce qu'on ait atteint les abords du village. Là, les hommes ne sont plus au soleil; ils s'asseyent tranquillement au pied d'un mur, le blessé au milieu d'eux, pendant que le capitaine et le sergent s'éloignent de nouveau en rampant. Au bout de cinq minutes, ils reviennent. « Baïonnette au canon, dit le sergent à voix basse. Et silence maintenant. »

— Faut-y que j' reste avec le gas qu'est blessé, sergent? murmure un homme.

— Pas la peine, dit le sergent. Tout le monde risquera le paquet avec nous. En avant. »

Sans bruit, ils glissent le long du mur derrière le capitaine. Le mur rejoint à angle droit la rue qui traverse le pont. Le capitaine lève la main. Ils s'arrêtent, le regardent scruter du coin du mur les alentours. Ils se trouvent juste en face de la tête du pont. Rien sur le pont ni dans la rue; le village rêve paisiblement dans le soleil couchant. Contre le ciel, au-delà du village, la poussière de la colonne en retraite reste suspendue, tournant du rose à l'or.

Puis, on entend un bruit, un mot bref, guttural. A moins de dix mètres, derrière un mur en ruines arasé à hauteur de poitrine, face au pont, quatre hommes sont accroupis autour d'une mitrailleuse. Le capitaine lève de nouveau la main. Les doigts se crispent sur les fusils, un crissement de souliers ferrés sur les pavés, un cri de surprise coupé net, des chocs sourds, des souffles courts et durs, des jurons ; pas un coup de feu.

L'homme à la tête bandée éclate d'un rire strident, mais quelqu'un lui ferme la bouche d'une main au goût de cuivre. Sur l'ordre du capitaine, ils enfoncent la porte de la maison, traînent à l'intérieur la mitrailleuse et les quatre corps. Ils hissent la mitrailleuse à l'étage, l'installent à une fenêtre qui commande la tête du pont. Le soleil s'enfonce de plus en plus, les ombres tranquilles s'allongent à travers le village et la rivière. L'homme à la tête bandée divague tout seul.

Une autre colonne avance rapidement sur la route, résolue, ordonnée, sous les casques en seau à charbon. Elle passe le pont, traverse le village. Une troupe se détache de l'arrière-garde, se divise en trois groupes. Deux d'entre eux avec des mitrailleuses s'établissent de chaque côté de la rue ; le plus proche utilise le mur derrière lequel l'autre mitrailleuse vient d'être capturée. Le troisième groupe retourne au pont, portant des outils de sapeurs et des explosifs. Parmi les dix-neuf hommes, le sergent en choisit six qui descendent sans bruit l'escalier. Le capitaine reste près de la fenêtre avec la mitrailleuse.

De nouveau une ruée brève, une lutte, des coups. De la fenêtre, le capitaine voit les servants de la mitrailleuse postée de l'autre côté de la rue tourner la tête, puis le canon de l'arme décrit un arc de cercle et tire.

Le capitaine leur envoie une rafale de sa mitrailleuse, puis une autre au groupe du pont, regardant les hommes courir comme une volée de cailles vers le mur le plus proche. Il ne les lâche pas. Ils s'affaissent en courant, pointillant la route blanche, et restent immobiles. Alors, il retourne sa mitrailleuse contre celle d'en face. Elle cesse de tirer.

Il donne un autre ordre. Les hommes qui restent, sauf le blessé, dégringolent l'escalier. La moitié d'entre eux s'arrête près de la mitrailleuse au-dessous de la fenêtre, la traînent vers la maison. Les autres s'élancent à travers la rue contre l'autre mitrailleuse. A mi-chemin, son tac-tac recommence. D'un seul mouvement, au milieu d'une enjambée, les coureurs s'aplatissent contre terre. Leurs kilts retroussés par leur chute en avant découvrent leurs cuisses nues et blanches. La mitrailleuse arrose la porte dans laquelle les autres sont en train de dégager des corps l'engin qu'ils traînaient. Au moment où le capitaine abaisse de nouveau le canon de son arme, une bouffée de poussière jaillit du côté gauche de la fenêtre, sa mitrailleuse résonne métalliquement, quelque chose de brûlant parcourt son bras, traverse ses côtes, une autre bouffée de poussière jaillit du côté droit de la fenêtre. Il arrose de nouveau la mitrailleuse d'en face. Elle s'arrête. Longtemps après qu'elle s'est tue, il continue de tirer dans le tas confus écroulé autour d'elle.

La terre obscure entame le bord du soleil. La rue est maintenant tout entière dans l'ombre ; un dernier rayon horizontal pénètre dans la chambre, s'évanouit. Derrière le capitaine, dans la pénombre, le blessé rit, puis son rire se mue en une divagation tranquille et satisfaite.

Juste avant la tombée de la nuit, une autre colonne traverse le pont. Il y a encore assez de lumière pour qu'on puisse voir que ces soldats portent l'uniforme kaki et que leurs casques sont plats. Mais il n'y a probablement personne pour les voir. Car, lorsque les hommes d'une patrouille montèrent à l'étage et trouvèrent le capitaine accoté contre la fenêtre près de la mitrailleuse refroidie, ils le crurent mort.

Cette fois-ci, Matthew Gray eut connaissance de la citation. Quelqu'un la découpa dans la *Gazette* et la lui envoya, et lui, à son tour l'envoya à son fils à l'hôpital avec une lettre.

... Puisqu'il faut que tu fasses la guerre, nous sommes heureux que tu t'y conduises bien. Ta mère pense que tu as fait ta part et que tu devrais revenir à la maison. Mais les femmes n'entendent rien à ces choses-là. Quant à moi, je trouve qu'il est temps qu'on cesse de se battre. A quoi bon les salaires élevés quand la vie est si chère qu'il n'y a plus de profit que pour les profiteurs. Quand une guerre en arrive au point où les batailles ne rapportent même plus à ceux qui les gagnent, alors il est temps de s'arrêter.

V

Dans le lit à côté du sien, et, plus tard, dans la chaise-longue à côté de la sienne sous la longue véranda vitrée, il y avait un lieutenant. Souvent, ils bavardaient ensemble. Ou plutôt, c'était le lieutenant qui causait et Gray qui écoutait. Il parlait de la paix, de ce qu'il ferait quand ce serait fini, et il en parlait comme si cela devait l'être avant Noël.

— A Noël, dit Gray, on sera de retour dans les tranchées.

— Des gazés ? On ne renvoie pas les gazés. Il faut d'abord les guérir.

— On sera guéris.

— Mais pas à temps. Ce sera fini avant Noël. Ça ne peut pas durer encore un an. Vous ne me croyez pas, n'est-ce pas ? Je me demande parfois si vous n'avez pas envie d'y retourner. Mais vous verrez, ce sera fini avant Noël, et alors je file. Au Canada. Il n'y a plus rien pour nous en Angleterre maintenant. — Il regarda son camarade, longue forme osseuse, décharnée, étendue, les yeux mi-clos, au soleil d'automne. Vous devriez venir avec moi.

— Je vous donne rendez-vous à Givenchy le jour de Noël, dit Gray.

Mais il n'y fut pas. Le onze novembre, il était à l'hôpital, écoutant les cloches, et il y était encore le jour de Noël où il reçut une lettre de chez lui.

Tu peux rentrer à la maison, maintenant. Ce ne sera point de trop. On aura plus besoin de bateaux que jamais, maintenant que l'orgueil et la vaine gloire sont passés.

Le médecin militaire le salua gaiement.

— Alors, quoi ? encore ici quand je connais un coin dans le Devon où on pourrait entendre chanter le rossignol. Sacrebleu !

Il ausculta Gray.

— Pas grand chose ; juste un petit râle de rien du tout. Ne vous en faites pas si ça vous met désormais à l'abri des guerres. Ça pourrait toutefois vous empêcher de prendre part à la prochaine.

Il attendit le rire de Gray, mais Gray ne rit pas.

— Allons, c'est bien fini cette fois, que diable ! Signez là, voulez-vous ?

Gray signa.

— On l'oubliera, j'espère, aussi vite qu'elle est venue. Allons... — Il tendit la main, souriant de son sourire antiseptique. — Bon courage, mon capitaine, et bonne chance.

En descendant la colline à sept heures du matin, Matthew Gray aperçut l'homme, l'homme de haute taille, au teint d'hôpital, habillé en monsieur de la ville, avec une canne,

— « Alec ? dit-il, Alec ? » Ils se serrèrent la main. « Je ne pouvais pas... Je ne... » Il regardait son fils, ses cheveux blancs, sa moustache cirée. « Tu as deux rubans maintenant pour la boîte, à ce que tu as écrit. » Puis Matthew regrimpa la colline à sept heures du matin. « On va aller trouver ta mère. »

Alec Gray regarda un instant derrière lui. Peut-être n'était-il pas allé aussi loin qu'il pensait ; peut-être était-ce simplement une colline qu'il avait gravie, et son retour était moins un recommencement que quelque chose de semblable à une avalanche attendant le caillou qui l'arrêtera, ne fût-ce qu'un moment.

— Et le chantier, père.

Mais, imperturbablement, son père continuait de marcher à grands pas, son panier de provisions à la main.

— Il attendra, dit-il. Allons voir ta mère.

Il trouva sa mère à la porte. Derrière elle, il aperçut le jeune Matthew, — un homme maintenant, — John Wesley, et Elisabeth qu'il n'avait jamais vue.

— Tu n'as pas mis ton uniforme pour revenir à la maison, fit le jeune Matthew.

— Non, dit-il, non, je...

— Ta mère aurait aimé te voir dans ta tenue militaire, dit son père.

— Non, protesta sa mère. Non ! Pas du tout ! Pas du tout !

— Chut, Annie, fit son père. Maintenant que tu es capitaine, avec deux rubans pour la boîte, c'est de la fausse modestie. Tu as montré du courage ; tu aurais dû... Mais ça n'a pas d'importance, le véritable uniforme pour un Gray, c'est une salopette et un marteau.

— Oui, mon père, acquiesça Alec qui avait depuis longtemps découvert que personne n'a de courage, mais que n'importe qui peut choir par mégarde, aveuglément, dans l'héroïsme, comme on dégringole dans un regard d'égout grand ouvert au milieu du trottoir.

Il attendit le soir, lorsque sa mère et les enfants furent couchés, pour dire à son père : « Je vais retourner en Angleterre. On m'y a promis du travail. »

— Ah, fit son père ; à Bristol probablement ? On construit aussi des bateaux là-bas.

La lampe brûlait, effleurant de sa faible lueur la surface noire et polie de la boîte sur le manteau de la cheminée. Le vent s'était élevé, évidant le ciel comme un dôme obscur, sculptant la maison, la colline, le cap, à même l'espace ténébreux.

— Y aura du vent cette nuit, fit le père.

— Non, c'est autre chose, dit Alec. Je me suis fait des amis, voyez-vous.

Son père ôta ses lunettes à monture de fer.

— Tu t'es fait des amis. Des officiers et des gens comme ça, sans doute ?

— Oui, mon père.

— Et c'est une bonne chose d'avoir des amis, de s'asseoir autour du feu, le soir, à causer avec eux. Mais, à part ça, il n'y a que ceux qui nous aiment pour supporter nos défauts. Il faut bien aimer quelqu'un pour ne pas se lasser de toutes ses imperfections, Alec.

— Mais ce ne sont pas des amis comme ça, mon père, ce sont...

Il se tut. Il ne regarda pas son père. Matthew caressait lentement ses lunettes du pouce ; on entendait le vent souffler.

— Si ça ne marche pas, je reviendrai au chantier.

Son père le regarda gravement, sans cesser de caresser lentement ses lunettes.

— Les constructeurs de bateaux ne sont point faits comme ça, Alec. Craindre Dieu, faire son travail comme si c'était dans sa propre coque que l'on plaçait les membrures... » Il fit un mouvement. « On va voir ce que dira le Livre. » Il remit ses lunettes. Sur la table était une lourde bible aux fermoirs de cuivre. Il l'ouvrit. Les mots lui semblèrent se lever de la page pour venir à sa rencontre. Alors, il lut à haute voix : « *et les capitaines par milliers, et les capitaines par dizaines de milliers...* » Paroles d'orgueil. » Il se tourna vers son fils, baissant la tête pour le regarder par-dessus ses lunettes. « C'est à Londres que tu vas, alors ? »

— Oui, mon père, dit Alec.

VI

Sa situation l'attendait. C'était dans un bureau. Il s'était déjà fait faire des cartes à son nom : *Capitaine A. Gray, M. C., D. C. M.* [1], et dès son retour à Londres, il adhéra à l'Association des Officiers, soutenant de ses deniers les veuves et les orphelins.

Il prit un appartement dans le quartier qui convenait ; il allait à pied à son bureau, en revenait de même, avec ses cartes de visite, ses moustaches cirées, ses vêtements sobres et corrects, sa canne qu'il portait de façon inimitable, à la fois désinvolte et discrète, distribuant ses sous aux aveugles et aux mutilés dans Piccadilly en leur demandant le nom de leur régiment. Une fois par mois il écrivait à sa famille :

Je vais bien. Amitiés à Jessie, à Matthew, à John Wesley et à Elisabeth.

Au cours de cette première année, Jessie se maria. Il lui envoya comme cadeau de noces de l'argenterie, se privant un peu pour cela, rognant sur ses économies. Ce n'était pas pour sa vieillesse qu'il économisait : il avait dans l'Empire une trop solide confiance pour agir ainsi, lui qui avait fait à l'Empire le don total de soi, comme une femme, comme une nouvelle épousée. Il économisait pour le moment où il traverserait de nouveau le détroit afin d'aller revivre les scènes mortes de sa vie perdue et retrouvée.

1. Military Cross (Croix de guerre), Distinguished Conduct Medal (Médaille pour conduite distinguée).

Ce fut trois ans plus tard. Il projetait déjà de demander un congé, lorsqu'un jour le directeur aborda de lui-même la question. Il s'en vint donc en France avec une unique mais confortable valise. Mais il ne se dirigea pas tout de suite vers l'Est. Il se rendit sur la Riviera. Pendant huit jours il y vécut en gentleman, dépensant son argent comme un gentleman, seul, tout seul, dans cette brillante volière des élégantes femmes entretenues de toute l'Europe.

Ce fut pour cela que ceux qui le virent descendre du rapide Paris-Côte-d'Azur ce matin-là à Paris dirent : « C'est un riche milord », et pourquoi ils continuèrent de le dire dans les troisièmes classes aux dures banquettes en le voyant assis, appuyé sur sa canne, épelant des lèvres les noms écrits sur les gares en tôle ondulée disséminées çà et là sur cette terre bouleversée mais renaissante, qui, depuis trois ans déjà, gisait, paisible, sous d'absurdes et incessants bataillons de jours.

En rentrant à Londres, il découvrit ce dont il aurait dû se douter avant de partir. Il avait perdu sa situation. La dureté des temps, lui dit le directeur en l'appelant protocolairement par son grade militaire.

Ce qui lui restait d'économies fondit lentement ; il en dépensa les dernières bribes à acheter pour sa mère une robe de soie noire et à envoyer la lettre habituelle :

Je vais bien. Amitiés à Matthew, John Wesley et Elisabeth.

Il alla faire visite à ses amis, les officiers qu'il avait connus. L'un d'eux, avec qui il avait eu les meilleures relations, le reçut dans une pièce confortable et bien chauffée, lui offrit du whisky. « Vous n'avez pas de situation en ce moment ? Pas de veine. A propos, vous rappelez-vous Whiteby ? Il commandait une compagnie du ...e. Un chic type. Il n'avait pas de famille. Il s'est suicidé la semaine dernière. Dureté des temps. »

— Oh ! il a fait cela ? Parfaitement. Je me souviens de lui. Pas de veine.

— Oui. Pas de veine. Un chic type.

Il ne donnait plus ses sous aux aveugles et aux mutilés de Piccadilly. Il en avait besoin pour acheter des journaux :

On demande des manœuvres.

Faites-vous maçon.

Conducteurs d'autos. Attestation services guerre pas nécessaire.

Commis de magasins (moins de vingt et un ans seulement).

On demande des charpentiers en bateaux.

et enfin :

Monsieur, homme du monde ayant relations, demandé pour piloter clients de province. Provisoire.

Ce fut cette place-là qu'il obtint, et, avec ses moustaches cirées et ses vêtements de bonne coupe, il pilota dans les boîtes de West End des gens de Birmingham ou de Leeds. Ce fut provisoire.

Manœuvres.

Charpentiers.

Peintres en bâtiments.

L'hiver aussi fut provisoire. Au printemps, il emmena ses moustaches cirées et ses vêtements repassés dans le Surrey, avec une collection de volumes, une encyclopédie à placer à la commission. Il vendit tout ce qu'il possédait, sauf les vêtements qu'il avait sur lui, et donna congé de son appartement.

Il avait toujours sa canne, ses moustaches cirées, ses cartes. Aimable Surrey vert et doux. Une petite maison bien close dans un petit jardin bien clos. Un homme entre deux âges en veston d'intérieur béchotant dans un massif de fleurs.

— Bonjour, monsieur, voulez-vous me permettre...

L'homme en veston d'intérieur lève la tête.

— Vous ne pourriez pas aller à côté ? Fichez-moi le camp.

Il se dirige vers la porte voisine, une grille de bois fraîchement peinte en blanc, et qui porte une plaque émaillée avec ces mots :

LES COLPORTEURS, LES MENDIANTS
N'ENTRENT PAS ICI

Il franchit la grille, heurte à une porte bien astiquée, pimpante sous une vigne-vierge.

— Bonjour, mademoiselle, pourrais-je voir Monsieur... ?

— Allez-vous-en. Vous n'avez donc pas lu l'écriteau de la grille ?

— Mais je...

— Partez où j'appelle le patron.

L'automne venu, il retourna à Londres. Pourquoi ? Il n'aurait sans doute pas su le dire lui-même. Peut-être est-ce que cela ne pouvait pas s'exprimer ; peut-être était-ce une sorte d'instinct qui le faisait revenir, afin qu'il pût être présent à cet instant entre tous les instants, à la glorification, à la justification de son existence morte à nouveau. Quoi qu'il en soit, il y assista, toujours avec ses moustaches cirées, raide, sa canne serrée sous son aisselle gauche, parmi les troupes de la Maison du Roi, cavaliers en cuirasses de cuivre jaune sur leurs hongres pommelés, grenadiers en tunique écarlate, l'Église militante en étole et en surplis et les défenseurs du trône et de l'autel dans leur humble tenue civile, tous au garde-à-vous, l'oreille tendue à ces deux minutes d'un silence rempli de désolation. Il avait encore trente shillings, il se fit refaire des cartes : *Capitaine A. Gray, M. C., D. C. M.*

C'est une de ces journées équivoques, une de ces pâles journées semblables à quelque rejeton maladif et prématuré du printemps, alors que le printemps lui-même est encore éloigné de plusieurs semaines. Sous la lumière d'un soleil avare, le haut des édifices s'estompe en des ors et des roses brumeux. Les femmes ont des bouquets de violettes piqués dans leurs fourrures ; elles semblent s'épanouir elles-mêmes comme des fleurs dans l'atmosphère langoureuse et perfide.

Ce sont elles surtout qui regardent cet homme debout contre le mur au coin d'une rue : un homme décharné, aux cheveux blancs, à la moustache tordue en deux pointes éraillées, avec une cravate d'uniforme élimée et décolorée, un faux-col en celluloïd, un complet jadis élégant, usé maintenant jusqu'à la corde, bien qu'évidemment repassé depuis moins de vingt-quatre heures ; un homme qui se tient debout contre le mur, les yeux clos, un chapeau avachi posé sens dessus dessous devant lui.

Il resta là longtemps, jusqu'à ce que quelqu'un lui touchât le bras. C'était un agent de police. « Circulez, monsieur. C'est interdit. » Dans son chapeau étaient six pennies et trois demi pennies. Il acheta un savon et un peu de nourriture.

Un autre anniversaire vint et passa. Il se tint encore une fois sa canne sous l'aisselle, parmi les brillants et silencieux uniformes, mêlé à une foule recueillie, faces patientes et ahuries de gens aux vêtements démodés, les uns franchement minables, d'autres se défendant encore. Dans ses yeux ce n'était plus maintenant cette résignation optimiste du mendiant, mais plutôt cette amertume, comme un écho du rire douloureux et muet d'un bossu.

Un maigre feu brûle sur les pavés en pente. A la lueur vacillante, on entrevoit le mur suintant et fongueux du quai, l'arche de pierre du pont. Au bas de la pente pavée, la rivière invisible glousse et gargouille avec la marée.

Autour du feu, cinq formes, cinq hommes sont étendus. L'un d'eux, la tête recouverte, semble dormir ; d'autres fument en causant. Un autre est assis, le buste droit, dos au mur, ses mains à plat de chaque côté de lui ; il est aveugle : c'est ainsi qu'il dort. Il dit qu'il a peur de se coucher.

— Tu ne peux pas te rendre compte que tu es couché sans voir que tu l'es ? demande un autre.

— Il pourrait m'arriver quelque chose, répond l'aveugle.

— Quoi ? Tu crois qu'on t'enverrait un obus, même si ça devait te rendre la vue ?

— Cet obus-là, probable qu'on le lui a déjà envoyé, dit un autre.

— Probable. Pourquoi qu'on nous aligne pas tous et qu'on nous envoie pas dessus un vache de barrage ?

— C'est comme ça qu'il a perdu les yeux ? demanda un quatrième. Un éclat d'obus ?

— Oui. Il était à Mons. Estafette à moto. Raconteleur ça, mon vieux.

L'aveugle lève légèrement la tête. C'est le seul mouvement qu'il fait. Il parle d'une voix blanche : « Elle avait au poignet une petite cicatrice. C'était comme ça que je pouvais la reconnaître. C'était moi, autant dire, qui lui avais fait cette cicatrice au poignet. Nous bricolions un jour dans la boutique. J'avais déniché un vieux moteur et nous étions en train de le monter sur une bécane pour pouvoir...

— De quoi ? fit le quatrième. Quoi que c'est qu'il raconte ?

— Chut ! dit le premier. Pas si haut. Il parle de sa poule. Il avait un bout de magasin de bicyclettes dans Brighton Road, et ils allaient se marier. » Il dit cela à voix basse, juste un peu plus basse que la voix lasse et monotone de l'aveugle. « Ils se sont fait photographier et tout ça le jour où il s'est engagé et qu'il a mis son uniforme. Il avait toujours la photo sur lui, et puis, un jour, il l'a perdue. Il en était tout fou. Enfin on a trouvé un bout de carton à peu près de la même grandeur que la photo. » « Tiens, la v'là ta photo, mon vieux », qu'on lui a dit « tâche de pas la perdre maintenant. » « Depuis ce temps-là, il a toujours le bout de carton. Problable qu'il te le fera voir tout à l'heure. Fais semblant de rien. »

— Non, dit l'autre ; je ferai semblant de rien.

L'aveugle parle. « ... les ai décidés, là-bas, à l'hôpital, à lui écrire une lettre, et, vrai comme je vous dis, elle est venue. J'ai pu la reconnaître à la cicatrice. Nous restions assis l'un près de l'autre, la main dans la main, et je pouvais toucher la cicatrice à l'intérieur de son poignet gauche. Au cinéma aussi. Je touchais la cicatrice et c'était comme si je...

— Au cinéma ? demande le quatrième. Lui au cinéma ?

— Oui, répond l'autre, elle l'emmenait au cinéma, aux films rigolos, pour qu'il puisse entendre rire les autres.

L'aveugle parle. « ...m'a dit que le cinéma lui faisait mal aux yeux, qu'elle me laisserait dans la salle et viendrait me chercher quand ce serait fini. Alors je lui ai dit : entendu. Le lendemain soir, ça a été la même chose, et je lui ai dit encore : entendu. Et le surlendemain je lui ai dit que je n'irais pas au cinéma moi non plus, que nous ne sortirions pas et que nous resterions à l'hôpital. Alors, elle est restée un long moment sans rien dire. Je pouvais l'entendre respirer. Et puis elle a dit qu'elle voulait bien. Tout ce que nous faisions c'était de rester assis l'un près de l'autre, la main dans la main, et moi, de temps en temps, je touchais la cicatrice. Il était interdit de parler à haute voix à l'hôpital, nous causions à voix basse. Mais la plupart du temps nous ne disions rien. Nous nous contentions de nous tenir la main. Ce fut comme ça pendant huit soirs. Je les ai comptés. Et puis vint le huitième soir. Nous étions là, assis, sa main dans la mienne, et moi, de temps à autre, je tâtais la cicatrice. Alors, tout à coup, la main s'est arrachée de la mienne. Je l'ai entendu se lever. « Écoutez, qu'elle m'a dit, ça ne peut pas durer plus longtemps. » Et moi je lui dis : « Je ne veux savoir qu'une chose. Comment vous appelez-vous ? » Elle m'a dit son nom ; c'était une des infirmières. Et elle m'a dit...

— Quoi ? demanda le quatrième. A quoi que ça rime tout ça ?

— Il vient de te le dire, fit le premier. C'était une des infirmières de l'hôpital. Sa gosse avait filé avec un autre type et elle avait laissé l'infirmière à lui tenir la main en croyant que ça prendrait.

— Mais comment qu'il s'en est aperçu ? demanda le quatrième.

— Écoute, dit le premier.

— ... « et vous vous en êtes aperçu tout le temps, qu'elle dit ; depuis la première fois ? » — « C'était la cicatrice, que je réponds. Vous ne l'avez pas au bon poignet. Vous l'avez au poignet droit, que je dis. Et il y a deux soirs j'en ai soulevé un peu le bord. Qu'est-ce que c'est, que je dis ; du taffetas d'Angleterre ? » L'aveugle reste sans bouger contre le mur, la tête légèrement levée, ses deux mains immobiles de chaque côté de lui. « C'est comme ça que je m'en suis aperçu ; à la cicatrice. Penser qu'on pourrait me rouler, alors que c'était moi, si je peux dire, qui lui avais fait cette cicatrice-là... »

L'homme couché le plus loin du feu lève la tête. « Tiens, dit-il, le voilà qui arrive. »

Tous les autres se retournent en même temps et regardent du côté d'où l'on vient.

— Qui c'est qui arrive ? demande l'aveugle. C'est-y les flics ?

Ils ne lui répondent pas. Ils regardent celui qui vient : un homme de haute taille avec une canne. Ils cessent de parler, sauf l'aveugle, regardant cet homme grand et maigre se diriger vers eux. « Qui c'est qui vient, les copains ? demande l'aveugle. Les copains ! »

Le nouveau venu passe à côté d'eux, à côté du feu, sans un coup d'œil vers eux, et continue son chemin. « Regarde voir », dit le second. L'aveugle se penche alors un peu en avant, ses mains tâtonnent à côté de lui comme s'il se préparait à se lever.

— Regarder quoi ? dit-il. Qu'est-ce que vous voyez ?

Ils ne lui répondent pas. Ils observent à la dérobée, attentivement, le nouveau venu pendant qu'il se déshabille ; puis une forme blanche, reflet spectral dans l'obscurité, descend à la rivière se laver, se cinglant durement le corps de poignées d'une eau glacée et malpropre. Il remonte vers le feu. Vite, ils détournent la tête d'un autre côté, sauf l'aveugle, — il est toujours penché en avant, arc-bouté sur ses bras comme s'il allait se lever, le visage tourné vers le bruit, vers le mouvement, — et un autre. « Vos pierres sont chaudes, Monsieur, dit cet autre. Je les ai mises en plein feu. »

« Merci », dit l'inconnu. Il a toujours l'air de les ignorer totalement, aussi le regardent-ils de nouveau, sans se gêner, étaler sur une pierre ses misérables vêtements, prendre au feu une seconde pierre et s'en servir comme d'un fer pour les repasser. Pendant qu'il s'habille, l'homme qui lui a parlé tout à l'heure descend vers l'eau et revient avec le morceau de savon dont l'inconnu s'est servi. Ils l'observent toujours et le voient frotter ses doigts sur le savon et tordre ses moustaches en pointes.

— Encore un peu à celles de gauche, Monsieur, dit l'homme qui tient le savon. L'inconnu frotte de nouveau ses doigts sur le savon, tord de nouveau sa moustache gauche, tandis que l'homme le regarde, la tête légèrement penchée en arrière, semblable, silhouette, attitude et accoutrement, à une caricature d'épouvantail.

— Ça va, maintenant ? demande l'inconnu.

— Ça va, monsieur, répond l'épouvantail. Il disparaît dans l'ombre et revient sans le morceau de savon, rapportant à la place le chapeau et la canne. L'inconnu les prend. Il cherche dans sa poche une pièce de monnaie et la met dans la main de l'épouvantail. Celui-ci touche le bord de sa casquette. L'inconnu est parti. Ils le suivent des yeux, sa haute taille, son dos raide, sa canne, jusqu'à ce qu'il ait disparu.

— Qu'est-ce que vous voyez, les copains ? demande l'aveugle. Dites-moi ce que vous voyez.

VII

Parmi les officiers démobilisés qui émigrèrent d'Angleterre après l'Armistice, il y eut un lieutenant nommé Walkley. Il s'en alla au Canada, y cultiva du blé, y remplit son porte-monnaie tout en rétablissant sa santé. A telle enseigne que si, ce soir-là (c'était la veille de Noël), le premier de son premier séjour en Angleterre, il était sorti de la gare de Lyon, à Paris, au lieu de se promener dans Piccadilly Circus, on eût dit de lui : « Non seulement c'est un riche milord, mais c'est un milord bien portant. »

Depuis son arrivée à Londres, il avait eu juste le temps de commencer à monter sa garde-robe, et, dans ses vêtements, — achetés chez un tailleur qu'il n'aurait pu se payer jadis, — il se sentait trop heureux de vivre pour aller ici plutôt que là. C'est pourquoi il se contentait de flâner dans les rues parmi la foule joyeuse, lorsque, soudain, il s'arrêta net, regardant de tous ses yeux un visage devant lui. L'homme avait des cheveux presque blancs, des moustaches cirées en pointes. Il portait une cravate rapée où l'on pouvait reconnaître les couleurs et le dessin particulier d'un certain régiment. Ses vêtements usés jusqu'à la corde étaient fraîchement repassés, et il portait une canne. Il se tenait sur le bord du trottoir et semblait dire quelque chose aux gens qui passaient devant lui. Walkley s'approcha tout à coup, la main tendue. Mais l'autre se contenta de le fixer d'un regard parfaitement inexpressif.

— Gray, dit Walkley, vous souvenez-vous de moi ? » L'autre continua de le fixer de ce regard intensément vide. « Nous étions ensemble à l'hôpital. Je suis parti pour le Canada. Vous ne vous rappelez pas ? »

— Si, dit l'autre. Je vous reconnais. Vous êtes Walkley.

Puis il cessa de regarder Walkley, s'écarta légèrement, se tourna de nouveau vers les passants, la main tendue. Ce fut alors seulement que Walkley s'aperçut que cette main contenait trois ou quatre boîtes de ces allumettes que l'on achète un penny la boîte dans n'importe quel bureau de tabac. « Des allumettes ? des allumettes, monsieur ? disait-il. Des allumettes ? »

Walkley fit également un pas, se plaçant encore devant l'homme. « Gray... », dit-il.

L'autre regarda de nouveau Walkley, cette fois avec une sorte d'impatience contenue mais furieuse. « Foutez-moi la paix, enfant de putain ! » dit-il. Puis, se retournant immédiatement vers les passants, la main tendue, il se remit à psalmodier : « Des allumettes ! des allumettes ! »

Walkley s'éloigna. Il s'arrêta encore une fois, à demi détourné, contemplant derrière lui le visage décharné au-dessus des moustaches cirées. De nouveau, l'autre le regarda droit dans les yeux, mais son regard passa outre, comme s'il ne le connaissait pas. Walkley poursuivit sa route. Il marchait vite. « Bon Dieu, dit-il. J'ai l'impression que je vais vomir. »

AD ASTRA

Je ne sais pas ce que nous étions. A part Comyn, nous avions d'abord été Américains, mais, après trois ans, sous nos tuniques et nos ailes britanniques, avec, par-ci par-là, un bout de ruban, je crois bien que, pendant trois ans, nous n'avions pas même essayé de nous demander ce que nous étions, d'y penser, de nous en souvenir.

Et, ce jour-là, ce soir-là, nous étions encore moins que cela, ou plus que cela : en deçà ou au-delà de la notion qu'en trois ans nous ne nous l'étions pas même demandé. Le subadar[1], — quelques instants après il fut là, avec son turban et ses drôles de petits machins de major, — déclara que nous avions l'air d'hommes qui essaient de marcher dans l'eau. « Mais cela ne va pas tarder à finir, dit-il. Cette atmosphère de haine et de mots. Nous avons l'air d'hommes qui s'efforcent de marcher dans l'eau et restent suffoqués en contemplant leurs jambes effroyablement rapetissées et en s'apercevant les uns les autres fantastiquement

1. Subadar-major ; capitaine de l'armée hindoue. Les insignes de son grade consistent en une couronne sur la patte d'épaule.

debout, sans appui, sans contact, dénués de tout sauf d'impuissance et de besoin. »

Et puis nous fûmes dans l'auto, en route pour Amiens : Sartoris au volant, Comyn sur le siège de devant à côté de lui, le dépassant d'une demi-tête et ressemblant à un mannequin d'exercice ; le subadar, Bland et moi sur le siège de derrière, chacun avec une ou deux bouteilles dans les poches. Chacun sauf, bien entendu, le subadar. Il était large, court, épais, mais d'une sobriété colossale. Dans ce maelstrom d'alcool où nous autres avions fui nos inexorables « moi », il était comme un roc. Il parlait posément, d'une voix de basse profonde, trop grande pour lui de quatre pointures. « Dans mon pays, j'étais prince. Mais tous les hommes sont frères. »

Mais, après douze ans, je nous vois comme des gyrins à la surface de l'eau, isolés, obstinés et sans but. Pas à la surface, plutôt dedans, en deçà de cette ligne de démarcation qui n'est ni eau ni air, quelquefois submergés, quelquefois non. Vous avez observé, dans une baie, la houle uniforme, l'eau basse, la baie tranquille, un peu sinistre dans sa bonhomie satisfaite, tandis que, par-delà l'horizon sombre, la tempête épuise sa rage. Cela c'était l'eau, nous les épaves. Même après douze ans, ce n'est pas plus net que cela. Cela n'avait ni commencement ni fin. Sortis du néant nous hurlions à la mort, inconscients de l'orage auquel nous avions échappé et du rivage étranger d'où nous ne pouvions nous évader. Ce fut dans l'intervalle entre deux vagues de cette houle que nous mourûmes, nous qui étions trop jeunes pour avoir jamais vécu.

Nous nous arrêtâmes au milieu de la route pour boire encore un coup. La campagne était sombre et vide. Et silencieuse : c'était cela qu'on remarquait, qui s'imposait à l'attention. On pouvait entendre la terre respirer comme au sortir de l'éther, comme si elle ne savait pas, ne croyait pas encore qu'elle était éveillée. « Mais maintenant c'est la paix », dit le subadar. « Tous les hommes sont frères. »

— Vous avez pris la parole un jour devant l'Union[1] », dit Bland.

Il était grand et blond. Quand il traversait une salle où il y avait des femmes, il laissait derrière lui un sillage de soupirs, comme un bac qui rentre dans sa cale. C'était un méridional, comme Sartoris ; mais, à la différence de Sartoris, depuis cinq mois qu'il était là, personne n'aurait pu découvrir une trace de balle dans son appareil. Il avait été muté d'un bataillon d'Oxford, — il était boursier de la fondation Rhodes, — avec une décoration et un chevron de blessé. Quand il était ivre, il parlait de sa femme, bien que nous sachions tous qu'il n'était pas marié.

Il prit la bouteille des mains de Sartoris et but. « J'ai la plus gentille petite femme qui soit », dit-il. « Que je vous parle un peu d'elle. »

— Pas la peine », fit Sartoris. « Passe-la à Comyn. Il cherche une poule. »

— Entendu », dit Bland. « Elle est à toi, Comyn. »

— Elle est blonde ? » demanda Comyn.

— Je ne sais pas », répondit Bland. Il se retourna vers le subadar. « Un jour vous avez pris la parole à l'Union. Je me souviens de vous. »

— Ah », fit le subadar. « A Oxford, oui. »

— Il peut fréquenter leurs écoles et se mêler aux

1. Debating club d'Oxford.

gens bien nés, aux gens à la peau blanche », dit Bland. « Mais il ne peut pas obtenir un de leurs brevets d'officier, car la naissance est affaire de couleur, non de lignage ou de conduite. »

— La guerre est plus importante que la vérité », déclara le subadar. « Il faut donc en limiter le prestige et les privilèges à quelques-uns, afin qu'elle ne perde pas sa popularité auprès du grand nombre de ceux qui doivent mourir. »

— Pourquoi plus importante ? » demandai-je. « Je croyais qu'on faisait celle-ci pour en finir à jamais avec les guerres. »

Le subadar eut un geste bref, triste, suppliant et tranquille. « J'ai été un blanc, moi aussi, pendant ce temps-là. Et la guerre est plus importante pour le blanc, parce que c'est la seule chose qu'il soit capable de faire ; elle le résume tout entier.

— Vous voyez donc plus loin que nous ne voyons ?

— On voit plus loin quand on regarde des ténèbres dans la lumière que quand on regarde de la lumière dans la lumière. C'est le principe de la lunette d'approche. La lentille sert simplement à nous faire regretter ce qu'est à jamais impuissant à nous faire connaître un sens qui souffre et désire. »

— Et toi, que vois-tu donc ? » demanda Bland.

— Je vois des femmes », dit Comyn. « Je vois des hectares de leurs cheveux jaunes comme les blés, et moi dans les blés. L'un de vous a-t-il jamais aperçu un chien en quête qui se faufile dans un champ de blé ? »

— Pas en quête de garces », dit Bland.

Comyn se retourna sur son siège, épais, énorme, bouchant tout l'horizon. Cela valait le coup de voir deux mécanos l'introduire à force, comme un pied dans une chaussure, dans la carlingue d'un Dolphin [1], ainsi que deux femmes de chambre fourrant un oreiller de fortune dans une taie trop étroite pour lui. « Je donnerais bien un shilling pour te casser la gueule », fit Comyn.

— Tu crois donc à la justice humaine ? » demandai-je.

— Je donnerais bien un shilling pour vous casser la gueule à tout ce que vous en êtes », reprit Comyn.

— Je crois à la misère humaine », déclara le subadar. « Ça vaut mieux. »

— Alors je te donnerai le shilling », dit Comyn.

— Ça va », fit Sartoris. « Qu'est-ce que vous diriez d'un coup de whisky contre le serein, vous autres ? »

Comyn prit la bouteille et but. « Des hectares et des hectares de femmes », dit-il, « avec leurs petits nichons ronds et blancs qui brillent parmi l'ondulation des blés. »

Puis nous bûmes une autre rasade, sur la route déserte ; entre deux champs de betteraves, dans la nuit silencieuse, et les fumées de l'ivresse commencèrent à se faire sentir. Elles revinrent d'où elles étaient allées, nous submergèrent, nous et le subadar grave et serein comme un roc, au point que sa voix résonnait lointaine, tranquille, irréelle, tandis qu'il déclarait que nous étions tous frères. Puis Monaghan fut là, debout à côté de notre voiture, éclairé en plein par la lumière crue des phares de la sienne, sous un bonnet de police de R. F. C. [2] et une tunique américaine avec les deux

1. Appareil de chasse en usage dans l'aviation britannique pendant la guerre.

2. Royal Flying Corps ; aviation britannique.

pattes d'épaules déboutonnées et pendantes, en train de boire à la bouteille de Comyn. Près de lui se tenait un autre homme, également vêtu d'une tunique, mais plus courte et plus élégante que les nôtres, avec un bandage autour de la tête.

— Je vais te casser la gueule », dit Comyn à Monaghan. « Je te donnerai le shilling. »

— Entendu », répondit Monaghan, et il se remit à boire.

— Nous sommes tous frères », proféra le subadar. « Quelquefois nous nous trompons d'auberge. Nous croyons qu'il fait nuit et nous nous y arrêtons alors qu'il ne fait pas nuit. C'est tout. »

— Je te donnerai un souverain[1] », dit Comyn à Monaghan.

— Ça va », dit Monaghan, et il tendit la bouteille à l'autre homme, celui qui avait la tête bandée.

— Merci », dit l'homme. « Ch'en ai assez bour le moment. »

— Je vais casser la gueule à celui-là », déclara Comyn.

— C'est qu'on ne peut faire que ce qu'on a dans le cœur », dit le subadar. « Tandis qu'on peut voir au-delà du cœur. »

— Essaye un peu de lui casser la gueule ! » fit Monaghan. « Il est à moi. » Il se tourna vers l'homme à la tête bandée. « Pas vrai que tu m'appartiens ? Tiens, bois. »

— Ch'en ai assez, che fous remercie, messieurs », répondit l'autre. Mais nous autres nous ne fîmes pas, je crois, très attention à lui jusqu'à ce que nous

1. Pièce d'or de vingt shillings.

fussions entrés au Clos de la Cloche. Le Clos était bondé, plein de bruit et de fumée. A notre entrée, tout bruit cessa, comme une corde coupée en deux, se résorba confusément en une sorte de consternation offusquée des visages tournés vers nous, et le garçon, — un vieillard en tablier sale — recula à notre approche, bouche bée, avec la même expression d'incrédulité outragée qu'un athée qui se trouverait nez à nez avec le Christ ou avec le Diable. Nous traversâmes la salle, le garçon battant en retraite devant nous, parmi les visages scandalisés qui se tournaient vers nous à notre passage, jusqu'à une table voisine de celle où étaient assis trois officiers français qui nous regardèrent avec ce même air étonné, puis scandalisé, puis furieux. Ils se levèrent comme un seul homme. Toute la salle, le silence, s'emplirent d'un staccato de voix semblable au tac tac d'une mitrailleuse. Ce fut alors que je me retournai et que je regardai pour la première fois le compagnon de Monaghan, avec sa tunique verte, sa culotte noire collante, ses bottes noires et son pansement. Il s'était coupé en se rasant il n'y avait pas longtemps, et sa tête bandée, sa figure imberbe, ahurie, exsangue et douloureuse, semblaient témoigner que Monaghan l'avait quelque peu rudoyé. Son visage rond et poupin, sa tête entourée de ce bandage immaculé, soulignaient encore davantage combien de générations de race différente le séparaient du subadar enturbanné. Flanqué de Monaghan avec sa figure farouche et sa tunique débraillée, au milieu de ces faces scandalisées et indignées des Français, il avait l'air de contempler avec un vif et courtois intérêt sa propre lutte contre l'ivresse à laquelle Monaghan essayait de le contraindre. Il faisait songer à quelque Saint Antoine. Raide, militaire, chaque bouton à sa place, avec son pansement immaculé et ses coupures de rasoir toutes fraîches, il semblait intérieurement illuminé par la claire flamme d'une inébranlable foi dans le triomphe de la dignité individuelle sur un violent et inexplicable chaos. Je remarquai alors le second compagnon de Monaghan : un policier militaire américain. Celui-là ne buvait pas. Il était assis à côté de l'Allemand, en train de rouler une cigarette avec le tabac contenu dans un sachet de toile.

De l'autre côté de l'Allemand, Monaghan emplissait son verre. « Je l'ai abattu ce matin », dit-il. « Je vais l'emmener chez moi. »

— Pourquoi ? » demanda Bland. « Qu'est-ce que tu veux en faire ? »

— Parce qu'il est à moi », répondit Monaghan. Il plaça le verre plein devant l'Allemand. « Tiens, bois. »

— J'avais l'intention autrefois d'en apporter un chez moi à ma femme », dit Bland, « pour lui prouver que je n'avais été qu'à la guerre. Mais je n'ai jamais pu en trouver un qui vaille. Je veux dire un tout entier. »

— Allons », dit Monaghan, « bois. »

— Ch'en ai assez », fit l'Allemand. « Toute la chournée ch'en ai eu assez. »

— Voulez-vous aller en Amérique avec lui ? » demanda Bland.

— Foui, che ne temante pas mieux. Merci.

— Bien sûr que ça te plaira », dit Monaghan. « Je ferai de toi un homme. Bois. »

L'Allemand leva son verre, mais se contenta de le tenir dans sa main. Ses traits étaient tirés, suppliants, mais empreints d'une sorte de sérénité qui ressemblait à celle d'un homme sûr de lui-même. J'imagine que certains martyrs de l'ancien temps ont dû regarder les lions avec cette expression-là. De plus, il avait mal au cœur. Non d'avoir bu, mais à cause de sa tête. « Ch'avais à Bayreuth une femme et un gosse. Mon fils. Che ne l'ai bas encore vu. »

— Ah », dit le Subadar. « Bayreuth. J'y ai séjourné un printemps. »

— Ach », fit l'Allemand. Il jeta au subadar un rapide coup d'œil. « Fraiment. La musique ? »

— Oui », répondit le subadar. « Dans votre musique, certains d'entre vous ont senti, goûté, vécu la véritable fraternité. Nous autres, nous pouvons seulement voir au-delà du cœur. Mais nous pouvons les suivre un peu de temps dans la musique. »

— Et puis il faut refenir en arrière », dit l'Allemand. « C'est dommache. Pourquoi faut-il touchours que nous retournions en arrière ? »

— Ce n'est pas encore le moment », déclara le subadar. « Mais cela ne tardera pas. Ce n'est plus si loin que c'était autrefois. Plus maintenant. »

— Foui », fit l'Allemand, « la défaite nous fera du pien. La défaite est ponne pour l'art ; la fictoire ne vaut rien. »

Vous reconnaissez donc que vous êtes battus ? » demanda Comyn. Il suait de nouveau à grosses gouttes, et les narines de Sartoris étaient toutes pâles. Je pensais à ce que le subadar avait dit tout à l'heure des hommes qui marchent dans l'eau. Seulement, notre eau à nous c'était la soûlerie, cet isolement de l'alcoolisme qui fait pleurer et rire les hommes, qui les fait lutter, non pas entre eux, mais contre eux-mêmes, contre cet inexorable « moi » auquel, dans leur ivresse, ils veulent plus que jamais et peuvent moins que jamais échapper. A haute voix, criant presque, inconscients de l'orage qui couvait parmi les Français indignés (les tables se vidaient peu à peu et les autres consommateurs étaient maintenant groupés autour du haut comptoir où la patronne, une vieille femme aux lunettes à monture d'acier, trônait, un ouvrage de tricot posé en bouchon sur le bord devant elle), nous nous hurlions l'un à l'autre, du fond de notre inexorable isolement, des paroles d'une langue étrangère, nous les répétions sans nous écouter mutuellement, tandis que, au milieu de notre bruit et plus étrangers encore, l'Allemand et le subadar devisaient tranquillement d'art, de musique, de la victoire née de la défaite. Dehors, dans la nuit froide de novembre, c'était la trêve, le cauchemar, pas tout à fait croyable, pas tout à fait éveillé, le répit des antiques désirs enveloppés de paroles, des vieux appétits ornés d'étendards et de trophées.

— Nom de Dieu ! » s'écria Monaghan. « J'suis un gueux d'Irlandais. V'là c' que j' suis ! »

— Et après ? » fit Sartoris, les narines comme de la craie dans sa figure allumée. Son frère jumeau avait été tué en juillet. Il faisait partie d'une escadrille de Camels [1], en avant de nous, et Sartoris était là-bas quand c'était arrivé. Huit jours durant après l'événement, dès qu'il rentrait de patrouille, il faisait son plein d'essence et de munitions et repartait, tout seul. Un jour, quelqu'un l'aperçut juché à quelque cinq mille pieds au-dessus d'un Ak. W. [1] Je suppose que l'autre

1. Types d'appareils en usage dans l'aviation britannique pendant la guerre.

type, qui était avec son frère le matin où il avait été descendu, avait repéré les marques distinctives sur le zinc du chef de la patrouille boche. En tout cas, c'était à cela que Sartoris passait son temps : il se servait du vieil Ak. W. comme amorce. Où l'avait-il déniché ? qui avait-il trouvé pour le piloter ? nous n'en sûmes jamais rien. Mais, cette semaine-là, il descendit trois boches, les pinçant au moment où ils plongeaient vers le Ak. W., et, le huitième jour, il cessa de sortir. « Il a dû le descendre », dit Hume. Toutefois, nous ne le sûmes jamais. Il ne nous le dit pas. Mais, après cela, il reprit son air d'autrefois. Il n'avait jamais beaucoup parlé, il se contentait de faire des reconnaissances et, peut-être, de se soûler, pour ainsi dire de sang-froid, une fois la semaine, jusqu'à ce que ses narines devinssent toutes blanches.

Bland remplissait son verre presque goutte à goutte avec une féline indolence. Je comprenais pourquoi les hommes ne pouvaient pas le souffrir, alors que les femmes le gobaient. Comyn, les bras croisés, sa manchette dans une mare d'alcool renversé, regardait fixement l'Allemand. Il avait les yeux injectés de sang, légèrement sortis de la tête. Sous sa grotesque casquette plate, le M.P.[1] fumait d'un air absent ses maigres cigarettes. La chaîne d'acier de son sifflet pendait de sa poche de poitrine ; il avait tourné son étui à pistolet qui reposait sur ses genoux. Plus loin, les Français, soldats, garçon, patronne, étaient groupés immobiles autour du comptoir. Je pouvais entendre leurs voix comme des voix lointaines, comme le bruit des grillons dans l'herbe de septembre ; les ombres de

1. Policier militaire.

leurs mains montaient le long du mur, puis disparaissaient brusquement.

— Je ne suis pas soldat », dit Monaghan. « Je ne suis pas gentleman. Je ne suis rien. » A la base de chacune de ses pattes d'épaules pendantes, il y avait une petite déchirure. Il y en avait deux autres plus longues et parallèles au-dessous de sa poche gauche, là où avaient été des ailes et un ruban. « Je ne sais plus ce que je suis. Voilà trois ans que je suis dans cette sacrée guerre, et tout ce que je sais c'est que je ne suis pas mort. Je... »

— Comment sais-tu que tu n'es pas mort ? » demanda Bland.

Monaghan le regarda bouche bée sans achever sa phrase.

— Je donnerais bien un shilling pour te faire ton affaire », déclara Comyn. « Ta sale gueule me dégoûte. Lieut'nant. Sacré lieut'nant. »

— J'suis un gueux d'Irlandais », reprit Monaghan. « V'là c'que j'suis. Mon père était un gueux d'Irlandais, nom de Dieu. Et je ne sais pas ce qu'était mon grand-père. Je ne sais pas si j'en ai eu un. Mon père ne se souvient pas. Probablement que c'en était un parmi plusieurs. Il n'a donc pas même été obligé d'être un gentleman. Il n'a jamais été obligé. C'est pour ça qu'il a pu gagner des millions de dollars à creuser des égouts dans le sol. C'est pour ça qu'il pouvait dire en levant la tête et en regardant les vastes fenêtres illuminées, — je l'ai entendu tandis qu'il fumait une pipe qui vous ferait dégueuler tripes et boyaux à vous autres, tas de poseurs et de sacrées fausses-couches...

— Est-ce de l'argent de ton père ou de ses égouts que tu te vantes ? » demanda Bland.

— ... tout en les regardant, y m'disait : Quand t'es avec tes amis chics, qu'y disait, les pères, les mères, les sœurs de ceux que tu as connus à Yale, tu ferais pas mal de leur rappeler que tout homme est esclave de ses propres ordures et que pour ça ton vieux papa, qu'ils voudraient bien faire poireauter à la porte de service des cuisines de leurs bâtisses à quarante étages, ton vieux papa, c'est leur roi à tous... Qu'est-ce que tu dis ? » Il regarda Bland.

— Toi, mon vieux, en voilà assez là-dessus », dit le M.P. « Faut que je fasse un rapport sur ce prisonnier. »

— Attends », dit Monaghan sans cesser de regarder Bland. « Qu'est-ce que tu as dit ? »

— Est-ce de l'argent de ton père que tu te vantes, ou de ses égouts ? » répéta Bland.

— De rien », fit Monaghan. « A quoi bon ? Autant vaudrait se vanter des treize boches que j'ai descendus ou des deux bouts de rubans dont son sacré roi, — il désigna Comyn d'un geste de la tête, — m'a fait cadeau. »

— Ne l'appelle pas mon sacré roi », dit Comyn, tandis que sa manchette s'imbibait d'alcool répandu.

— Regarde », dit Monaghan en montrant les déchirures de ses pattes d'épaules aux boutons arrachés et les deux coupures parallèles sur sa poitrine. « Voilà comme j'y tiens à tous vos sacrés laïus sur la gloire et les gentlemen. J'étais jeune ; je croyais qu'il fallait en être un. Et puis je me suis trouvé empaumé, et il n'était plus temps de faire machine arrière, même quand je me suis aperçu que c'était de la foutaise. Mais maintenant j'en ai jusque-là. Fini maintenant. Maintenant je peux être ce que je suis. Un gueux d'Irlandais, le fils d'un émigrant qui ne connaissait que le pic et la pelle avant d'avoir usé prématurément sa jeunesse et le bon temps. Lui il était sorti d'une tourbière, et son fils est allé à leur école pour les gens de la haute, et puis il est revenu de ce côté-ci de la mare pour faire le faraud avec ceux qui sont propriétaires des tourbières et de la sueur de ceux qui y pataugent, et le roi l'a félicité. »

— Je te donnerai le shilling et je te casserai la gueule », dit Comyn.

— Mais pourquoi veux-tu l'emmener avec toi ? » demanda Bland. Monaghan se contenta de jeter un coup d'œil à Bland. Monaghan, lui aussi, avait quelque chose d'un crucifié : furieux, obnubilé non par la stupeur mais contre la stupeur, comme si en lui plus qu'en nous autres pénétrait encore le tumulte apaisé des vieux désirs et des vieux appétits s'éveillant enfin, épouvantés de leur impuissance et de son lamentable résultat. Bland était assis nonchalamment, les jambes étendues, les mains dans les poches de son pantalon, son beau visage calmement insupportable. « De quelle pioche à cordes jouerait-il ? Peut-être d'une pelle munie de boyaux de chat de gouttière ? Sans doute écrira-t-il une mélodie sur les cabinets à chasse d'eau de Manhattan pour la faire jouer à ton père le soir après dîner ? » Monaghan se contenta de jeter à Bland un coup d'œil empreint de cette expression farouche et absente. Bland tourna légèrement du côté de l'Allemand son indolent visage.

— Allons », dit le M.P.

— Vous avez une femme, Herr Leutnant ? » demanda Bland.

L'Allemand leva les yeux. Il nous regarda rapidement l'un après l'autre. « Oui, merci », dit-il. Il n'avait pas encore touché à son verre plein, sinon pour le tenir à la main. Mais il n'était pas moins ivre qu'avant. La boisson se confondait avec les douleurs de sa tête; sa tête s'emplissait des pulsations et du bourdonnement de l'alcool. « Ma famille est originaire de la Prusse. Des petits barons. Nous sommes quatre frères : le second destiné à l'armée, le troisième à Berlin à ne rien faire, le petit cadet aux dragons, moi, l'aîné, à l'université. Là, j'ai appris. C'était le moment alors. On avait l'impression que nous autres, la jeunesse terrienne et paisible, on nous avait rassemblés, choisis et jugés dignes d'être les témoins d'une époque grosse, comme une femme, des hautes destinées de la terre et de l'homme. Comme si le vieux fatras de la sottise humaine allait être balayé pour faire place à une race nouvelle, qui, dans la simplicité héroïque d'antan, s'étendra sur le monde nouveau. Vous avez connu ce temps-là, n'est-ce pas ? Quand les yeux étincelaient, quand le sang coulait vite ? » Il scrutait nos visages. « Non ? Eh bien, peut-être pas en Amérique. L'Amérique est nouvelle ; dans une maison neuve il n'y a pas tant de fatras que dans une vieille. » Il contempla un instant son verre, la figure calme. « Je rentre chez moi, je dis à mon père : A l'université on m'a appris que ce n'était pas juste. Je ne serai pas baron. » Il ne peut pas le croire. Il parle de l'Allemagne, de la patrie. Je lui réponds : « C'est bien ça. Toi tu dis patrie, moi pays de frères. Je dis que le mot « père » est le barbarisme que l'on balaiera le premier ; il est le symbole de cette hiérarchie qui a imprimé à l'histoire de l'humanité la souillure de l'injustice et de l'arbitraire en guise de morale, de la force au lieu de l'amour.

« On fait venir l'un de Berlin; l'autre arrive de l'armée. Je persiste à dire que je ne veux pas être baron, parce que c'est injuste. Nous sommes dans la petite salle, aux murs de laquelle sont pendus les portraits de mes ancêtres; je me tiens debout devant eux comme devant une cour martiale. Je dis qu'il faut que Franz soit baron, que je refuse de l'être. Mon père déclare : « Tu peux l'être, tu le seras, c'est pour l'Allemagne. » Je réponds : « Est-ce donc pour l'Allemagne que ma femme sera baronne? » Et, comme à une cour martiale, je leur avoue que je suis marié à la fille d'un musicien qui est un ancien paysan.

« Alors, c'est réglé. Celui de Berlin sera baron. Lui et Franz sont jumeaux, mais Franz est déjà capitaine, et le plus humble officier de l'armée peut manger à la table du kaiser; il n'a pas besoin d'être baron. Me voilà donc à Bayreuth avec ma femme et ma musique. C'est comme si j'étais mort. Je ne reçois aucune lettre jusqu'à celle qui m'annonce la mort de mon père et me dit que c'est moi qui l'ai tué et que celui de Berlin est maintenant revenu à la maison pour être baron. Mais il n'y reste pas. En 1912, on lit dans les journaux de Berlin qu'il a été tué par le mari d'une certaine dame, et c'est, en définitive, Franz qui est baron.

« Puis vient la guerre. Mais je reste à Bayreuth avec ma femme et ma musique, parce que nous pensons qu'elle ne sera pas longue, puisqu'elle ne l'a pas été la dernière fois. La patrie, dans son orgueil, avait besoin de nous autres des universités, mais au moment où elle en avait besoin elle ne le savait pas. Et quand elle s'est rendu compte qu'elle en avait besoin, il était trop tard, et le premier paysan venu pouvait faire l'affaire, pourvu qu'il soit dur à tuer. Ainsi... »

— Pourquoi donc alors y êtes-vous allé ? » demanda Bland. « Est-ce que ce sont les femmes qui vous y ont forcé ? Elles vous ont jeté des œufs pourris, peut-être ? »

L'Allemand regarda Bland. « Je suis Allemand, et cela c'est plus que le « je », que le « je suis ». Pas pour un baron ou un kaiser. » Puis sans cesser de regarder Bland : « Il y avait une Allemagne avant qu'il y eût des barons », dit-il. « Et il y en aura une après. »

— Même après cette guerre ?

— Encore plus. Avant, c'était l'orgueil ; un mot dans la bouche. Maintenant. C'est un... comment dites-vous cela ?...

— Une nation vainc ses drapeaux », proféra le subadar. « Un homme se conquiert lui-même. »

— Ou bien une femme met au monde un enfant », ajouta l'Allemand.

— Du désir vient l'enfantement », dit le subadar ; « et de l'enfantement l'affirmation, la divinité, la vérité. »

Le M.P. était en train de rouler une autre cigarette. Il observait le subadar avec une expression de fureur contenue et glaciale. Il passa la langue sur sa cigarette en me regardant.

— Quand je suis venu dans ce sacré pays », dit-il, « je pensais qu'un nègre était un nègre. Mais maintenant, le diable m'emporte si je sais ce que c'est. Qu'est-ce que c'est que celui-là ? Un charmeur de serpents ? »

— Oui », répondis-je. « Un charmeur de serpents. »

— Alors, il ferait pas mal de prendre son serpent et de ficher le camp. Faut que je fasse mon rapport sur le prisonnier. Regardez donc ces grenouilles là-bas. » Au moment où je me retournai pour regarder, trois des Français, dos injurieux et indignés, quittaient la salle. L'Allemand parlait de nouveau.

— J'apprends par les journaux que Franz est colonel, puis général, et que le cadet, qui était encore, la dernière fois que je le vis, le garçon à tête ronde dont le fusil est un autre lui-même, est maintenant aviateur et décoré de la croix de fer de la main même du kaiser. Et puis nous voici en 1916. Et je lis dans les journaux que le cadet a été tué par votre évêque, — il s'inclina légèrement du côté de Comyn, — cet homme de bien. Me voici donc moi-même cadet maintenant. C'est comme si je savais déjà. Comme si je voyais ce qui va se passer. Je me fais donc verser dans l'aviation, et pourtant, bien que je sache maintenant que Franz est général d'état-major et que je me dise chaque soir : « te voilà encore revenu », j'ai la conviction que cela n'est pas juste.

« Comme cela jusqu'à la chute de notre kaiser. Alors j'apprends que Franz est maintenant à Berlin. Je sais qu'il y a quelque chose de vrai, que nous n'avons pas perdu tout droit à l'orgueil, parce que nous nous rendons compte maintenant que cela ne durera pas beaucoup plus longtemps, et que Franz est sain et sauf à Berlin, loin de la guerre.

« Et puis c'est ce matin. Alors arrive la lettre écrite de la main de ma mère, que je n'ai pas vue depuis sept ans. Franz a été descendu de son cheval par un soldat allemand dans une rue de Berlin. C'est comme si tout était oublié, car les femmes ont la faculté d'oublier rapidement, parce que pour elles rien n'est réel — ni vérité, ni justice, ni rien — excepté ce qu'on peut tenir dans sa main ou ce qui peut mourir.

« Alors j'ai brûlé tous mes papiers, la photo de ma femme et de mon fils que je n'ai pas encore vu, j'ai détruit ma plaque d'identité, j'ai enlevé de ma tunique tous mes insignes. » Il montra d'un geste son col.

— Vous voulez dire », demanda Bland, « que vous n'aviez pas l'intention de revenir ? Pourquoi n'avez-vous pas pris un revolver pour économiser un avion à votre gouvernement ? »

— Le suicide n'est que pour le corps », dit l'Allemand. « Le corps ne résoud rien. Il est sans importance. On doit seulement le tenir propre quand on le peut. »

— Ce n'est qu'une chambre d'auberge », fit le subadar. « Juste de quoi se mettre quelque temps à l'abri. »

— Le cabinet de toilette », conclut Bland. « Les goguenots. »

Le M.P. se leva. Il frappa sur l'épaule de l'Allemand. Comyn regardait fixement le prisonnier.

— Alors vous reconnaissez que vous êtes vaincus ? » demanda-t-il.

— Oui », fit l'Allemand. « C'était notre tour d'abord, parce que nous étions malades. Ce sera ensuite celui de votre Angleterre. Et puis elle aussi se portera mieux. »

— Ne dites pas mon Angleterre », protesta Comyn. « Je suis de la nation irlandaise. » Il se tourna vers Monaghan. « Tu as dit mon sacré roi. L'Irlande n'a jamais eu de roi depuis l'Ur Neill, que Dieu bénisse son cul aux poils roux. »

Raide, maître de soi-même, l'Allemand esquissa un geste. « Vous voyez ? » dit-il sans s'adresser à personne.

— Les vainqueurs perdent ce que gagnent les vaincus, déclara le subadar.

— Et qu'est-ce que vous allez faire maintenant ? » demanda Bland.

L'Allemand ne répondit pas. Il se tenait très droit et très raide, avec son visage douloureux et son pansement immaculé.

— Qu'est-ce que vous allez faire vous-même ? » dit le subadar à Bland. « Qu'est-ce que nous ferons tous ? Toute cette génération qui a fait la guerre est morte ce soir. Mais nous ne nous en apercevons pas encore. »

Nous regardâmes le subadar : Comyn avec ses yeux porcins injectés de sang, Sartoris avec ses narines blafardes, Bland affalé sur son siège, indolent, à gifles, avec son air de petite maîtresse. Derrière l'Allemand se tenait le M.P., debout.

— Ça a l'air de vous tracasser comme cinq cents diables », fit Bland.

— Vous ne le croyez pas ? » dit le subadar. « Attendez, vous verrez. »

— Attendre ? » répondit Bland. « Je ne crois pas avoir fait quoi que ce soit depuis trois ans pour acquérir cette habitude. Depuis vingt-six ans. Avant, je ne me rappelle pas. Peut-être. »

— Alors vous verrez sans attendre », dit le subadar. « Vous verrez. » Il nous regarda tous avec une profonde gravité. « Ceux qui pourrissent là-bas depuis trois ans, — il fit un geste de son bras court et épais, — ne sont pas plus morts que nous. »

Le M.P. frappa de nouveau sur l'épaule de l'Allemand. « Mince alors », dit-il. « Allons, venez, mon petit. » Puis il tourna la tête et nous levâmes tous les yeux sur les deux Français, un officier et un sergent, debout à côté de notre table. Ce fut tout ce que nous pûmes faire. Ce fut comme si tout à coup les gyrins avaient découvert que leurs cercles s'étaient rencontrés, qu'ils ne seraient plus obligés d'errer sans but, ni même de continuer à tourner. Plus bas que l'alcool je sentis se former dans mon estomac cette boule dure et chaude, comme lorsque, dans le combat, on a l'impression qu'il va arriver quelque chose ; cet instant où l'on se dit : Maintenant. Maintenant je peux tout flanquer par-dessus bord et me contenter d'exister. Maintenant. Maintenant. Ce n'est pas désagréable du tout.

— Pourquoi celui-là est-il ici, Monsieur ? » demanda en anglais l'officier. Monaghan leva la tête vers lui en le regardant, se renfonça, se cala sur sa chaise, se balançant sur les muscles de ses cuisses comme s'ils avaient été des pieds, les bras allongés sur la table. « Pourquoi l'excitez-vous contre la France, Monsieur ? » dit l'officier.

Quelqu'un empoigna Monaghan au moment où il se levait ; c'était le M.P. qui le retenait par derrière à moitié debout. « Aaattends un' minute », dit le M.P. « Aaattends un' minute. » Sa cigarette montait et descendait sur sa lèvre inférieure pendant qu'il parlait, les mains sur les épaules de Monaghan, son brassard bien en vue sur son bras levé. « Qu'est-ce que ça peut te fiche, grenouille ? » dit-il. Derrière l'officier et le sergent se tenaient les autres Français et la vieille femme. Elle essayait de se frayer un chemin à travers les rangs. « C'est mon prisonnier », déclara le M.P. « Je l'emmènerai partout où ça me fera plaisir et l'y laisserai aussi longtemps que je voudrai. Qu'est-ce que tu dis de ça ? »

— En vertu de quel pouvoir, monsieur ? » demanda l'officier. Il était grand, avec une figure décharnée et tragique. Je m'aperçus alors qu'un de ses yeux était en verre. Il ne remuait pas, immobile dans un visage qui semblait encore plus mort que cet œil artificiel.

Le M.P. jeta un rapide coup d'œil sur son brassard, puis, au lieu de regarder l'officier, il frappa sur le pistolet qui pendait bas, maintenant, contre sa cuisse. « Je l'emmènerai à travers tout ton sacré pays de pouilleux. Je l'emmènerai dans ton sacré sénat et je délogerai ton président à coups de pied au cul pour qu'il lui cède son fauteuil, et tu peux te sucer le menton jusqu'à ce que je revienne lécher tes bottes merdeuses. »

— Ah ! », dit l'officier, « un chien enragé, à ce que je vois. » Il dit cela sans desserrer les dents, sans un mouvement de son visage mort, injurieux par lui-même. Derrière lui, la patronne se mit à crier en français :

— Boche ! Boche ! Cassé ! Cassé ! Toutes les tasses, toutes les soucoupes, les verres, les assiettes, tout, tout ! Je vous montrerai. Je les ai conservés pour aujourd'hui, depuis huit mois que l'obus est tombé, je les garde dans une caisse pour aujourd'hui, assiettes, tasses, verres, tout ce que je possédais depuis trente ans, tout fini, tout cassé d'un seul coup ! Et j'ai dû payer dix sous pièce des verres que j'ai honte de servir à mes clients... »

Il y a un degré, un paroxysme de tension que l'on ne peut dépasser. L'alcool même ne peut en donner une idée. C'est cela, c'est la plus légère variation dans une obsession devenue intolérable, qui détermine les mouvements des foules. Lorsque Monaghan se leva, le M.P. le rejeta sur sa chaise. Alors ce fut comme si nous tous nous jetions tout à la fois par-dessus bord, affrontant sans scrupule et sans honte le spectre que depuis quatre ans nous avions orné de fleurs de rhétorique, lorsque nous bondissions en avant avec un empressement réglé et ordonné chaque fois que le pavillon flanchait. Je vis le M.P. se précipiter vers l'officier, puis Comyn se lever pour lui barrer le chemin. Je vis le M.P. abattre à trois reprises son poing sur la pointe du menton de Comyn avant que celui-ci ne l'empoignât comme un paquet et ne l'envoyât par-dessus la foule, passant horizontalement dans l'air en essayant de sortir son pistolet. Je vis trois poilus sur le dos de Monaghan et l'officier qui essayait de le frapper à coups de bouteille, et Sartoris qui bondissait par derrière sur l'officier. Comyn s'était esquivé. Par la brèche qu'il avait faite, la patronne surgit en hurlant. Deux hommes l'empoignèrent, mais elle se débattait pour passer, en essayant de cracher sur l'Allemand. « Boche ! Boche ! » hurlait-elle, crachant et bavant, en agitant la tignasse grise qui lui retombait sur la figure. Elle se tourna de mon côté et envoya un crachat dans ma direction. « Toi aussi ! » glapit-elle. « C'était pas l'Angleterre qu'on démolissait. Toi aussi tu es venu ronger les os de la France. Chacal ! Vautour ! Animal ! Cassé ! Cassé ! Tout ! Tout ! » Au milieu de tout cela, l'Allemand et le subadar, impassibles, immobiles, attentifs et maîtres d'eux-mêmes, demeuraient assis, l'Allemand avec son visage hautain et douloureux, le subadar calme comme une massive idole, tous deux enturbannés comme des prophètes de l'Ancien Testament.

Cela ne dura pas longtemps. Le temps n'existait pas dans tout cela. Ou, plutôt, nous étions hors du temps, non pas à la surface, mais en deçà, à cette ligne de démarcation entre l'ancien, où nous ne savions pas que nous étions morts, et le nouveau, où le subadar avait déclaré que nous étions morts. Au-delà des bouteilles brandies, des manches bleues et des mains sales, des figures semblables à des masques tordus en des vociférations figées et muettes pour faire peur aux enfants, j'aperçus de nouveau Comyn. Il arrivait, ouvrant son sillon comme un bateau chargé dans une mer houleuse ; il avait sous son bras le vieux garçon de café, aux lèvres le sifflet du M.P. Ce fut le moment où Sartoris envoya une chaise dans l'unique lampe.

Dans la rue, il faisait froid, un froid qui pénétrait à travers les vêtements, à travers les pores dilatés par l'alcool, et se glissait sournoisement jusqu'aux os. La petite place était déserte, les réverbères clairsemés et lointains. Le silence était si profond que l'on pouvait entendre le murmure léger de l'eau dans la fontaine. De quelque distance parvint un bruit, lointain, lui aussi, sous le ciel lourd et bas : des cris, entendus de loin, sur cette note grêle, presque féminine qu'ont tous les cris, même ceux d'une foule d'hommes, interrompus de temps à autre par les sons d'un orchestre. Dans l'ombre du mur, Monaghan et Comyn maintenaient l'Allemand sur ses jambes. Il avait perdu connaissance. De tous trois on n'apercevait que la faible blancheur du pansement, on n'entendait que la suite monotone et ininterrompue des jurons de Monaghan.

— Il n'aurait jamais dû y avoir d'alliance entre les Anglais et les Français », déclara le subadar. Il parlait sans élever le ton, et sa voix naturelle résonnait avec l'ampleur d'un son d'orgue, hors de toute proportion avec sa taille. « Des nations dissemblables ne devraient jamais combiner leurs forces en vue de lutter pour le même objet. Que chacune lutte pour une chose différente, pour des buts qui ne soient pas contradictoires, chacune selon sa propre condition. » Sartoris passa devant nous. Il revenait de la fontaine, portant avec précaution devant lui sa casquette retournée dont le fond bombait. Nous entendions, mêlé au bruit de ses pas, celui de l'eau qui dégoulinait. Il se confondit avec la tache d'ombre plus dense où brillait le pansement et où Monaghan ne cessait de jurer avec calme. « Et chacune selon ses propres traditions », continua le subadar. « Mes hommes : les Anglais leur ont donné des fusils. Puis ils les ont regardés et ils sont venus à moi. « Cette lance est trop courte et trop lourde ; comment tuer un ennemi rapide avec une lance de cette longueur et de ce poids ? » Ils leur ont donné des tuniques avec des boutons pour les tenir boutonnées. J'ai souvent parcouru toute une tranchée où ils étaient accroupis, immobiles, enterrés jusqu'aux oreilles dans des couvertures, de la paille, des sacs à terre vides, la figure grise de froid ; j'ai soulevé les couvertures et découvert des torses patients vêtus seulement d'une chemise. »

« Les officiers anglais leur disaient : « Allez à tel endroit faire telle chose » ; ils ne bougeaient pas. Et puis, un jour, en plein midi, tout le bataillon, voyant quelque chose s'agiter hors d'un entonnoir, bondit de la tranchée, entraînant avec lui un autre officier et moi-même. Ce qui restait de nous, l'officier, dix-sept hommes et moi, nous vécûmes trois jours dans un boyau de la première ligne ennemi. Il fallut une brigade tout entière pour nous dégager. « Pourquoi n'avez-vous pas tiré ? » demanda l'officier. « Vous les avez laissé vous descendre comme des faisans dans une battue. » Ils baissaient les yeux. Ils restaient plantés là, comme des gosses, chuchotant entre eux, attentifs, mais nullement honteux. Je demandai à leur chef : « Est-ce que les fusils étaient chargés, ô Das ? » Comme des enfants, ils se tenaient là plantés, intimidés, mais sans honte. « O fils de nombreux rois », fit Das. « Dis au sahib la vérité de ce que tu sais », dis-je. « Ils n'étaient pas chargés, sahib », répondit Das. »

Le son de l'orchestre parvint de nouveau, lointain, assourdi par l'air pesant. Ils étaient en train de faire boire l'Allemand à la bouteille. « Eh bien », demanda Monaghan. « Est-ce que ça va mieux, maintenant ? »

— C'est ma tête », fit l'Allemand. Ils parlaient tranquillement comme s'ils eussent discuté de la couleur d'un papier d'ameublement.

Monaghan se remit à jurer. « Je vais y retourner, nom de Dieu, je... »

— Non, non », dit l'Allemand. « Je ne permettrai pas. Fous afez déjà été bien complaisant... »

Nous restâmes à boire, debout dans l'ombre du mur. Il ne nous restait qu'une bouteille. Quand elle fut vide, Comyn la brisa contre le mur.

— Et maintenant, quoi ? » fit Bland.

— Des filles », dit Comyn. « Veux-tu voir Comyn de la nation irlandaise parmi leurs cheveux blonds, comme un chien dans les blés ? »

Nous étions là, écoutant l'orchestre lointain, les voix lointaines.

— Bien vrai, ça va mieux ? » demanda Monaghan.

— Merci », répondit l'Allemand. « Je me sens pien. »

— En route, alors », dit Comyn.

— Vous allez l'emmener avec vous ? » demanda Bland.

— Oui », dit Monaghan. « Pourquoi pas ? »

— Pourquoi ne pas l'emmener au poste de secours ? Il souffre. »

— Veux-tu que je te casse la gueule ? » dit Monaghan.

— Ça va », fit Bland.

— Allons », dit Comyn. « Quel est le couillon qui aimerait mieux se battre que d'aller tirer son coup ? Tous les hommes sont frères et toutes leurs femmes sont sœurs. En route, les fusilliers de minuit. »

— Dites donc », demanda Bland à l'Allemand. « Est-ce que vous tenez à aller avec eux ? » Lui avec sa tête bandée et le subadar avec son turban avaient l'air de deux blessés au milieu de cinq fantômes.

— Soutiens-le un instant », dit Monaghan à Comyn. Monaghan s'approcha de Bland. Il l'invectiva. « Ça me plaît de me battre », dit-il du même ton uniforme. « Ça me plaît même d'être rossé. »

— Attendez », dit l'Allemand. « Encore une fois, che ne permettrai pas. » Monaghan s'arrêta. Bland et lui n'étaient pas à un pied l'un de l'autre. « Ch'ai une femme et un fils à Bayreuth », dit l'Allemand. C'était à moi qu'il parlait. Il me donna l'adresse, deux fois, avec soin.

— Je lui écrirai », fis-je. « Que dois-je lui dire ? »

— Dites-lui que ce n'est rien. Vous saurez bien.

— Oui, je lui dirai que vous êtes en bonne santé.

— Dites-lui que la vie n'est rien.

Comyn et Monaghan le prirent de nouveau par le bras, un de chaque côté. Ils firent demi-tour et s'éloignèrent, le portant presque. Comyn, à ce moment, regarda en arrière. « Que la paix soit avec vous », dit-il.

— Et avec vous la paix », répondit le subadar. Ils continuèrent. Nous les aperçûmes se silhouettant à contre-jour à l'entrée d'un passage éclairé. C'était un passage voûté ; la faible lueur, blafarde et glacée, sur la voûte et les murs le faisait ressembler à une porte de ville. Soutenant l'Allemand entre eux deux, ils franchirent cette porte.

— Que vont-ils faire de lui ? » demanda Bland. « L'appuyer dans un coin et éteindre la lumière ? A moins que les bordels français ne possèdent aussi des hommes, à tout faire. »

— Qu'est-ce que ça peut bien foutre ? » dis-je.

On entendit de nouveau les sons assourdis de l'orchestre. L'air était glacial. Chaque fois que ma chair tressaillait d'alcool et de froid, il me semblait l'entendre râcler contre mes os.

— Cela fait déjà sept ans que je suis sous ce climat », dit le subadar. « Mais je ne suis pas encore habitué au froid ». Sa voix était profonde, calme, comme s'il avait eu six pieds de haut. Comme si ceux qui l'avaient fait s'étaient dit entre eux : « Nous lui donnons de quoi publier son message. » — « Pourquoi ? Qui écoutera son message ? » — « Lui-même, car nous lui donnons de quoi l'entendre. »

— Pourquoi donc ne retournez-vous pas dans l'Inde ? » lui demanda Bland.

— Ah ! » dit le subadar. « Je suis comme lui. Moi non plus je ne veux pas être baron. »

— Et c'est pour cela que vous cédez la place à des étrangers qui traiteront les gens de votre peuple comme des bœufs ou des lapins, envahiront votre pays et y rafleront tout. »

— En m'en allant, j'ai défait en un jour ce qu'on avait mis deux mille ans à faire. Est-ce que ce n'est pas quelque chose ?

Nous tremblions de froid. Maintenant, le froid c'était la musique, les cris, qui venaient bourdonner, avec des mains glacées, autour de nos os et non plus de nos oreilles.

— Bah », dit Bland. « J'imagine que le gouvernement anglais fait pour libérer votre peuple plus que vous pouviez faire. »

Le subadar toucha légèrement la poitrine de Bland. « Vous êtes un sage, mon ami. Puisse l'Angleterre être heureuse que tous les Anglais ne soient pas aussi sages. »

— Alors vous allez demeurer en exil tout le reste de votre vie ?

D'un geste de son bras court et épais, le subadar indiqua le passage par où avaient disparu Comyn, l'Allemand et Monaghan. « N'avez-vous pas entendu ce qu'il a dit ? Cette vie n'est rien. »

— Croyez-le si ça vous fait plaisir », dit Bland. « Mais, bon Dieu, ça me fait mal au cœur de penser que tout ce que j'ai sauvé de ces trois années n'est rien du tout. »

— C'est un mort que vous avez sauvé », répondit tranquillement le subadar. « Vous verrez. »

— C'est ma destinée que j'ai sauvée », fit Bland. « Ni vous ni personne ne peut savoir ce qu'elle sera. »

— Qu'est la destinée sinon d'être mort ? C'est

dommage qu'il ait fallu que ce soit notre génération. C'est dommage que pour le meilleur de ce qui vous reste à vivre vous passiez sur la terre comme un fantôme. Mais c'était votre destinée. » De loin parvenaient des éclats de voix sur la même note soutenue, féminine et enfantine tout ensemble, puis, de nouveau, l'orchestre, des sons cuivrés, assourdis comme les voix, d'une gaieté hystérique et lugubre, mais surtout lugubre. Sous la lueur glaciale du reverbère, le passage voûté béait, vide, profond, silencieux, comme la porte d'une autre ville, d'un autre monde. Tout à coup, Sartoris nous quitta. Il marcha d'un pas ferme jusqu'au mur, s'y appuya des deux bras et se mit à vomir.

— Mince », dit Bland. « Je boirais bien un coup de gnole. » Il se tourna vers moi. « Où est ta bouteille ? »

— Finie.

— Comment finie ? Tu en avais deux.

— Eh bien, je n'en ai plus maintenant, bois de l'eau.

— De l'eau ? » fit-il. « Qui, diable, boit de l'eau ? »

Alors je sentis de nouveau dans mon estomac la boule dure et chaude, facétieuse, insupportable mais réelle ; de nouveau le moment où on se dit : Maintenant. Maintenant, je peux tout envoyer promener.

— Tu en boiras, sacré enfant de garce », dis-je.

Bland ne me regarda pas. « Deux fois », dit-il d'un ton calme et détaché. « Deux fois en une heure. Est-ce que ça peut passer pour un record ? » Il me tourna le dos et s'en fut vers la fontaine. Sartoris revint. Il marchait ferme et droit. Le son de l'orchestre glissait, mélangé au froid, le long de mes os.

— Quelle heure est-il ? » demandai-je.

Sartoris regarda à son poignet. « Le douze. »

— Il est minuit passé, probablement », dis-je.

— J'ai dit qu'on était le douze », répéta Sartoris.

Bland était penché sur la fontaine. Il y avait un peu de lumière là-bas. Lorsque nous arrivâmes près de lui, il se redressa en s'essuyant la figure. La lumière tombait sur son visage et je me demandai pendant un instant si, pour s'essuyer ainsi le haut de la figure, il n'avait pas trempé dans l'eau sa tête tout entière. Il restait là, s'essuyant la figure en pleurant de tout son cœur, sans bruit.

— Ma pauvre petite femme », dit-il. « Ma pauvre petite femme. »

TOUS LES PILOTES MORTS

I

Sur les photos, sur les instantanés pris n'importe comment, légèrement passés, légèrement cornés après treize ans, ils crânent un tantinet. Maigres et durs sous leur harnais de guerre, cuir et bronze, debout à côté des invraisemblables carcasses de fil de fer, de bois et de toile dans lesquelles ils volaient sans parachutes, ou appuyés contre elles, ils avaient, eux aussi, un air invraisemblable, pas tout à fait humain, celui de quelque vague apothéose d'humanité entrevue un instant dans la lueur éclatante d'un coup de tonnerre, et disparue pour toujours.

Car ils sont morts, tous les anciens pilotes, morts le 11 novembre 1918. Quand vous voyez d'eux des photos de maintenant, des photos récentes près des modèles actuels en acier et en toile, avec les capots, les moteurs et les ailes à fentes d'à présent, ils paraissent un peu dépaysés, ces maigres jeunes gens si farauds d'autrefois. A cette époque saxophonique de l'aviation, ils semblent aussi déplacés, — un peu bedonnants dans leurs sévères complets d'hommes d'affaires de trente, trente-cinq ans et peut-être davantage — qu'au milieu des saxophones et des minuscules chapeaux melons en clinquant d'un orchestre de boîte de nuit. Car ils sont morts eux aussi ceux qui avaient appris à respecter ce dont leurs prouesses, à leur tour, avaient imposé le respect, avant qu'il n'existât des sections centrales soudées, des parachutes et des appareils qui ne se retournent pas. C'est pourquoi ils considèrent avec une sympathie amusée, mêlée de quelque ahurissement les garçons et les filles de cet âge saxophonique, avec leurs tubes de pommade contre le hâle et leurs flacons de poche aérodynamiques, quand ils démolissent leurs zincs saxophoniques dans des avenues de propriétés privées ou sur des terrains de golf. « Dame », me dit un jour l'un d'entre eux, — d'abord bizut, puis pilote breveté, et depuis capitaine et M.C. [1], — « si on en arrive à traiter un zinc de cette façon-là, alors, à quoi bon voler ? »

Mais ils sont tous morts à présent. Ce sont maintenant des hommes gras, un peu bedonnants d'être restés assis derrière des bureaux (et peut-être ne sont-ils pas tellement faits pour cela), pourvus de femmes et d'enfants et habitant des maisons de banlieue presque entièrement payées, avec des jardins où ils passent à bricoler de longues soirées après l'arrivée du train de cinq heures quinze (et peut-être aussi ne sont-ils pas tellement faits pour cela). Voilà ce qu'ils sont les durs et maigres jeunes gens qui crânaient dur et buvaient sec parce qu'ils avaient découvert que d'être morts ce n'était pas le filon qu'on leur avait dit. Et c'est pourquoi cette nouvelle est faite de pièces et de morceaux : de brefs éclats de lumière parmi lesquels, l'espace d'un instant, entre le noir et le noir, on

1. Military cross : croix de guerre.

entrevoyait, sans profondeur ni perspective, le présage sinistre et menaçant de ce que pouvait supporter et devenir l'humanité.

II

En 1918, j'étais au Quartier Général d'un groupe d'aviation où j'essayais de m'habituer à une jambe artificielle et où j'étais chargé, entre autres choses, de la censure postale de toutes les escadrilles du groupe. La besogne en elle-même n'avait rien de pénible, car elle me laissait le loisir d'expérimenter un appareil photographique synchronisé que j'étais en train de mettre au point. Le travail consistait à ouvrir et à lire les lettres, de courtes missives griffonnées à la hâte, dans une écriture et une orthographe d'écolier, et toutes pleines de pieux mensonges cousus de fil blanc à l'usage des mamans et des fiancées. Mais la guerre est une si grande affaire et qui prend tant de temps. J'imagine que ceux qui la dirigent (je ne parle pas des états-majors, mais du je ne sais qui ou du je ne sais quoi qui gouverne les événements) doivent s'ennuyer quelquefois. Et c'est quand on s'embête que l'on redevient gosse et que l'on fait des gamineries.

Or, j'allais de temps en temps rendre visite à une escadrille de Camels [1], en arrière d'Amiens, et je me faisais tuyauter par le sergent armurier sur la synchronisation des mitrailleuses. L'escadrille était celle de

1. Appareils en usage dans l'aviation britannique pendant la Grande Guerre.

Spoomer. C'était son oncle le K.G.[1] qui commandait le corps; aussi Spoomer, en plus de son grade de capitaine de la Garde, avait-il décroché successivement l'Étoile de Mons et le D.S.O.[2], et s'était-il vu attribuer le commandement d'une escadrille de chasse, — des avions monoplaces, — bien que le troisième insigne dont s'ornait sa poitrine ne fût encore que l'aile unique d'officier d'observation.

En 1914, il était à Sandhurst[3], un grand type au teint de brique et aux yeux de porcelaine, et j'aime à me représenter le moment où son oncle l'envoya chercher, quand la nouvelle, la bonne nouvelle, fut rendue publique. Sans doute se rencontrèrent-ils au club de l'oncle (ce dernier était alors brigadier général[4] et venait d'être rappelé précipitamment de l'armée des Indes), tous deux en face l'un de l'autre de chaque côté de la table d'acajou, pendant que les marchands de journaux hurlaient dans la rue et que le général disait : « Parbleu, ceci sera le triomphe de l'Armée. Passez-moi le vin, monsieur. »

Je présume que le général fut dépité, pour ne pas dire scandalisé, quand il s'aperçut qu'en fin de compte ni les Boches, ni le Home Office n'entendaient mener la guerre comme l'Armée prétendait le faire. Toujours est-il que Spoomer était déjà allé à Mons et en était revenu avec son étoile (bien que Ffollansbye racontât que le général avait envoyé Spoomer chercher l'étoile parce qu'elle allait être la seule décoration qu'il fût

1. Knight of the Garter, Chevalier de la Jarretière.
2. Distinguished Service Order, Ordre pour services distingués, décoration militaire anglaise.
3. École Royale Militaire.
4. Général de Brigade.

nécessaire de recevoir sur place) avant que son oncle le fît attacher à son état-major où Spoomer pourrait gagner son D.S.O. Puis, peut-être, son oncle l'expédia-t-il de nouveau vers quelque filon opportun. A moins que, cette fois, Spoomer n'y fût allé de son propre gré. J'aime à le croire. J'aime à croire qu'il le fit *pro patria*, bien qu'il sût qu'aucun homme ne mérite de louanges pour son courage, ni de reproches pour sa couardise, puisqu'il existe des situations où n'importe qui manifestera l'un ou l'autre de ces deux sentiments. Mais il y alla, et il revint un an plus tard avec son aile d'observateur et un chien presque aussi gros qu'un veau.

Ce fut en 1917 que Sartoris et lui entrèrent en contact, en collision, pour la première fois. Sartoris était Américain ; il venait d'une plantation du Mississipi où il poussait du maïs et des nègres, ou, plus exactement, dans laquelle les nègres faisaient pousser du maïs : quelque chose comme ça. Sartoris possédait un vocabulaire effectif d'environ deux cents mots et il lui eût été vraisemblablement tout à fait impossible de dire comment et pourquoi il vivait, sinon qu'il habitait à la plantation avec son arrière-grand-tante et son grand-père. Il était venu par le Canada en 1916 et avait débarqué à Pool[1]. C'est Ffollansbye qui m'a raconté ça. Il paraît que Sartoris avait une poule à Londres, une de ces épouses de trois jours et veuves de trois ans. C'est ça le grand mal de la guerre. Eux, — les Sartoris et leurs semblables, — sont morts depuis 1918, du moins quelques-uns d'entre eux. Mais elles, les filles et les femmes, moururent le 4 août 1914.

1. Liverpool.

Ainsi Sartoris avait une poule. On l'appelait Kitchener, me raconta Ffollansbye, « elle possédait, elle aussi, tellement de soldats ! » On se demandait si Sartoris savait cela ou non. Mais, en tout cas, il semble que, pendant quelque temps, Kitchener, — Kit, dans l'intimité, — les plaqua tous pour Sartoris. On les voyait ensemble à toute heure et en tous lieux, puis, un beau jour, Ffollansbye rencontra dans un restaurant Sartoris tout seul, et ivre, selon toute vraisemblance. Ffollansbye avait déjà entendu dire que Kit et Spoomer étaient partis quelque part ensemble il y avait environ deux mois. Sartoris était là, assis, en train de se saouler à mort, attendant que Spoomer entrât. Ffollansbye réussit finalement à fourrer Sartoris dans un taxi et à le renvoyer à l'aérodrome. C'était aux approches de l'aube. Sartoris prit dans le paquetage d'un camarade une tunique de capitaine, dans celui d'un autre une jarretière de femme et épingla la jarretière sur la tunique comme un ruban de décoration. Puis il alla réveiller un caporal, un ancien boxeur professionnel avec qui Sartoris faisait de la boxe de temps en temps, et l'obligea à endosser la tunique pardessus son jersey et son caleçon. « T' t'appelles Spoomer », dit Sartoris au caporal. « L' cap'taine Spoomer. » Puis, titubant, il frappa du doigt sur la jarretière. « Cuisses de la série distinguée. » Et dans l'aube naissante, ils restèrent plantés là, tous deux, lui et le caporal avec sa tunique d'emprunt sous laquelle dépassait son jersey de laine, à se taper dessus à poings nus.

III

La guerre, une fois qu'on est dedans, on se figurerait qu'elle va vous foutre la paix. Qu'elle ne va pas s'amuser à vous jouer des tours de cochon. Mais ce n'était sans doute pas cela. Peut-être était-ce que tous trois, Spoomer, Sartoris et le chien, la prenaient trop au sérieux. Les gens sérieux doivent faire l'effet d'une constante provocation à son tonnerre et ses alarmes. Quoi qu'il en soit, un après-midi, — c'était au printemps, juste avant la chute de Cambrai, — je me rendis à l'aérodrome des Camels voir le sergent armurier, et j'aperçus Sartoris pour la première fois. On avait fait cadeau de l'escadrille à Spoomer et à son chien l'année d'avant, et la première chose que l'on fit fut d'y envoyer Sartoris.

La patrouille de l'après-midi était sortie, ceux qui n'étaient pas en service commandé étaient également partis ; l'aérodrome était désert. Nous étions assis, le sergent et moi, chacun sur un fût à essence vide, à l'entrée du hangar, quand je vis un homme passer la tête par la porte du mess des officiers et jeter à droite et à gauche, le long de la ligne des hangars, un regard prudent et scrutateur. C'était Sartoris qui cherchait le chien.

« Le chien ? » demandai-je. Et le sergent me raconta ce qui suit, résultat de ses propres observations et de celles de tout ce qui comptait à l'effectif de l'escadrille, échangées et confrontées pendant les repas par-dessus les tables, et, le soir, par-dessus les pipes : une de ces enquêtes impitoyables et omniscientes comme sont celles auxquelles peuvent se livrer les inférieurs.

Spoomer avait l'habitude, lorsqu'il quittait l'aérodrome, d'enfermer son chien quelque part. A toutes les fois, il était obligé de l'enfermer dans un endroit différent, car Sartoris le cherchait jusqu'à ce qu'il le trouvât pour lui donner la liberté. Ce chien semblait doué d'intelligence, car, si Spoomer se rendait seulement au Quartier Général ou en quelque lieu où l'appelait son service, le chien restait à l'aérodrome et profitait de l'absence de son maître pour aller fouiller, derrière le réfectoire des hommes, dans la boîte à ordures qu'il préférait habituellement à celle du mess des officiers. Mais si Spoomer était parti pour Amiens, le chien, dès qu'il était délivré, fichait le camp par la route d'Amiens pour ne revenir que plus tard avec Spoomer dans l'auto de l'escadrille.

— Pourquoi donc M. Sartoris lui donne-t-il la liberté ? » demandai-je. « Est-ce parce que le capitaine Spoomer ne veut pas que le chien aille manger les ordures de la cuisine ? »

Mais le sergent n'écoutait pas. Il tendait le cou hors de la porte, regardant à droite et à gauche. Nous observâmes Sartoris. Il était sorti du mess et approchait maintenant du dernier hangar de la rangée, toujours du même air scrutateur et résolu. Il pénétra dans le hangar.

— Cela me paraît un jeu passablement puéril pour un garçon de son âge », constatai-je.

Le sergent me regarda, puis il détourna les yeux. « Il veut savoir si c'est à Amiens qu'est allé le capitaine Spoomer. »

— Ah ! une jeune fille, sans doute ? » dis-je au bout d'un moment.

— Si vous voulez. Je suppose qu'il en existe dans ce pays-ci. »

Je réfléchis un instant à ce qu'il venait de dire. Sartoris sortit du premier hangar et entra dans le second. « Je me demande s'il existe encore des jeunes filles quelque part », fis-je.

— Peut-être avez-vous raison, mon lieutenant, la guerre est bien dure pour les femmes.

— Et cette jeune fille », demandai-je, « qui est-elle ? »

Il me le dit. La fille tenait un estaminet « un petit bistro de rien du tout », comme il l'appelait, avec une espèce de vieille sorcière. Une petite boîte dans une ruelle écartée où les officiers n'allaient pas. C'était peut-être pour ça que Sartoris et Spoomer faisaient à ce point sensation dans ce milieu-là. J'appris de la bouche du sergent que la rivalité entre le commandant de l'escadrille et l'un de ses poussins les plus novices était l'objet d'un intérêt général et le sujet des conversations les plus animées, et même de paris, parmi tout l'effectif de ce secteur, troupes françaises et britanniques. « Surtout », ajouta-t-il, « que ce sont des officiers ».

— Ils ont fait peur aux soldats, qui leur ont cédé la place, n'est-ce pas ? » demandai-je. « C'est bien cela ? » Le sergent ne me regarda pas. « Y avait-il beaucoup de soldats à mettre en fuite ? »

— Vous savez probablement ce que sont ces femmes-là », dit le sergent. « Avec la guerre et tout ce qui s'ensuit. »

Voilà donc quelle était cette fille. Le sergent me dit qu'elle et la vieille n'étaient même pas parentes. Il me confia que Sartoris lui faisait des cadeaux, lui payait des nippes, des bijoux, vraisemblablement le genre de bijoux qu'on pouvait trouver à Amiens. Peut-être à la cantine, car Sartoris n'avait guère plus de vingt ans. J'ai vu quelques-unes des lettres qu'il écrivait chez lui à son arrière-grand-tante, des lettres qu'un élève de septième au collège d'Harrow aurait pu écrire, et même, probablement, corriger. Spoomer, lui, paraît-il, ne faisait pas de cadeaux à la fille. « Sans doute parce qu'il est capitaine », dit le sergent. « Sans doute à cause de ces rubans n'a-t-il pas besoin d'en faire. »

— Sans doute », répondis-je.

Et c'était cette fille, cette fille avec les bijoux de quatre sous que lui donnait Sartoris, qui servait de la bière et du vin aux simples soldats français et anglais dans une petite rue d'Amiens, et à cause de laquelle Spoomer abusait de son grade pour cocufier Sartoris en le retenant en service commandé à l'aérodrome, et à cause de laquelle il enfermait le chien pour cacher à Sartoris ce qu'il avait fait. Et Sartoris se vengeait comme il pouvait en donnant la liberté au chien afin qu'il aille fouiller parmi les rebuts d'une nourriture plébéienne.

Il entra dans le hangar où nous nous tenions, le sergent et moi. C'était un grand garçon avec des yeux clairs dans un visage qui pouvait être tantôt gai, tantôt morose, et tout à fait innocent. Il me regarda. « Bonjour », dit-il.

— Bonjour », répondis-je. Le sergent fit mine de se lever.

— Ne vous dérangez pas », dit Sartoris, « je n'ai besoin de rien ». Il alla jusqu'au fond du hangar où s'entassaient des fûts à essence vides, des caisses également vides, et toutes sortes de choses. Il semblait totalement inconscient et nullement honteux de ce qu'il y avait de puéril dans sa façon d'agir.

Le chien était dans l'une des caisses. Il en sortit, énorme, d'un brun velouté. A part l'aile de Spoomer, son Étoile de Mons et son D.S.O., m'avait dit Ffollansbye, le maître et le chien étaient tout le portrait l'un de l'autre. La bête quitta le hangar sans se presser, en me jetant de côté un rapide coup d'œil. Nous la vîmes s'éloigner et disparaître derrière le coin du réfectoire des hommes. Alors Sartoris tourna les talons, rentra au mess des officiers et disparut à son tour.

Peu de temps après, la patrouille de l'après-midi revint. Au moment où les avions arrivaient à la hauteur des hangars, l'auto de l'escadrille entra dans l'aérodrome, s'arrêta devant le mess des officiers, et Spoomer en descendit. « Regardez-le », dit le sergent. « Il va essayer de faire comme s'il ne s'observait pas, sans avoir l'air de rien. »

Il longea les hangars, grand, lourd, avec ses bas de golf verts. Il ne m'aperçut qu'en pénétrant dans le hangar. Il eut une hésitation presque imperceptible, puis il entra en me lançant de côté un bref regard. « Bonjour », dit-il d'une voix forte où perçait une irritation contenue. Le sergent s'était levé. Pas une fois je n'avais vu Spoomer jeter un seul coup d'œil vers le fond du hangar, vers la caisse retournée sens dessus dessous, mais il s'était arrêté. « Sergent », dit-il.

— Mon capitaine », répondit le sergent.

— Sergent », répéta Spoomer. « Ces altimètres sont-ils enfin arrivés ? »

— Oui, mon capitaine. Voici quinze jours. Ils sont tous en service à l'heure actuelle, mon capitaine. »

— Très bien. Très bien. » Il ressortit en me jetant

de nouveau à la dérobée un rapide regard, puis il continua son chemin et suivit sans se presser la rangée des hangars. Il disparut. « Observez-le maintenant », fit le sergent. « Il ne se dirigera de ce côté que quand il croira que nous ne le regardons plus. »

Nous l'observâmes. Nous l'aperçûmes de nouveau se dirigeant droit vers le réfectoire des hommes, d'un pas rapide cette fois. Il disparut derrière le coin. Un moment après, il reparut traînant par la peau du cou l'énorme bête ahurie. « Il ne faut pas manger cette cochonnerie-là », dit-il. « C'est pour les soldats. »

IV

Je ne me rappelle plus ce qui arriva sur ces entrefaites. Sartoris ne me le raconta que plus tard, par la suite. Sans doute, à cette époque-là, ne possédait-il rien de plus que son intuition et des preuves indirectes pour lui révéler qu'il était cocu : des preuves comme quand Spoomer le chargeait d'un service qui n'était pas de son ressort et le retenait à l'aérodrome tout l'après-midi, et que, découvrant la cachette du chien, il lui donnait la clef des champs et le voyait filer, de son galop maladroit et lourd, par la route d'Amiens.

Mais il arriva quelque chose. Tout ce que je réussis à savoir en ce temps-là c'est qu'un après-midi Sartoris trouva le chien et le regarda partir pour Amiens. Puis il mangea la consigne, emprunta une motocyclette et s'en alla également à Amiens. Deux heures plus tard, le chien rentra et se rendit à la porte du réfectoire des hommes, et, peu après, Sartoris lui-même arriva dans un camion (on commençait déjà à évacuer Amiens), chargé de mobilier et conduit par un soldat français en blouse de paysan. La motocyclette également était dans le camion, complètement démolie et irréparable. Le soldat me raconta que Sartoris était entré à toute vitesse dans un fossé en essayant d'écraser le chien.

Personne, dans ce temps-là, ne sut exactement ce qui s'était passé. Toutefois, j'avais imaginé la scène avant qu'il ne me la racontât. Je le voyais là-bas, dans cette salle minuscule pleine de soldats français, et la vieille (elle savait reconnaître les grades, et, en tous cas, les rubans), lui barrant la porte qui menait aux pièces d'habitation. Je me le représentais furieux, frustré, muet (il ne savait pas le français), dépassant de la tête et des épaules ces Français qu'il ne pouvait pas comprendre et qu'il croyait en train de se moquer de lui. « C'était bien cela », me raconta-t-il. « Ils se foutaient de moi derrière leurs figures, à cause d'une femme. Et moi qui savais que l'autre était là-haut, et eux qui savaient que, si j'entrais de force, si je l'arrachais de là et lui cassais la gueule, je n'y coupais pas non seulement d'être destitué de mon grade, mais bouclé le restant de mes jours pour infraction aux articles des conventions interalliées : violation de propriété étrangère en dehors de tout service commandé, ou quelque chose d'approchant. »

Il retourna donc à l'aérodrome, rencontra le chien en route et essaya de l'écraser. Le chien rentra à la niche, Spoomer revint, et, l'ayant trouvé en train de fouiller dans la boîte à ordures derrière le réfectoire des hommes, il le traînait justement par la peau du cou au moment où atterrissait la patrouille de l'après-midi. Ils étaient sortis six, ils revenaient cinq. Le chef de patrouille sauta hors de son appareil avant qu'il eût fini de rouler. Il avait la main droite entourée d'un chiffon sanglant. Il courut à Spoomer penché sur le chien qui se faisait traîner en raidissant les pattes. « Bon Dieu », dit-il. « Ils ont pris Cambrai ! »

Spoomer ne leva pas les yeux. « Qui ça ? »

— Les Boches, parbleu !

— Ah ! sacrédié », fit Spoomer. « Allons, viens, à présent. Tu sais ce que je t'ai dit au sujet de ces cochonneries-là. »

Un homme comme ça est invulnérable. Lorsque nous nous entretînmes pour la première fois, Sartoris et moi, je commençai par lui raconter cela. Mais je m'aperçus alors que Sartoris, lui aussi, était invincible. Cette première fois là nous bavardâmes. « J'ai essayé d'obtenir de lui qu'il me laisse lui apprendre à piloter un Camel », dit Sartoris. « Je veux bien lui apprendre gratuitement. Je veux bien démonter le cockpit et installer moi-même les doubles commandes gratuitement. »

— Mais pourquoi ? » demandai-je. « Dans quel but ? »

— Je ferai tout ce qu'il voudra. Je lui laisserai le choix. Il peut prendre s'il veut un S.E.[1], moi je prendrai un Ak. W.[1], ou même un Fee[1]. Je l'expulserai du ciel en quatre minutes, et je l'enfoncerai en terre si profondément qu'il sera obligé de se tenir sur la tête pour avaler. »

Nous eûmes ensemble deux conversations : celle-ci, la première, et une autre qui fut la dernière.

1. Types d'avions de chasse en usage dans l'aviation britannique pendant la guerre.

« Eh bien, vous avez fait mieux que cela », lui dis-je la seconde fois que je le vis.

Il ne lui restait presque plus de dents à cette époque et il ne parlait que difficilement, lui qui n'avait jamais pu parler beaucoup, qui vécut et mourut avec deux cents mots au maximum. « Mieux que quoi ? » fit-il.

— Vous aviez dit que vous l'expulseriez du ciel. Ce n'est pas ce que vous avez fait, mais vous avez fait mieux, vous l'avez expulsé du continent européen. »

V

Je crois avoir dit qu'il était, lui aussi, invincible. Le 11 novembre 1918 fut impuissant à le tuer, fut impuissant à le laisser s'épaissir un peu plus chaque année derrière le bureau d'une maison de commerce avec tous ceux qui, de durs, maigres et directs qu'ils étaient, devenaient chaque jour un peu plus ternes, dupés et trahis ; car, ce jour-là, il était mort depuis presque six mois.

Il fut tué en juillet, mais avant cela je lui avais parlé une seconde fois. C'était huit jours après que la patrouille était rentrée en annonçant la prise de Cambrai, huit jours après celui où nous avions entendu les obus tomber sur Amiens.

Il me raconta cela lui-même à travers ses dents manquantes. Toute l'escadrille était sortie ensemble. Il lâcha son groupe dès qu'on eut atteint le front enfoncé et revint vers Amiens. Les routes étaient encombrées de camions et de charrettes remplis de mobilier, ainsi que d'ambulances qui venaient de l'Hôpital Général. La ville et ses environs immédiats étaient actuellement interdits.

Il atterrit dans un pré exigu. Il y avait, dit-il, une vieille femme qui travaillait dans un champ de l'autre côté du canal (elle y était encore quand il revint une heure après, obstinément accroupie parmi les sillons verts dans l'air moite et printanier que faisait vibrer à de longs intervalles le son des obus qui tombaient sur la ville) et une petite voiture d'ambulance arrêtée dans le fossé sur le côté de la route.

Il se dirigea vers la voiture d'ambulance. Le moteur était encore en marche. Le conducteur, un jeune homme à lunettes, avait l'air d'un étudiant. Il était ivre mort, pendant à moitié hors de son siège. Sartoris but un coup à sa propre bouteille, et il essaya en vain de réveiller le conducteur. Puis il but une autre lampée — (j'imagine qu'il était déjà pas mal éméché, il me raconta que, ce matin-là, après que Spoomer fut parti en auto, il découvrit le chien et le vit prendre la route d'Amiens ; il avait bien essayé de persuader à l'officier chef de reconnaissance de l'exempter de patrouille, mais celui-ci lui avait déclaré que La Fayette l'attendait sur le plateau de Santerre) — alors, il bascula le chauffeur dans l'arrière de la voiture et la conduisit lui-même à Amiens.

Le caporal français, me dit-il, était en train de boire à même une bouteille sur le pas de la porte quand Sartoris arrêta la voiture d'ambulance devant l'estaminet. La porte était fermée à clef. Il avala le reste de sa bouteille de cognac et enfonça la porte du bistro en plongeant dedans comme on fait dans le football américain. Puis il fut à l'intérieur. La salle était déserte, les bancs et les tables renversés et les rayons veufs de bouteilles. Tout d'abord, avoua-t-il, il ne put arriver à se rappeler pourquoi il était venu, et il pensa que ce devait être pour boire. Il dénicha une bouteille de vin sous le comptoir, cassa le goulot sur le bord du zinc, et il resta planté à se regarder dans la glace placée derrière le comptoir, se demandant ce qu'il était venu faire là. « J'avais l'air un peu dingo », me dit-il.

Puis tomba le premier obus. Je me représente la scène : Sartoris debout dans cette salle silencieuse, paisible, dévastée, avec son odeur de boissons et sa porte enfoncée, et puis ce bruit sourd, lent, répercuté, qui descendait parmi l'air brumeux du printemps, comme une main posée sans hâte sur le moite silence. Des gravats, du sable, du plâtre, je ne sais quoi, s'émietta quelque part, dégringola avec un crissement léger. Un grand chat maigre monta sans bruit sur le comptoir, coula sur le plancher et disparut comme du vif argent couleur de poussière.

Puis Sartoris aperçut derrière le comptoir la porte fermée, et il se rappela pourquoi il était venu. Il fit le tour du comptoir. Il s'attendait à trouver cette porte fermée à clef, elle aussi ; il empoigna le bouton et tira de toutes ses forces. Mais elle n'était pas fermée à clef. Elle se rabattit contre les rayons avec un bruit semblable à un coup de pistolet, lui faisant perdre l'équilibre. « Ma tête donna contre le comptoir », dit-il. « J'étais peut-être un peu abruti après cela. »

Mais il se retint au chambranle et son regard tomba sur la vieille assise sur la dernière marche de l'escalier, son tablier sur la tête, en train de se balancer d'avant en arrière. Le tablier était tout propre, avec un mouvement de va et vient comme celui d'un piston, dit-il, et lui restait là, planté dans l'embrasure de la porte, avec un peu de bave à la bouche. « Madame », dit Sartoris. La vieille continuait de se balancer. Il s'appuya prudemment au chambranle, se pencha, frappa sur l'épaule de la vieille. « Toinette », dit-il. « Où est Toinette ? » C'était probablement tout ce qu'il connaissait de français, avec le mot « vin », qu'il avait ajouté aux cent quatre vingt seize mots d'anglais composant son vocabulaire.

La vieille ne répondit pas davantage. Elle se balançait d'avant en arrière, comme un jouet mécanique. Il enjamba par-dessus elle avec précaution et monta l'escalier. Dans le haut était une seconde porte. Il s'arrêta devant celle-ci, écouta. Sa gorge se remplit d'un liquide chaud et salé. Il cracha en bavant ; sa gorge se remplit de nouveau. Cette porte, elle non plus, n'était pas fermée à clef. Il entra sans bruit dans la pièce. Elle contenait une table sur laquelle était posé un bonnet de police kaki avec l'insigne de bronze des aviateurs. Tandis qu'il se tenait, la bave à la bouche, sur le pas de la porte, le chien se leva du coin le plus éloigné de la fenêtre. Ils se regardèrent l'un l'autre pardessus le bonnet de police. A ce moment, le son du second obus entra, sourd, monstrueux, dans la pièce, faisant frissonner devant la fenêtre les rideaux flasques.

Lorsqu'il fit le tour de la table, le chien exécuta le même mouvement, laissant la table entre eux deux, les yeux fixés sur l'homme. Sartoris essaya de se déplacer sans faire de bruit, mais il heurta la table en passant (peut-être pendant qu'il observait le chien). Quand il atteignit la porte du côté opposé et se tint près d'elle, toujours bavant, il n'entendit rien dans la pièce à côté. Puis une voix dit :

— Maman ?

Il envoya un coup de pied dans la porte fermée à

clef, puis fonça dedans comme au football américain et passa au travers, porte et tout. La fille poussa un hurlement. Mais il ne la vit pas. Il ne vit personne, me raconta-t-il. Il entendit seulement son cri aigu quand il se trouva entré dans la chambre à quatre pattes. C'était une chambre à coucher ; une énorme armoire à deux portes emplissait l'un des coins. L'armoire était fermée et la chambre semblait vide. Il n'alla pas vers l'armoire. Il resta là, me dit-il, à quatre pattes, bavant comme une vache, à écouter la répercussion mourante du troisième obus, en regardant les rideaux de la fenêtre se gonfler vers l'intérieur comme s'ils respiraient.

Il se leva. « J'étais toujours abruti », dit-il. « Je crois que le cognac et le vin faisaient dans mon estomac un drôle de micmac. » C'était bien possible. Il y avait une chaise dans la chambre. Sur la chaise était un pantalon long soigneusement plié, une tunique avec une aile d'observateur et deux rubans, et un baudrier d'ordonnance. Pendant qu'il était là à regarder la chaise, arriva le quatrième obus.

Il rafla les vêtements. La chaise tomba à la renverse, il l'écarta d'un coup de pied, se coula en titubant le long du mur jusqu'à la porte enfoncée, rentra dans la première pièce où il prit en passant le bonnet de police. Le chien était parti.

Sartoris revint sur le palier. La vieille était toujours là, assise sur la dernière marche, sa jupe sur la tête, à se balancer d'avant en arrière. Il s'arrêta dans le haut de l'escalier, s'appuyant pour se tenir droit, et il s'apprêtait à cracher quand, au-dessous de lui, une voix demanda : « Qu'est-ce que vous faites là-haut ? »

Il aperçut en bas, levée vers lui, la figure moustachue du caporal français, celui qu'il avait vu dans la rue en train de boire à la bouteille. Pendant quelques instants, ils se regardèrent. Puis le caporal dit : « Descendez », en ponctuant son ordre d'un geste impératif. Serrant les vêtements d'une main, Sartoris appuya l'autre sur la rampe et sauta par-dessus.

Le caporal fit un bond de côté. Sartoris l'effleura en sautant et alla s'étaler contre le mur dans lequel sa tête donna de nouveau avec un bruit creux. Au moment où il se relevait et se retournait, le caporal lui décocha un coup de pied dans le derrière. Il lui lança un second coup de pied. Sartoris le fit tomber par terre où il resta étendu sur le dos dans sa lourde capote, essayant de trouver sa poche, tout en s'efforçant d'atteindre Sartoris dans le bas-ventre du bout de son soulier. Puis le caporal dégagea sa main et tira à bout portant sur Sartoris avec son pistolet à canon court.

Sartoris sauta sur lui avant qu'il pût tirer une seconde fois, écrasant sous son pied la main qui tenait le pistolet. Sartoris me raconta qu'il pouvait sentir à travers sa semelle les os de cette main. Le caporal se mit à hurler comme une femme derrière ses moustaches de brigand. C'était ce qu'il y avait de bouffon, dit Sartoris, ce bruit qui sortait d'une paire de moustaches comme celles d'un pirate dans une opérette de Gilbert et Sullivan. Il fit taire le caporal en le maintenant d'une main tandis que, de l'autre, il lui martelait le menton jusqu'à ce qu'il cessât de crier. La vieille se balançait toujours sous son tablier amidonné. « Comme si elle s'était endimanchée, — dit Sartoris — pour se tenir prête à être dévalisée et violentée. »

Sartoris ramassa les vêtements. Dans la salle de café il but une nouvelle rasade à la bouteille en se regardant dans la glace. Il remarqua que sa bouche saignait. Il ne savait pas, dit-il, s'il s'était mordu la langue en sautant par-dessus la rampe de l'escalier, ou s'il s'était coupé la lèvre en buvant à la bouteille au goulot cassé. Il vida la bouteille et la jeta par terre.

Il n'avait pas idée, dit-il, de ce qu'il allait faire ensuite. Il me raconta qu'il ne se rendit pas même compte à quel moment il avait tiré de l'ambulance le conducteur ivre mort pour le revêtir du pantalon, du bonnet de police et de la tunique à rubans du capitaine Spoomer, et, la chose faite, il l'avait replacé dans la voiture.

Il se souvenait d'avoir vu derrière le comptoir un encrier poussiéreux. Il chercha et trouva dans la poche de sa combinaison un bout de papier, la note qu'un tailleur de Londres lui avait envoyée il y avait huit mois, et, appuyé sur le comptoir, il écrivit au dos de la facture le nom, le numéro de l'escadrille et la désignation de l'aérodrome de Spoomer, mit le papier dans la poche de la tunique, au-dessous des rubans et de l'aile, et reconduisit la voiture à l'endroit où il avait laissé son avion.

Il y avait un bataillon d'Anzacs au repos dans le fossé qui bordait la route. Sartoris laissa près d'eux l'ambulance et son passager endormi. Quatre des Anzacs l'aidèrent à lancer le moteur et tinrent les ailes de l'avion pour faciliter son départ sur cette aire exiguë.

Alors, Sartoris retourna aux premières lignes. Il ne se rappelait plus du tout y être allé, me raconta-t-il. La dernière chose dont il se souvînt c'était la vieille femme dans le champ au-dessous de lui, et puis, soudain, il se trouva au beau milieu d'un tir de barrage, assez bas pour sentir l'air ébranlé entre le sol et ses ailes, et pour distinguer les visages des soldats. Il ne savait pas, dit-il, quelles troupes c'était, si c'était les leurs ou les nôtres, mais il ne leur fit aucun mal. « Car je n'ai jamais entendu dire qu'un homme à terre ait été blessé par un avion », ajouta-t-il. « Si pourtant, je me trompe. Il y avait un fermier, là-bas où j'étais au Canada, qui était en train de labourer au milieu d'un champ de plus de quatre cents hectares, et un cadet est venu lui tomber sur la tête. »

Puis Sartoris rentra. On me raconta à l'aérodrome qu'il vola entre deux hangars, d'un vol lent, si lent qu'on pouvait apercevoir les valves des deux roues, qu'il traversa l'aérodrome en roulant et décolla de nouveau. Il monta verticalement jusqu'à l'arrêt du moteur, me dit le sergent armurier, puis reprit son vol en maintenant le Camel sens dessus dessous. « Il regardait le chien », ajouta le sergent. « La bête était de retour depuis une heure environ et se trouvait alors derrière le réfectoire des soldats en train de fouiller dans la boîte à ordures. » Sartoris plongea vers le chien, puis exécuta une double boucle ascendante d'où il ressortit sur une aile et toujours sens dessus dessous. Alors, me dit le sergent, comme il n'avait probablement pas réglé l'admission d'air, à une centaine de pieds de hauteur le moteur cafouilla, et, toujours sens dessus dessous, Sartoris coupa la tête des deux peupliers qui restaient.

On accourut, raconta le sergent, vers le nuage de poussière, vers la masse informe de bois et de fils de fer. Avant qu'on fût rendu, le chien survint en trottant de derrière le réfectoire des soldats. Ce fut lui qui arriva le premier, et on aperçut Sartoris à quatre pattes en train de vomir sous l'œil attentif du chien. Puis celui-ci s'approcha et renifla en connaisseur ce que Sartoris venait de rendre, tandis que Sartoris se relevait, reprenait son équilibre et lui envoyait un coup de pied mal assuré, mais plein de fureur et de conviction.

VI

Le major Anzac renvoya à l'aérodrome le conducteur de l'ambulance revêtu de l'uniforme de Spoomer. On le fourra au lit, où il dormait encore lorsque le général de brigade et le commandant du groupe d'aviation survinrent cet après-midi-là. Ils étaient toujours là quand une charrette à bestiaux entra dans l'aérodrome et s'arrêta, avec, assis sur une cage en fil de fer remplie de poulets, Spoomer affublé d'une jupe de femme et d'un fichu tricoté. Le lendemain, Spoomer retournait en Angleterre. Nous apprîmes qu'il allait être nommé colonel à titre temporaire à l'école d'aviation.

— En tout cas, ça plaira au chien », dis-je.

— Le chien ? » demanda Sartoris.

— La nourriture y est meilleure qu'ici », repris-je.

— Ah ! » fit Sartoris. On l'avait rétrogradé au rang de sous-lieutenant pour avoir manqué à ses devoirs en pénétrant dans une zone interdite avec un appareil appartenant au gouvernement, et l'avoir abandonné sans surveillance, et on l'avait affecté à une autre escadrille, celle que même les gens de l'aviation appelaient la Blanchisserie.

C'était la veille de son départ. Il n'avait plus du tout

de dents sur le devant, à présent, et il s'excusa de sa façon de parler, lui qui n'avait jamais, en vérité, su parler quand il les possédait toutes. « Ce qui me fait rigoler », dit-il, « c'est qu'on m'envoie encore dans une escadrille de Camels. Il y a de quoi rigoler. »

— Pourquoi donc ? » demandai-je.

— Oh, je sais les conduire. Je suis capable de me tenir assis dedans, de manier la mitrailleuse et de redresser les ailes de temps à autre. Mais je ne sais pas ce qui s'appelle piloter un Camel. Pour atterrir avec un Camel, il faut régler l'admission d'air et piquer droit vers le sol. Puis on compte jusqu'à dix, et, si on n'a pas encore tout bousillé, on redresse l'appareil. Et si on est capable de se lever de son siège et de s'en aller sur ses pattes, on a fait un bel atterrissage. Et si on peut encore se servir de son zinc, on est un as. Mais ce n'est pas ça qui est rigolo. »

— Ce n'est pas quoi ?

— Les Camels. Ce qui me fait rigoler c'est qu'il s'agit d'une escadrille de vols de nuit. J'imagine qu'on s'en va tous en ville et qu'on ne revient que le soir pour voler. C'est dans une escadrille de vols de nuit qu'on m'envoie. C'est ça qui me fait rigoler.

— J'en ferais volontiers autant », dis-je. « N'êtes vous pas capable de vous tirer d'affaire ? »

— Bien sûr. Je peux régler cette soupape comme il faut et atterrir sans casser du bois, sans piquer du nez dans le sol et faire exploser les fusées des ailes. Je peux faire tout cela. Je n'aurai qu'à rester en l'air toute la nuit, à tirer les fusées et à redescendre après le lever du soleil. C'est pour ça que ça me fait rigoler, voyez-vous. Je ne sais pas piloter un Camel, même le jour ? Et ils ne s'en doutent pas.

— Eh bien, en tous les cas, vous avez fait mieux que vous ne l'aviez promis », lui dis-je. « Vous avez expulsé Spoomer du continent européen. »

— Oui », répondit-il. « Et il y a de quoi rigoler. Le voilà qui doit retourner en Angleterre d'où tous les hommes sont partis. Toutes les femmes et pas un homme entre quatorze et quatre-vingts ans pour l'aider. Il y a de quoi rigoler. »

VII

Lorsque vint le mois de juillet, j'étais toujours au bureau du groupe d'aviation, essayant de m'habituer à ma jambe artificielle en m'asseyant derrière une table pourvue d'un coupe-papier, d'un pot de colle et d'une bouteille d'encre rouge, et encombrée des minces et légères enveloppes, les unes propres, les autres crasseuses, qui s'y abattaient par fournées périodiques, — enveloppes portant l'adresse de villes, de hameaux, et parfois de moins que des hameaux, disséminés à travers toute l'Angleterre, — lorsqu'un jour j'en découvris deux adressées à la même personne en Amérique : une lettre et un paquet. Je pris d'abord la lettre. Elle ne portait aucune indication de lieu ni de date.

Chère tante Jenny,

Oui j'ai bien reçu les chaussettes qu'Elnora m'a tricotées. Elles vont très bien, car je les ai données à mon ordonnance qui dit qu'elles vont très bien. Oui, je me trouve mieux ici que là-bas où j'étais. Ce sont de braves types ici sauf qu'il y a ces sacrés Camels. Je vais régulièrement à l'église on n'a pas toujours d'office. Quelquefois il y en a pour les bizuts parce que je crois qu'un bizut en a besoin, mais habituellement j'ai pas mal de boulot le dimanche, mais j'y vais assez souvent tout de même. Dis merci à Elnora pour les chaussettes, elles vont très bien, mais il vaut peut-être mieux ne pas lui dire que je les ai données à un autre. Dis bonjour à Isom et aux autres nègres et dis à grand-père que j'ai bien reçu l'argent mais que la guerre coûte bougrement cher.

JOHNNY.

Mais, après tout, ce ne sont pas les malbroughs qui font les guerres. Il faut sans doute trop de mots pour faire la guerre. C'est probablement pour cela.

Le paquet, de même que la lettre, était adressé à Mme Virginie Sartoris, Jefferson, Mississipi, U.S.A. Je me demandai ce que diable il pouvait bien avoir eu l'idée de lui envoyer. Je ne me le représentais pas choisissant un cadeau pour une femme habitant un pays étranger, ni capable de découvrir une de ces bagatelles que certains hommes savent dénicher avec une sorte de flair infaillible. Son cadeau à lui, s'il avait eu l'idée de lui envoyer quelque chose, ne pouvait être qu'un morceau d'arbre de moteur ou une poignée de clavettes échappées à la destruction d'un avion boche. J'ouvris donc le paquet et m'attardai à en regarder le contenu.

Ce contenu consistait en une enveloppe avec une adresse, quelques papiers aux coins usés, une montre-bracelet dont un liquide noirâtre avait raidi la courroie en séchant, une paire de lunettes d'aviateurs dont l'un des verres manquait, une boucle de ceinture en argent avec des initiales. C'était tout.

Ainsi, il n'était pas nécessaire que je lise la lettre. Je n'avais pas à regarder le contenu du paquet, mais je tenais à le faire. Je pouvais me dispenser de lire la lettre, mais ce fut plus fort que moi.

N[e] Escadrille R.A.F., France,
5 Juillet 1918.

Chère madame,

J'ai le regret de vous informer que votre fils a été tué hier matin. Il a été abattu en accomplissant son devoir au-dessus des lignes ennemies. Il n'y eut de sa part ni négligence ni maladresse. C'était un excellent pilote. Les avions ennemis étaient supérieurs à celui de votre fils, en nombre, en altitude et en vitesse. C'est à quoi il faut imputer notre malchance et non au Gouvernement, qui nous donnerait de meilleurs appareils s'il en possédait. Mais cela ne saurait être une consolation pour vous. L'un des nôtres, M. R. Kyerling, qui se trouvait à mille pieds plus bas, ne put monter jusqu'à votre fils, car celui-ci avait passé beaucoup de temps la semaine dernière dans le hangar et il avait un moteur neuf à son appareil. L'avion prit feu en dix secondes, a déclaré M. Kyerling, et votre fils sauta de son appareil qui continua de glisser tranquillement de côté jusqu'à ce que, les avions ennemis s'étant mis à mitrailler le stabilisateur et les commandes, il eut commencé à tomber en vrille. Je suis navré d'avoir à vous transmettre ces tristes nouvelles. Vous trouverez peut-être quelque réconfort dans la pensée que votre fils a été enterré avec l'assistance d'un pasteur. Ses autres effets vous seront envoyés ultérieurement.

Veuillez agréer, Madame, etc.

C. KAYE, *Major*

Il a été enterré dans le cimetière situé exactement au nord de Saint-Vast. Nous espérons en effet qu'il ne sera plus bombardé et qu'il sera bientôt utilisé par notre pasteur, car il ne contenait que trois Camels et sept aviateurs ennemis, ce qui donne à penser que, déjà dans ce temps-là, il était à l'intérieur de nos lignes.

Les autres papiers étaient des lettres de son arrière-grand-tante, peu nombreuses et peu longues. Je ne sais pourquoi il les avait conservées. Mais le fait était là. Peut-être simplement parce qu'il les avait oubliées, comme il avait oublié la note du tailleur de Londres qu'il avait retrouvée dans la poche de sa combinaison à Amiens, ce jour de printemps.

... ne t'occupe pas de ces femmes étrangères. J'ai moi-même vécu pendant une guerre et je sais comment se conduisent les femmes en temps de guerre, même avec les Yankees. Et un satané vaurien comme toi...

Et ceci :

... nous pensons qu'il commence à être temps que tu reviennes à la maison. Ton grand-père se fait vieux et il paraît qu'on n'en finira jamais de se battre par là-bas. Reviens donc. Les Yankees sont là-bas maintenant. Qu'ils se battent si ça leur fait plaisir. C'est leur guerre. Ce n'est pas la nôtre.

Et c'est tout. C'est cela. Le courage, la témérité, qu'on lui donne le nom qu'on voudra, c'est l'éclair, l'instant sublime, et puis, clic! de nouveau les ténèbres, comme avant. La raison? C'est qu'il est trop violent pour être un état continu. Et s'il l'était ce ne serait pas un éclair, une illumination. Et c'est pourquoi, parce qu'il est instantané, il ne peut durer et se prolonger que sur le papier : une image, quelques mots écrits qu'une allumette, flamme minuscule et innocente qu'un enfant même a le pouvoir de faire jaillir, peut détruire en un instant. Un fétu de bois d'un pouce de long avec du soufre à un bout est plus long que le souvenir ou la douleur; une flamme pas plus large qu'une pièce de deux sous est plus forte que le courage ou le désespoir.

CREVASSE

Le détachement poursuit son chemin, à la limite du tir de barrage, à travers l'enchevêtrement des trous d'obus anciens et récents, où il descend, d'où il remonte en rampant. Deux hommes en soutiennent péniblement, en portent plutôt entre eux un troisième ; deux autres se sont chargés des trois fusils. Une guenille sanglante entoure la tête du blessé, il titube sur ses jambes flageolantes, sa tête ballotte à droite et à gauche, de la sueur coule lentement sur sa figure encroûtée de boue.

Le tir de barrage s'allonge toujours à travers la plaine, distant, impénétrable. De temps en temps arrive, on ne sait d'où, un léger souffle de vent qui dissipe momentanément la fumée sombre flottant sur des bouquets de peupliers mutilés. Le détachement s'engage dans un champ, le traverse, un champ qui, il y a un mois, était ensemencé de blé et où les germes continuent de pousser, de s'attacher obstinément au sol pilonné, parmi les éclats d'acier et les lambeaux d'étoffe détrempés.

Il traverse le champ et arrive au canal bordé de moignons d'arbres brutalement rasés à la hauteur uniforme de cinq pieds. Les hommes se couchent sur le sol, boivent de cette eau contaminée, en remplissent leurs bidons. Les deux porteurs laissent glisser à terre le blessé. Il s'affale flasquement sur le bord du canal, les deux bras dans l'eau. La tête suivrait le reste si ses camarades ne le soutenaient. L'un d'eux puise de l'eau dans son casque, mais le blessé ne peut avaler. Alors, on l'assied; l'autre camarade maintient le bord du casque contre les lèvres du blessé, remplit le casque de nouveau, lui verse de l'eau sur la tête pour humecter le pansement. Puis il tire de sa poche un chiffon sale, et, avec une douceur maladroite, essuie la figure du blessé.

Le capitaine, le sous-lieutenant et le sergent, debout, examinent attentivement une carte maculée. Au-delà du canal, le sol s'élève en pente douce; la tranchée du canal révèle par ses strates crayeuses la nature calcaire du terrain. Le capitaine replie la carte. Le sergent donne à mi-voix aux hommes l'ordre de se lever. Les deux porteurs mettent debout le blessé. Le détachement longe le bord du canal, et, au bout de quelque temps, arrive à un pont constitué par la coque remplie d'eau d'un chaland attaché de chaque bout à chacune des rives. On traverse. De l'autre côté, on fait halte de nouveau, tandis que le capitaine, le sous-lieutenant et le sergent consultent encore une fois la carte.

Le bruit de la fusillade passe à travers le pâle après-midi de printemps comme le crépitement prolongé de la grêle sur un interminable toit de tôle. A mesure que les hommes avancent, le sol crayeux monte graduellement sous leurs pieds. Le terrain est raboteux, aride, schisteux, et la tâche devient de plus en plus difficile pour les deux qui soutiennent le blessé. Mais quand ils font mine de s'arrêter, celui-ci se débat, se dégage brusquement et continue tout seul, chancelant, les mains à la tête, trébuche et tombe. Les porteurs le rattrapent, le relèvent, le soutiennent entre eux tandis qu'il bredouille des paroles sans suite et tente de dégager ses bras. Il bredouille « ... bonnet... bonnet... bonnet... », libère ses mains, s'efforce d'enlever son pansement. Le fracas du tir de barrage se rapproche. Le capitaine regarde en arrière et s'arrête ; spontanément, les hommes font de même, posent l'arme à terre.

— Le v'là qui tire sus son pansement, m'cap'taine », dit un des porteurs. Ils font asseoir l'homme entre eux, le capitaine s'agenouille près de lui.

— ... bonnet... bonnet », bredouille l'homme. Le capitaine desserre le pansement, l'humecte avec l'eau d'un bidon que lui tend le sergent et pose la main sur le front du blessé. Les autres, debout autour d'eux, regardent avec un intérêt discret et détaché. Le capitaine se relève. Les porteurs mettent de nouveau le blessé debout. Le sergent ordonne aux hommes de se remettre en marche.

Ils atteignent le haut de la montée. L'autre pente se prolonge dans la direction de l'ouest en un plateau légèrement ondulé. Vers le sud, sous son manteau sombre, le tir de barrage continue, furieux. A l'est et au nord, sur la plaine étincelante et vide, de la fumée monte lentement de place en place, au-dessus des bouquets d'arbres. Mais c'est la fumée de quelque chose qui brûle, de bois qui brûle, et non de poudre à canon ; les deux officiers mettent leurs mains en visière, regardent avec attention. De nouveau, sans qu'on leur en ait donné ordre, les hommes s'arrêtent et mettent l'arme au pied.

— Bon Dieu, mon capitaine », dit tout à coup le sous-lieutenant d'une voix aiguë et fluette, « ce sont des maisons qui brûlent. Ils battent en retraite ! Les salauds ! les salauds ! »

— Possible », fait le capitaine en regardant au-dessous de sa main. « Nous pouvons contourner ce barrage à présent. Il devrait y avoir une route là-bas. » Il repart à grands pas.

— Avant arche », dit le sergent, toujours à mi-voix. Les hommes remettent l'arme sur l'épaule, docilement, sans questionner.

La pente est couverte d'une herbe coriace qui ressemble à de l'ajonc. Les insectes y bourdonnent, se lèvent sous les pieds des hommes, retombent, recommencent à bourdonner dans le frémissement du soleil de midi. Le blessé marmotte toujours. De temps en temps, on s'arrête pour lui donner de l'eau et humecter son pansement, puis deux autres soldats relayent ceux qui le soutenaient, lui font hâter le pas et rejoignent les rangs.

La tête de la colonne s'arrête, les hommes se heurtent l'un contre l'autre en cahotant, comme les wagons d'un train de marchandises. Aux pieds du capitaine s'étend une excavation large et peu profonde où pousse une herbe éparse et moribonde qui ressemble à des touffes de baïonnettes jaillies du sol. L'excavation est trop grande pour avoir été faite par un petit obus, trop peu profonde pour l'avoir été par un gros. Aucun indice ne permet de conclure qu'elle ait été produite par quoi que ce soit. Ils regardent dedans, silencieusement. « Bizarre », dit le sous-lieutenant. « Qu'est-ce qui peut bien avoir fait ça, à votre avis ? »

Le capitaine ne répond pas. Il tourne les talons.

Tous font le tour de l'excavation en suivant le bord et l'examinent sans rien dire. Mais, à peine l'ont-ils quittée qu'ils arrivent à une autre un peu moins vaste peut-être. « Je ne savais pas qu'ils avaient quelque chose qui puisse faire des trucs comme ça », dit le sous-lieutenant. Le capitaine ne répond pas davantage. Ils contournent également celle-ci et continuent de suivre la crête de la hauteur. De l'autre côté, la pente dégringole abruptement en une succession de couches d'un calcaire blanchâtre rongé par les érosions.

Une ravine peu profonde coupe brusquement de sa faille croulante le sentier où ils marchent. Le capitaine change encore de direction, marche parallèlement à la ravine jusqu'au moment où, à une courte distance, celle-ci tourne à angle droit et reprend la direction primitive de leur marche. Le fond de la ravine est dans l'ombre. Le capitaine indique le chemin, descend les roides gradins du talus, entre à son tour dans l'ombre. Les hommes font descendre le blessé avec précaution et continuent leur route.

Au bout d'un instant, ils arrivent à l'ouverture de la faille. Ils s'aperçoivent qu'ils viennent de déboucher dans le creux d'une de ces excavations peu profondes qu'ils ont déjà observées. Celle-ci, cependant, ne se dessine pas avec la même netteté, et le bord qui leur fait face est, semble-t-il, interrompu par une autre excavation, comme deux disques qui chevaucheraient l'un sur l'autre. Ils traversent la première où, de nouveau, cette herbe sans vie qui ressemble à des baïonnettes leur sabre brutalement les jambes, et, franchissant la brèche, ils s'engagent dans la seconde.

Celle-ci ressemble à une vallée en miniature entre des miniatures de collines. Au-dessus d'eux, ils n'aperçoivent que la voûte lourde et vide du ciel, avec quelques pâles taches de fumée vers le nord-est. Le fracas du tir de barrage n'est plus maintenant qu'atténué et lointain, une vibration du sol que l'on sent plutôt qu'on ne l'entend. Ici, pas le moindre entonnoir récent, pas la moindre trace de trous d'obus. On a l'impression de s'être tout à coup égaré dans un monde où la guerre n'est pas encore parvenue, où rien n'est parvenu, où la vie n'existe pas, où le silence même est mort. On donne de l'eau au blessé et on continue à marcher.

La vallée, la dépression, s'étend indistincte devant eux. Ils s'aperçoivent qu'elle consiste en une suite de cuvettes vaguement circulaires chevauchant les unes sur les autres et dont on ne peut attribuer la cause à aucun agent apparent ou logique. Les herbes décolorées qui ressemblent à des baïonnettes leur sabrent les jambes, et, au bout de quelques instants, ils se retrouvent de nouveau au milieu de moignons d'arbres cicatrisés depuis longtemps, où se cramponnent quelques rares feuilles, ni vertes ni sèches, — atteintes et surprises elles aussi, dirait-on, par un entr'acte du temps, — qui bavardent entre elles d'un air pince-sans-rire, bien qu'il n'y ait pas le moindre souffle d'air. Le fond de la vallée n'est pas plat. Il se creuse en de molles dépressions, remonte capricieusement entre ses parois en gradins. Au centre de ces creux de moindre dimension, des bosses de marne crèvent la mince couche de terre. Le sol a une sorte d'élasticité, on croirait marcher sur du bouchon ; les pas ne font pas de bruit.

— Épatant pour les pieds », fait le sous-lieutenant. Bien qu'il n'élève pas le ton, sa voix remplit la petite vallée avec la soudaineté d'un coup de tonnerre, emplit le silence. Les paroles semblent rester suspendues autour d'eux, comme si le silence était demeuré si longtemps inviolé qu'il en eût oublié son propre objet, tandis qu'ils regardent autour d'eux, avec une tranquille indifférence, les parois croulantes, les fantômes d'arbres obstinés, le ciel doux et paisible. « Fameux coin pour les oiseaux embusqués et autres bestioles du même genre », déclare le sous-lieutenant.

— Oui », répond le capitaine. Son « oui » reste à son tour paresseusement suspendu, puis s'efface par degrés. Les hommes, en arrière, serrent les rangs, communiquant le mouvement à ceux de l'avant. Ils regardent autour d'eux avec une calme gravité.

— Mais il n'y a pas d'oiseaux ici », ajoute le sous-lieutenant. « Pas même d'insectes. »

— Non », répond le capitaine. Le mot s'éteint lentement; le silence retombe, ensoleillé, profondément muet. Le sous-lieutenant s'arrête, pousse quelque chose du pied. Les hommes s'arrêtent eux aussi, et, sans y toucher, les deux officiers examinent le fusil à moitié enterré et couvert de rouille. Le blessé recommence sa litanie.

— Qu'est-ce que c'est, mon capitaine ? » demande le sous-lieutenant. « On dirait un de ces flingots qu'avaient les Canadiens. Un Ross. N'est-ce pas ? »

— Français », dit le capitaine. « 1914. »

— Ah ! » fait le sous-lieutenant. Il retourne le fusil du bout de son pied. La baïonnette est encore fixée au canon, mais la crosse est depuis longtemps déjà tombée en poussière. Ils poursuivent leur marche à travers le terrain inégal, parmi les bosses de craie qui émergent du sol. La lumière, la pâle et torpide lumière du soleil, s'épand sur le vallon, stagnante, immatérielle, sans chaleur. Les sabres des herbes s'érigent, clairsemés et rigides. Ils regardent de nouveau autour d'eux les parois schisteuses, puis les hommes de tête observent le sous-lieutenant qui s'arrête, pique du bout de sa canne une des bosses de craie, la retourne tout d'un coup et découvre ses orbites remplies de boues et son rictus impénétrable.

— En avant », commande brusquement le capitaine. Le détachement se remet en marche ; au passage, avec une tranquille curiosité, les hommes regardent le crâne. Ils avancent parmi les autres bosses blanchâtres semblables à des billes éparpillées au hasard sur la mince couche de terre végétale.

— Tous dans la même position, remarquez-vous, mon capitaine ? » dit le sous-lieutenant de son ton enjoué de conversation. « Tous tout droits. Drôle de façon d'enterrer les types : assis. Et pas profondément, non plus. »

— Ouais », fait le capitaine. Le blessé ne cesse de marmonner. Les deux hommes qui le soutiennent s'arrêtent avec lui, mais les autres se hâtent derrière les officiers, laissant derrière eux le blessé et ses deux camarades. « T'arrête pas pour lui donner à boire », fait l'un des deux. « Y peut boire en marchant. » Ils soulèvent le blessé et continuent d'avancer, tandis que l'un d'eux essaye de maintenir aux lèvres du blessé le goulot d'une bouteille qui lui tape contre les dents et laisse dégouliner de l'eau sur le devant de sa tunique. Le capitaine jette un regard en arrière.

— Qu'est-ce que c'est que ça ? » fait-il brusquement. Les hommes forcent le pas et se groupent derrière lui. Ils ouvrent de grands yeux tranquilles. Le capitaine parcourt du regard ces visages calmes et attentifs. « Que se passe-t-il donc là derrière, sergent ? »

— C'est le vent qui s'élève », dit le sous-lieutenant. Il jette un regard circulaire sur les parois rongées par l'érosion et les bosses blanchâtres qui émergent paisiblement du sol. « Je le sens moi aussi », ajoute-t-il. Il rit, d'un rire un peu sec et qui cesse tout de suite. « Sortons d'ici, mon capitaine », fait-il. « Retournons au soleil. »

— On est au soleil ici », répond le capitaine. « Écartez-vous un peu, les hommes. Ne vous tassez pas. On ne va pas tarder à sortir d'ici. Nous allons trouver la route, dépasser le barrage et nous mettre en liaison avec les troupes. » Il fait demi-tour et repart en avant. Le détachement se remet en marche.

Puis, tous comme un seul homme, ils s'arrêtent, un pied en l'air, et se regardent l'un l'autre. De nouveau, la terre bouge sous leurs pas. Un homme pousse un hurlement aigu semblable à un cri de femme ou à un hennissement. Tandis que la terre tremble sous eux pour la troisième fois, les officiers se retournent et aperçoivent, au-delà de l'homme en train de s'enfoncer, un trou béant avec de la poussière tombant encore de ses bords, avant que l'orifice ne s'élargisse davantage sous les pieds d'un second soldat. Alors, au-dessous du détachement tout entier, une crevasse s'ouvre comme un coup de sabre, la terre se brise sous leurs pieds, s'effondre comme des carrés déchiquetés de nougatine blanchâtre, encadrant un bâillement noir d'où éclate, comme une explosion silencieuse, une odeur caractéristique de chair en décomposition. Tandis qu'ils bondissent pêle-mêle en titubant — muets à présent ; pas un cri depuis le hurlement qu'a poussé le premier tombé — d'une masse de terre à une autre, celles-ci s'inclinent et glissent jusqu'à ce que tout le fond de la vallée coule lentement sur eux et les ensevelisse dans les ténèbres. Un grondement sourd monte dans la lumière avec une bouffée de pourriture et de poussière légère qui flotte en suspens dans l'air raréfié autour de l'orifice noir.

Le capitaine se sent plonger le long d'un mur vertical et croulant fait de la terre qui s'éboule, des hurlements de terreur, des bruits d'efforts désespérés dans les ténèbres couleur d'encre. Quelqu'un, de nouveau, pousse un cri aigu. Le cri s'éteint. Il entend la voix du blessé qui monte, fluette, incessante, des entrailles croulantes de cette pourriture : « J' suis pas mort ! J'suis pas mort ! », puis se tait subitement comme si une main s'était appliquée sur la bouche de l'homme.

La mouvante falaise avec laquelle le capitaine s'est enfoncé s'incline peu à peu et le rejette, indemne, sur un terrain dur où il reste un moment étendu sur le dos, sentant passer sur son visage le souffle de mort et de décomposition qui cherche à s'exhaler vers la lumière et le grand air. Il s'est heurté contre quelque chose : ce quelque chose tombe sur lui, légèrement, avec un bruit sourd, comme si cela se brisait en morceaux.

Alors, le capitaine commence à percevoir la lumière, la forme déchiquetée de l'orifice du puits. A ce moment, le sergent se penche sur lui dirige vers son visage le rayon d'une lampe de poche. « Mac Kie ? » interroge le capitaine. Pour toute réponse, le sergent dirige vers son propre visage le rayon de la lampe. « Où est M. Mac Kie ? » demande le capitaine.

— Disparu, mon capitaine », répond le sergent d'une voix basse et rauque.

— Combien d'hommes reste-t-il ?

— Quatorze, mon capitaine », murmure le sergent.

— Quatorze. Onze manquants. Il faut creuser, vite. » Il se met debout. La faible lumière d'en haut tombe avec une lueur froide sur l'amoncellement de terre éboulée, sur les treize casques et le bandage blanc du blessé, groupés au bas de l'escarpement. « Où sommes-nous ? »

Sans répondre, le sergent promène autour de lui les rayons de la lampe. Ils s'étendent horizontalement dans les ténèbres le long d'un mur, d'une galerie, dans l'obscurité béante, sur les parois pailletées de parcelles claires et brillantes de craie. Dans la galerie, assis ou debout, appuyés contre les parois, sont des squelettes vêtus de la veste bleu foncé et du pantalon bouffant des tirailleurs, et, à côté d'eux, leurs fusils tombant en poussière. Le capitaine reconnaît en eux des Sénégalais qui ont pris part au combat du mois de mai 1915, surpris sans doute et tués par les gaz dans les attitudes qu'ils avaient prises en se réfugiant dans les carrières de marne. Il prend la lampe des mains du sergent.

— Il faut chercher où sont les autres », dit-il. « Prenez vos outils de tranchée. » Il braque la lampe sur le puits. Sa lueur monte dans les ténèbres, dans la pénombre, puis dans la pâle lumière du jour, tout là-haut. Le sergent derrière lui, il escalade l'entassement mouvant. La terre s'éboule sous ses pieds avec un bruit de ruissellement. Le blessé recommence à se lamenter : « J'suis pas mort ! j'suis pas mort ! », jusqu'à ce que sa plainte devienne un hurlement aigu et ininterrompu. Quelqu'un applique une main sur sa bouche. Sa voix s'étouffe, puis devient un rire strident, puis un autre hurlement, puis s'étouffe de nouveau.

Le capitaine et le sergent montent aussi haut que la prudence le leur permet, piochant dans la terre, qui coule derrière eux avec un bruissement léger. Au bas du puits, les hommes se tassent, levant vers la lumière leurs visages indistincts, pâles et patients. Le capitaine promène les rayons de la lampe du haut en bas du puits. Rien qu'on puisse apercevoir : aucun bras, aucune main. L'air se purifie peu à peu. « On s'en tirera », dit le capitaine.

— Oui, mon capitaine », murmure le sergent.

De chaque côté d'eux, la caverne se perd dans les ténèbres, s'enfonce profondément, remplie de squelettes assis ou appuyés debout contre les parois, leur fusil à côté d'eux.

— L'éboulement nous a projetés en avant », dit le capitaine.

— Oui, mon capitaine », souffle le sergent.

— Parlez tout haut », fait le capitaine. « Ce n'est qu'un bout de galerie. Si des hommes y sont entrés, nous pouvons en sortir. »

— Oui, mon capitaine », murmure le sergent.

— Si l'éboulement nous a projetés en avant, l'entrée doit se trouver par là-bas.

— Oui, mon capitaine », chuchote le sergent.

Le capitaine braque la lampe devant eux. Les hommes se lèvent, se groupent calmement derrière lui, le blessé au milieu d'eux. Il geint. La galerie s'enfonce devant eux, déroule ses parois luisantes. Les formes assises éclairées par le rayon de la lampe grimacent à leur passage un muet sourire. L'air se fait plus lourd ; bientôt ils courent, haletants, puis l'air redevient plus léger et le rayon de la lampe balaie un autre éboulis de terre qui obstrue la galerie. Les hommes s'arrêtent, serrés les uns contre les autres. Le capitaine escalade l'éboulis. Il éteint brusquement la lampe, se hisse lentement jusque dans le haut, à l'endroit où l'éboulement touche à la voûte de la galerie. Il renifle. La lampe s'allume de nouveau. « Deux hommes avec leurs outils de tranchée », dit-il.

Deux hommes grimpent le rejoindre. Il leur montre la fissure où l'air pénètre, chichement mais de façon continue. Ils se mettent à creuser avec acharnement, rejetant la terre derrière eux. Au bout de quelque temps, deux autres les remplacent. La fissure ne tarde pas à devenir un boyau où quatre hommes peuvent travailler à la fois. L'air est déjà plus frais. Les hommes creusent furieusement, avec des gémissements de chiens. Le blessé, peut-être parce qu'il les entend, peut-être parce qu'il subit la contagion de l'énervement général, recommence à rire, d'un rire aigu, absurde. A ce moment, l'homme qui se trouve à l'extrémité du boyau atteint l'air libre. La lumière coule autour de lui comme de l'eau ; il pioche frénétiquement. On aperçoit dans le contre-jour sa croupe qui s'agite, puis la silhouette disparaît brusquement et la lumière du jour entre à plein.

Les autres abandonnent le blessé, se ruent vers le haut de l'éboulis, se bousculent en s'invectivant à l'entrée du boyau. Le sergent se précipite à leur suite et les écarte de l'ouverture à coups de pelle de tranchée en les injuriant d'une voix basse et enrouée.

— Laissez-les aller, sergent », dit le capitaine. Le sergent obéit, s'écarte de l'ouverture et regarde ses hommes s'engouffrer dans le boyau. Puis il redescend, et, avec le capitaine, hisse le blessé jusqu'au haut de l'éboulis. A l'entrée du boyau, le blessé a un sursaut de révolte.

— J'suis pas mort! j'suis pas mort! » gémit-il en se débattant. Par la persuasion et par la force, ils l'enfournent, toujours gémissant et luttant, dans le boyau où il redevient docile et qu'il se hâte de franchir.

— Sortez, sergent », dit le capitaine.

— Après vous, mon capitaine », murmure le sergent.

— Sortez, mon vieux », répète le capitaine. Le sergent s'engage dans le boyau. Le capitaine le suit. Il émerge sur le versant extérieur de l'éboulement qui avait obstrué la galerie, et au pied duquel les quatorze hommes, l'un près de l'autre, se sont agenouillés. A quatre pattes, comme un animal, le capitaine respire avec un bruit rauque. « Cela va bientôt être l'été », pense-t-il en remplissant d'air ses poumons plus vite qu'il ne peut les vider, pour respirer encore. « Cela va bientôt être l'été et les longs jours. »

Au pied de l'éboulement, les quatorze hommes sont agenouillés. L'un d'eux, au milieu, tient une bible à la main et psalmodie d'un ton monotone. Au-dessus de sa voix le jargon du blessé, vide de sens, puéril, monte, interminablement.

DEUXIÈME PARTIE

FEUILLES ROUGES

I

Traversant la plantation, les deux Indiens se dirigèrent vers le quartier des esclaves. Les deux rangées d'habitations en briques tendres, blanchies à la chaux, où logeaient les esclaves appartenant au clan, se regardaient par-dessus l'ombre légère du sentier tracé et creusé par les pieds nus, où quelques jouets rustiques traînaient inertes dans la poussière. Pas le moindre signe de vie.

— Je sais ce que nous allons trouver », dit le premier.

— Ce que nous n'allons pas trouver », répondit le second.

Bien qu'il fût midi, le sentier était désert, les portes des cases étaient vides et silencieuses, aucune fumée de cuisine ne s'élevait des cheminées à l'enduit de plâtre crevassé.

— Oui, ce fut la même chose lorsque mourut le père de celui qui est maintenant l'Homme.

— Tu veux dire de celui qui était l'Homme.

— Oui.

Le premier Indien s'appelait Trois-Paniers. Il pouvait avoir une soixantaine d'années. Tous deux étaient des hommes trapus, un peu massifs, d'allure respectable, bedonnants, avec de grosses têtes, de larges faces couleur de poussière empreintes d'une sorte de vague sérénité, comme des masques sculptés sur quelque ruine du Siam ou de Sumatra confusément entrevus à travers un brouillard. C'était le soleil qui avait fait cela, le soleil brutal, l'ombre brutale. Leurs cheveux ressemblaient à des brins de joncs poussés sur un sol calciné. Trois-Paniers portait, suspendue à l'une de ses oreilles, une tabatière émaillée.

— J'ai toujours dit que ce n'était pas la bonne manière. Jadis, il n'y avait pas de quartier pour les esclaves, pas de nègres. Autrefois, le temps d'un homme lui appartenait en propre. Il avait du temps. Maintenant, il doit en passer le plus clair à chercher de l'ouvrage pour des gens qui aiment mieux suer que travailler.

— Ils sont comme des chevaux et des chiens.

— Ils ne ressemblent à rien de raisonnable. Rien ne les satisfait, sauf de suer. Ils sont pires que les blancs.

— Mais il me semble que ce n'est pas à l'Homme lui-même de leur trouver du travail à faire.

— Tu l'as dit. Je n'aime pas l'esclavage. Ce n'est pas la bonne manière. Jadis c'était la bonne manière, mais plus maintenant.

— Tu ne te souviens plus de l'autre manière.

— Mais j'en ai entendu parler à ceux qui s'en souviennent. Et j'ai pu apprécier la nouvelle. L'homme n'était pas fait pour suer.

— C'est vrai. Mais remarque comme ça leur a fait la chair.

— Oui. Noire. Et amère, également.

— Tu en as mangé?

— Une fois. J'étais jeune dans ce temps-là, j'avais plus d'appétit qu'aujourd'hui. Maintenant, c'est différent.

— Oui, ils valent trop cher à présent pour qu'on les mange.

— Leur chair a un goût fort que je n'aime pas.

— En tout cas, ils valent trop cher pour qu'on les mange, maintenant que les blancs les échangent contre des chevaux.

Ils entrèrent dans le sentier. Les jouets inertes, les humbles jouets, — fétiches de bois de chiffons ou de plumes, — gisaient devant les seuils usés parmi des os et des calebasses brisées. Aucun bruit ne sortait des cases, aucune figure ne se montrait aux portes depuis la veille qu'Issetibbeha était mort. Mais ils savaient déjà ce qu'ils allaient trouver.

C'était dans la case centrale, une construction un peu plus importante que les autres, où, à certaines phases de la lune, les nègres se réunissaient pour préluder à leurs cérémonies avant de se rendre à la nuit tombée au lit de la rivière où ils gardaient leurs tam-tams. Dans cette pièce, ils conservaient des accessoires d'une importance secondaire, les ornements rituels, les livres sacrés, qui consistaient en bouts de bois barbouillés de signes symboliques peints à l'ocre rouge. Il y avait au milieu de la pièce, juste au-dessous d'une ouverture percée dans le plafond, un foyer où était suspendue, au-dessus d'un peu de cendres de bois refroidies, une marmite de fer. Les volets des fenêtres étaient clos. Lorsque les Indiens y pénétrèrent, après la lumière crue du soleil, ils ne purent rien distinguer qu'un vague grouillement, une obscurité où roulaient des prunelles, ce qui faisait que toute la salle semblait remplie de nègres. Les deux Indiens restèrent sur le seuil.

— Oui », déclara Paniers, « je dis que ce n'est pas la bonne façon. »

— Je me voudrais bien ailleurs qu'ici », dit le second.

— C'est la peur des noirs que tu sens. Elle n'a pas la même odeur que la nôtre.

— Je me voudrais bien ailleurs qu'ici.

— Ta peur aussi a une odeur.

— C'est peut-être Issetibbeha que nous sentons.

— Oui. Il le sait. Il sait ce que nous allons trouver ici. Il savait lorsqu'il est mort ce que nous trouverions ici aujourd'hui. » Dans la pénombre puante de la salle, ils sentaient errer autour d'eux les regards et l'odeur des nègres. « Je suis Trois-Paniers, que vous connaissez bien », lança Paniers vers l'intérieur de la salle. « Nous sommes venus de la part de l'Homme. Celui que nous cherchons est-il parti ? » Les nègres ne répondirent rien. Leur odeur, l'odeur de leurs corps semblait un flot montant et descendant parmi l'air immobile et chaud. Ils paraissaient réfléchir tous ensemble à quelque chose de lointain, d'impénétrable. Ils étaient comme les tentacules d'un poulpe, comme les racines d'un arbre immense, au moment où la terre les laissant à nu s'entr'ouvre sur l'écheveau tordu, dense et fétide, de leur vie ténébreuse et violée. « Allons », dit Paniers. « Vous savez pourquoi nous sommes ici. Celui que nous cherchons est-il parti ? »

— Ils réfléchissent à quelque chose », dit le second. « J'aimerais mieux ne pas être ici. »

— Ils savent quelque chose », dit Paniers.

— Tu penses qu'ils le cachent ?

— Non. Il est parti. Il est parti depuis hier soir. C'est comme ça que ça s'est déjà passé lorsqu'est mort le grand-père de celui qui est maintenant l'Homme. Il nous a fallu trois jours pour le rattraper. Pendant trois jours, Doom est resté étendu encore vivant, disant : « Je vois bien mon cheval et mon chien, mais je ne vois pas mon esclave. Qu'en avez-vous donc fait, pour ne pas me permettre de reposer en paix ? »

— Cela ne leur dit rien de mourir ?

— Non. Ils se cramponnent. Ils nous font toujours des histoires. Des gens sans dignité ni bienséance. Toujours des histoires.

— Je me voudrais à cent lieues d'ici.

— Moi aussi. Mais tout de même ce sont des sauvages ; on ne peut pas attendre d'eux qu'ils observent les convenances. C'est ce qui me fait dire que cette façon-là n'est pas la bonne.

— Oui. Ils se cramponnent. Ils préfèrent même s'échiner au soleil plutôt que d'entrer dans la terre en compagnie d'un chef. Mais il s'est sauvé.

Les nègres n'avaient pas soufflé mot, pas fait le moindre bruit. Leurs yeux blancs roulaient, affolés, réticents ; l'odeur montait, rance, violente. « Oui, ils ont peur », dit le second. « Qu'allons-nous faire maintenant ?

— Allons parler à l'Homme.

— A Moketubbe ? Est-ce qu'il nous écoutera ?

— Pourquoi pas. Cela ne lui fera pas plaisir. Mais il est l'Homme, maintenant.

— Oui. Il est l'Homme. Il peut porter les souliers aux talons rouges tout le temps à présent.

Ils firent demi-tour et sortirent. Il n'y avait pas de

porte dans le chambranle. Aucune des cases n'en avait.

— Il l'a déjà fait, en tout cas.

— A l'insu d'Issetibbeha. Mais maintenant ce sont ses souliers à lui, puisqu'il est l'Homme.

— Oui. Issetibbeha ne voulait pas de cela. Je le lui ai entendu dire. Je sais qu'il a dit à Moketubbe : « Quand tu seras l'Homme, les souliers seront à toi. Mais jusque-là c'est à moi qu'ils appartiennent. » Mais maintenant Moketubbe est l'Homme et il peut les porter.

— Oui », dit le second. « Il est l'Homme maintenant. Il portait autrefois les souliers d'Issetibbeha et l'on ignorait si Issetibbeha le savait ou non. Et voilà qu'Issetibbeha est mort, lui qui n'était pas âgé, et les souliers sont à Moketubbe, maintenant qu'il est l'Homme. Qu'est-ce que tu penses de ça ?

— Je n'y pense pas », dit Paniers. « Et toi ?

— Moi non plus », fit le second.

— Bien », dit Paniers. « Tu es un sage. »

II

La maison était située sur un monticule, entourée de chênes. La façade, haute d'un seul étage, était formée par les cabines de pont d'un vapeur qui s'était échoué et que Domm, le père d'Issetibbeha, avait démonté à l'aide de ses esclaves et amené par voie de terre, sur des rouleaux de cyprès, jusque chez lui à douze milles de là. Cette opération avait demandé cinq mois. Sa maison consistait dans ce temps-là en un unique mur de brique. Il avait appliqué contre ce mur le bateau à vapeur, où, maintenant, la dorure écaillée et ternie des corniches rococo encadrait d'un reste de splendeur les noms des cabines inscrits en lettres d'or au-dessus des portes à persiennes.

Doom était né simple sous-chef. C'était un Mingo, l'un des trois enfants de la branche maternelle de la famille. Il avait fait un voyage sur un bateau à quille, — il était jeune dans ce temps-là et la Nouvelle-Orléans était une ville européenne, — du nord du Mississipi à la Nouvelle-Orléans, où il fit la connaissance du chevalier Sœur Blonde de Vitry, homme dont la situation sociale était à première vue tout aussi équivoque que celle de Doom lui-même. A la Nouvelle-Orléans, parmi les joueurs et les coupe-jarrets du quartier qui bordait la rivière, Doom, sous la tutelle de son protecteur, passa pour le chef, l'Homme, le propriétaire héréditaire de ces terres qui appartenaient à la branche paternelle de la famille. C'était le chevalier de Vitry qui l'avait appelé *du homme,* d'où son nom de Doom.

On les vit partout ensemble, — l'Indien trapu à la physionomie hardie, impénétrable et vulgaire, et le Parisien, l'émigré, ami, disait-on de Carondelet et intime du général Wilkinson. Puis ils se volatilisèrent tous deux, disparurent brutalement des lieux interlopes qu'ils hantaient naguère, laissant derrière eux la légende de sommes fabuleuses soi-disant gagnées par Doom, et l'histoire d'une jeune fille, qui appartenait à une famille fort aisée des Indes Occidentales, et dont le frère armé d'un pistolet chercha Doom dans ses anciens repaires pendant quelque temps après sa disparition.

Six mois plus tard, la jeune femme elle-même

disparut du paquebot de Saint-Louis qui accosta un soir à un quai de bois de la rive du Mississipi du nord, où elle descendit accompagnée d'une servante noire. Quatre Indiens l'attendaient avec un chariot attelé d'un cheval, et l'on voyagea pendant trois jours, lentement, car elle était déjà dans un état de grossesse avancée, jusqu'à la plantation où elle trouva Doom, devenu maintenant le chef. Il ne lui raconta jamais comment cela s'était fait, sauf que son oncle et son cousin étaient morts subitement. A cette époque-là, la maison consistait en un mur de briques, construit par des esclaves inhabiles, contre lequel s'appuyait un appentis couvert de chaume et divisé en pièces jonchées d'os et de détritus, le tout situé au centre de dix mille acres d'une incomparable forêt semblable à un parc, où les daims passaient comme des animaux domestiques. C'est là que Doom et la jeune femme furent mariés, quelque temps avant la naissance d'Issetibbeha, par les soins d'un prédicateur ambulant qui faisait en même temps commerce d'esclaves et qui arriva monté sur une mule, avec un parapluie de coton et une dame-jeanne de trois gallons de whisky amarrés à sa selle. Après quoi Doom se mit à acquérir un plus grand nombre d'esclaves et à cultiver une partie de ses terres comme le faisaient les blancs. Mais il n'avait jamais assez de travail à donner à ses esclaves et c'était dans un désœuvrement total, — sauf dans les occasions où, pour distraire ses hôtes, Doom les chassait à courre avec ses chiens, — que la plupart d'entre eux passaient leurs vies transplantées sans transition de la brousse africaine.

Lorsque Doom mourut, Issetibbeha, son fils, avait dix-sept ans. Il devint propriétaire de la terre et du troupeau quintuplé des nègres dont il n'avait nul besoin. Bien que le titre d'« Homme » lui appartînt en propre, il y avait toute une hiérarchie de cousins et d'oncles qui veillaïent aux destinées du clan et qui, finalement, se réunirent, afin de décider ce qu'on ferait des nègres, en un conclave de gens accroupis, profondément accroupis, au-dessous des noms dorés qui surmontaient les portes de l'ancien vapeur.

— Nous ne pouvons pas les manger, dit l'un.

— Pourquoi pas ?

— Il y en a trop.

— C'est vrai, dit un troisième. « Une fois que nous aurions commencé, il faudrait les manger tous. Et il n'est pas sain de manger tant de viande. »

— Peut-être leur chair ressemble-t-elle à celle du daim, qui n'est pas indigeste.

— On pourrait en tuer quelques-uns sans les manger, suggéra Issetibbeha.

Les autres le regardèrent un moment. « Pour quoi faire ? » dit l'un.

— C'est vrai, fit un autre. « On ne peut pas faire ça. Ils valent trop cher. Rappelez-vous tout le mal que nous avons eu à leur trouver de quoi s'occuper. Il faut que nous fassions comme les blancs.

— C'est-à-dire ? » demanda Issetibbeha.

— Elever plus de nègres en défrichant plus de terre afin de produire du maïs pour les nourrir, et puis les vendre. Nous défricherons donc la terre, nous planterons de quoi les nourrir, nous élèverons des nègres et nous les vendrons aux blancs pour de l'argent.

— Mais qu'est-ce que nous ferons de cet argent ? » demanda un troisième.

Ils réfléchirent un instant.

— On verra », dit le premier. Ils restèrent accroupis, silencieux et graves.

— Cela demandera du travail », fit le troisième.

— Les nègres le feront », répondit le premier.

— Oui. Ils le feront. Ça ne vaut rien de suer. Ça mouille. Ça dilate les pores.

— Et l'air de la nuit y entre.

« Oui, oui. Les nègres le feront. On dirait que ça leur fait plaisir de suer. »

On fit donc défricher la terre par les nègres et on y sema du grain. Jusqu'à cette époque, les esclaves étaient parqués dans un vaste enclos avec un toit en appentis dans l'un des coins, comme un enclos à cochons. On se mit alors à construire des logements, des cases où l'on accoupla de jeunes nègres et de jeunes négresses. Cinq ans plus tard, Issetibbeha en vendit quarante à un négrier de Memphis et employa l'argent à faire un voyage en Europe sous la conduite de son oncle maternel de la Nouvelle-Orléans. Dans ce temps-là, le chevalier Sœur Blonde de Vitry était à Paris un vieillard à perruque et à corset dont la vieille figure méfiante et édentée se figeait en un rictus ironique infiniment navrant. Il emprunta trois cents dollars à Issetibbeha, qu'en manière de compensation il présenta dans certains cercles. Au bout d'un an, Issetibbeha revint chez lui avec un lit doré, une paire de girandoles — à la lumière desquelles, disait-on, la Pompadour s'était bichonné les cheveux, tandis que Louis le Bien Aimé minaudait dans le miroir par-dessus son épaule poudrée — et une paire d'escarpins à talons rouges. Ils étaient trop petits pour lui, car il n'avait jamais porté de souliers avant de venir à la Nouvelle-Orléans lors de son départ pour l'Europe.

Il rapporta les escarpins chez lui enveloppés dans du papier de soie, et les conserva dans l'une des poches de ses fontes bourrée de copeaux de cèdre, sauf les jours où il les sortait pour les donner en guise de jouet à son fils Moketubbe. A trois ans, Moketubbe avait une figure large et plate de Mongol, qui semblait figée dans une léthargie totale et impénétrable tant qu'il n'était pas en présence des souliers.

La mère de Moketubbe était une jolie fille qu'Issetibbeha avait aperçue un jour qu'elle travaillait avec son équipe dans un champ de melons. Il s'était arrêté, l'avait observée pendant un instant, ses cuisses rondes, sa croupe robuste, son visage serein. Ce jour-là, il se rendait à la rivière pour pêcher, mais il n'alla pas plus loin. Peut-être, tandis qu'il était là planté à contempler cette fille sans qu'elle s'en doutât, se souvenait-il de sa propre mère, la citadine, la fugitive, avec ses éventails, ses dentelles, son sang nègre et toute la futile mesquinerie de cette triste affaire. Ce fut au cours de cette année-là que naquit Moketubbe. A l'âge de trois ans, il ne pouvait déjà plus introduire ses pieds dans les souliers. Lorsqu'il le regardait, par les après-midi silencieux et torrides, se battre contre les souliers avec une sorte de méconnaissance inouïe de la réalité, Issetibbeha riait tout bas en lui-même. Pendant des années, il rit de Moketubbe et des souliers, car ce ne fut qu'à l'âge de seize ans que Moketubbe cessa d'essayer de les mettre. Alors il y renonça. Ou plutôt Issetibbeha le crut. Mais ce n'était qu'en présence d'Issetibbeha qu'il avait cessé d'essayer. La dernière femme de celui-ci lui confia que Moketubbe avait chipé les souliers et les avait cachés. Cette fois, Issetibbeha ne rit plus ; il renvoya la femme afin d'être tout seul. « Ouais », fit-il, « Moi aussi ça me plaît de vivre, à ce qu'il paraît. » Il envoya chercher Moketubbe. « Je te les donne », dit-il.

Moketubbe avait alors vingt-cinq ans et n'était pas encore marié. Issetibbeha n'était pas grand, mais il avait six pouces de plus que son fils et pesait quelque cent livres de moins. Moketubbe était déjà atteint d'obésité. Il avait une large face pâle et sans expression, des mains et des pieds d'hydropique. « Ils sont à toi, maintenant », dit Issetibbeha en l'observant. Moketubbe lui avait jeté en entrant un seul coup d'œil, un coup d'œil bref, prudent, voilé.

— Merci », dit-il.

Issetibbeha le regarda. Il ne pouvait jamais dire si Moketubbe voyait quelque chose, fixait son regard sur quelque chose. « Pourquoi ne sera-ce plus la même chose si je te donne les souliers ? »

— Merci », répéta Issetibbeha.

Dans ce temps-là, Issetibbeha usait de tabac à priser. Un blanc lui avait montré comment mettre la poudre à l'intérieur de la lèvre, la frotter contre ses dents avec un brin de gommier ou d'alphénie.

« Bah », dit-il, « on ne peut pas vivre toujours. » Il regarda son fils, puis, à son tour, son regard devint inexpressif et vague et il réfléchit un instant. On n'aurait pu dire ce qu'il pensait, sauf qu'il laissa échapper à mi-voix : « Oui. Mais l'oncle de Doom n'avait pas de souliers à talons rouges. » Il regarda de nouveau son fils, gras et passif. « Malgré tout cela, on pourrait songer à faire quelque chose, mais on sait toujours cela trop tard. » Il était assis sur un fauteuil de lattes suspendu comme un hamac par des courroies de cerf. « Il ne peut même pas les mettre ; nous sommes tous deux, lui et moi, également victimes de sa graisse. Il ne peut même pas les mettre. Mais est-ce ma faute ? »

Il vécut encore cinq années, puis il mourut. Un soir il tomba malade, et, malgré la visite du médecin en vêtement de peaux de mouffette, qui brûla des bâtonnets, avant midi il était mort.

C'était la veille de ce jour ; on avait creusé la fosse, et, depuis douze heures, les gens arrivaient, en charrette, en voiture, à cheval et à pied, pour manger le chien rôti, le *succotash*[1], les ignames cuites sous la cendre, et pour assister aux funérailles.

III

— Cela durera trois jours », dit Paniers tandis qu'il retournait avec l'autre Indien à la maison d'Issetibbeha. « Cela durera trois jours et il n'y aura pas à manger pour tout le monde, j'ai vu cela d'avance. »

Le second Indien s'appelait Louis Fruit. « Ce qu'il va puer par un temps comme aujourd'hui. »

— Oui. Ils ne sont que tracas et que gêne.

— Ils courent loin. On sentira cet Homme-là avant qu'il n'entre en terre. Attends voir si je n'ai pas raison.

Ils approchaient de la maison.

— Il peut mettre les souliers maintenant », dit Fruit. « Il peut maintenant les porter devant tout le monde. »

— Il ne peut pas les porter avant quelque temps encore », dit Paniers. Fruit le regarda. « Il doit mener la chasse. »

1. Mélange de maïs vert et de haricots bouillis ensemble.

— Moketubbe ? » dit Fruit. « Penses-tu qu'il la mènera ? Lui que cela fatigue même de parler. »

— Comment pourra-t-il faire autrement ? C'est son propre père qui va commencer à puer.

— C'est vrai », dit Fruit. « Il a même encore quelque chose à payer pour les souliers. Oui, on peut vraiment dire qu'il les aura payés. Qu'en penses-tu ? »

— Et toi ?

— Et toi ?

— Moi, rien.

— Moi non plus. Issetibbeha n'aura plus besoin de souliers maintenant. Qu'ils soient donc à Moketubbe ; cela sera égal à Issetibbeha.

— Oui. Il faut mourir.

— Oui. Qu'il reste mort, il y a toujours l'Homme.

Le toit d'écorce du porche supporté par des poteaux de cyprès écorcés surplombait de haut la dunette de l'ancien vapeur, ombrageant un espace non pavé où, par mauvais temps, piétinaient les mulets et les chevaux que l'on attachait là. A l'avant du pont du vapeur étaient assis un vieillard et deux femmes. L'une d'elles troussait un poulet, l'autre égrenait du maïs. Le vieillard parlait. Il était nu-pieds, vêtu d'une longue blouse de toile, coiffé d'un chapeau de castor.

— Le monde va de mal en pis », disait-il. « Ce sont les blancs qui le ruinent. On s'en était bien tiré pendant des années et des années avant que les blancs ne nous refilent leurs nègres. Autrefois les vieux restaient assis à l'ombre à manger du ragoût de cerf et du maïs et à fumer du tabac en parlant d'honneur et d'affaires sérieuses. Qu'est-ce que nous faisons maintenant ? Les vieux mêmes se tuent à s'occuper de ceux qui aiment à suer. » Lorsque Paniers et Fruit traversèrent le pont, il cessa de parler et leva son regard vers eux. Ses yeux étaient larmoyants et chassieux, sa figure n'était qu'un réseau de fines rides. « Lui aussi, il a filé », dit-il.

— Oui », dit Fruit. Il est parti.

— Je m'y attendais. Je le leur ai dit. Ça durera trois semaines comme lorsque Doom est mort. Vous verrez ça.

— C'était trois jours et non trois semaines », dit Fruit.

— Y étiez-vous ?

— Non », dit Fruit. « Mais j'en ai entendu parler. »

— Eh bien, moi, j'y étais », dit le vieillard. « Pendant trois semaines entières à travers les marais et les ronces... »

Ils continuèrent leur chemin sans attendre la suite.

Ce qui avait été le salon du vapeur n'était plus qu'une carcasse qui achevait lentement de pourrir. L'acajou poli et le bois sculpté luisaient encore par place, disparaissant peu à peu sous la moisissure qui y traçait de mystérieuses figures cabalistiques. Les fenêtres éventrées ressemblaient à des yeux atteints de la cataracte. Il contenait quelques sacs de semence ou de grain et le train avant d'une berline sur l'essieu de laquelle se rouillaient deux ressorts en C d'une courbe gracieuse, qui ne supportaient plus rien. Dans un coin, un renardeau allait et venait sans cesse et sans bruit dans une cage d'osier ; trois coqs de combat efflanqués se promenaient dans la poussière, et tout le sol constellé de leurs crottes semblait marqué de la petite vérole.

Ils longèrent le mur de brique et pénétrèrent dans une vaste salle faite de troncs mal joints. On y voyait l'arrière de la berline et sa carrosserie démantibulée gisant sur le flanc, le châssis de la portière fermé par des pleyons d'osier d'où émergeaient les têtes, les yeux fixes et ronds, irrités, et les crêtes déchiquetées d'autres coqs de combat. Le sol était de terre battue : dans un coin étaient appuyées une charrue primitive et deux pagaies grossièrement taillées. A quatre courroies de cerf partant du plafond était suspendu le lit doré qu'Issetibbeha avait rapporté de Paris. Il n'avait plus ni ressorts ni matelas, et son cadre était maintenant garni de lanières habilement entrecroisées comme un filet à larges mailles.

Issetibbeha avait essayé de faire coucher dans ce lit sa dernière femme, la jeune. Il était poussif de naissance et passait ses nuits à demi étendu dans son fauteuil de lattes. Il la voyait se mettre au lit, et, plus tard, durant ses insomnies, car il ne dormait que trois ou quatre heures par nuit, il restait là dans l'obscurité, faisant semblant de sommeiller, et il l'écoutait se glisser silencieusement hors du lit doré et enrubanné pour aller s'étendre par terre sur une paillasse jusqu'aux approches de l'aube. Alors, elle rentrait sans bruit dans le lit et faisait à son tour semblant de dormir, tandis que, dans l'ombre à côté d'elle, Issetibbeha riait à n'en plus finir, silencieusement.

Les girandoles étaient attachées par des lanières à deux bâtons appuyés dans un coin où se trouvait également un baril à whisky d'une contenance de dix gallons. Il y avait dans la pièce un foyer de terre battue, et, devant, assis dans le fauteuil de lattes, Moketubbe. Il avait une taille d'environ cinq pieds et un pouce et pesait deux cent cinquante livres. Il portait un habit de fin drap noir, mais pas de chemise :

son ventre rond, lisse et cuivré, débordait d'un caleçon de toile. Il avait aux pieds les souliers à talons rouges. Derrière son fauteuil se tenait un adolescent avec un éventail de papier à franges en forme de pankah. Moketubbe, avec sa large face jaune aux yeux clos, au nez aplati, ses deux bras étendus comme des nageoires, était assis, immobile. Son visage avait une expression de torpeur profonde et pathétique. Lorsque Paniers et Fruit entrèrent, il n'ouvrit pas les yeux.

— Il les porte depuis le lever du jour ? » demanda Paniers.

— Depuis le lever du jour », répondit l'adolescent tout en continuant d'agiter son éventail. « Vous pouvez voir. »

— Oui », dit Paniers. « Nous pouvons voir. »

Moketubbe ne bougea pas. Il avait l'air d'une statue, d'un dieu malais en caleçon, la poitrine nue, ayant aux pieds les absurdes souliers aux talons rouges.

— Si j'étais à votre place », dit le jeune homme, « je ne le dérangerais pas ».

— Pas moi si j'étais à la tienne », répondit Paniers. Fruit et lui s'accroupirent. L'adolescent agitait toujours l'éventail. « Ho, l'Homme », fit Paniers, « écoute. » Moketubbe ne bougea pas. « Il est parti », dit Paniers.

— Je vous le disais », fit l'adolescent. « Je savais qu'il allait filer. Je vous le disais. »

— Oui », dit Paniers. « Tu n'es pas le premier à nous dire après ce que nous aurions dû savoir avant. Pourquoi donc aucun de vous, les gens qui savez tout, n'a-t-il fait le moindre geste hier pour empêcher cela ?

— Il ne veut pas mourir », dit Fruit.

— Pourquoi ne le voudrait-il pas ? » demanda Paniers.

— Ce n'est pas une raison parce qu'il doit mourir un jour », déclara le jeune homme. « Ça ne me convaincrait pas moi non plus, mon vieux. »

— Tiens donc ta langue, gamin », dit Fruit.

— Pendant vingt ans », dit Paniers, « tandis que les autres de sa race étaient en train de suer dans les champs, lui il servait l'Homme à l'ombre. Pourquoi ne voudrait-il pas mourir, puisqu'il n'a pas voulu suer ? »

— Et ce sera bientôt fini », ajouta Fruit. « Ça ne traînera pas. »

— Attrapez-le donc et dites-le-lui », fit le jeune homme.

— Chut », dit Fruit.

Ils étaient accroupis, observant le visage de Moketubbe. Ç'aurait pu aussi bien être lui le mort. Il était tellement enfoui dans sa graisse que sa respiration venait de trop loin au-dedans de cette masse pour qu'on pût la discerner.

— Écoute, l'Homme », dit Paniers. « Issetibbeha est mort. Il attend. Son chien et son cheval, on les a. Mais son esclave s'est enfui. Celui qui lui faisait sa cuisine, qui mangeait de sa nourriture, dans son assiette, celui-là s'est enfui. Issetibbeha attend. »

— Oui », dit Fruit.

— Ce n'est pas la première fois », continua Paniers. « C'est arrivé lorsque Doom, ton grand-père, attendait à la porte de la terre. Il a attendu trois jours, disant : « Où est mon nègre ? » Et Issetibbeha, ton père, répondait : « Je le trouverai, reste en repos. Je te l'amènerai afin que tu puisses commencer le voyage. »

— Oui », dit Fruit.

Moketubbe n'avait pas bougé, n'avait pas ouvert les yeux.

— Pendant trois jours, Issetibbeha a fouillé le marais », poursuivit Paniers. « Il n'est même pas rentré pour manger jusqu'à ce qu'il eût le nègre avec lui ; alors il dit à Doom, son père : « Voici ton chien, ton cheval et ton nègre, sois en paix ». Issetibbeha qui est mort depuis trois jours a dit cela. Et maintenant le nègre d'Issetibbeha s'est enfui. Son chien et son cheval attendent avec lui, mais son nègre s'est enfui. »

— Oui », dit Fruit.

Moketubbe n'avait pas bougé. Ses yeux étaient clos ; de sa masse avachie et monstrueuse émanait une inertie colossale, une sorte d'immobilité profonde et comme abstraite à laquelle la chair n'avait point de part. Toujours accroupis, ils observaient son visage.

— C'est lorsque ton père devint l'Homme que cela arriva », dit Paniers. « Et ce fut Issetibbeha qui ramena l'esclave jusqu'à l'endroit où son père attendait pour entrer dans la terre. » Le visage de Moketubbe n'avait pas eu un mouvement ; ses yeux n'avaient pas eu un mouvement. Au bout d'un instant, Paniers dit : « Enlève-lui ses souliers. »

L'adolescent lui ôta ses souliers. Moketubbe se mit à haleter, sa poitrine nue agitée d'un mouvement profond comme s'il se soulevait des tréfonds de sa chair pour retomber dans la vie, de même que les flots s'élèvent de la mer pour rentrer dans la mer. Mais ses yeux ne s'étaient pas encore ouverts.

— Il mènera la chasse », dit Fruit.

— Oui », dit Paniers. « Il est l'Homme, il mènera la chasse. »

IV

Toute cette journée-là, le nègre, le serviteur attaché à la personne d'Issetibbeha, caché dans la grange, regarda mourir Issetibbeha. C'était un nègre de Guinée d'environ quarante ans. Il avait un nez aplati, une petite tête étroite, le coin des yeux légèrement injecté de sang, et ses gencives proéminentes étaient d'une teinte pâle et violacée au-dessus de ses larges dents carrées. Il avait été pris par un négrier sur la côte du Cameroun, à l'âge de quatorze ans, avant qu'on ne lui eût limé les dents. Pendant vingt-trois ans il avait été au service d'Issetibbeha.

Le jour d'avant, — celui où Issetibbeha était tombé malade, — il rentra au quartier des esclaves à la tombée de la nuit. A cette heure tranquille, la fumée des feux de cuisine flottait lentement de porte en porte à travers la rue, apportant à la maison d'en face l'odeur de la même viande et du même pain. Les femmes surveillaient les feux ; les hommes groupés à l'entrée du sentier le regardaient descendre la pente de maison en maison, dans un étrange crépuscule, posant avec prudence ses pieds nus sur le sol. A ceux qui l'attendaient, ses prunelles apparurent presque lumineuses.

— Issetibbeha n'est pas encore mort », dit le chef.

— Pas mort ? » répondit le serviteur personnel d' Issetibbeha. « Qui cela n'est pas mort ? »

Dans la pénombre, leurs visages ressemblaient au sien. Les âges différents, les pensées impénétrables demeuraient scellés derrière leurs faces pareilles à des masques de singes morts. L'odeur des feux, des victuailles, flottait, âcre et lente, dans le crépuscule étrange et comme d'un autre monde, au-dessus du sentier et des négrillons nus dans la poussière.

— Il est encore vivant après le coucher du soleil, il durera jusqu'à l'aube », fit quelqu'un.

— Qui dit cela?

— On le dit.

— Oui, on le dit. Nous ne savons qu'une chose. » Ils regardèrent le serviteur particulier d'Issetibbeha maintenant parmi eux avec ses prunelles presque lumineuses. Il respirait lentement, profondément. Sa poitrine était nue; il suait légèrement. « Il le sait. Il le sait ».

— Faisons parler les tam-tams.

— Oui. Que les tam-tams le disent.

Les tam-tams se mirent à battre à la tombée du jour. On les tenait cachés dans le lit de la rivière. Ils étaient faits de nœuds de cyprès creusés, et les nègres les tenaient cachés; personne ne savait pourquoi. Ils étaient enterrés dans la boue sur la pente d'un marais; un gamin de quatorze ans les gardait. Il était d'une taille au-dessous de son âge, et, de plus, sourd et muet. Il restait là, toute la journée, accroupi dans la boue, environné d'un nuage de moustiques, entièrement nu à l'exception de la boue dont il se couvrait pour se préserver des moustiques. Il avait, pendu autour du cou, un sac de fibre contenant une côte de porc à laquelle adhéraient encore des lambeaux de chair noire, et deux écailles d'écorce enfilées sur un fil de fer. Sa bave coulait lentement sur ses genoux qu'il serrait entre ses bras. De temps en temps, derrière lui, des Indiens sortaient sans bruit des fourrés, s'arrêtaient un instant à le contempler et repartaient sans qu'il se fût aperçu de rien.

Du grenier de l'écurie où il se tint caché jusqu'à la nuit et au-delà, le nègre pouvait entendre les tam-tams. Ils étaient à trois milles de là, mais il les entendait comme s'ils eussent été dans la grange même au-dessous de lui, résonnant sans cesse avec leur bruit sourd. C'était comme s'il eût pu voir également le feu et les jambes noires qui entraient dans les flammes et en sortaient, avec des reflets de bronze. Seulement, il n'y aurait pas de feu. Il n'y aurait pas plus de lumière que là où il était étendu dans ce grenier poussiéreux parmi le trottinement léger des pattes de rats courant le long des solives tièdes équarries à la hache depuis un temps immémorial. Tout le feu qu'il y aurait serait l'âcre fumée destinée à chasser les moustiques, au milieu de laquelle étaient accroupies des femmes avec leurs nourrissons, livrant placidement aux bouches des enfants mâles le bout de leurs seins lourds, pleins et lisses, absorbées, indifférentes au bruit des tam-tams, puisque du feu signifiait la vie.

Il y avait du feu dans le bateau où Issetibbeha gisait moribond parmi ses femmes, au-dessous des girandoles attachées à des perches et du lit suspendu. Le nègre apercevait la fumée, et, juste avant le coucher du soleil, il vit le médecin au vêtement de peaux de mouffette, sortir et allumer à l'avant du bateau deux bâtons barbouillés d'ocre. « Donc, il n'est pas encore mort », dit le nègre se répondant à lui-même dans l'obscurité bruissante du grenier. Il pouvait entendre les deux voix : la sienne, et encore la sienne.

— Qui n'est pas mort !

— Toi tu es mort.

— Oui, je le suis », dit-il paisiblement. Il eût désiré se trouver là-bas où étaient les tam-tams. Il se voyait en imagination sautant hors du fourré et bondissant parmi les tam-tams sur ses jambes nues, décharnées, sales, invisibles. Mais il ne pouvait pas faire cela parce qu'on ne saute pas au-delà de la vie dans ce qui est la mort ; on se précipite dans la mort et on ne meurt pas, car, lorsque la mort vous saisit, elle vous saisit juste avant la fin de la vie. Elle vous tombe dessus par derrière alors qu'on est encore en vie. Le piétinement menu des pattes de rats s'éteignit en une galopade évanescente le long des solives. Une fois, il avait mangé du rat. Il était gamin dans ce temps-là ; il venait d'arriver en Amérique. Ils avaient passé quatre-vingt-dix jours sous les tropiques dans un entrepont haut de trois pieds, d'où l'on entendait, au-dessus, le capitaine, un ivrogne de la Nouvelle Angleterre, entonner à pleine voix les versets d'un livre que, dix ans après seulement, le nègre avait reconnu pour être la Bible. Accroupi dans l'écurie, comme aujourd'hui, il avait guetté le rat, animal supérieur, si on le compare à l'homme dépourvu de cette dextérité innée des jambes et des yeux ; il l'avait attrapé sans difficulté, d'un simple mouvement de sa main, et l'avait mangé sans hâte, se demandant comment les rats lui avaient si longtemps échappé. Il portait encore, dans ce temps-là, l'unique costume blanc que lui avait donné le négrier, un diacre de l'église unitaire, et il ne parlait que sa langue maternelle.

Maintenant, il était nu, à l'exception d'un pantalon de cotonnade acheté aux blancs par les Indiens et d'une amulette suspendue à la courroie qui lui ceignait les hanches. L'amulette se composait d'une moitié de lorgnon à monture de nacre, qu'Issetibbeha avait rapporté de Paris, et du crâne d'un serpent, un mocassin-à-bouche-de-coton. Il avait tué lui-même le serpent et l'avait mangé, sauf la tête qui contenait le venin. Il resta dans le grenier à observer la maison, l'ancien bateau à vapeur, à écouter les tam-tams, à se représenter lui-même parmi les tam-tams.

Il y resta toute la nuit. Le lendemain matin, il vit le médecin au vêtement de peaux de mouffette sortir, monter sur sa mule et repartir. Alors il se sentit tout à fait tranquille, il regarda s'évanouir le dernier nuage de poussière soulevé par les fins sabots de la mule ; il découvrit qu'il respirait toujours, et il lui sembla étrange de respirer encore de l'air, d'avoir encore besoin d'air. Puis il se tint immobile, aux aguets, attentif aux allées et venues, ses prunelles légèrement lumineuses, mais d'une calme lumière, la respiration aisée et régulière, et il vit Louis Fruit sortir et regarder le ciel. Il faisait alors grand jour et il y avait déjà cinq Indiens dans leurs habits du dimanche accroupis le long du pont du vapeur ; à midi il y en avait vingt-cinq. Ce fut cet après-midi-là que l'on creusa la fosse où l'on devait faire cuire la viande et les ignames. A ce moment-là, il y avait à peu près une centaine d'invités, dignes, calmes, patients dans leurs raides accoutrements européens. Il vit alors Fruit faire sortir de l'écurie la jument d'Issetibbeha et l'attacher à un arbre, puis il le vit ressortir de la maison avec le vieux chien de chasse qui s'étendait d'habitude à côté du fauteuil d'Issetibbeha. Il attacha également le chien à un arbre. L'animal se tint là, sur son derrière, regardant gravement les figures autour de lui. Puis il se mit à hurler. Il hurlait encore au coucher du soleil, lorsque le nègre se laissa glisser par le mur du fond de la grange et s'engagea dans le sentier de la source où il faisait déjà sombre. Alors, il se mit à courir. Il pouvait entendre le chien hurler derrière lui, et, près de la source, courant déjà, il croisa un autre nègre. Les deux hommes, l'un immobile, l'autre courant, se regardèrent un instant comme par-dessus une frontière réelle entre deux mondes différents. Il continua de courir jusqu'à la nuit close, bouche fermée, poings serrés, un souffle rauque et continu sortant de ses larges narines.

Il poursuivit sa course au milieu des ténèbres. Il connaissait bien le pays pour y avoir chassé avec Issetibbeha, suivant sur son mulet la chasse au renard ou au chat sauvage à côté de la jument d'Issetibbeha. Il le connaissait aussi bien que ceux qui le poursuivaient. La première fois qu'il les aperçut ce fut le second jour, quelques instants avant le coucher du soleil. Il avait à ce moment couru pendant trente milles dans le lit de la rivière avant de revenir sur ses pas. Couché dans un fourré de papayers, il aperçut pour la première fois ceux qui le poursuivaient. Ils étaient deux, en chemise, avec des chapeaux de paille, portant sous leur bras leurs pantalons soigneusement roulés, et ils étaient sans armes. C'étaient des hommes entre deux âges, un peu bedonnants et qui, en tout cas, n'auraient pas pu courir très vite. Il s'écoulerait bien douze heures avant qu'ils pussent revenir là où il était étendu à les observer. « J'aurai donc jusqu'à minuit pour me reposer », dit-il. Il était assez près de la plantation pour sentir les odeurs de cuisine, et il réfléchit qu'il devrait avoir faim, car il n'avait rien mangé depuis trente heures. « Mais le plus important est de se reposer », se dit-il. Il continua de se le dire, couché au milieu du fourré de papayers, parce que l'effort qu'il lui fallait déployer pour se reposer, la hâte et le besoin de se reposer, faisaient battre son cœur aussi violemment que l'avait fait la course. C'était comme s'il eût oublié comment on se reposait, comme si ce n'eût pas été assez de six heures pour le faire, pour se rappeler comment il fallait le faire.

Sitôt la nuit venue, il se remit en route. Il avait eu l'intention, puisqu'il n'avait nulle part où aller, de continuer à marcher sans se presser toute la nuit; mais dès qu'il fut parti, il se mit à courir à toutes jambes, à se ruer, poitrine haletante, narines ouvertes, à travers l'obstacle mouvant des ténèbres. Il courait depuis une heure, égaré depuis lors, sans direction, quand il s'arrêta soudain, et, au bout d'un instant, à travers les battements sourds de son cœur, il perçut le bruit des tam-tams. D'après le son, ils ne devaient pas être éloignés de plus de deux milles. Il marcha vers le bruit jusqu'à ce qu'il pût sentir la fumée des feux, le goût de l'âcre fumée. Lorsqu'il fut au milieu d'eux, les tam-tams ne cessèrent pas de battre, seulement le chef vint à lui, jusqu'à l'endroit où il se tenait debout parmi le nuage flottant des fumées, haletant, les narines dilatées et palpitantes, ses prunelles roulant sans discontinuer avec de faibles lueurs dans sa figure barbouillée de boue, comme si c'étaient ses poumons qui les faisaient mouvoir.

— Nous t'avons attendu », dit le chef. « Va-t-en maintenant. »

— M'en aller?

— Mange et va-t-en. Les morts ne doivent pas frayer avec les vivants ; tu sais cela.

— Oui, je le sais. » Ils ne se regardèrent pas. Les tam-tams n'avaient pas cessé de battre.

— Veux-tu manger ? » dit le chef.

— Je n'ai pas faim. J'ai attrapé un lapin cet après-midi et je l'ai mangé pendant que j'étais caché.

— Prends de la viande cuite, alors.

Il accepta la viande cuite enveloppée de feuilles, puis il rentra dans le lit de la rivière. Au bout de quelque temps, le bruit des tam-tams cessa. Il marcha sans relâche jusqu'au lever du jour. « J'ai douze heures », dit-il, « peut-être davantage, car on a suivi la piste pendant la nuit. » Il s'assit par terre, mangea la viande et s'essuya les mains sur ses cuisses. Puis il se leva, enleva son pantalon de cotonnade, s'accroupit près d'une fondrière et se couvrit de boue, — figure, bras, corps et jambes, — puis s'assit de nouveau par terre, les genoux entre ses bras croisés, la tête baissée. Lorsqu'il fit assez clair pour que l'on pût y voir, il se retira dans le marécage, s'y accroupit, s'endormit ainsi. Il ne rêva point. Il avait sagement fait de changer de place, car, en s'éveillant soudain au grand jour, alors que le soleil était déjà haut, il aperçut les deux Indiens. Ils portaient toujours leurs pantalons soigneusement roulés. Ils étaient plantés en face de l'endroit où il se tenait caché, bedonnants, épais, l'air flasque, légèrement grotesques sans pantalons avec leurs chapeaux de paille.

— C'est une besogne éreintante », dit l'un.

— Moi aussi », fit l'autre, « je préférerais être chez moi à l'ombre. Mais il y a l'Homme qui attend à la porte de la terre ».

— Oui.

Ils regardaient placidement autour d'eux. L'un, se penchant, enleva de la queue de sa chemise un capitule de bardane. « Au diable ce maudit nègre », dit-il.

— Ouais. N'ont-ils pas toujours été pour nous une source de tracas et d'ennuis ?

Au début de l'après-midi, du haut d'un arbre, le nègre plongea ses regards dans la plantation. Il put voir le corps d'Issetibbeha dans un hamac entre les deux arbres où étaient attachés le cheval et le chien. Les alentours du vapeur étaient encombrés de charrettes, de chevaux de trait, de mulets, de voitures, de chevaux de selle, tandis que des groupes bigarrés de femmes, d'enfants, de vieillards, se tenaient accroupis autour de la longue tranchée d'où s'élevait, épaisse et lente, la fumée des viandes en train de rôtir. Les hommes et les grands garçons devaient être là-bas, derrière lui, sur la piste, dans le lit de la rivière, après avoir soigneusement roulé et calé dans la fourche des arbres leurs habits du dimanche. Pourtant, à la porte de la maison, près du salon du vapeur, il y avait un groupe d'hommes. Il les regarda, et, quelques instants après, les vit ressortir portant Moketubbe sur une litière faite de peaux de daims et de perches de diospyros. Dissimulé dans sa cachette feuillue, le nègre-gibier regarda tranquillement les apprêts de son irrévocable condamnation, avec une expression aussi détachée que celle de Moketubbe lui-même. « Oui », dit-il avec calme, « il va donc y aller. Cet homme dont le corps est mort depuis quinze ans va y aller aussi. »

Au milieu de l'après-midi, il se trouva nez à nez avec un Indien. Ils étaient tous les deux sur un tronc d'arbre jeté en travers d'une fondrière, — le nègre efflanqué, décharné, dur, infatigable, aux abois, et l'Indien gras, flasque, évidente incarnation de la veulerie et de l'inertie poussées au suprême degré. L'indien ne fit pas un geste, pas un bruit ; il resta sur le tronc d'arbre regardant le nègre plonger dans la fondrière, nager jusqu'à la rive et disparaître à grand fracas au milieu des broussailles.

Juste avant le coucher du soleil, il s'étendit derrière un tronc qui gisait à terre. Le long du tronc montait processionnellement une colonne de fourmis. Il les attrapa et les mangea lentement, avec une sorte de détachement, comme un invité picorant dans une assiette des noisettes salées. Les fourmis aussi avaient un goût salé, engendraient une sécrétion salivaire démesurée. Il les mangeait sans hâte, regardant la colonne ininterrompue monter le long du tronc et marcher à son obscur destin avec une persévérance résolue et presque effrayante. Il n'avait rien mangé de toute la journée ; dans le masque de boue durcie, ses yeux roulaient entre ses paupières enflammées. Au coucher du soleil, tandis qu'il se glissait sans bruit le long de la rive vers l'endroit où il avait repéré une grenouille, un mocassin-à-bouche-de-coton lui entailla soudain l'avant-bras d'un coup indolent et mal assuré. Le serpent frappa gauchement, laissant au bras de l'homme deux longues éraflures semblables à deux estafilades de rasoir, et, à demi déséquilibré par son propre élan et sa propre rage, il sembla un moment totalement annihilé par sa maladresse et sa colère mêmes. « Olé, grand-père », dit le nègre. Il lui toucha la tête et le regarda lui égratigner le bras deux ou trois fois de ses morsures sans force superficielles et maladroites. « C'est que je ne veux pas mourir », fit le nègre. Et il répéta de nouveau : « C'est que je ne veux pas mourir », d'un ton tranquille, avec un étonnement tardif et profond, comme si c'eût été une chose dont il ne se fût avisé qu'en prononçant ces paroles mêmes, comme s'il ne se fût pas rendu compte auparavant de la profondeur et de l'étendue de son désir.

V

Moketubbe prit les souliers avec lui. Il ne pouvait les porter longtemps en route, même à demi couché dans cette litière suspendue. Ils reposaient donc sur un carré de peau de daim placé sur ses genoux, ces élégants escarpins, tout craquelés, légèrement déformés à présent, avec leur vernis écaillé, leurs languettes dépourvues de boucles, leurs talons écarlates. Ils gisaient sur cette masse indolente, obèse, à peine vivante, véhiculée à travers les marais et les ronces, ballottée par les équipes d'hommes qui, sans relâche, en quête de la victime, tout le long du jour, portèrent la justice et le justicier. Pour Moketubbe, ce devait être comme si, immortel lui-même, il était transporté à toute vitesse à travers l'enfer par des âmes damnées qui, vivantes, avaient contemplé sa difformité, et qui, mortes, participaient avec indifférence à sa damnation.

Pendant une brève halte, alors que la litière était posée à terre au milieu du cercle des porteurs accroupis, avec, dedans, Moketubbe, les yeux clos, le visage à la fois paisible et empreint d'une inéluctable prescience, Moketubbe put porter quelques instants les souliers. L'adolescent les lui mit, y introduisit à force ses gros pieds sensibles et gonflés d'hydropique, tandis que son visage revêtait de nouveau cette expression de profonde détresse qu'ont ceux qui souffrent de l'estomac. Puis on se remit en route. Affalé dans la litière rythmiquement balancée, soit en raison d'une réserve d'inertie, soit à cause de quelque vertu royale telle que le courage et l'énergie, Moketubbe ne faisait pas un mouvement, pas un bruit. Au bout de quelque temps on posait de nouveau la litière par terre et on le regardait ; on regardait cette face, jaune comme celle d'une idole, emperlée de gouttes de sueur. Puis Trois-Paniers ou Avait-deux-pères disait : « Enlève-les-lui, l'honneur est sauf. » Et on lui ôtait ses souliers. La figure de Moketubbe restait impassible, mais c'était alors seulement que sa respiration devenait perceptible, passant avec un faible ah-ah-ah entre ses lèvres pâles ; et les porteurs s'accroupissaient de nouveau en attendant l'arrivée des messagers et des coureurs.

— Pas encore ?

— Pas encore. Il se dirige vers l'ouest. Avant le coucher du soleil il arrivera à l'embouchure du Tippah. Alors, il reviendra sur ses pas. Nous l'attraperons probablement demain.

— Espérons-le. Ce ne sera pas trop tôt.

— Oui. Ça fait trois jours maintenant. »

— Lorsque Doom est mort, il n'a fallu que trois jours.

— Mais celui d'alors était un vieux. Celui d'aujourd'hui est jeune.

— Ouais. Belle chasse. Si on le prend demain, je gagne un cheval. »

— Souhaitons que tu le gagnes.

— Oui. Ce n'est pas une plaisante besogne.

Ce fut ce jour-là qu'on se trouva à court de vivres à la plantation. Les invités rentrèrent chez eux et revinrent le lendemain avec d'autres victuailles, suffisamment pour une semaine encore. Ce jour-là, Issetibbeha commença à puer. On pouvait le sentir d'assez loin en amont et en aval sur le cours de la rivière, vers midi, quand il faisait chaud et que le vent soufflait. Mais on ne prit le nègre ni ce jour-là ni le lendemain. Ce fut le sixième jour au crépuscule que les messagers revinrent à la litière. Ils avaient trouvé du sang. « Il s'est blessé », dirent-ils.

— Pas trop, j'espère », fit Paniers. « Nous ne pouvons envoyer avec Issetibbeha quelqu'un qui ne lui servirait à rien. »

— Ni quelqu'un qu'Issetibbeha serait forcé lui-même de soigner et de ménager », ajouta Fruit.

— On ne sait pas », dit le messager. « Il s'est caché. Il s'est encore une fois faufilé dans le marais. Nous avons laissé des guetteurs. »

Ils trottaient maintenant à côté de la litière. L'endroit où le nègre s'était glissé dans le marais était à une heure de marche. Dans leur hâte et leur impatience, ils avaient oublié que Moketubbe avait toujours les souliers aux pieds. Lorsqu'ils arrivèrent à l'endroit désigné, Moketubbe était évanoui. On lui enleva les souliers et on le fit revenir à lui.

A la tombée de la nuit, ils formèrent le cercle autour du marais. Ils se tinrent accroupis, assaillis par des nuages de cousins et de moustiques. L'étoile du soir brillait à l'ouest, bas à l'horizon, et les constellations commençaient à rouler au-dessus des têtes à travers le ciel. « On lui donnera le temps », dirent-ils. « Demain n'est qu'un autre nom d'aujourd'hui. »

— Oui, donnons-lui le temps. » Puis ils se turent et plongèrent leurs regards attentifs dans les ténèbres où s'étendaient les marais. Quelque temps après les bruits s'éteignirent et bientôt un courrier surgit de l'ombre.

— Il a essayé de sortir du marais.

— Mais vous l'y avez fait rentrer ?

— Il y est rentré. Un moment nous trois on a eu la frousse. Pendant qu'il rampait dans l'obscurité, nous sentions son odeur et nous sentions aussi autre chose, nous ne savions pas quoi. C'est pour cela que nous avions peur jusqu'à ce qu'il nous parle. Il nous a dit de le tuer puisqu'il faisait nuit et qu'il ne serait pas obligé de voir la figure de son bourreau quand elle s'approcherait de lui. Mais ce n'était pas cela que nous sentions. Il nous a dit ce que c'était. Un serpent l'avait mordu. C'était il y a deux jours. Le bras avait enflé et il sentait mauvais. Mais ce n'était pas cela que nous sentions alors, car l'enflure avait disparu et son bras n'était pas plus gros que celui d'un enfant. Il nous a demandé de lui donner une hache pour qu'il se coupe le bras. Mais demain est la même chose qu'aujourd'hui. »

— Oui. Demain est aujourd'hui.

— On a eu peur un moment, et puis il est rentré dans le marais.

— C'est bien.

— Oui. On a eu peur. Faudra-t-il le dire à l'Homme ?

— Je vais voir », dit Paniers. Et il s'éloigna. Le messager s'accroupit et se mit à parler du nègre. Paniers revint. « L'Homme dit que c'est bien. Retourne à ton poste. »

Le messager s'en alla sans bruit. Accroupis autour

de la litière, ils dormaient par intervalle. Quelque temps après minuit le nègre les réveilla. Il se mit à crier et à parler tout seul. Sa voix jaillit des ténèbres, aiguë, soudaine, puis il se tut. L'aube vint ; une grue blanche, d'un lent battement d'ailes, traversa le ciel couleur de jonquille. Paniers s'était éveillé. « Allons maintenant », dit-il. « C'est aujourd'hui. »

Deux Indiens entrèrent bruyamment dans le marais. Avant de parvenir jusqu'au nègre, ils s'arrêtèrent parce qu'ils l'avaient entendu chanter. Ils pouvaient l'apercevoir, nu, couvert de boue durcie, assis sur un tronc d'arbre en train de chanter. Ils s'accroupirent silencieusement à quelque distance jusqu'à ce qu'il eût fini. Il psalmodiait une sorte de mélopée dans son idiome natal, le visage tendu vers le soleil levant. Sa voix était pure, profonde, empreinte d'une farouche tristesse. « Laissons-lui le temps », dirent les Indiens patiemment accroupis à attendre. Le nègre cessa de chanter ; ils s'approchèrent. Il les regarda par-dessus son épaule à travers son masque de boue craquelée. Il avait les yeux injectés de sang, les lèvres gercées sur ses dents carrées et courtes. Le masque de boue semblait trop large pour sa figure, comme si l'homme eût maigri depuis qu'il se l'était appliqué là ; il tenait son bras gauche serré contre sa poitrine. L'avant-bras n'était qu'une masse informe couverte d'une croûte de boue noire. Ils pouvaient sentir l'homme à distance : une puanteur. Il les regarda placidement jusqu'à ce que l'un d'eux lui touchât le bras. « Viens », dit l'Indien. « Tu as bien couru, n'aie pas honte. »

VI

Lorsqu'ils approchèrent de la plantation, dans le matin lumineux et coloré, les yeux du nègre se mirent à rouler comme ceux d'un cheval. La fumée de la tranchée où l'on cuisait les viandes traînait au ras du sol et sur les groupes accroupis des invités qui attendaient autour de l'enclos et sur le pont du vapeur, femmes, enfants, vieillards, dans leurs habits de cérémonie épais et raides aux couleurs éclatantes. Ils avaient envoyé des courriers le long de la rivière et un autre en avant. Le corps d'Issetibbeha avait déjà été transporté à l'endroit où l'attendait la fosse avec le cheval et le chien, bien que l'on pût encore sentir l'odeur du mort dans la maison où il avait habité de son vivant. Les invités se dirigeaient déjà vers la fosse lorsque les hommes qui portaient la litière de Moketubbe gravirent la montée.

Le nègre était le plus grand ; sa tête haute, étroite, couverte d'une croûte de boue, les dépassait tous. Il respirait difficilement, comme si l'effort désespéré de ces six journées sans espoir se fût tout d'un coup abattu sur lui. Bien qu'on marchât lentement, sa poitrine nue et balafrée s'élevait et s'abaissait au-dessus de son bras gauche étroitement serré contre elle. Il regardait de côté et d'autre, sans cesse, comme s'il ne voyait pas, comme si ses yeux ne parvenaient jamais à saisir complètement ce qu'il regardait. Ses lèvres s'entr'ouvraient sur ses larges dents blanches ; il se mit à haleter. Les invités qui se dirigeaient vers la fosse s'arrêtèrent hésitants, jetant un coup d'œil derrière eux, quelques-uns avec des morceaux de viande à la main, tandis que le nègre, de ses yeux farouches et craintifs sans cesse en mouvement, regardait leurs visages pressés autour de lui.

— Veux-tu manger d'abord ? » demanda Paniers. Et il dut le répéter deux fois.

— Oui », dit le nègre. « C'est ça, je veux manger. »

La foule, maintenant, avait reflué en rangs serrés vers le milieu du terrain. Le mot fut transmis aux plus éloignés : « Il veut manger d'abord. »

Ils arrivèrent à l'ancien vapeur. « Assieds-toi », dit Paniers. Le nègre s'assit sur le bord du pont. Il haletait toujours, sa poitrine s'élevait et s'abaissait, il ne cessait de tourner de tous côtés sa tête où roulaient ses yeux blancs. On eût dit que son impuissance à voir venait du tréfonds de lui-même, d'un insondable désespoir, non d'une déficience de la vue. Ils lui apportèrent de la nourriture et, tranquillement, le regardèrent essayer de manger. Il introduisait les aliments dans sa bouche, les mâchait, mais, tandis qu'il mastiquait, la nourriture à demi mâchée se mit à lui ressortir par les coins de la bouche, à couler le long de son menton jusque sur sa poitrine. Au bout d'un instant, il s'arrêta, demeura là, assis, couvert de boue séchée, l'assiette sur ses genoux, sa bouche béante pleine de nourriture mâchée, ses yeux écarquillés jamais en repos, haletant et pantelant. Eux le regardaient, patients, implacables, attendant.

— Viens », fit enfin Paniers.

— C'est de l'eau que je veux », dit le nègre. « Je veux de l'eau. »

Le puits était à quelque distance, au bas de la pente qui descendait vers le quartier des esclaves. La pente était toute mouchetée des ombres de midi, de cette heure paisible où, naguère, Issetibbeha somnolent dans son fauteuil attendait son repas méridien et la longue sieste où dormir. Le nègre, son serviteur particulier, était libre alors. A cette heure-là, il restait assis sur le seuil de la cuisine à faire la causette avec les femmes qui préparaient le repas. Au-delà de la cuisine, le sentier entre les cases était calme et paisible avec ses femmes conversant entre elles d'un côté du sentier à l'autre, et la fumée des feux où cuisaient les repas flottant sur les bambins vautrés dans la poussière et qui ressemblaient à des jouets d'ébène.

— Viens », dit Paniers.

Le nègre marchait au milieu d'eux, plus grand qu'eux tous. Les invités se dirigeaient vers l'endroit où Issetibbeha attendait avec le cheval et le chien. Le nègre marchait, sa haute tête virant sans cesse, la poitrine haletante. « Viens », dit Paniers. « Tu as voulu de l'eau. »

— Oui », dit le nègre. « Oui. » Il regarda derrière lui la maison, puis le quartier des esclaves où ne brûlait aujourd'hui aucun feu; où il n'y avait pas de têtes aux portes, pas de marmots dans la poussière. Il haletait. « C'est là qu'il m'a mordu; il m'a égratigné le bras là, une, deux, trois fois. J'ai dit : « Olé, grand-père. »

— Viens », dit Paniers. Le nègre continuait à exécuter les mouvements de la marche, levant haut les genoux, comme s'il eût été au moulin de discipline. Ses yeux brillaient d'un éclat farouche et craintif, comme ceux d'un cheval. « Tu voulais de l'eau », dit Paniers. « En voici. »

Il y avait une calebasse suspendue dans le puits. On l'y remplit, on la passa au nègre, on le regarda essayer de boire. Tout en inclinant lentement la calebasse vers son visage encroûté de boue, il ne cessait pas de rouler les yeux. On pouvait voir le mouvement de sa gorge et le filet brillant de l'eau qui dégoulinait de chaque côté de la calebasse sur son menton et sa poitrine. Puis l'eau finit de couler. « Viens », dit Paniers.

— Attends », dit le nègre. Il remplit de nouveau la calebasse et l'inclina vers son visage. De nouveau l'on vit le mouvement de sa gorge et l'eau, sans être avalée, ruisseler sur son menton en une cascade brisée et multiple, sillonner sa poitrine couverte de boue. Les autres attendaient, patients, graves, dignes, implacables ; membres du clan, invités, parents. Puis l'eau cessa de couler bien que la calebasse vide s'inclinât de plus en plus et que la gorge de l'homme accomplît toujours, en vain, les mouvements d'une déglutition sans objet. Un fragment de boue détaché par l'eau tomba de sa poitrine et vint se briser près de ses pieds fangeux. Dans la calebasse vide on pouvait entendre son souffle, ah-ah-ah.

— Allons », dit Paniers. Et, retirant la gourde des mains du nègre, il la suspendit de nouveau dans le puits.

UNE ROSE POUR EMILY[1]

I

Quand Miss Emily Grierson mourut, toute notre ville alla à l'enterrement : les hommes, par une sorte d'affection respectueuse pour un monument disparu, les femmes, poussées surtout par la curiosité de voir l'intérieur de sa maison que personne n'avait vu depuis dix ans, à l'exception d'un vieux domestique, à la fois jardinier et cuisinier.

C'était une grande maison de bois carrée, qui, dans le temps, avait été blanche. Elle était décorée de coupoles, de flèches, de balcons ouvragés, dans le style lourdement frivole des années 70, et s'élevait dans ce qui avait été autrefois notre rue la plus distinguée. Mais les garages et les égreneuses à coton, empiétant peu à peu, avaient fait disparaître jusqu'aux noms augustes de ce quartier; seule, la maison de Miss Emily était restée, élevant sa décrépitude entêtée et coquette au-dessus des chars à coton et des réservoirs à essence. Elle n'était plus la seule à outrager la vue. Et voilà que Miss Emily était allée rejoindre les représentants de ces augustes noms dans le cimetière assoupi sous les ifs, où ils gisaient parmi les tombes alignées

1. Traduit par M.-E. Coindreau.

et anonymes des soldats de l'Union et des Confédérés morts sur le champ de bataille de Jefferson.

De son vivant, Miss Emily avait été une tradition, un devoir et un souci ; une sorte de charge héréditaire qui pesait sur la ville depuis ce jour où, en 1894, le Colonel Sartoris, le maire — celui qui lança l'édit interdisant aux négresses de paraître dans les rues sans tablier — l'avait dispensée de payer les impôts, dispense qui datait de la mort de son père et s'étendait jusqu'à perpétuité. Non que Miss Emily eût jamais accepté qu'on lui fît la charité. Le Colonel Sartoris avait inventé l'histoire compliquée d'un prêt d'argent que le père de Miss Emily aurait fait à la ville et que la ville, pour raison d'affaires, préférait rembourser de cette façon-là. Il n'y avait qu'un homme de la génération et avec le cerveau du Colonel Sartoris pour avoir pu imaginer une chose pareille, et il n'y avait qu'une femme pour l'avoir pu croire.

Quand la génération suivante, avec ses idées modernes, donna à son tour des maires et des conseillers municipaux, cet arrangement souleva quelques mécontentements. Le premier janvier ils lui envoyèrent une feuille d'impositions. Février arriva sans apporter de réponse. Ils lui envoyèrent une lettre officielle, la priant de passer, quand elle le jugerait bon, au bureau du shériff. La semaine suivante, le maire lui écrivit lui-même, lui offrant d'aller chez elle ou de l'envoyer chercher en voiture. En réponse il reçut un billet où, sur un papier d'une forme archaïque, d'une écriture courante et menue à l'encre passée, elle lui disait qu'elle ne sortait plus du tout. La feuille d'impôts était incluse, sans commentaires.

Le conseil municipal siégea en séance extraordinaire. Une députation se rendit chez elle et frappa à cette porte qu'aucun visiteur n'avait franchie depuis que, huit ou dix ans auparavant, elle avait cessé de donner des leçons de peinture sur porcelaine. Le vieux nègre la fit entrer dans un hall obscur d'où un escalier montait se perdre dans une ombre encore plus profonde. Il y régnait une odeur de poussière, de chose qui ne sert pas ; une odeur de renfermé et d'humidité. Le nègre les conduisit dans le salon. L'ameublement en était lourd, les sièges couverts en cuir. Quand le nègre ouvrit les rideaux d'une des fenêtres, ils virent que le cuir était craquelé ; et, quand ils s'assirent, un léger nuage de poussière monta paresseusement autour de leurs cuisses et, en lentes volutes, les atomes s'élevèrent dans l'unique rais de soleil. Près de la cheminée, sur un chevalet à la dorure ternie, se trouvait un portrait au crayon du père de Miss Emily.

Ils se levèrent quand elle entra. Elle était petite, grosse, vêtue de noir, avec une mince chaîne d'or qui lui descendait jusqu'à la taille et disparaissait dans sa ceinture, et elle s'appuyait sur une canne d'ébène à pomme d'or ternie. Son ossature était mince et frêle. C'est peut-être pour cela que ce qui chez une autre n'aurait été que de l'embonpoint, était chez elle de l'obésité. Elle avait l'air enflée, comme un cadavre qui serait resté trop longtemps dans une eau stagnante, elle en avait même la teinte blafarde. Ses yeux, perdus dans les bourrelets de sa face, ressemblaient à deux petits morceaux de charbon enfouis dans une boule de pâte, tandis qu'elle les promenait d'un visage à l'autre, en écoutant les visiteurs présenter leur requête.

Elle ne les invita pas à s'asseoir. Elle se contenta de rester debout sur le seuil, attendant tranquillement que le porte-parole se soit arrêté, balbutiant. Ils purent entendre alors le tic-tac de la montre invisible attachée à la chaîne d'or.

Sa voix était sèche et froide : « Je n'ai pas d'impôts à payer à Jefferson. Le Colonel Sartoris me l'a expliqué. Peut-être un d'entre vous pourra-t-il consulter les archives de la ville, et vous donner à tous satisfaction. »

— Mais nous l'avons fait. Nous sommes les autorités de la ville, Miss Emily. N'avez-vous pas reçu un avis du shériff, signé de sa main ?

— Oui, j'ai reçu un papier, dit Miss Emily. Il se croit peut-être le shériff... Je n'ai pas d'impôts à payer à Jefferson.

— Mais il n'y a rien qui le prouve dans les livres. Il faut que nous...

— Voyez le Colonel Sartoris. Je n'ai pas d'impôts à payer à Jefferson.

— Mais, Miss Emily...

— Voyez le Colonel Sartoris (il y avait près de dix ans que le Colonel Sartoris était mort). Je n'ai pas d'impôts à payer à Jefferson. Tobe ! » Le nègre apparut. « Raccompagne ces Messieurs. »

II

Ainsi, ils furent vaincus, bel et bien, comme l'avaient été leurs pères, trente ans auparavant, au sujet de l'odeur. Cela se passait deux ans après la mort de son père et peu de temps après que son amoureux — celui qui, pensions-nous, allait l'épouser — l'eut abandonnée. Après la mort de son père, elle sortit très peu ; après que son amoureux fut parti, on ne la vit pour ainsi dire plus. Quelques dames eurent la témérité d'aller lui rendre visite, mais elles ne furent point reçues et, autour de la maison, il n'y eut d'autre signe de vie que le nègre, jeune à cette époque, qui entrait et sortait avec un panier de marché.

— Comme si un homme, quel qu'il soit, pouvait tenir une cuisine en état ! » disaient les dames ; aussi personne ne fut surpris quand l'odeur se fit sentir ; ce fut un nouveau lien entre le monde prolifique et grossier et les grands et puissants Grierson.

Une voisine alla se plaindre au maire, le juge Stevens, âgé alors de quatre-vingts ans.

— Mais que voulez-vous que j'y fasse, madame ? dit-il.

— Eh bien, envoyez-lui un mot pour que cela cesse, dit la femme. Est-ce qu'il n'y a pas de loi ?

— Je suis sûr que ça ne sera pas nécessaire, dit le juge Stevens, c'est sans doute tout simplement un serpent ou un rat que son nègre aura tué dans la cour. Je lui en dirai un mot.

Le lendemain il reçut deux autres plaintes. L'une émanait d'un homme qui se présenta, timide et suppliant : « Il faut absolument faire quelque chose, Monsieur le Juge. Pour rien au monde je ne voudrais ennuyer Miss Emily, mais il faut que nous fassions quelque chose ».

Ce soir-là le conseil municipal se réunit : trois barbes grises et un jeune homme, un membre de la nouvelle génération.

— C'est tout simple, dit-il, faites-lui dire de nettoyer chez elle. Donnez-lui un certain temps pour le faire et si elle ne...

— Dieu me damne, monsieur, dit le juge Stevens, prétendez-vous aller dire en face à une dame qu'elle sent mauvais ?

Alors, la nuit suivante, un peu après minuit, quatre hommes traversèrent la pelouse de Miss Emily et, comme des cambrioleurs, rôdèrent autour de la maison, reniflant le soubassement de brique et les soupiraux de la cave, tandis que l'un d'eux, un sac sur l'épaule, faisait régulièrement le geste du semeur. Ils enfoncèrent la porte de la cave qu'ils saupoudrèrent de chaux, ainsi que toutes les dépendances. Comme ils retraversaient la pelouse, ils virent qu'une fenêtre, sombre jusqu'alors, se trouvait éclairée. Miss Emily s'y tenait assise, à contre-jour, droite, immobile comme une idole. Silencieusement ils traversèrent la pelouse et se glissèrent dans l'ombre des acacias qui bordaient la rue. Au bout d'une quinzaine l'odeur disparut.

C'est alors que les gens commencèrent à avoir vraiment pitié d'elle. Les gens de la ville qui se rappelaient comment la vieille Mme Wyatt, sa grand-tante, avait fini par devenir complètement folle, trouvaient que les Grierson se croyaient peut-être un peu trop supérieurs, étant donné ce qu'ils étaient. Il n'y avait jamais de jeune homme assez bon pour Miss Emily. Nous nous les étions souvent imaginés comme des personnages de tableau : dans le fond, Miss Emily, élancée, vêtue de blanc ; au premier plan son père, lui tournant le dos, jambes écartées, un fouet à la main, tous les deux encadrés par le chambranle de la porte d'entrée grande ouverte. Aussi, quand elle atteignit la trentaine sans s'être mariée, je ne dis pas que cela nous fît vraiment plaisir, mais nous nous sentîmes vengés.

Même avec des cas de folie dans la famille, elle n'aurait pas refusé tous les partis s'ils s'étaient réellement présentés.

A la mort de son père le bruit courut que la maison était tout ce qui lui restait, et, d'un côté, les gens n'en furent pas fâchés. Ils pouvaient enfin avoir pitié de Miss Emily. Seule et dans la misère, elle s'était humanisée. Maintenant, elle aussi allait connaître cette vieille joie et ce vieux désespoir d'un sou de plus ou de moins.

Le lendemain de la mort de son père, toutes les dames s'apprêtèrent à aller la voir pour lui offrir aide et condoléances, ainsi qu'il est d'usage. Miss Emily les reçut à la porte, habillée comme de coutume, et sans la moindre trace de chagrin sur le visage. Elle leur dit que son père n'était pas mort. Elle répéta cela pendant trois jours, tandis que les pasteurs venaient la voir, ainsi que les docteurs, dans l'espoir qu'ils la décideraient à les laisser disposer du corps. Juste au moment où ils allaient recourir à la loi et à la force, elle céda, et ils enterrèrent son père au plus vite.

Personne ne dit alors qu'elle était folle. Nous croyions qu'elle ne pouvait faire autrement. Nous nous rappelions tous les jeunes gens que son père avait écartés, et nous savions que, se trouvant sans rien, elle devait se cramponner à ce qui l'avait dépossédée, comme on fait d'ordinaire.

III

Elle fut longtemps malade. Quand nous la revîmes elle avait les cheveux courts, ce qui lui donnait l'apparence d'une jeune fille et une vague ressemblance avec les anges des vitraux d'église, quelque chose de tragique et de serein.

La ville venait juste de passer les contrats pour le pavage des trottoirs et, pendant l'été qui suivit la mort de son père, on commença les travaux. La Société de construction arriva avec des nègres, des mulets, des machines et un contre-maître nommé Homer Barron, un Yankee, grand gaillard brun et décidé, avec une grosse voix et des yeux plus clairs que son teint. Les petits enfants le suivaient en groupe pour l'entendre jurer contre les nègres, les nègres qui chantaient en mesure tout en levant et abaissant leurs pioches. Il ne tarda pas à connaître tout le monde dans la ville. Chaque fois qu'on entendait de grands éclats de rire sur la place, on était sûr qu'Homer Barron était au centre du groupe. On ne tarda pas à le voir, le dimanche après-midi, se promener avec Miss Emily, dans le cabriolet du loueur de voitures avec ses roues jaunes et sa paire de chevaux bais.

Tout d'abord nous nous réjouîmes de voir que Miss Emily avait maintenant un intérêt dans la vie, parce que toutes les dames disaient :

— Naturellement une Grierson ne s'attachera jamais sérieusement à un homme du nord, à un journalier.

Mais il y en avait d'autres, des gens plus âgés, qui disaient que même le chagrin ne devait pas faire oublier à une grande dame que NOBLESSE OBLIGE, sans appeler ça, NOBLESSE OBLIGE [1]. Ils se contentaient de dire :

1. En français dans le texte.

— Pauvre Emily, ses parents devraient venir vers elle.

Elle avait des parents en Alabama, mais, dans le temps, son père s'était brouillé avec eux au sujet de la succession de la vieille Mme Wyatt, la folle, et les deux familles avaient cessé de se voir. Personne n'était même venu à l'enterrement.

Et aussitôt que les vieilles gens eurent dit : « Pauvre Emily », on commença à chuchoter : « Comment, vous pensez que vraiment... ? disait-on. — Mais bien sûr, pour quelle autre raison voudriez-vous que... ? » Cela derrière les mains ; crissements de soie et de satin qui se tendaient pour apercevoir, de derrière les jalousies fermées sur le soleil des dimanches après-midi, la paire de chevaux bais passant dans un léger et rapide clop-clop-clop. — « Pauvre Emily ! »

Elle portait la tête assez haute, même alors que nous pensions qu'elle était déchue. On eût dit qu'elle exigeait plus que jamais que l'on reconnût la dignité attachée à la dernière des Grierson. Il semblait que ce rien de vulgarité terrestre ne faisait qu'affirmer davantage son impénétrabilité. C'est comme le jour où elle acheta la mort aux rats, l'arsenic. C'était plus d'un an après qu'on avait commencé à dire : « Pauvre Emily », et pendant que ses deux cousines habitaient avec elle.

— Je voudrais du poison », dit-elle au droguiste. Elle avait plus de trente ans alors. Elle était encore mince, quoique plus maigre que d'habitude, avec des yeux noirs, froids et hautains dans un visage dont la peau se tirait vers les tempes et autour des yeux comme il semblerait que dût être le visage d'un gardien de phare. — Je voudrais du poison, dit-elle.

— Bien, Miss Emily. Quelle espèce de poison ? pour

des rats ou quelque chose de ce genre? Je vous recomman...

— Je veux le meilleur que vous ayez. Peu m'importe lequel.

Le droguiste en énuméra quelques-uns. « Ils tueraient un éléphant. Mais ce que vous voulez, c'est...

— De l'arsenic, dit Miss Emily. Est-ce que c'est bon ?

— Est-ce... l'arsenic? Mais oui, madame. Seulement ce que vous voulez...

— Je veux de l'arsenic.

Le droguiste la regarda. Elle le dévisagea, droite, le visage comme un drapeau déployé. — Mais, naturellement, dit le droguiste, si c'est ce que vous voulez. Seulement, voilà, la loi exige que vous disiez à quoi vous voulez l'employer.

Miss Emily se contenta de le fixer, la tête renversée afin de pouvoir le regarder, les yeux dans les yeux, si bien qu'il détourna ses regards et alla chercher l'arsenic qu'il enveloppa. Le petit livreur nègre lui apporta le paquet ; le droguiste ne reparut pas. Quand, arrivée chez elle, elle ouvrit le paquet, il y avait écrit sur la boîte, sous le crâne et les os en croix : « Pour les rats ».

IV

Aussi, le lendemain, tout le monde disait : Elle va se tuer ; et nous trouvions que c'était ce qu'elle avait de mieux à faire. Au début de ses relations avec Homer Barron, nous avions dit : « Elle va l'épouser. » Plus tard nous dîmes : « Elle finira bien par le décider » ; parce qu'Homer lui-même avait remarqué — il aimait la compagnie des hommes et on savait qu'il buvait avec les plus jeunes membres du Elk's Club — qu'il n'était pas un type à se marier. Plus tard nous dîmes « Pauvre Emily » derrière les jalousies, quand ils passaient, le dimanche après-midi, dans le cabriolet étincelant, Miss Emily, la tête haute, et Homer Barron, le chapeau sur l'oreille, le cigare aux dents, les rênes et le fouet dans un gant jaune.

Alors quelques dames commencèrent à dire que c'était là une honte pour la ville et un mauvais exemple pour la jeunesse. Les hommes n'osèrent point intervenir, mais à la fin les dames obligèrent le pasteur baptiste — la famille d'Emily était épiscopale — à aller la voir. Il ne voulut jamais révéler ce qui s'était passé au cours de cette entrevue, mais il refusa d'y retourner. Le dimanche suivant, ils sortirent encore en voiture et, le lendemain, la femme du pasteur écrivit aux parents d'Emily, en Alabama.

Elle eut donc à nouveau de la famille sous son toit, et tout le monde s'apprêta à suivre les événements. Tout d'abord il ne se passa rien. Ensuite, nous fûmes convaincus qu'ils allaient se marier. Nous apprîmes que Miss Emily était allée chez le bijoutier et avait commandé un nécessaire de toilette pour homme, avec les initiales H. B. sur chaque pièce. Deux jours après, nous apprîmes qu'elle avait acheté un trousseau d'homme complet y compris une chemise de nuit, et nous dîmes : « Ils sont mariés. » Nous étions vraiment contents. Nous étions contents parce que les deux cousines étaient encore plus Grierson que Miss Emily ne l'avait jamais été.

Nous ne fûmes donc pas surpris lorsque, quelque temps après que les rues furent terminées, Homer

Barron s'en alla. On fut un peu déçu qu'il n'y ait pas eu de réjouissances publiques mais on crut qu'il était parti pour préparer l'arrivée de Miss Emily ou pour lui permettre de se débarrasser des cousines. (Nous formions alors une véritable cabale et nous étions tous les alliés de Miss Emily pour l'aider à circonvenir les cousines.) Ce qu'il y a de certain, c'est qu'au bout d'une semaine, elles partirent. Et, comme nous nous y attendions, trois jours ne s'étaient pas écoulés que Homer Barron était de retour dans notre ville. Un voisin vit le nègre le faire entrer par la porte de la cuisine, un soir, au crépuscule.

Nous ne revîmes plus jamais Homer Barron et, pendant quelque temps, nous ne vîmes pas Emily non plus. Le nègre entrait et sortait avec son panier de marché, mais la porte d'entrée restait close. De temps à autre, nous la voyions un moment à sa fenêtre, comme le soir où les hommes allèrent répandre de la chaux chez elle, mais pendant plus de six mois, elle ne parut pas dans les rues. Nous comprîmes qu'il fallait aussi s'attendre à cela; comme si cet aspect du caractère de son père qui avait si souvent contrarié sa vie de femme avait été trop virulent trop furieux pour mourir.

Quand nous revîmes Miss Emily, elle était devenue obèse et ses cheveux grisonnaient. Dans les années suivantes, elle devint de plus en plus grise jusqu'au moment où, ayant pris une couleur gris-fer poivre et sel, sa chevelure ne changea plus. Le jour de sa mort, à soixante-quatorze ans, ces cheveux étaient encore de ce gris-fer vigoureux, comme ceux d'un homme actif.

A dater de cette époque, sa porte resta fermée sauf pendant une période de six ou sept ans, alors que, âgée d'environ quarante ans, elle donnait des leçons de peinture sur porcelaine. Elle installa, dans une des pièces du rez-de-chaussée, un atelier où les filles et les petites-filles des contemporains du Colonel Sartoris lui furent envoyées avec la même régularité et dans le même esprit qu'elles étaient envoyées, à l'église, le dimanche, avec une pièce de vingt-cinq sous pour la quête. Cependant elle avait été déchargée d'impôts.

La nouvelle génération devint alors le pilier, l'âme de la ville, et les élèves du cours de peinture grandirent et se dispersèrent et ne lui envoyèrent pas leurs filles avec des boîtes de couleur, des pinceaux ennuyeux, et des images découpées dans les journaux de dames. La porte se referma sur la dernière élève et resta fermée pour de bon. Quand la ville obtint la distribution gratuite du courrier, Miss Emily fut la seule à refuser de laisser mettre un numéro au-dessus de sa porte et d'y laisser fixer une boîte à lettres. Elle ne voulut rien entendre.

Tous les jours, tous les mois, tous les ans, nous regardions le nègre devenir de plus en plus gris, de plus en plus voûté, entrer et sortir avec son panier de marché. A chaque mois de décembre on lui envoyait une feuille d'impositions que la poste nous retournait la semaine suivante avec la mention « non réclamée ». De temps à autre nous l'apercevions à une des fenêtres du rez-de-chaussée — elle avait évidemment fermé le premier — semblable au torse sculpté d'une idole dans sa niche, et nous ne savions jamais si elle nous regardait ou si elle ne nous regardait pas. Et elle passa ainsi de génération en génération, chère, inévitable, impénétrable, tranquille et perverse.

Et puis elle mourut. Elle tomba malade dans la

maison remplie d'ombres et de poussière avec, pour toute aide, son nègre gâteux. Nous ne sûmes même pas qu'elle était malade ; il y avait longtemps que nous avions renoncé à obtenir des renseignements du nègre. Il ne parlait à personne, même pas à elle probablement, car sa voix était devenue rauque et rouillée à force de ne pas servir.

Elle mourut dans une des pièces du rez-de-chaussée, dans un lit en noyer massif garni d'un rideau, sa tête grise soulevée par un oreiller jaune et moisi par l'âge et le manque de soleil.

V

Le nègre vint à la porte recevoir la première des dames. Il les fit entrer avec leurs voix assourdies et chuchotantes, leurs coups d'œil rapides et furtifs, puis il disparut. Il traversa toute la maison, sortit par derrière et on ne le revit plus jamais.

Les deux cousines arrivèrent tout de suite. Elles firent faire l'enterrement le second jour. Toute la ville vint regarder Miss Emily sous une masse de fleurs achetées. Le portrait au crayon de son père rêvait d'un air profond au-dessus de la bière, les dames chuchotaient, macabres, et, sur la galerie et sur la pelouse, les très vieux messieurs — quelques-uns dans leurs uniformes bien brossés de Confédérés — parlaient de Miss Emily comme si elle avait été leur contemporaine, se figurant qu'ils avaient dansé avec elle, qu'ils l'avaient courtisée peut-être, confondant le temps et sa progression mathématique, comme font les vieillards pour qui le passé n'est pas une route qui diminue mais, bien plutôt, une vaste prairie que l'hiver n'atteint jamais, divisée pour eux par l'étroit goulot de bouteille des dix dernières années.

Nous savions déjà qu'au premier étage il y avait une chambre qui n'avait pas été ouverte depuis quarante ans et dont il nous faudrait enfoncer la porte. On attendit pour l'ouvrir que Miss Emily fût décemment ensevelie.

Sous la violence du choc, quand on défonça la porte, la chambre parut s'emplir d'une poussière pénétrante. On aurait dit qu'un poêle mortuaire, ténu et âcre, était déployé sur tout ce qui se trouvait dans cette chambre parée et meublée comme pour des épousailles, sur les rideaux de damas d'un rose passé, sur les abat-jour roses des lampes, sur la coiffeuse, sur les délicats objets de cristal, sur les pièces du nécessaire de toilette avec leurs dos d'argent terni, si terni que le monogramme en était obscurci. Parmi ces pièces se trouvaient un col et une cravate, comme si on venait juste de les enlever. Quand on les souleva ils laissèrent sur la surface un pâle croissant dans la poussière. Le vêtement était soigneusement plié sur une chaise sous laquelle gisaient les chaussettes, et les souliers muets.

L'homme lui-même était couché sur le lit.

Pendant longtemps, nous restâmes là, immobiles, regardant son rictus profond et décharné. On voyait, que, pendant un temps, le corps avait dû reposer dans l'attitude de l'étreinte, mais le grand sommeil qui survit à l'amour, le grand sommeil qui réussit à conquérir même la grimace de l'amour l'avait trompé. Ce qui restait de lui, décomposé sous ce qui restait de la chemise de nuit, était devenu inséparable du lit sur lequel il était couché ; et sur lui, comme sur l'oreiller à côté de lui, reposait cette couche unie de poussière tenace et patiente.

Nous remarquâmes alors que l'empreinte d'une tête creusait l'autre oreiller. L'un d'entre nous y saisit quelque chose et, en nous penchant, tandis que la fine, l'impalpable poussière nous emplissait le nez de son âcre sécheresse, nous vîmes que c'était un cheveu, un long cheveu, un cheveu couleur gris-fer.

UN JUSTE

I

Jusqu'à la mort de grand-père, tous les samedis après-midi nous nous rendions à la ferme. Nous partions de la maison tout de suite après déjeuner, dans le phaéton, moi devant avec Roskus ; grand-père, Caddy et Jason derrière. Grand-père et Roskus bavardaient tandis que les chevaux filaient à toute allure, car c'était le meilleur attelage du comté. Ils menaient le phaéton un train d'enfer le long des routes plates et même quand ils gravissaient quelque colline. Mais on était dans la partie nord du Mississipi, et, lorsqu'on grimpait ces quelques collines-là, Roskus et moi nous pouvions sentir l'odeur du cigare de grand-père.

La ferme était distante de quatre milles. Il y avait dans le petit bois une maison longue et basse entretenue en parfait état, bien qu'elle ne fût pas peinte, par les soins d'un habile charpentier, un nommé Sam Fathers, qui habitait le quartier des noirs. Derrière la maison se trouvaient les granges et les fumoirs[1], et, encore plus loin, les cases des nègres, dont l'entretien

1. Dans les fermes des États du Sud, bâtiment où l'on prépare la viande et le poisson fumés.

incombait également à Sam Fathers. Il ne faisait que cela, et il avait, disait-on, près de cent ans. Il habitait avec les nègres et on le considérait comme l'un d'eux ; « on », c'est-à-dire les blancs, car les noirs le traitaient de « gencives bleues ». Mais il n'était pas nègre, et c'est ce que je vais vous conter.

Lorsque nous arrivions, M. Stokes, l'intendant, envoyait un jeune noir accompagner Caddy et Jason à la rivière où ils allaient pêcher, parce que Caddy était une fille et que Jason était encore trop petit, mais je n'allais pas avec eux. Je me rendais près de Sam Fathers, à l'atelier où il fabriquait des jougs pour les bœufs ou des roues de charrettes, et je lui apportais toujours du tabac. Il s'arrêtait alors de travailler, bourrait sa pipe, qu'il avait faite lui-même avec de l'argile de la rivière et un tuyau de roseau, et il me parlait du temps jadis. Il parlait comme un nègre, — c'est-à-dire qu'il prononçait comme les nègres, mais il n'employait pas les mêmes expressions, — et ses cheveux étaient ceux d'un nègre. Mais sa peau n'avait pas tout à fait la couleur de celle d'un noir, même un peu coloré, et sa bouche, son nez, son menton n'étaient pas ceux d'un nègre. Son allure non plus ne ressemblait pas à celle des noirs lorsqu'ils deviennent vieux. Il avait le dos droit, il n'était pas grand, un peu épais, et son visage restait en tout temps impassible, comme s'il était lui-même ailleurs, quand il travaillait, quand les gens, même les blancs, lui adressaient la parole, ou quand il me parlait. Il avait toujours l'air d'un homme tout seul sur un toit en train d'enfoncer des clous. Quelquefois, il cessait de travailler, laissant sur l'établi un objet à moitié terminé, et s'asseyait pour fumer. Et il ne se levait pas précipitamment pour retourner à son travail quand M. Stokes ou même grand-père venaient à passer.

Je lui donnais donc du tabac. Il s'arrêtait de travailler, s'asseyait, bourrait sa pipe et me racontait des histoires.

— Ces nègres », dit-il. « Ils m'appellent l'oncle Gencives Bleues. Et les blancs, eux, m'appellent Sam Fathers.

— Est-ce que ce n'est pas ton nom ? » lui demandai-je.

— Non. Pas dans le temps. Je me souviens. Je me souviens que, quand j'avais votre âge, je n'avais pas encore vu un seul blanc, excepté un marchand de whisky qui venait chaque été à la plantation. C'était l'Homme[1] lui-même qui m'avait donné mon nom. Mais ce n'était pas Sam Fathers qu'il m'avait nommé.

— L'Homme ? » fis-je.

— Il était propriétaire de la plantation, des nègres, de ma maman aussi. Il possédait tout le pays que je connaissais quand j'étais petit. C'était un chef choctaw[2]. Il a vendu ma maman à votre arrière-grand-papa. Il a dit que je n'étais pas obligé de partir si je ne voulais pas, parce que, dans ce temps-là, j'étais également guerrier. C'était lui qui m'avait nommé Avait-Deux-Pères.

— Avait-Deux-Pères ? » dis-je. « Ce n'est pas un nom. Ce n'est rien du tout. »

— C'était mon nom autrefois. Ecoutez.

1. Le chef indien qui possédait la plantation.

2. Importante tribu d'Indiens qui habitait autrefois le Mississipi et l'Alabama, et dont les derniers représentants résident actuellement dans les territoires indiens de l'Oklahoma.

II

Voici l'histoire telle que me l'a racontée Herman Basket[1] lorsque je fus assez grand pour la comprendre. Il me dit que, quand Doom revint de la Nouvelle-Orléans, il ramenait cette femme avec lui[2]. Il ramenait également six noirs, bien qu'au dire d'Herman Basket, on eût déjà à la plantation plus de nègres qu'on n'en pouvait employer. Quelquefois, on chassait le nègre avec des chiens comme vous feriez d'un renard, d'un chat sauvage ou d'un raton. Donc, Doom en ramena six de plus quand il revint de la Nouvelle-Orléans. Il les avait, dit-il, gagnés sur le bateau à vapeur, et il avait été obligé de les garder. Il débarqua du bateau, à ce que me dit Herman Basket, avec les six nègres, une grande boîte où il y avait quelque chose de vivant, et une boîte en or, à peu près de la grandeur d'une montre, qui contenait du sel de la Nouvelle-Orléans. Doom, me raconta Herman, tira un petit chien de la boîte où il y avait quelque chose de vivant, fit une boulette de pain en y ajoutant une pincée du sel de la boîte en or, la fit avaler au petit chien, et le petit chien mourut.

Voilà comment était Doom, m'assura Herman Basket. Quand Doom débarqua du vapeur, cette nuit-là, il portait un habit chamarré d'or, et il avait trois montres en or. Mais, même à sept ans de distance, me déclara Herman Basket, les yeux de Doom n'avaient pas changé. Ils étaient exactement comme avant son

1. Pasnier.
2. Voir la nouvelle intitulée *Feuilles rouges*.

départ, avant que son nom ne fût Doom, à l'époque où lui, Herman Basket et mon papa dormaient sur la même paillasse et bavardaient toute la nuit comme le font les jeunes garçons.

Doom s'appelait dans ce temps-là Ikkemotubbe, et il n'était pas né pour être l'Homme, parce que sa mère était la sœur de l'Homme, mais celui-ci avait un fils et également un frère. Mais, même dans ce temps-là, au dire d'Herman Basket, alors que Doom n'était pas plus grand que vous n'êtes, l'Homme regardait parfois Doom et lui disait : « O fils de ma sœur, ton œil estun mauvais œil, il ressemble à celui d'un cheval vicieux. »

Aussi l'Homme ne fut-il pas fâché quand Doom devenu jeune homme déclara qu'il voulait aller à la Nouvelle-Orléans. L'Homme commençait alors à se faire vieux. Il aimait jadis jouer à pique-couteau et au palet, mais, maintenant, il n'aimait plus que pique-couteau. C'est pourquoi cela ne lui fit point de peine quand Doom s'en alla, bien qu'il n'oubliât pas Doom. Chaque été, dit Herman Basket, quand venait le marchand de whisky, l'Homme lui demandait des nouvelles de Doom. « Il se fait appeler maintenant David Callicoat », disait l'Homme. « Mais son vrai nom est Ikkemotubbe. Vous n'auriez pas, par hasard, entendu parlé d'un nommé David Callicoat qui se serait noyé dans la Grande Rivière ou qui aurait été tué à la Nouvelle-Orléans dans une rixe avec les blancs ? »

Mais, me dit Herman Basket, pendant sept ans après son départ, on n'entendit plus parler de Doom. Puis, un jour, Herman Basket et mon papa reçurent de Doom un bâton écrit où il leur demandait de venir l'attendre à la Grande Rivière. Parce que, à cette époque-là, le steamboat ne remontait plus notre rivière. Il était toujours dans notre rivière, mais il ne naviguait plus. Un jour que l'eau était haute, environ trois ans après le départ de Doom, m'a raconté Herman Basket, le vapeur était venu, s'était échoué sur un banc de sable et y était mort.

C'était comme cela que Doom avait pris son second nom, celui d'avant Doom. Quatre fois l'an, le vapeur remontait notre rivière. Les gens allaient camper sur les bords et attendaient pour le voir passer, et le blanc qui disait au bateau où aller s'appelait David Callicoat. Aussi, quand Doom avertit Herman Basket et papa qu'il allait partir pour la Nouvelle-Orléans, il ajouta : « Et je vais vous dire autre chose. A partir de maintenant, je ne m'appelle plus Ikkemotubbe, mais David Callicoat. Et, un jour, moi aussi, je posséderai un bateau à vapeur. » C'était comme cela qu'était Doom, déclara Basket.

Donc, au bout de sept ans il leur envoya le bâton écrit. Herman Basket et papa prirent la charrette pour aller rejoindre Doom à la Grande Rivière, et Doom débarqua du vapeur avec les six noirs. « Je les ai gagnés sur le bateau », expliqua Doom. « Toi et Crawford (mon papa s'appelait Crawfish-ford [1], mais habituellement on disait Crawford), vous pouvez vous les partager. »

— Je n'en veux pas », répondit papa, ainsi que me l'a rapporté Herman Basket.

— Alors Herman peut les avoir tous », fit Doom.

— Je n'en veux pas non plus », déclara Herman.

— Très bien », dit Doom. Puis Herman Basket

1. Écrevisse-de-gué.

demanda à Doom s'il s'appelait toujours David Callicoat. Mais au lieu de répondre, Doom dit à l'un des nègres quelque chose dans la langue des blancs, et le nègre alluma un nœud de sapin. Puis on vit Doom tirer de la grande boîte un petit chien et faire une boulette avec du pain et du sel de la Nouvelle-Orléans qu'il avait dans la petite boîte en or, lorsque papa reprit :

— Tu as dit, je crois, qu'Herman et moi nous devions partager les nègres.

A ce moment-là, me raconta Herman Basket, il avait remarqué que l'un des noirs était une femme.

— Mais Herman et toi vous n'en voulez pas », fit Doom.

— Quand j'ai dit cela, je ne réfléchissais pas », répondit papa. « Je prendrai ma part, y compris la femme. Herman peut garder les trois autres. »

— Je n'en veux pas », déclara Herman Basket.

— Tu peux en avoir quatre, alors », dit papa. « Moi je prendrai la femme et un autre. »

— Je n'en veux pas », répéta Herman Basket.

— Je garderai la femme seulement », reprit papa. « Tu peux prendre les cinq autres. »

— Je n'en veux pas », répéta de nouveau Herman.

— Et toi tu n'en veux pas non plus », dit Doom à papa. « Tu l'as déclaré toi-même. »

Sur ces entrefaites, le petit chien était mort. « Tu ne nous as pas dit ton nouveau nom », demanda Basket à Doom.

— Maintenant, je m'appelle Doom », répondit celui-ci. « C'est un chef français qui m'a donné ce nom à la Nouvelle-Orléans. Dans le langage français : Du Homme, dans le nôtre Doom. »

— Qu'est-ce que ça veut dire ? » demanda Herman Basket.

Au bout d'un moment, Doom le regarda. « Cela veut dire l'Homme », dit-il.

Ils réfléchirent là-dessus pendant quelque temps, debout dans l'obscurité, tandis que, dans la boîte, les autres chiots, ceux que Doom n'avait pas utilisés, s'agitaient en gémissant, et que la lumière du nœud de sapin allumait des lueurs dans les prunelles des nègres, sur l'habit doré de Doom et sur le pelage du petit chien mort.

— Tu ne peux pas être l'Homme », dit Herman Basket. « Tu es seulement le fils de sa sœur. Et l'Homme a un fils et un frère. »

— C'est vrai », fit Doom. « Mais si j'étais l'Homme, je donnerais ces nègres à Craw-ford. Je donnerais aussi quelque chose à Herman. Pour chaque nègre que je donnerais à Craw-ford, je donnerais un cheval à Herman, si j'étais l'Homme. »

— Craw-ford ne veut que cette femme », dit Herman Basket.

— De toute façon je donnerais six chevaux à Herman », répondit Doom. « Mais l'Homme a peut-être déjà donné un cheval à Herman. »

— Non », répondit Herman Basket, « mon esprit va encore à pied. »

Il leur fallut trois jours pour parvenir à la plantation. La nuit, ils campaient en route. Et, m'a raconté Basket, ils ne prononcèrent pas une parole.

Le troisième jour, ils arrivèrent à la plantation. L'Homme, si j'en crois Basket, ne fut pas enchanté de voir Doom, bien que Doom eût apporté des bonbons comme cadeau au fils de l'Homme. Doom avait apporté quelque chose pour tous ses parents, même pour le frère de l'Homme. Celui-ci demeurait tout seul dans une case près de la rivière. Il s'appelait Sometimes-Wakeup[1]. De temps en temps, les Gens[2] lui apportaient à manger. Le reste du temps, on ne le voyait pas. Herman Basket et papa allèrent avec Doom rendre visite à Sometimes-Wakeup dans sa case. C'était le soir ; Doom dit à Basket de fermer la porte. Puis Doom prit le petit chien des mains de papa, le mit par terre et fit une boulette avec du pain et du sel de la Nouvelle-Orléans pour montrer à Sometimes-Wakeup l'effet que produisait ce sel. Quand ils s'en allèrent, me raconta Basket, Sometimes-Wakeup brûla une baguette et se couvrit la tête de sa couverture.

Cela se passait le premier soir après le retour de Doom. Le lendemain, me dit Herman Basket, l'Homme en prenant son repas se mit à agir étrangement et mourut avant que le médecin pût venir pour brûler des baguettes. Quand le Porteur du Saule[3] alla chercher le fils de l'Homme pour être l'Homme, on découvrit qu'il avait, lui aussi, agi étrangement, et qu'il était mort.

— C'est maintenant Sometimes-Wakeup qui doit être l'Homme », dit papa.

Le Porteur du Saule alla chercher Sometimes-Wakeup pour être l'Homme. Mais le Porteur du Saule ne tarda pas à revenir. « Sometimes-Wakeup ne veut pas être l'Homme », annonça-t-il. « Il est assis dans sa case avec une couverture sur la tête. »

1. Se-réveille-quelquefois.
2. Les Indiens, par opposition aux noirs et aux blancs.
3. L'Indien porteur d'une branche de saule, emblème funèbre chargé d'annoncer les décès.

— Alors c'est Ikkemotubbe qui doit être l'Homme », déclara papa.

C'est ainsi que Doom fut l'Homme. Mais, me raconta Herman Basket, l'esprit de papa ne voulut pas être raisonnable. Herman Basket lui conseilla d'accorder à Doom un peu de temps. « Moi je vais encore à pied », lui dit Basket.

— Mais il a une affaire sérieuse à régler avec moi », répondit papa.

Pour en finir, avant que l'Homme et son fils ne fussent entrés dans la terre, avant que le festin et la course de chevaux ne fussent terminés, papa alla trouver Doom. « Quelle femme ? » demanda Doom.

— Tu as dit que quand tu serais l'Homme... », répondit papa. Doom regarda papa, mais papa ne regardait pas Doom.

— J'ai dans l'idée », fit celui-ci, « que tu n'as pas confiance en moi. Tu crois encore, je pense, que le petit chien était malade », ajouta Doom. « Réfléchis à cela. »

Papa réfléchit.

— Qu'est-ce que tu crois, maintenant ? » demanda Doom.

Papa ne regardait toujours pas Doom. « Je pense que c'était un chien en bonne santé », répondit papa.

III

Enfin, le festin et la course de chevaux étaient terminés et l'Homme et son fils étaient entrés dans la terre. Alors Doom déclara : « Demain nous irons chercher le bateau à vapeur. » Depuis qu'il était l'Homme, Doom parlait tout le temps du bateau, en disant que la Maison n'était pas assez grande. Donc, ce soir-là, Doom déclara : « Demain nous irons chercher le bateau à vapeur, qui est mort, dans la rivière. »

Le bateau à vapeur, me raconta Herman Basket, était à douze milles de là et ne pouvait même pas flotter sur l'eau. C'est pourquoi, le lendemain matin, il n'y avait plus personne à la plantation excepté Doom et les noirs. Doom mit toute cette journée-là à retrouver les Gens. Il eut recours aux chiens et trouva quelques-uns des Gens dans les troncs d'arbres creux du lit de la rivière. Cette nuit-là, il exigea que tous les hommes dormissent dans la Maison. Il y garda également les chiens.

Herman Basket me confia qu'il entendit Doom et papa causer dans l'obscurité. « je pense que tu n'as pas confiance en moi », disait Doom.

— Mais si, j'ai confiance en toi », répondit papa.

— C'est le conseil que je te donnerais », fit Doom.

— Je voudrais bien que tu puisses donner le même à mon esprit », déclara papa.

Le lendemain matin, on se rendit au bateau. Les femmes et les nègres marchaient à pied. Les hommes étaient dans des charrettes, Doom allait derrière, avec les chiens.

Le bateau à vapeur gisait sur un banc de sable, couché sur le flanc. Quand on s'en approcha, il y avait trois blancs dessus. « Nous pouvons maintenant retourner chez nous », dit papa.

Mais Doom interpella les blancs. « Est-ce que le bateau vous appartient ? » demanda Doom.

— Il ne t'appartient pas », répondirent les blancs. Et, bien qu'ils eussent des fusils, Herman Basket dit qu'ils n'avaient point la mine d'être les propriétaires du bateau.

— Faut-il les tuer? » demanda papa.

Mais Doom continua de parler aux hommes du bateau.

— Combien voulez-vous le vendre? » demanda-t-il.

— Combien veux-tu en donner? » répondirent les blancs.

— Il est mort », fit Doom. « Il ne vaut pas grand-chose. »

— Veux-tu donner dix nègres? » demandèrent les blancs.

— Entendu », dit Doom. « Que les nègres qui sont venus avec moi de la Grande Rivière s'avancent. » Ils s'avancèrent, les cinq hommes et la femme. « Que quatre autres noirs s'avancent. » Quatre autres s'avancèrent. « Maintenant, vous mangerez le maïs de ces blancs-là », dit Doom. « Puisse-t-il vous être profitable. » Les blancs s'en allèrent suivis des dix nègres. « A présent, — dit Doom, — faisons lever le bateau et faisons-le marcher. »

Herman Basket me raconta que papa et lui n'étaient pas entrés dans la rivière avec les autres, parce que papa lui avait demandé de venir à l'écart causer avec lui. Ils allèrent à l'écart. Papa prit la parole, mais Herman répondit qu'ils auraient tort de tuer les blancs, à quoi papa répondit qu'on pourrait les bourrer de pierres et les jeter dans la rivière et que personne ne les trouverait. Ils rejoignirent donc les trois blancs et les dix nègres, puis ils retournèrent au bateau. Avant d'y arriver, papa dit aux hommes noirs : « Allez vers l'Homme, allez l'aider à faire lever le bateau et à le faire marcher. Je vais emmener cette femme chez moi. »

— Cette femme est mon épouse », dit un des nègres. « Je veux qu'elle reste avec moi. »

— Est-ce que tu tiens à être bourré de pierres et jeté dans la rivière, toi aussi ? » demanda papa au nègre.

— Et toi, tiens-tu toi-même à être flanqué dans la rivière ? » répondit le nègre à papa. « Vous êtes deux et nous sommes neuf. »

Papa réfléchit, puis il dit : « Allons au bateau aider l'Homme. »

Ils allèrent au bateau. Mais, me raconta Herman Basket, Doom ne remarqua la présence des dix nègres que quand il fut temps de retourner à la plantation. Il regarda les noirs, et puis il regarda papa. « On dirait que les blancs ne veulent pas de ces nègres », dit Doom.

— On dirait », fit papa.

— Les blancs sont partis, n'est-ce pas ? » demanda Doom.

— Cela en a l'air », répondit papa.

Chaque nuit, me confia Herman Basket, Doom exigeait que tous les hommes dormissent dans la Maison, avec les chiens également dans la Maison, et, chaque matin, ils retournaient au bateau dans les charrettes. Comme les charrettes ne pouvaient pas contenir tout le monde, le deuxième jour, les femmes restèrent à la plantation. Mais ce fut seulement au bout de trois jours que Doom s'aperçut que papa également était resté chez lui. Ce fut peut-être, insinua Herman Basket, le mari de la femme qui le dit à Doom. « Craw-ford s'est fait mal au dos en soulevant le bateau », expliqua Basket à Doom. « Il a dit qu'il resterait à la plantation et qu'il se tremperait les pieds dans la Source Chaude, afin que la douleur de son dos pût retourner à la terre. »

— C'est une bonne idée », fit Doom. « Voilà trois jours qu'il fait cela, n'est-ce pas ? Alors la douleur devrait être descendue dans ses jambes à présent. »

Quand on fut de retour à la plantation, ce soir-là, Doom envoya chercher papa. Il lui demanda si sa douleur était descendue. Papa lui répondit qu'elle descendait très lentement. « Tu devrais te tremper davantage dans la Source », conseilla Doom.

— C'est ce que je pense », répondit papa.

— Si tu restais dans la Source la nuit aussi », suggéra Doom.

— L'air de la nuit aggraverait mon mal », dit papa.

— Pas avec du feu là-bas », répliqua Doom. « Je vais envoyer un des nègres avec toi pour entretenir le feu. »

— Lequel des nègres ? » demanda papa.

— Le mari de la femme que j'ai gagnée sur le bateau à vapeur », répondit Doom.

— Je crois que mon dos va mieux », déclara papa.

— Essayons », fit Doom.

— Je suis sûr que mon dos va mieux », reprit papa.

— Essayons tout de même », dit Doom. Un peu avant la tombée de la nuit, il envoya quatre des Gens installer papa et le nègre à la Source. Les Gens, m'a raconté Herman Basket, revinrent sans tarder. Il ajouta que, au moment où ils entrèrent dans la Maison, papa y entrait également.

— La douleur s'est mise à descendre subitement », déclara papa. « Depuis ce midi elle est arrivée à mes pieds. »

— Penses-tu qu'elle soit partie pour demain matin ? » demanda Doom.

— Je pense », répondit papa.

— Tu devrais peut-être rester dans la source cette nuit pour plus de sûreté », conseilla Doom.

— Je suis sûr qu'elle sera partie avant demain matin », affirma papa.

IV

Lorsque l'été arriva, le steamboat était sorti du lit de la rivière, me dit Basket. Il avait fallu cinq mois pour le tirer de là, parce qu'on avait dû couper les arbres pour lui faire un passage. Mais, à présent, le bateau pouvait marcher plus vite, sur les rondins. Papa aidait. Papa occupait à l'un des câbles, près du bateau, une place déterminée que personne n'avait la permission de lui prendre. Elle était juste au-dessous du gaillard d'avant où Doom était assis dans son fauteuil, flanqué d'un gamin avec une branche pour lui faire de l'ombre, et d'un autre gamin avec une autre branche pour chasser les insectes. Les chiens également étaient sur le bateau.

Pendant l'été, alors que le bateau était toujours en route, le mari de la femme, raconta Herman Basket, vint de nouveau trouver Doom. « J'ai fait ce que j'ai pu », dit Doom. « Pourquoi ne vas-tu pas trouver Craw-ford et régler cette affaire-là toi-même ? »

Le nègre répondit que c'était ce qu'il avait fait, que papa lui avait proposé de régler l'affaire par un combat de coqs, le coq de papa contre celui du nègre. La femme devait appartenir au gagnant ; celui qui refuserait de combattre serait considéré comme perdant par défaut. Le nègre avait fait remarquer qu'il ne possédait pas de coq, et papa avait déclaré que, dans ce cas, le nègre avait perdu par défaut et que c'était à lui, papa, que la femme appartenait. « Qu'est-ce qu'il faut que je fasse ? » demanda le nègre.

Doom réfléchit. Puis il appela Herman Basket et lui demanda quel était le meilleur coq de papa. Herman Basket répondit que papa n'en possédait qu'un. « Ce coq noir ? » fit Doom. Et Herman confirma que c'était en effet celui-là. « Ah », fit Doom. Il était assis dans son fauteuil sur le gaillard d'avant, tandis que le bateau marchait sur la terre, et il regardait les nègres tirer sur les câbles pour le faire avancer. « Va donc dire à Craw-ford que tu as un coq », ordonna Doom au nègre. « Dis-lui simplement que tu auras un coq dans l'arène. Nous laisserons le bateau se coucher et dormir. » Le nègre s'en alla. Herman Basket me raconta que Doom le regarda, mais que lui ne regarda pas Doom. Parce que, me dit-il, il n'y avait à la plantation qu'un coq meilleur que celui de papa et il appartenait à Doom. « J'ai idée que ce petit chien n'était pas malade », dit Doom. « Qu'en penses-tu ? »

Herman Basket ne regarda pas Doom. « C'est ce que je pense également », dit-il.

— C'est le conseil que je te donnerais », fit Doom.

Le lendemain, le bateau s'arrêta et se reposa. L'arène était dans l'écurie. Les Gens et les noirs étaient là. Papa avait son coq dans l'arène. Puis le nègre y mit le sien. Papa regarda le coq du nègre.

— Ce coq est celui d'Ikkemotubbe », dit-il.

— Il est à lui », affirmèrent les Gens. « Ikkemotubbe le lui a donné, nous en sommes tous témoins. »

Papa avait déjà ramassé son coq. « Ce n'est pas

juste », fit-il. « Nous ne devrions pas le laisser risquer sa femme dans un combat de coqs. »

— Alors tu te dédis ? » demanda le nègre.

— Laisse-moi réfléchir », dit papa. Les Gens l'observaient. Le nègre rappela à papa ce qu'il avait dit au sujet de celui qui ferait défaut. Papa répliqua qu'il n'avait pas voulu dire cela et qu'il reprenait sa parole. Les Gens lui firent remarquer qu'il ne pouvait pas la reprendre sans s'avouer vaincu. Papa réfléchit de nouveau. Les Gens l'observaient. « Soit », dit-il. « Mais je suis roulé. »

Les coqs combattirent. Celui de papa tomba. Papa le ramassa vivement. Il avait l'air, me raconta Herman Basket, de guetter le moment où son coq tomberait pour le ramasser tout de suite. « Attendez », dit papa. Il regarda les Gens. « Maintenant ils ont combattu. N'est-il pas vrai ? » Les Gens répondirent que c'était vrai. « Alors cela arrange ce que j'ai dit à propos du forfait. »

Et papa se disposa à quitter l'arène.

— Est-ce que tu ne vas pas le laisser combattre ? » demanda le nègre.

— Je pense que cela n'arrangera rien », fit papa. « Et toi ? »

Le nègre regarda papa. Puis il cessa de le regarder. Il était accroupi. Les Gens observaient le nègre qui contemplait la terre entre ses pieds. Ils le virent ramasser une motte de terre et virent la poussière passer entre ses doigts. « Penses-tu que cela arrangera quelque chose ? » demanda papa.

— Non », répondit le nègre. Les Gens, me raconta Basket, ne purent pas très bien l'entendre. Mais papa l'entendit.

— Ni moi non plus », dit papa. « Tu aurais tort de risquer ta femme dans un combat de coqs. »

Le nègre leva les yeux, de la poussière sèche entre les doigts. Ses yeux, dans l'arène obscure, semblaient rouges comme ceux d'un renard. « Veux-tu laisser les coqs combattre de nouveau ? » dit-il.

— Conviens-tu que cela ne réglera rien ? » demanda papa.

— Oui », répondit le nègre.

Papa remit son coq dans l'arène. Le coq, me raconta Herman Basket, fut mort avant même d'avoir eu le temps d'agir étrangement. Le coq du nègre monta sur lui et se mit à chanter, mais le nègre poussa de côté le coq vivant et piétina le coq mort jusqu'à ce qu'il n'eût plus du tout l'air d'un coq.

Puis ce fut l'automne ; le bateau arriva à la plantation, s'arrêta près de la Maison et fut mort de nouveau. Depuis deux mois, me conta Herman Basket, on était en vue de la plantation à faire marcher le bateau sur des rouleaux, mais maintenant le bateau était près de la Maison, et la Maison était assez vaste pour satisfaire Doom. Il donna un festin qui dura huit jours. Quand il fut terminé, le nègre, me dit Herman, vint trouver Doom pour la troisième fois. « Viens dans ma case », dit-il à Doom. « J'ai quelque chose à te montrer. »

— Je pensais bien qu'il allait être temps », fit Doom. Il jeta un regard autour de la salle, mais Herman Basket dit à Doom que papa venait de sortir. « Dis-lui de venir aussi », ordonna Doom. Quand ils furent arrivés à la case du nègre, Doom envoya deux des gens chercher papa. Puis ils entrèrent dans la case. Ce que le nègre voulait montrer à Doom était un homme nouveau.

— Regarde », dit le nègre. « Tu es l'Homme. Tu dois veiller à ce que justice soit faite. »

— Qu'y a-t-il de mal dans ce nouvel homme ? » demanda Doom.

— Regarde la couleur », reprit le nègre. Et il se mit à promener son regard autour de la case. Ses yeux, me conta Herman Basket, devinrent rouges, puis bruns, puis rouges, comme ceux d'un renard. On pouvait entendre la respiration du nègre. « Feras-tu justice ? » demanda le nègre. « Tu es l'Homme. »

— Tu devrais être fier d'un hel homme jaune comme celui-ci, déclara Doom. « Je ne vois pas comment la justice pourrait le rendre plus noir », ajouta-t-il. Il jeta lui aussi un regard autour de la case. « Approche, Craw-ford », dit-il. « Ceci est un homme et non pas un serpent cuivré[1], il ne te fera pas de mal. » Mais papa ne voulut pas s'approcher. Les yeux du nègre devinrent rouges, puis bruns, puis rouges au gré de sa respiration. « Ouais », fit Doom. « Ce n'est pas juste. Tout homme a le droit de faire protéger son champ de melons contre les daims sauvages des bois. Mais, tout d'abord, donnons un nom à ce nouvel homme. » Doom réfléchit. Les yeux du nègre, me raconta Herman Basket, étaient, comme sa respiration, devenus plus calmes. « Nous l'appellerons Avait-Deux-Pères », déclara Doom.

1. Serpent venimeux des états du Sud.

V

Sam Fathers ralluma sa pipe. Il fit cela posément : il se leva et prit dans le foyer de la forge un charbon ardent entre le pouce et l'index. Puis il retourna s'asseoir. Il commençait à se faire tard. Caddy et Jason étaient revenus de la rivière. J'aperçus grand-père et M. Stokes en train de causer à côté de la voiture, et, au même moment, comme s'il avait senti mon regard, grand-père se retourna et m'appela.

— Et après, qu'est-ce qu'a fait ton papa ? » demandai-je.

— Herman Basket et lui ont construit la palissade », dit Sam Fathers. « Doom leur fit planter dans le sol deux poteaux avec une perche en travers joignant le sommet de l'un et de l'autre. Le nègre et papa étaient là. Doom ne leur avait pas encore parlé de la palissade. C'était exactement, m'a raconté Herman Basket, comme quand ils étaient gamins, papa, Doom et lui, dormant sur la même paillasse, et que Doom les réveillait la nuit et les faisait lever pour aller à la chasse ou pour lutter avec lui à coups de poing, histoire de rire, jusqu'à ce qu'ils se réfugient loin de Doom.

Ils assujettirent la perche entre les deux poteaux et Doom dit au nègre : « Supposons que ceci soit une palissade. Peux-tu passer par-dessus ? »

Le nègre, me raconta Herman Basket, posa la main sur la perche et vola par-dessus comme un oiseau.

Puis Doom dit à papa : « Passe par-dessus cette palissade. »

— Cette palissade est trop haute pour que je puisse la franchir », répondit papa.

— Passe par-dessus cette palissade et je te donnerai la femme », dit Doom.

Papa regarda un moment la palissade : « Laisse-moi passer par-dessous », fit-il.

— Non », dit Doom.

Papa, me raconta Herman Basket, fit mine de s'asseoir par terre. « Ce n'est pas la peine que j'aie confiance en toi », déclara papa.

— Nous élèverons la palissade à cette hauteur », conclut Doom.

— Quelle palissade ? » demanda Herman Basket.

— La palissade qui entourera la case de ce nègre », expliqua Doom.

— Je ne peux pas construire une palissade qu'il m'est impossible de franchir », dit papa.

— Herman t'aidera », fit Doom.

Ce fut exactement, me confia Herman Basket, comme du temps que Doom les réveillait pour les faire aller à la chasse. Les chiens, me dit-il, les retrouvèrent le lendemain vers midi, papa et lui. Ils commencèrent la palissade l'après-midi. Ils coupèrent de jeunes arbres dans le lit de la rivière et les traînèrent à force de bras jusqu'à la plantation, parce que Doom ne voulut pas leur permettre de se servir d'une charrette. Si bien que le transport d'un seul poteau leur demandait parfois trois ou quatre jours. « Ne vous tracassez pas », leur disait Doom. « Vous avez tout le temps. Et l'exercice fera dormir Craw-ford cette nuit. »

Ils travaillèrent à la palissade tout cet hiver-là et tout l'été suivant jusqu'après l'arrivée et le départ du marchand de whisky. Puis elle se trouva terminée. Le jour où ils placèrent le dernier poteau, me raconta Herman Basket, le nègre sortit de sa case, posa la main sur le haut d'un poteau (c'était une vraie palissade dont les poteaux étaient plantés verticalement dans la terre), et vola par-dessus comme un oiseau. « C'est une bonne palissade », dit le nègre. « Attendez », ajouta-t-il. « J'ai quelque chose à vous montrer. » Et il ressauta par-dessus la palissade, rentra dans sa case, en ressortit. Il portait, me dit Herman Basket, un nouvel homme qu'il leva au-dessus de la palissade afin qu'ils pussent le voir. « Que pensez-vous de la couleur de celui-ci ? » demanda-t-il.

Grand-père m'appela de nouveau. Cette fois-ci je me levai. Le soleil était déjà descendu derrière le verger aux pêchers. Je n'avais que douze ans dans ce temps-là et il me semblait que cette histoire était arrivée on ne savait où et qu'elle n'avait ni queue ni tête. Cependant, j'obéis à l'appel de grand-père, non que je fusse las d'écouter Sam Fathers, mais avec la hâte des enfants qui fuient provisoirement les choses qu'ils ne comprennent pas tout à fait, cela et la promptitude instinctive avec laquelle nous obéissions tous à grand-père, non pas de peur qu'il ne s'impatientât ou nous grondât, mais parce que nous étions persuadés qu'il faisait des choses merveilleuses, que sa vie éveillée passait d'un magnifique tableau (même légèrement grandiose), à un autre magnifique tableau.

Ils étaient dans le phaéton à m'attendre. Je montai et les chevaux partirent immédiatement, impatients aussi d'être à l'écurie. Caddy avait pris un poisson à peu près de la taille d'un copeau et elle était mouillée jusqu'à la ceinture. La voiture démarra, l'attelage déjà au trot. Quand nous passâmes devant la cuisine de M. Stokes, nous sentîmes l'odeur du jambon qui cuisait. Elle nous suivit jusqu'à la barrière. Quand nous tournâmes pour prendre la route qui nous ramenait chez nous, le soleil était presque couché. Alors nous cessâmes de sentir l'odeur du jambon qui cuisait. « Qu'est-ce que vous étiez en train de discuter, Sam et toi ? » demanda grand-père.

Nous roulions toujours, au milieu de cette incertitude étrange et légèrement sinistre du crépuscule, où il me semblait voir encore, là-bas, Sam Fathers assis sur son billot de bois, précis, immobile, immuable, comme une pièce de musée plongée dans un bain conservateur et que l'on revoit après un long temps. C'était cela. Je n'avais que douze ans dans ce temps-là, et il me fallait attendre d'être passé au travers et au-delà de l'incertitude du crépuscule. J'étais sûr qu'alors je comprendrais. Mais alors Sam Fathers serait mort.

— Rien, grand-père », répondis-je. « Nous causions, voilà tout. »

CHEVELURE

I

Cette fille, cette Susan Reed, était orpheline. Elle vivait avec des gens appelés Burchett, qui avaient d'autres enfants, deux ou trois enfants. Certains disaient que Susan était une nièce, une cousine, quelque chose comme cela ; d'autres répandaient sur la moralité de Burchett et même de Mme Burchett les habituelles médisances. Vous savez ce que c'est. C'étaient surtout les femmes.

Lorsque Hawkshaw arriva à Jefferson, elle avait à peu près cinq ans. Ce fut lors du premier été qu'il passa derrière son fauteuil dans le salon de coiffure de Maxey que, pour la première fois, Mme Burchett lui amena Susan. Maxey m'a conté que, pendant trois jours, ses employés et lui avaient assisté aux efforts de Mme Burchett pour décider Susan à entrer chez le coiffeur. C'était alors une petite fille maigriotte, aux grands yeux effarés, avec ces cheveux plats et soyeux qui n'étaient ni blonds ni bruns. Ce fut en fin de compte Hawkshaw, lui qui, autant qu'on sache, n'avait jamais dit autre chose que oui ou non à n'importe quel homme ou à n'importe quelle femme de la ville, ce fut Hawkshaw, me raconta Maxey, qui sortit dans la rue et endoctrina la petite pendant un bon quart d'heure avant qu'elle se décidât à entrer et à s'asseoir dans le fauteuil. « Le diable m'emporte, dit Maxey, si on aurait pas dit qu'Hawkshaw l'attendait. »

C'était la première fois qu'elle se faisait couper les cheveux. Ce fut Hawkshaw qui les lui coupa, tandis qu'elle restait assise enfouie dans le peignoir, avec l'air d'un petit lapin effrayé. Mais, six mois après, elle venait toute seule chez le coiffeur se faire couper les cheveux par Hawkshaw, et elle avait toujours l'air d'un vieux petit lapin, avec cette figure effarée, ces deux grands yeux et ces cheveux d'une nuance indéfinie qu'on apercevait au-dessus du peignoir. Si Hawkshaw était occupé, dit Maxey, elle entrait, allait s'asseoir sur le banc tout près du fauteuil d'Hawkshaw, les jambes pendantes devant elle, et elle attendait qu'il eût fini. Au dire de Maxey, on la considérait comme la cliente attitrée de Hawkshaw, au même titre que ces habitués qui se font raser tous les samedis soir. Une fois, l'autre commis, Matt Fox, lui ayant offert de lui couper les cheveux parce qu'Hawkshaw était occupé, celui-ci lui lança un regard foudroyant. « J'en ai pour une minute », dit-il. « Je vais m'occuper d'elle. » Cela faisait, à cette époque, à peu près un an, me raconta Maxey, qu'Hawkshaw était à son service, mais c'était la première fois qu'il l'eût jamais entendu, à quelque propos que ce fût, parler d'une façon aussi catégorique.

Cet automne-là, la fillette commença d'aller à l'école. Chaque matin et chaque après-midi elle passait devant la boutique du coiffeur. Toujours timide, elle marchait comme le font les petites filles, et l'on voyait sa tête blonde-brune glisser rapidement à la hauteur de la fenêtre, comme si elle eût été montée sur ses patins. D'abord elle était toujours seule, mais bientôt sa tête ne fut plus qu'une parmi un groupe d'autres têtes, des têtes en train de bavarder et qui ne regardaient pas le moins du monde du côté de la fenêtre, tandis qu'Hawkshaw se tenait là, à la fenêtre, à regarder dehors. Maxey et Matt n'avaient pas besoin, disaient-ils eux-mêmes, de consulter la pendule pour savoir qu'il était huit heures moins cinq ou trois heures moins cinq, ils n'avaient qu'à observer Hawkshaw. C'était comme une sorte d'attraction qui le faisait se diriger vers la fenêtre sans qu'il s'en aperçût, et regarder au-dehors vers le moment où les écoliers commençaient à passer. Lorsqu'elle venait chez le coiffeur se faire couper les cheveux, Hawkshaw lui donnait deux ou trois pastilles de menthe, alors qu'il n'en donnait qu'une seule aux autres enfants, m'assura Maxey.

Non, ce fut Matt Fox, l'autre commis, qui me raconta cela. Ce fut lui qui me parla de la poupée qu'Hawkshaw donna à Susan pour Noël. Je ne sais comment il parvint à savoir cela. Ce ne fut certes pas Hawkshaw qui le lui dit. Il l'apprit pourtant ; il en savait beaucoup plus que Maxey sur le compte d'Hawkshaw. Il était marié, ce Matt, un gros garçon flasque avec une figure de papier mâché et un regard las ou mélancolique, — oui, quelque chose comme cela. Un drôle de type, presque aussi habile coiffeur qu'Hawkshaw. Il ne parlait pas beaucoup lui non plus, et je ne m'explique pas comment il savait tant de choses sur Hawkshaw alors qu'un bavard comme Maxey réussissait à en savoir si peu. Mais sans doute un homme qui parle beaucoup ne trouve-t-il pas le temps d'apprendre grand-chose sur n'importe quel sujet, si ce n'est des mots, rien que des mots.

Quoi qu'il en soit, Matt me raconta qu'à chaque Noël Hawkshaw faisait un cadeau à Susan, même lorsqu'elle fut devenue grande fille. C'était toujours à lui, à son fauteuil, qu'elle venait, et lui, chaque matin, à l'aller et au retour de l'école, la regardait passer. Une grande fille, et elle n'était plus du tout timide.

Vous n'auriez pas dit que ce fût la même. Elle avait poussé vite. Trop vite. C'était là l'ennui. Certains disaient qu'elle était orpheline et je ne sais quoi encore. Mais ce n'était pas cela. Les filles ce n'est pas comme les garçons. Les filles ça naît sevré et les garçons ne le sont jamais. Le diable m'emporte si vous n'en voyez pas à soixante ans qui retournent à leur voiture d'enfant, et plus vite que ça.

Ce n'était pas qu'elle fût vicieuse. On ne peut pas dire d'une femme qu'elle naît vicieuse, car elles le sont toutes de naissance, c'est chez elles quelque chose d'inné. Le tout est qu'elles se marient avant que l'abcès de leur vice ne crève naturellement. Cependant, nous nous efforçons de les soumettre à des principes qui veulent que la femme ne puisse se marier avant d'avoir atteint un âge déterminé. Mais la nature se fiche des principes et laisse faire les femmes, qui se fichent autant des principes que de tout le reste. Susan avait grandi trop vite, voilà tout. Elle atteignit le point critique où crève l'abcès des mauvais penchants avant le terme fixé par les principes. Je ne pense pas que les femmes puissent s'en empêcher. J'ai une fille et je n'hésite pas à le dire.

Voilà donc où elle en était. On calcula, me dit Matt,

qu'elle ne devait pas avoir plus de treize ans le jour où Mme Burchett lui donna le fouet pour s'être mis du rouge et de la poudre. Cette année-là, d'après lui, on la voyait dans la rue, ricanant avec deux ou trois autres filles, à toutes les heures où elle aurait dû être à l'école. Elle était toujours maigriotte, avec des cheveux ni blonds ni bruns et la figure empâtée de fard à tel point qu'on aurait cru qu'au moindre sourire la croûte allait craquer comme de la boue durcie. Elle portait des robes de guingan toutes simples, telles qu'en doit porter une enfant de treize ans, mais serrées et ajustées de façon à montrer ce qu'elle n'avait pas encore à montrer, comme le faisaient, avec leurs robes de soie, de crêpe ou d'autres étoffes semblables, les filles plus âgées.

Matt la regardait passer, un jour, me dit-il, lorsqu'il s'aperçut tout à coup qu'elle n'avait pas de bas. Cela le fit réfléchir, ajouta-t-il, et il se rappela qu'elle ne portait jamais de bas en été uniquement lorsqu'il se rendit compte que ce qui avait attiré son attention ce n'était pas qu'elle n'eût pas de bas mais le fait que ses jambes avaient l'air de jambes de femme : de femme faite. Et elle n'avait que treize ans.

Elle n'y pouvait rien, dis-je. Ce n'était pas sa faute. Ce n'était pas non plus celle de Burchett. En vérité, pour elles, les brebis galeuses, celles qui ont la malchance d'être femmes trop tôt, il n'y a que les hommes qui sachent se montrer indulgents. Voyez un peu comment tous ceux de la petite ville se conduisirent vis-à-vis de Hawkshaw. Même lorsque l'on sut, lorsque tout le monde commença à jaser, pas un d'entre eux n'en parla à Hawkshaw. On était persuadé, j'imagine, qu'il était au courant, lui aussi, qu'il avait eu vent des commérages, mais lorsqu'on parlait d'elle dans la boutique du coiffeur, c'était toujours lorsque Hawkshaw n'était pas là. Et tout le monde agissait de même, je suppose, car il n'était personne qui n'eût aperçu Hawkshaw à la fenêtre la regardant au passage ou lorsqu'elle s'en allait dans la rue. Parfois il lui arrivait de passer devant le cinéma à la fin du spectacle, au moment où elle en sortait avec un type, car elle n'avait pas quatorze ans quand elle avait commencé d'aller avec eux. Elle était obligée, disait-on, de s'échapper de chez elle en cachette pour aller les rejoindre, et de rentrer en catimini. Mme Burchett la croyait chez une amie.

On ne parlait jamais d'elle devant Hawkshaw. On attendait qu'il s'en allât prendre ses repas ou qu'il fût parti pour ses quinze jours de congé du mois d'avril, au sujet desquels personne ne put jamais savoir où il se rendait ni quoi que ce fût. Mais lorsqu'il n'était pas là, on observait les furtives allées et venues de la fille, toujours à deux doigts d'une histoire, et qui ne pouvait manquer de s'en attirer une tôt ou tard, même si Mme Burchett n'avait entendu parler de rien auparavant. Cela faisait un an qu'elle avait cessé de fréquenter l'école. Et, depuis un an, Burchett et sa femme croyaient qu'elle y allait tous les jours, alors qu'elle n'y mettait même pas les pieds. Tous les mois, on ne sait qui, — un des garçons de l'école supérieure, sans doute, bien qu'elle n'eût jamais fait montre d'aucune préférence : écoliers, hommes mariés, tout lui était bon, — lui procurait un bulletin qu'elle remplissait elle-même et rapportait à la maison pour le faire signer par Mme Burchett. Je n'arrive pas à comprendre à quel point ceux qui aiment une femme se laissent rouler par elle.

Elle quitta donc l'école et devint vendeuse au « prisunic ». Elle venait chez le coiffeur se faire couper les cheveux, superlativement fardée, dans une espèce de petite robe de quatre sous aux couleurs impossibles qui la déshabillait, avec sa frimousse éveillée, son air à la fois hardi et réservé, et les boucles de ses cheveux gommés qui encadraient sa figure. Mais toutes les drogues qu'elle se fourrait dessus n'arrivaient pas à modifier cette teinte brun-jaune. Ses cheveux n'avaient pas changé le moins du monde. Elle n'allait pas toujours au fauteuil de Hawkshaw. Même quand ce fauteuil était libre, elle prenait parfois l'un des autres, bavardait avec les coiffeurs, emplissant toute la boutique de bruit et de parfum, le peignoir haut troussé sur ses jambes. A ces moments-là, Hawkshaw ne la regardait pas. Même lorsqu'il était libre, il avait une façon de faire comme s'il ne l'était pas, pour se donner un air occupé dont il se couvrait comme d'un masque.

Les choses en étaient là lorsque, il y a quinze jours, il s'absenta pour son fameux congé d'avril, ce mystérieux voyage dont on n'essayait même plus, depuis dix ans, de découvrir la destination. J'arrivai à Jefferson deux ou trois jours après son départ et je me rendis chez le coiffeur. On était justement en train d'y parler d'elle et de lui.

— Lui fait-il toujours un cadeau à Noël ? » demandai-je.

— Il y a deux ans, il a acheté, pour elle, un bracelet-montre », dit Matt Fox. « Il l'a payé soixante dollars. »

Maxey était en train de raser un client. Il s'arrêta, le rasoir à la main, la lame couverte de mousse de savon. « Ben zut alors », fit-il. « Fallait que dans ce temps-là... Vous vous figurez qu'il était le premier ; que c'est lui qui... »

— Il ne le lui a pas encore donné », dit Matt sans se retourner.

— Sacré radin », fit Maxey. « Un vieux qui rigole avec une jeunesse, c'est pas beau. Mais quand le type lui pose un lapin et lui donne peau de balle... »

A ce moment Matt se retourna. Il était également en train de raser un client. « Qu'est-ce que vous diriez si vous saviez que la raison pour laquelle il ne le lui a pas donné c'est qu'il la trouvait trop jeune pour recevoir des bijoux de quelqu'un qui n'est pas de sa famille. »

— Vous voulez dire qu'il ne sait pas ? Qu'il ne sait pas ce que tout le patelin, — sauf peut-être M. et Mme Burchett, — sait depuis trois ans ?

Matt s'était remis au travail, son coude était agité d'un mouvement régulier, le rasoir glissait à petits coups rapides. « Comment voudriez-vous qu'il le sache ? Il n'y aurait qu'une femme pour lui dire ça. Il ne connaît pas de femme sauf Mme Cowan. Et elle se figure sans doute qu'il est au courant. »

— Le fait est », dit Maxey.

Les choses en étaient là quand il partit en vacances il y a quinze jours. Je restai à Jefferson une journée et demie pour mes affaires et je partis. Vers le milieu de la semaine suivante j'arrivai à Division. Je n'étais pas pressé : je voulais lui donner le temps. Ce fut un mercredi matin que j'y arrivai.

II

Si jamais il y avait eu de l'amour dans tout cela, Hawkshaw semblait bien avoir oublié Susan. De l'amour qui mériterait ce nom, bien entendu. La première fois que je le vis, il y a de cela treize ans (je débutais dans le métier de commis voyageur, et je faisais le nord du Mississipi et l'Alabama avec un assortiment de chemises de travail et de salopettes), derrière un fauteuil, dans le salon de coiffure de Porterfield, je dis : « Il a tout du vieux garçon. C'est un bonhomme qui est taillé pour rester célibataire, et il a quarante ans sonnés ».

Un petit homme au teint de rouquin, — une de ces figures que, dix minutes après les avoir vues, on ne peut ni se rappeler ni reconnaître, — vêtu d'un complet de serge bleue, avec un nœud de cravate noir, un de ces nœuds tout faits qui s'attachent par-derrière et que l'on achète au bazar. Il avait encore, me dit Maxey, son même complet de serge bleue et sa même cravate noire quand il descendit à Jefferson, un an plus tard, portant une valise en simili-cuir, du train qui allait vers le sud. Et, lorsque je le revis à Jefferson, l'année suivante, derrière son fauteuil dans la boutique de Maxey, si ce n'eût été le fauteuil je ne l'aurais pas reconnu le moins du monde. Même figure, même cravate ; le diable m'emporte si on n'avait pas l'air de l'avoir pris, fauteuil, client et le reste, et déposé soixante milles plus loin sans qu'il se fût arrêté un instant de travailler. Il me fallut regarder la place par la fenêtre pour être bien certain que je n'étais pas moi-même à Porterfield et que l'on n'était pas un an plus tôt. Alors pour la première fois je me rendis compte que, quand j'avais été à Porterfield, il y avait à peu près six mois, il n'y était déjà plus.

Ce fut trois ans plus tard que j'appris son histoire. Je me rendais à Division environ cinq fois par an. C'était un village composé d'un unique magasin, de quatre ou cinq maisons et d'une scierie, à la limite du Mississipi et de l'Alabama. Il y avait là une maison que j'avais remarquée. C'était une demeure de belle apparence, l'une des plus belles de l'endroit, et elle était toujours fermée. Quand j'arrivais à Division, à la fin du printemps ou au commencement de l'été, il y avait toujours des traces de travaux aux abords de la maison. La pelouse avait été débarrassée des mauvaises herbes, les massifs refaits, la clôture et le toit réparés. Puis, quand je retournais à Division en automne ou en hiver, la pelouse était de nouveau couverte de mauvaises herbes, et sans doute manquait-il aux clôtures quelques piquets que les gens avaient arrachés pour raccommoder leurs propres barrières, ou peut-être, je ne sais trop, pour faire du feu. Et la maison était toujours fermée ; la cheminée de la cuisine ne révélait jamais la moindre fumée. Un jour donc, je questionnai à ce sujet le patron du magasin et il me mit au courant de l'histoire.

La maison avait appartenu à un nommé Starnes, mais tous les gens de cette famille étaient morts. On les considérait comme du bon monde, parce qu'ils possédaient quelques terres, bien qu'hypothéquées. Starnes était un de ces êtres sans énergie auxquels il suffit d'être propriétaires tant qu'ils ont de quoi se mettre sous la dent et un peu de tabac. Ils avaient une fille qui s'était fiancée à un jeune homme, le fils d'un fermier locataire. Cela ne disait rien à la mère, mais cela n'avait pas l'air de déplaire à Starnes. Peut-être parce que le jeune homme, — il s'appelait Stribling, — était courageux et travailleur; peut-être parce que Starnes était trop indolent pour s'y opposer. Quoi qu'il en soit, ils étaient fiancés. Stribling fit des économies et s'en alla à Birmingham pour apprendre le métier de coiffeur. Il fit une partie du voyage dans des camions et le reste à pied, et il revint tous les étés voir la jeune fille.

Puis, un jour, Starnes mourut, assis dans son fauteuil sur le perron. Les gens dirent qu'il était trop paresseux pour avoir l'énergie de continuer à vivre. On fit venir Stribling. J'appris qu'il s'était fait une assez belle clientèle personnelle dans un salon de coiffure de Birmingham, et qu'il mettait de l'argent de côté. On me raconta qu'il avait déjà choisi l'appartement et versé un acompte pour le mobilier et diverses autres choses, et qu'il avait l'intention de se marier l'été d'après. Il revint. La seule façon dont Starnes eût jamais gagné quelque argent avait consisté à hypothéquer ses biens; ce fut donc Stribling qui paya les obsèques. Cela coûta cher, plus cher que ne valait Starnes, mais il fallait se concilier les bonnes grâces de Mme Starnes. Et Stribling dut recommencer à faire des économies.

Mais il avait déjà loué l'appartement, versé un acompte pour le mobilier et l'alliance, payé pour la dispense de bans, lorsqu'on le fit de nouveau venir en toute hâte. Cette fois c'était la jeune fille. Elle avait je ne sais quelle fièvre. Ces gens de la campagne, vous savez ce que c'est. Pas de médecins, ou, s'il y en a, ils sont tout au plus capables de soigner les bêtes. S'il s'agit d'une coupure ou d'un coup de fusil, ça va tout seul. Mais si on a attrapé un mauvais rhume, on peut aussi bien en guérir que mourir deux jours après du choléra. Lorsque Stribling arriva, elle délirait. Il fallut lui couper les cheveux. Ce fut Stribling qui s'en chargea ; il était pour ainsi dire tout désigné pour cela, étant spécialiste et déjà presque membre de la famille. C'était, me dit-on, une de ces filles maigriottes et délicates avec un tas de cheveux plats ni bruns ni blonds.

Elle ne le reconnut pas, ne sut jamais que c'était lui qui lui avait coupé les cheveux. Elle mourut ainsi, sans le savoir, sans même se rendre compte, sans doute, qu'elle mourait. Elle ne cessait de dire : « Prenez soin de maman. L'hypothèque. Papa n'aurait pas aimé qu'on la laisse comme cela. Fais venir Henry. (C'était lui Henry Stribling, c'était Hawkshaw. Je le vis l'année suivante à Jefferson. « Alors, lui dis-je, c'est vous Henry Stribling ? ») L'hypothèque. Prenez soin de maman. Fais venir Henry. L'hypothèque. Fais venir Henry. » Puis elle mourut. Il y avait une photographie d'elle, la seule que l'on possédât. Hawkshaw l'envoya, avec une mèche de cheveux qu'il avait lui-même coupés, à une adresse qu'il avait prise dans un journal agricole, afin que l'on fît un cadre de cheveux à la photographie. Mais le tout se perdit en route, cheveux et photographie. En tous cas, il ne put jamais rentrer en possession de l'un ni de l'autre.

Il fit enterrer la jeune fille également à ses frais, et, l'année suivante (il avait dû retourner à Birmingham pour résilier le bail de l'appartement qu'il avait loué et se débarrasser du mobilier, afin de recommencer à faire des économies), il fit poser une pierre sur sa tombe. Puis il repartit, et le bruit courut qu'il avait quitté le salon de coiffure de Birmingham. Il le quitta tout simplement et disparut. Tout le monde disait qu'il aurait pu devenir propriétaire du salon de coiffure. Mais il le quitta, et, au mois d'avril, juste avant l'anniversaire de la mort de la jeune fille, il reparut. Il vint rendre visite à Mme Starnes et repartit quinze jours plus tard.

Après son départ, on sut qu'il s'était arrêté à la banque du chef-lieu pour payer les intérêts de l'hypothèque. Il fit de même chaque année jusqu'à la mort de Mme Starnes. Par hasard, elle mourut alors qu'il était là. Il passait toujours une quinzaine de jours à nettoyer la propriété, à faire les réparations utiles, afin qu'elle fût en bon état pour l'année. Et Mme Starnes le laissait faire, parce qu'elle était de meilleure naissance que lui et qu'il n'était qu'un parvenu. Puis, à son tour, elle mourut. « Vous savez ce que Sophie vous a demandé de faire », dit-elle. « Cette hypothèque. M. Starnes s'en inquiétera quand je le verrai. »

Il la fit donc enterrer elle aussi ; et il fit les frais d'une autre pierre tombale pour la tranquilliser. Puis il commença à rembourser le capital de l'hypothèque. Starnes avait de la famille dans l'Alabama. Les gens de Division s'attendaient à ce que ces parents vinssent faire valoir leurs droits sur la propriété. Mais lesdits parents attendaient sans doute qu'Hawkshaw eût fini de rembourser l'hypothèque. Il versait un acompte chaque année lorsqu'il revenait nettoyer la propriété. On disait qu'il nettoyait l'intérieur de la maison avec autant de soin qu'une femme, qu'il la lavait et l'astiquait de haut en bas. Il y mettait quinze jours chaque année au mois d'avril, puis il repartait, personne ne savait où, pour revenir chaque année verser un acompte et nettoyer cette maison vide qui ne lui avait jamais appartenu.

Il y avait environ cinq ans qu'il faisait cela lorsque je le vis dans le salon de coiffure de Maxey à Jefferson, l'année d'après que je l'avais vu chez un coiffeur de Porterfield, avec son complet de serge et son nœud de cravate noir tout fait. Il était ainsi vêtu, me dit Maxey, le jour où il descendit à Jefferson de ce train allant vers le sud, avec cette valise en simili-cuir. Pendant deux jours, me conta Maxey, on le vit flâner autour de la place : il semblait ne connaître personne, n'avoir rien à faire et n'être pas pressé, il se promenait autour de la place comme s'il musardait.

C'étaient les jeunes godelureaux qui lui avaient donné ce nom, les fainéants qui jouent au bouchon avec des dollars à longueur de journée dans la cour du Palais de Justice, en attendant que les filles viennent, vers la fin de l'après-midi, avec des petits rires en dessous, à la poste ou au distributeur de sodas, en tortillant des fesses sous leurs robes, et en laissant derrière elles un sillage de parfum. Ils dirent qu'il était policier, sans doute parce que c'était bien la dernière chose du monde qu'on aurait pu penser de lui. Ils le nommèrent donc Hawkshaw, et, pendant les douze années qu'il passa à Jefferson derrière son fauteuil dans le salon de coiffure de Maxey, il resta Hawkshaw. Il déclara à Maxey qu'il était de l'Alabama.

— De quel côté ? » demanda Maxey. « C'est grand l'Alabama. De Birmingham ? » ajouta Maxey, parce que Hawkshaw avait l'air de venir de n'importe où excepté de Birmingham.

— Oui », répondit Hawkshaw, « de Birmingham ».

Et ce fut tout ce que l'on sut jamais avant qu'il m'advînt de le remarquer derrière son fauteuil et que je me souvinsse de l'avoir vu à Porterfield.

— Porterfield ? » demanda Maxey. « C'est mon beau-frère qui tient le salon de coiffure. Vous dites que vous avez travaillé à Porterfield l'année dernière ? »

— Oui », fit Hawkshaw. « C'est là que j'étais ».

Maxey me parla de la question du congé et me dit que Hawkshaw préférait ne pas prendre ses vacances en été, qu'il aimait mieux avoir à la place quinze jours au mois d'avril. Il ne voulait pas dire pourquoi. Maxey lui fit remarquer que le mois d'avril était un mois où il y avait trop de travail pour qu'il pût lui accorder un congé, et Hawkshaw proposa de travailler jusqu'à ce moment-là, puis de s'en aller définitivement. « Alors vous voulez me lâcher ? » demanda Maxey. C'était l'été d'après que Mme Burchett avait amené Susan Reed à son salon de coiffure pour la première fois.

— Non », dit Hawkshaw. « Je me plais bien chez vous. Je tiens seulement à pouvoir m'absenter quinze jours en avril. »

— Pour affaires ? » demanda Maxey.

— Pour affaires », répondit Hawkshaw.

Lorsque Maxey prit ses vacances, il alla à Porterfield voir son beau-frère. Peut-être passa-t-il ses vacances à raser les clients de celui-ci, semblable à ces marins qui trouvent leurs délices à passer les leurs en canot sur un lac artificiel. Le beau-frère lui dit qu'Hawkshaw avait travaillé chez lui, n'avait pas voulu prendre de congé avant le mois d'avril, était parti et n'était jamais revenu. « Il te plaquera de la même façon », dit le beau-frère. « Il a travaillé pendant un an chez un coiffeur à Bolivar dans le Tennessee, puis chez un autre à Florence et les a quittés de la même manière. Il ne reviendra pas. Attends et tu verras ».

Maxey rentra chez lui et finit par apprendre d'Hawkshaw qu'il avait travaillé pendant une année dans six ou huit localités différentes de l'Alabama et du Mississipi. « Pourquoi avez-vous quitté vos patrons ? » demanda Maxey. « Vous êtes bon coiffeur, l'un des meilleurs coiffeurs pour enfants que j'aie jamais connus. Pourquoi les avez-vous quittés ? »

— Simplement pour voir du pays », répondit Hawkshaw.

Puis vint le mois d'avril et il prit ses quinze jours de congé. Il se rasa, boucla sa valise en carton et prit le train qui va vers le nord.

— Vous allez voir quelqu'un, probablement », dit Maxey.

— Faire un petit tour par là-bas », répondit Hawkshaw.

Il partit donc, toujours avec son complet de serge et sa cravate noire. Deux jours après, me raconta Maxey, on apprit qu'Hawkshaw avait retiré de la banque ses économies de l'année. Il prenait pension chez Mme Cowan, fréquentait assidûment l'église et ne dépensait pas un sou. Il ne fumait même pas. C'est pourquoi Maxey et Matt, et j'imagine, tous les gens de Jefferson, pensèrent qu'il avait mis de l'argent de côté pendant un an et qu'il s'en allait à présent passer en catimini son congé dans les maisons closes de Memphis. Mitch Ewing, l'employé aux messageries de la gare, demeurait également chez Mme Cowan. Il dit qu'Hawkshaw avait pris son billet seulement jusqu'à la bifurcation des lignes. « De là, il peut aller ou à Birmingham, ou à Memphis, ou à la Nouvelle-Orléans », expliqua Mitch.

— Eh bien, en tous cas, il est parti », fit Maxey. « Et, croyez-moi, on ne le reverra plus dans notre ville ».

Ce fut ce que tout le monde crut pendant deux semaines. Le quinzième jour, Hawkshaw arriva au salon de coiffure à son heure habituelle, comme s'il n'avait jamais quitté la ville, enleva son veston et se mit à repasser ses rasoirs. Il ne dit jamais à personne où il était allé. Il avait seulement fait un petit tour par là-bas.

Quelquefois, j'avais envie de tout leur raconter. J'arrivais à Jefferson, je le trouvais là derrière son fauteuil. Il ne changeait pas, son visage ne vieillissait pas, pas plus que ne changeait la couleur des cheveux de la petite Reed malgré toute la gomme et toute la teinture qu'elle fourrait dessus. Mais il était là, rentré de son « petit tour par là-bas », à économiser pendant une année, à aller tous les dimanches à l'église, à réserver ce fameux sac de bonbons à la menthe pour les enfants qui venaient se faire couper les cheveux par lui, jusqu'à ce que le moment arrivât de prendre sa valise en carton et ses économies d'une année et de retourner à Division verser un acompte sur l'hypothèque et nettoyer la maison.

Parfois, quand j'arrivais à Jefferson, il était parti, et Maxey me racontait la façon dont il coupait les cheveux à la petite Reed ; il en enlevait un peu ici, un peu là, et tenait le miroir pour qu'elle pût voir, comme si elle eût été une actrice. « Il ne la laisse pas payer », dit Matt Fox. « C'est lui qui paye lui-même de sa poche les vingt-cinq cents et les met dans la caisse. »

— Eh bien, c'est son affaire », fit Maxey. « Tout ce que je vois là-dedans ce sont les vingt-cinq cents. Je me fiche pas mal d'où ils viennent. »

Cinq ans après, j'aurais peut-être dit : « C'est probablement son tarif. » Parce qu'elle avait fini par être enceinte. On le disait du moins, quant à moi je n'en sais rien, si ce n'est que les bruits qu'on fait courir au sujet des jeunes filles ou des femmes ne sont la plupart du temps que jalousie et revanche de la part de celles qui n'osent pas en faire autant, ou n'en ont pas trouvé l'occasion. Mais au mois d'avril, à l'époque où il était absent, on chuchotait qu'elle avait fini par être enceinte, qu'elle avait essayé de se faire avorter avec de la térébenthine et qu'elle était très malade.

En tout cas, pendant à peu près trois mois on ne la vit plus dans les rues. Quelques-uns disaient qu'elle était dans un hôpital à Memphis, et quand elle vint de nouveau au salon de coiffure, ce fut le fauteuil de Matt qu'elle choisit, bien qu'à ce moment-là celui d'Hawkshaw fût libre, pour tourmenter celui-ci, peut-être, comme elle l'avait déjà fait. Maxey dit qu'elle avait l'air d'un spectre fardé, qu'elle paraissait décharnée et maladive, malgré sa robe aux couleurs criardes et tout le reste, tandis qu'assise dans le fauteuil de Matt elle remplissait toute la boutique de son caquetage et de ses rires, de son parfum et de ses longues jambes qui semblaient toujours nues, et qu'Hawkshaw à côté de son fauteuil vide faisait semblant d'être très occupé.

Quelquefois j'avais envie de tout leur dire. Mais je ne l'ai jamais dit qu'à Gavin Stevens. Il est l'attorney du district, c'est un homme intelligent, il ne ressemble pas à la moyenne de ces cuistres de gens de lois et autres procéduriers. Il est diplômé d'Harvard, et, lorsque ma santé déclina (j'étais, avant ma maladie, comptable dans une banque de Gordonville, et ce fut dans le train de Memphis, alors que je sortais de l'hôpital, que je fis la connaissance de Stevens), ce fut lui qui me conseilla de tâter du métier de voyageur de commerce et qui m'obtint une place dans la compagnie à laquelle j'appartiens actuellement. Je lui racontai cette histoire il y a deux ans. « Et maintenant la fille a mal tourné et il est trop âgé pour en chercher une autre à relever », dis-je. « Il aura bien quelque jour fini de payer cette maison ; alors les Starnes de l'Alabama viendront la lui prendre et ce sera pour lui la fin de tout. A votre avis, que va-t-il faire ? »

— Je n'en sais rien », répondit Stevens.

— Il s'en ira sans doute mourir dans quelque coin », hasardai-je.

— Peut-être », répondit Stevens.

— Eh bien, il ne sera pas le premier à se battre avec les moulins à vent.

— Il ne sera pas non plus le premier à mourir », conclut Stevens.

III

La semaine dernière, je me rendis à Division. J'y arrivai le mercredi. Quand j'aperçus la maison, je vis qu'on venait de la repeindre. Le patron du magasin m'apprit que Hawkshaw avait versé le dernier acompte : l'hypothèque de Starnes était liquidée. « Si bien que, maintenant, les Starnes de l'Alabama peuvent venir lui prendre la maison », ajouta-t-il.

— En tout cas », dis-je. « Hawkshaw a fait ce qu'il lui avait promis, ce qu'il avait promis à Mme Starnes. »

— Hawkshaw ? » questionna-t-il. « Est-ce ainsi qu'on l'appelle ? Hawkshaw ? Mince alors ! »

Je ne retournai à Jefferson que trois mois plus tard. En passant devant le salon de coiffure, je jetai, sans m'arrêter, un coup d'œil à l'intérieur. Il y avait derrière le fauteuil d'Hawkshaw un autre coiffeur, un jeune. « Je serais curieux de savoir si Hawk a laissé son sac de bonbons à la menthe », me dis-je. Mais je ne m'arrêtai pas. Je pensai seulement : « Eh bien, le voilà tout de même parti », tout en me demandant en quel endroit il pourrait bien être quand il se ferait vieux et ne pourrait plus se déplacer. Il mourrait sans doute derrière un fauteuil chez un coiffeur de dixième ordre dans quelque trou de campagne, en manches de chemise avec son éternel nœud de cravate noir et son pantalon de serge.

J'allai visiter mes clients, puis déjeuner, et, l'après-midi, je me rendis au bureau de Stevens. « J'ai vu que vous aviez un nouveau coiffeur dans le patelin », dis-je.

— Oui », fit Stevens. Il me regarda un instant, puis il ajouta : « On ne vous a donc rien dit ? »

— Dit quoi ? » demandai-je. Il détourna les yeux.

— J'ai bien reçu », fit-il, « la lettre dans laquelle vous me disiez qu'Hawkshaw avait fini de rembourser l'hypothèque et repeint la maison. Contez-moi ça. »

Je lui racontai donc que j'étais arrivé à Division le lendemain du départ d'Hawkshaw. On ne parlait que de lui sous la tente du magasin, et l'on se demandait quand, exactement, viendraient les Starnes de l'Alabama. Il avait repeint lui-même la maison, il avait nettoyé les deux tombes ; il n'avait sans doute pas voulu déranger Starnes en nettoyant la sienne. J'allai les voir. Il avait même gratté les pierres et planté un pommier d'amour sur la tombe de la jeune fille. Le pommier était en fleurs et tout ce que les gens disaient de Hawkshaw piqua si bien ma curiosité que j'eus envie de visiter l'intérieur de la maison. C'était le patron du magasin qui avait la clef et il me dit qu'Hawkshaw n'y verrait sans doute aucun inconvénient.

L'intérieur était aussi net que celui d'un hôpital. Le fourneau était astiqué et brillant, le coffre à bois rempli. Le patron du magasin me confia que, chaque année avant de partir, Hawkshaw remplissait le coffre à bois. « Les parents de l'Alabama apprécieront cela », dis-je. Nous passâmes dans le salon. Il y avait dans un coin un harmonium, et, sur la table, une lampe et une Bible. La lampe n'avait pas un grain de poussière ; le récipient vide et méticuleusement nettoyé ne dégageait pas la moindre odeur de pétrole. La dispense de bans dans un cadre était accrochée au-dessus de la cheminée comme un tableau. Elle était datée du 4 avril 1905.

— C'est ici que se trouve le compte de l'hypothèque », dit le patron du magasin (il se nomme Bidwell). Il se dirigea vers la table, ouvrit la Bible. A la page de garde figuraient sur deux colonnes les naissances et les décès. La jeune fille s'appelait Sophie. Je trouvai son nom dans la colonne des naissances. Il était l'avant-dernier de la colonne des décès, écrit de la main de Mme Starnes. On aurait dit qu'elle avait mis dix minutes à l'écrire :

Sofie starnes Mort le 16 avrile 1905.

Hawkshaw avait écrit lui-même le dernier nom, d'une écriture nette et moulée de bureaucrate :

Mrs Will Starnes. 23 avril 1916.

— Le compte doit se trouver à la fin du livre », dit Bidwell.

Nous retournâmes le volume. C'était là qu'il était, clairement disposé sur une colonne. Il commençait par : 16 avril 1917, dollars, 200,00. Chacune des lignes suivantes enregistrait l'un des acomptes successifs qu'il avait versés à la banque : 16 avril 1918, dol. 200,00 ; 16 avril 1919, dol. 200,00 ; 16 avril 1920, dol. 200,00, et ainsi de suite jusqu'au dernier acompte : 16 avril 1930, dol. 200,00. Puis il avait fait le total au bas de la colonne et écrit au-dessous :

« Fini de payer. 16 avril 1930. »

On eût dit l'un de ces modèles qui figuraient sur les cahiers des écoles commerciales d'autrefois ; une phrase que la plume aurait claironnée malgré lui. Elle n'avait pas l'air d'avoir été écrite par vantardise ; simplement terminée par un parafe semblable à un air de bravoure, comme si elle eût jailli de sa plume, pour ainsi dire, avant qu'il pût l'arrêter.

— Ainsi il a fait ce qu'il avait promis à Mme Starnes », dit Stevens.

— C'est ce que j'ai dit à Bidwell », fis-je.

Stevens continua de parler comme s'il ne m'écoutait pas.

— La vieille dame pouvait donc reposer en paix. C'était sans doute cela que la plume essayait d'exprimer quand elle échappait de la main d'Hawkshaw : que, maintenant, elle pouvait dormir tranquille. Et il n'a pas beaucoup plus de quarante-cinq ans. Pas trop, en tout cas. Pas trop pour que, après avoir écrit au bas de la colonne : « Fini de payer », le temps et le désespoir ne continuent pas de couler pour lui, aussi lents, aussi sombres que pour n'importe quel garçon couronné ou n'importe quelle fille sans cimier ni couronne.

— Seulement la fille a mal tourné », dis-je. « A quarante-cinq ans il est un peu tard pour partir à la recherche d'une autre. Il en aura au moins cinquante-cinq avant de la trouver. »

A ce moment, Stevens me regarda. « Je croyais que vous ne saviez rien », dit-il.

— Si », répondis-je. « C'est-à-dire qu'en passant j'ai regardé dans la boutique du coiffeur. Mais je savais qu'il serait parti. J'ai toujours été persuadé qu'il partirait dès que cette hypothèque serait remboursée. Peut-être, en tout cas, n'a-t-il jamais su ce qu'était cette fille. Ou, sans doute, le savait-il, mais ça lui était égal. »

— Vous croyez qu'il ne l'a jamais su ?

— Je ne vois pas comment il aurait pu l'ignorer. Mais je n'en suis pas sûr. Qu'en pensez-vous ?

— Je ne sais pas. Il me paraît difficile de le savoir. Mais je connais quelque chose de plus intéressant que cela.

— Quoi donc ? » demandai-je. « Vous persistez à me dire que je n'ai pas appris la nouvelle. Qu'est-ce donc qu'il me reste à apprendre ? »

— C'est de la fille qu'il s'agit », dit Stevens. Il me regarda. « Le soir où Hawkshaw est rentré, à la fin de son dernier congé, ils se sont mariés. Cette fois il l'a emmenée avec lui. »

SOLEIL COUCHANT[1]

I

Aujourd'hui, le lundi ne diffère point des autres jours de la semaine, à Jefferson. Les rues sont pavées maintenant et les compagnies de téléphone et d'électricité coupent chaque jour un peu plus d'arbres — chênes, érables, acacias, ormes — pour les remplacer par des poteaux en fonte porteurs de grappes de raisins boursouflés, spectraux, exsangues, et nous avons une blanchisserie municipale qui fait sa tournée le lundi matin, entassant les paquets de linge dans des autos spéciales peintes de couleur vive. Le linge sale de toute une semaine s'enfuit maintenant comme un fantôme derrière d'alertes et irascibles trompes électriques, avec un long bruit décroissant de caoutchouc et d'asphalte semblable à la soie qu'on déchire ; et même les négresses qui, comme autrefois, lavent le linge des blancs, le viennent chercher et le rapportent en automobile.

Mais, il y a quinze ans, le lundi matin, les rues

1. Le titre anglais : *That Evening Jun* est tiré du début des *Saint Louis Blues :* I hate to see that evening sun go down... Je n'aime pas voir le soleil du soir se coucher. — Cette nouvelle est traduite par M.-E. Coindreau.

poudreuses et ombragées regorgeaient de négresses balançant sur leurs têtes rigides et enturbannées des paquets de linge, noués dans des draps, presque aussi gros que des balles de coton. Elles les portaient ainsi, sans y mettre la main, entre la porte de la cuisine des maisons blanches et la lessiveuse enfumée, près de la porte de leur case, dans le quartier noir.

Nancy plaçait son ballot sur sa tête, puis, sur le ballot, elle posait le chapeau marin en paille noire qu'elle portait hiver comme été. Elle était grande, avec une longue figure triste, légèrement enfoncée là où manquaient les dents. Parfois, nous l'accompagnions un moment sur le sentier et à travers la prairie pour regarder le ballot qui se balançait et le chapeau qui ne tressautait ni ne bronchait jamais, même quand elle descendait dans le fossé et remontait de l'autre côté, même quand elle se baissait pour franchir la clôture. Elle se mettait à quatre pattes et rampait par le trou, la tête droite, rigide, le ballot aussi ferme qu'un roc ou un ballon, puis elle se relevait et continuait sa route.

Parfois, les maris des blanchisseuses allaient chercher le linge et le rapportaient, mais Jésus ne fit jamais cela pour Nancy, même avant le jour où notre père lui interdit de s'approcher de chez nous, même lors de la maladie de Dilsey, quand Nancy venait faire notre cuisine.

Le plus souvent il nous fallait alors descendre le sentier jusqu'à la case de Nancy pour lui dire de venir préparer notre petit déjeuner. Nous nous arrêtions au fossé parce que notre père nous avait bien recommandé de n'avoir aucun rapport avec Jésus — c'était un petit homme noir, la figure balafrée d'un coup de rasoir — et nous jetions des pierres sur la maison de

Nancy jusqu'à ce qu'elle vînt, nue, passer sa tête par l'entrebâillement de la porte.

— Qu'est-ce que c'est que ces manières, jeter des pierres su' ma maison ! disait Nancy. Qu'est-ce que c'est que ça, petits démons ?

— Papa te fait dire de venir préparer le déjeuner, disait Caddy. Papa dit que t'es déjà en retard d'une demi-heure et qu'il faut venir tout de suite.

— Y a pas de déjeuner qui tienne, disait Nancy. J'veux do'mi' tout mon content.

— Je parie que t'es saoule, disait Jason. Papa dit que t'es saoule. T'es saoule, Nancy ?

— Qui dit ça ? disait Nancy. J'veux do'mi' tout mon content. Y a pas de déjeuner qui tienne.

Alors, au bout d'un instant, nous cessions de lapider la case et nous retournions chez nous. Quand elle se décidait à arriver c'était déjà trop tard pour moi pour aller à l'école. Nous pensions que c'était la faute du whiskey jusqu'au jour où, ayant été de nouveau arrêtée, elle croisa Mr. Stovall comme on la menait en prison. Mr. Stovall était caissier à la banque et diacre au temple baptiste ; et Nancy se mit à dire :

— Eh, vous, l'homme blanc, quand c'est-il que vous allez me payer ? Quand c'est-il que vous allez me payer ? Voilà t'ois fois qu'vous m'payez pas un *cent*.

Mr. Stovall la jeta par terre, mais elle répétait toujours : — Quand c'est-il que vous allez me payer ? Voilà t'ois fois qu'vous... » jusqu'au moment où Mr. Stovall lui frappa la bouche d'un coup de talon, et le sergent de ville fit reculer Mr. Stovall, et Nancy riait, couchée dans la rue. Elle tourna la tête, cracha du sang et des dents, et dit : — C'est la t'oisième fois qu'il n'me paie pas un *cent*.

C'est ainsi qu'elle perdit ses dents. Et, toute la journée, on ne parla que de Nancy et de Mr. Stovall, et, toute la nuit, ceux qui passèrent devant la prison purent entendre Nancy chanter et hurler. Ils purent voir ses mains crispées aux barreaux de la fenêtre, et beaucoup s'arrêtaient le long de la palissade pour les écouter, elle et le geôlier qui s'efforçait de la faire taire. Elle ne se tut qu'à l'aube. C'est alors que le geôlier commença à entendre des coups et des grattements au-dessus de sa tête. Il monta et trouva Nancy pendue à un barreau de la fenêtre. Il dit que c'était la cocaïne et non pas le whiskey, car jamais un nègre ne tenterait de se suicider à moins qu'il ne soit plein de cocaïne, parce qu'un nègre qui est plein de cocaïne n'est plus un nègre.

Le geôlier coupa la corde et ranima Nancy, puis il la battit, la fouetta. Elle s'était pendue avec sa robe. Elle avait bien pu l'assujettir, mais, au moment de son arrestation, elle n'avait que sa robe sur elle, elle n'avait donc rien pour s'attacher les mains, et elle n'avait pas pu leur faire lâcher l'appui de la fenêtre. C'est pourquoi le geôlier avait entendu du bruit et était monté. Et il avait trouvé Nancy pendue à la fenêtre, nue comme un ver, le ventre un peu gonflé déjà, comme un petit ballon.

Quand Dilsey était malade, dans sa case, et que Nancy venait faire notre cuisine, nous pouvions remarquer que son tablier était bombé. C'était avant que notre père ait dit à Jésus de ne plus venir chez nous. Jésus était dans la cuisine, assis derrière le fourneau, avec, sur sa face noire, sa balafre qui ressemblait à un bout de ficelle sale. Il dit que c'était un melon d'eau que Nancy avait sous sa robe.

— En tout cas, la tige d'où il est so'ti, c'est pas la tienne, dit Nancy.

— Quelle tige ? dit Caddy.

— J'pourrais bien la couper un jou', la tige d'où il est so'ti, dit Jésus

— Qu'est-ce qui te prend de pa'ler comme ça devant ces enfants ? dit Nancy. Pou'quoi qu'tu n'vas pas travailler ? T'as fini de manger. Tu veux que Mr. Jason te trouve là, à traînasser dans sa cuisine, à pa'ler de cette façon devant ces enfants ?

— Parler de quelle façon ? dit Caddy. Quelle tige ?

— J'peux pas traînasser dans la cuisine des blancs, dit Jésus, mais les blancs peuvent bien traînasser dans la mienne. Les blancs peuvent veni' dans ma maison et j'peux pas les en empêcher. Quand un blanc veut veni' dans ma maison, je n'ai plus de maison. J'peux pas l'en empêcher mais lui, il n'peut pas me déloger. Ça non, il n'peut pas l'faire.

Dans sa case, Dilsey était toujours malade, et papa a dit à Jésus de ne plus venir chez nous. Dilsey était toujours malade. Depuis longtemps. Nous étions dans la bibliothèque, après le dîner.

— Est-ce que Nancy n'a pas encore fini, dans la cuisine ? dit maman. Il me semble qu'elle a eu tout le temps de faire sa vaisselle.

— Que Quentin aille voir, dit notre père. Quentin, va voir si Nancy a fini. Dis-lui qu'elle peut rentrer chez elle.

J'allai à la cuisine. Nancy avait fini. La vaisselle était rangée, et le feu était éteint. Nancy était assise sur une chaise, tout contre le fourneau refroidi. Elle me regarda.

— Maman veut savoir si tu as fini, dis-je.

— Oui, dit Nancy. (Elle me regardait.) J'ai fini. (Elle me regardait.)

— Qu'est-ce qu'il y a ? dis-je. Qu'est-ce qu'il y a ?

— Je ne suis qu'un pauv' négresse, dit Nancy, ça n'est pas de ma faute.

Elle me regardait, assise sur sa chaise devant le fourneau refroidi, son chapeau de marin sur la tête. Je retournai dans la bibliothèque. Tout cela, ce fourneau refroidi, la cuisine qu'on s'imagine toujours chaude, gaie, affairée... et ce fourneau tout froid... et la vaisselle rangée... et, à cette heure-là personne avec envie de manger...

— A-t-elle fini ? dit notre mère.

— Oui, dis-je.

— Qu'est-ce qu'elle fait ? dit notre mère.

— Elle ne fait rien. Elle a fini.

— Je vais voir, dit notre père.

— Elle attend peut-être que Jésus vienne la chercher, dit Caddy.

— Jésus est parti, dis-je.

Nancy nous avait raconté qu'un matin, en se réveillant, elle avait constaté que Jésus était parti.

— Il m'a quittée, avait dit Nancy. Il est pa'ti à Memphis, je crois. Il veut éviter la police pour un temps, m'est avis.

— Et un bon débarras, dit notre père. J'espère qu'il restera où il est.

— Nancy a peur dans le noir, dit Jason.

— Comme toi, dit Caddy.

— Moi, non, dit Jason.

— Poule mouillée, dit Caddy.

— Moi, non, dit Jason.

— Candace, voyons, dit notre mère.

Notre père revint. — Je vais raccompagner Nancy, dit-il. Elle dit que Jésus est revenu.

— L'a-t-elle vu ? dit notre mère.

— Non. C'est un nègre qui l'a prévenue qu'il était de retour en ville. Je ne serai pas longtemps.

— Tu vas me laisser seule pour accompagner Nancy chez elle, dit notre mère. Sa sécurité t'est donc plus précieuse que la mienne ?

— Je ne serai pas longtemps, dit notre père.

— Tu vas laisser ces enfants ici, sans protection, avec ce nègre dans le voisinage ?

— J'y vais moi aussi, dit Caddy. Père, laissez-moi aller avec vous.

— Qu'est-ce qu'il en ferait s'il avait le malheur de les avoir ? dit notre père.

— J'y veux aller moi aussi, dit Jason.

— Jason ! dit notre mère. Elle s'adressait à notre père. On le sentait à sa manière de prononcer le nom. Comme si elle croyait que notre père avait réfléchi tout le jour pour trouver la chose qui lui serait le plus désagréable, comme si elle n'avait jamais douté qu'il finirait par la trouver. Je ne bougeais pas, parce que papa et moi savions tous deux que ma mère lui demanderait de me laisser avec elle, si elle y pensait à temps. Mon père ne me regardait pas. J'étais l'aîné. J'avais neuf ans. Caddy sept, et Jason cinq.

— C'est absurde, dit notre père. Nous ne serons pas longtemps.

Nancy était coiffée de son chapeau. Nous arrivâmes près du sentier.

— Jésus a toujou' été bon pou'moi, dit Nancy. Chaque fois qu'il avait deux dolla' il y en avait un pou' moi. (Nous nous engageâmes dans le sentier.) Si j'arrive au bout de ce sentier, dit Nancy, tout ira bien.

Le sentier était toujours noir. — C'est ici que Jason a eu peur, la nuit de Hallowe'en, dit Caddy.

— C'est pas vrai, dit Jason.

— La mère Rachel ne peut donc rien en faire ? dit notre père.

La mère Rachel était vieille. Elle habitait seule dans une case derrière celle de Nancy. Elle avait des cheveux blancs et, toute la journée, elle fumait sa pipe sur le pas de sa porte. Elle ne travaillait plus. On disait qu'elle était la mère de Jésus. Parfois elle l'admettait, d'autres fois, elle disait qu'elle ne lui était même pas parente.

— Si, c'est vrai, dit Caddy. T'avais plus peur que Frony. T'avais même plus peur que T. P. T'avais plus peur que les nègres.

— On ne peut rien en faire, dit Nancy. Il dit que j'ai réveillé le diable en lui, et qu'il n'y a qu'une chose pour le faire rendormir.

— Enfin, il est parti, dit notre père. Tu n'as donc plus rien à craindre. Seulement tu ferais mieux de laisser un peu les blancs tranquilles.

— Laisser les blancs tranquilles ? dit Caddy. Comment qu'on peut laisser les blancs tranquilles, dites, papa ?

— Il n'est pas pa'ti, dit Nancy. Je sens qu'il est là. Je le sens en ce moment même, là, dans le sentier. Il nous entend pa'ler, chaque mot, caché quelque part, aux aguets. Je ne l'ai pas vu, et je ne le reverrai qu'une fois avec ce rasoi' dans sa bouche. Ce rasoi' pendu dans le dos, à une ficelle, sous sa chemise. Et je ne serai même pas étonnée.

— J'avais pas peur, dit Jason.

— Si tu t'étais tenue comme il faut, tout ça ne serait pas arrivé, dit notre père. Mais il n'y a plus de danger. Il est probablement à Saint-Louis à l'heure qu'il est. Il est probablement avec une autre femme maintenant, et il ne pense plus à toi.

— S'il est avec une autre, vaut autant que j'en sache rien, dit Nancy. J' me tiendrais là, juste au-dessus d'eux, chaque fois qu'il la toucherait, j' lui couperais le bras. J' lui couperais la tête, et à elle, j' lui fendrais le ventre et j'y fourrerais...

— Chut, dit notre père.

— A qui qu' tu fendrais le ventre, Nancy? dit Caddy.

— J'avais pas peur, dit Jason. Je descendrais bien le sentier tout seul.

— Ah oui? dit Caddy. T'oserais même pas y mettre le pied, si nous n'étions pas avec toi.

II

Dilsey était toujours malade, et, chaque soir, nous ramenions Nancy chez elle, si bien que notre mère dit un jour : — Est-ce que ça va durer longtemps? Me laisser seule ainsi, dans cette grande maison, pour accompagner une négresse peureuse!

On dressa un lit de camp dans la cuisine pour Nancy. Une nuit, nous nous réveillâmes en entendant le bruit. Ce n'était pas un chant, ce n'étaient pas des pleurs, ça montait l'escalier noir. Il y avait de la lumière dans la chambre de notre mère, et nous entendîmes notre père qui suivait le couloir et descendait par l'escalier de service. Et Caddy et moi, nous sortîmes dans le corridor. Le plancher était froid. Tandis que nous écoutions le bruit, nos orteils se recroquevillaient. On aurait dit un chant et pourtant ça ne ressemblait pas à un chant, aux sons que les nègres émettent.

Puis, ça s'est arrêté, et nous entendîmes notre père descendre l'escalier de service, et nous nous avançâmes jusqu'au haut de l'escalier. Alors, le bruit recommença dans la cage de l'escalier, pas très fort, et nous aperçûmes les gros yeux de Nancy, à mi-chemin dans l'escalier, tout contre le mur. Ils ressemblaient à des yeux de chat, comme un gros chat contre le mur qui nous aurait regardé. Quand nous descendîmes vers elle, elle cessa son bruit, et nous restâmes là, sans bouger, jusqu'à ce que notre père remontât de la cuisine, son revolver à la main. Il redescendit avec Nancy et ils revinrent portant le lit de Nancy.

On dressa le lit dans notre chambre. Quand la lumière fut éteinte, dans la chambre de notre mère, nous pûmes voir les yeux de Nancy.

— Nancy, murmura Caddy, tu dors, Nancy ?

Nancy murmura quelque chose : oh, ou *no*, je ne sais pas. Comme si personne ne l'avait dit, comme si ça ne venait de nulle part pour s'en aller nulle part, au point que Nancy semblait n'être plus là. Et j'avait regardé ses yeux si fixement, dans l'escalier, qu'ils s'étaient imprimés dans mes prunelles, comme fait le soleil quand on a fermé les yeux et que le soleil n'est plus là.

— Jésus, murmura Nancy. Jésus.

— C'était'il Jésus ? dit Caddy. Est-ce qu'il a essayé d'entrer dans la cuisine ?

— Jésus, dit Nancy. Comme ça : Jéeeeeeeeeeeeeeeeesus jusqu'à ce que le nom se fût éteint comme une allumette ou une bougie.

— C'est de l'autre Jésus qu'elle parle, dis-je.

— Dis, tu peux nous voir, Nancy ? murmura Caddy. Tu peux voir nos yeux aussi ?

— Je ne suis qu'une pauv' négresse, dit Nancy. Dieu le sait. Dieu le sait.

— Qu'est-ce que tu as vu, en bas, dans la cuisine ? murmura Caddy. Qu'est-ce qui a essayé d'entrer ?

— Dieu le sait, dit Nancy. (Nous pouvions voir ses yeux.) Dieu le sait.

Dilsey guérit. Elle prépara le déjeuner.

— Il aurait mieux valu rester au lit un ou deux jours de plus, dit notre père.

— Pourquoi ? dit Dilsey. Si j'avais tardé un jour de plus cette cuisine aurait été une ruine. Allez, sortez-vous d'ici, maintenant et laissez-moi remettre de l'ordre dans ma cuisine.

Dilsey prépara le dîner aussi. Et, ce soir-là, juste avant la nuit, Nancy entra dans la cuisine.

— Comment sais-tu qu'il est revenu ? dit Dilsey. Tu ne l'as point vu.

— Jésus est un nègre, dit Jason.

— J' peux le senti', dit Nancy. Je sens qu'il est couché, là-bas, dans le fossé.

— Ce soir ? dit Dilsey. Il y est ce soir ?

— Dilsey aussi est nègre, dit Jason.

— Essaye donc de manger quelque chose, dit Dilsey.

— Je n' veux rien, dit Nancy.

— Moi, j' suis pas nègre, dit Jason.

— Prends du café, dit Dilsey. Elle versa une tasse

de café à Nancy. — Es-tu sûre qu'il est là-bas, ce soir? Comment sais-tu que c'est pour ce soir?

— Je sais, dit Nancy. Il est là-bas. Il guette. Je sais. J'ai vécu trop longtemps avec lui. Je sais ce qu'il va faire avant même qu'il le sache lui-même.

— Bois un peu de café, dit Dilsey.

Nancy porta la tasse à ses lèvres et souffla sur le café. Sa bouche se plissa comme une orchidée qui s'entrouvre, comme une couverture en caoutchouc, comme si, en soufflant sur le café, elle avait fait s'envoler toute la couleur de ses lèvres.

— Moi, j' suis pas nègre, dit Jason. Et toi, t'es nègre, Nancy?

— Je suis fille de l'Enfer, mon enfant, dit Nancy. Bientôt j' serai plus rien. Je m'en retou'ne là d'où je suis venue.

III

Elle commença à boire son café. Tandis qu'elle buvait, tenant la tasse à deux mains, elle recommença à faire le bruit. Elle faisait le bruit dans sa tasse, et le café éclaboussait sa robe et ses mains. Ses yeux nous regardaient, et elle restait là, assise, les coudes sur les genoux, la tasse dans les mains, nous regardant par-dessus la tasse mouillée, faisant le bruit.

— Regardez Nancy, dit Jason. Nancy ne peut plus faire notre cuisine maintenant. Dilsey est guérie.

— Vous, taisez-vous, dit Dilsey.

Nancy tenait la tasse à deux mains et nous regardait en faisant le bruit. Comme si elle avait été deux personnes, une qui nous regardait, l'autre qui faisait le bruit.

— Pourquoi que tu n' laisses pas Mr. Jason téléphoner à la police ? dit Dilsey.

Nancy s'arrêta, la tasse dans ses deux longues mains brunes. Elle tenta à nouveau de boire son café, mais il gicla hors de la tasse sur ses mains et sur sa robe, et elle posa la tasse. Jason l'observait.

— J' peux pas avaler, dit Nancy. J'avale, mais ça ne coule pas.

— Va chez moi. Frony te fera un lit. Je n' tarderai pas à aller te rejoindre.

— Aucun nègre ne l'arrêtera, dit Nancy.

— Moi, j' suis pas nègre, dit Jason. Pas vrai, Dilsey ?

— M'est avis que non, dit Dilsey. (Elle regarda Nancy.) M'est avis que non. Alors, qu'est-ce que tu vas faire ?

Nancy nous regarda. Ses yeux allaient vite, comme si elle avait eu peur de n'avoir pas le temps de regarder, et, cependant, ils semblaient à peine se mouvoir. Elle nous regarda tous les trois à la fois.

— Vous vous rappelez cette nuit que j'ai couché dans vot' chambre, dit-elle. Elle nous rappela que nous nous étions réveillés de bonne heure et que nous avions joué. Nous avions dû jouer en silence, sur son matelas, jusqu'au moment où notre père s'était éveillé, à l'heure du premier déjeuner. — Allez demander à vot' maman que je couche ici ce soir, dit Nancy. J'aurai pas besoin de matelas. Nous pourrons jouer enco'.

Caddy demanda à maman. Jason y alla aussi. — Je ne veux pas de nègres à dormir dans les chambres, dit notre mère.

Jason se mit à pleurer. Il pleura jusqu'à ce que maman lui eût dit qu'il n'aurait pas de dessert pendant trois jours s'il ne se taisait pas. Alors Jason a dit qu'il se tairait si Dilsey faisait un gâteau au chocolat. Notre père était là.

— Pourquoi ne fais-tu rien à ce sujet? dit notre mère. A quoi sert la police?

— Pourquoi c'est-il que Nancy a peur de Jésus? dit Caddy. Avez-vous peur de petit père, maman?

— Que pourrait faire la police? dit notre père. Si Nancy ne l'a pas vu, comment veux-tu que la police le trouve.

— Alors, pourquoi a-t-elle peur? dit notre mère.

— Elle dit qu'il est ici. Elle dit qu'elle sait qu'il est ici ce soir.

— Et dire que nous payons des impôts! dit notre mère. Je dois rester seule ici, dans cette grande maison pendant que tu accompagnes une négresse chez elle.

— Tu sais que je ne suis pas dehors avec un rasoir, dit notre père.

— Je me tairai si Dilsey fait un gâteau au chocolat, dit Jason.

Maman nous dit de sortir, et notre père dit qu'il ne savait pas si Jason aurait ou non un gâteau au chocolat, mais qu'il savait bien ce que Jason allait recevoir dans une minute. Nous retournâmes à la cuisine porter la réponse à Nancy :

— Papa a dit qu'il fallait que tu rentres chez toi et que tu fermes la porte, et que tu ne risquerais rien, dit Caddy. Risquer quoi, Nancy? Est-ce que Jésus est fâché contre toi? » Nancy avait repris sa tasse de café entre ses mains. Elle avait les coudes sur les genoux et ses mains tenaient la tasse entre ses genoux. Elle regardait dans la tasse. — Qu'est-ce que tu as fait pour mettre Jésus en colère? dit Caddy.

Nancy lâcha la tasse. Elle ne se brisa point par terre, mais le café se répandit et Nancy resta assise avec ses mains qui conservaient encore la forme de la tasse. Elle recommença le bruit, pas fort. Ce n'était ni un chant, ni pas un chant. Nous la regardions.

— Alors, dit Dilsey, ça ne va pas bientôt fini'? Prends un peu sur toi. Reste ici. Je vais aller che'cher Versh. Il te reconduira.

Dilsey sortit. Nous regardâmes Nancy. Ses épaules tremblaient toujours, mais elle ne faisait plus le bruit. Nous l'observions.

— Qu'est-ce que c'est que Jésus va te faire? dit Caddy. Il est parti.

Nancy nous regarda. — On s'est bien amusés, la nuit que j'ai passée dans vot' chambre, pas vrai?

— Moi, pas, dit Jason. J' me suis pas amusé.

— Tu dormais dans la chambre de maman, dit Caddy. Tu n'étais pas avec nous.

— Allons jusque chez moi, on s'amusera encore, dit Nancy.

— Maman ne voudra pas, dis-je. Il est trop tard.

— Faut pas la déranger, dit Nancy. Nous lui di'ons demain matin. Elle ne di'a rien.

— Elle ne nous laissera pas y aller, dis-je.

— Faut pas lui demander maintenant, dit Nancy. Faut pas la déranger.

— Elle n'a pas dit qu'elle ne voulait pas, dit Caddy.

— Nous ne lui avons pas demandé, dis-je.

— Si vous y allez, je le dirai, dit Jason.

— On s'amusera bien, dit Nancy. On ne vous di'a

rien... juste chez moi. Il y a longtemps que je travaille pou' vous. On ne vous di'a rien.

— Je n'ai pas peur d'y aller, dit Caddy. C'est Jason qui a peur. Il le dira.

— J'ai pas peur, dit Jason.

— Si, dit Caddy. Tu le diras.

— Non, je l' dirai pas, dit Jason. J'ai pas peur.

— Jason n'a pas peu' de veni' avec moi, dit Nancy, pas vrai, Jason ?

— Jason le dira, dit Caddy. (Le sentier était noir. Nous franchîmes la barrière du pré). Je parie que si quelque chose sautait de derrière cette barrière, Jason se mettrait à hurler.

— C'est pas vrai, dit Jason.

Nous descendîmes le sentier. Nancy parlait très fort.

— Pourquoi que tu parles si fort, Nancy? dit Caddy.

— Qui, moi ? dit Nancy. Voyez-vous ça, Quentin, Caddy et Jason qui disent que je pa'le fort.

— Tu parles comme si on était cinq, dit Caddy. Tu parles comme si papa était ici.

— Moi ? Moi, je pa'le fort, Mr. Jason ? dit Nancy.

— Nancy a appelé Jason « Mister », dit Caddy.

— Écoutez-les pa'ler ces enfants, Caddy, Quentin et Jason, dit Nancy.

— Nous ne parlons pas fort, dit Caddy. C'est toi qui parles comme si papa...

— Chut, dit Nancy, chut, Mr. Jason.

— Nancy a encore appelé Jason « Mister »...

— Chut, dit Nancy.

Elle parlait très fort tandis que nous franchissions le fossé et nous courbions pour passer la clôture, là où elle avait coutume de se baisser avec le linge sur la tête.

Puis nous arrivâmes à sa case. Nous marchions très vite. Elle ouvrit la porte. L'odeur de la maison était comme la lampe, et l'odeur de Nancy était comme la mèche, comme si les deux odeurs s'attendaient pour commencer à sentir. Elle alluma la lampe et ferma la porte, puis elle mit la barre. Alors elle cessa de parler fort et elle nous regarda.

— Qu'est-ce qu'on va faire ? dit Caddy.

— Qu'est-ce que vous voulez faire ? dit Nancy.

— T'as dit qu'on s'amuserait, dit Caddy.

Il y avait quelque chose dans cette maison de Nancy, quelque chose qu'on pouvait sentir, indépendamment de Nancy et de la maison. Jason lui-même le sentait.

— J'veux pas rester ici, dit-il. J'veux retourner à la maison.

— Eh bien, retourne, dit Caddy.

— J' veux pas y aller tout seul, dit Jason.

— On va s'amuser, dit Nancy.

— A quoi ? dit Caddy.

Nancy était près de la porte. Elle nous regardait, mais on aurait dit qu'elle s'était vidé les yeux, qu'elle ne s'en servait plus. — Qu'est-ce que vous voulez faire ? dit-elle.

— Raconte-nous une histoire, dit Caddy. Tu sais raconter des histoires ?

— Oui, dit Nancy.

— Raconte, dit Caddy. (Nous regardions Nancy.) Tu ne sais pas d'histoires ?

— Si, dit Nancy, j'en sais.

Elle s'assit sur une chaise, près de l'âtre. Il y avait un peu de feu. Nancy le ranima bien qu'il fît déjà chaud dans la case. Elle fit une belle flambée. Elle raconta une histoire. Elle parlait comme ses yeux regardaient, comme si ses yeux qui nous observaient et sa voix qui nous parlait ne lui appartenaient pas. Comme si elle était ailleurs, comme si elle attendait ailleurs. Elle était dehors. Elle n'était pas dans la case. Sa voix y était et sa forme. Celle qui était là, c'était la Nancy qui pouvait se courber sous les fils de fer barbelés d'une clôture avec un ballot de linge en équilibre sur la tête, impondérable comme un ballon. Mais c'était tout. — « Et alors, la reine arriva au fossé où le méchant homme était caché. Elle marcha jusqu'au fossé et elle dit : « Si seulement j'arrive à franchir le fossé... » c'est ça qu'elle dit...

— Quel fossé ? dit Caddy. Un fossé comme celui-là, dehors ? Pourquoi c'est-il que la reine voulait traverser le fossé ?

— Pour rentrer chez elle, dit Nancy en nous regardant. Il lui fallut trave'ser le fossé pour rentrer chez elle et barrer la po'te.

— Pourquoi qu'elle voulait rentrer chez elle et barrer la porte ? dit Caddy.

IV

Nancy nous regarda. Elle cessa de parler. Elle nous regardait. Les jambes de Jason, assis sur les genoux de Nancy, sortaient toutes droites de son pantalon.

— J' trouve pas cette histoire jolie, dit-il. Je veux rentrer à la maison.

— Ça vaudrait peut-être mieux, dit Caddy. (Elle se leva de terre). Je parie qu'on est en train de nous chercher.

Elle se dirigea vers la porte.

— Non, dit Nancy. Faut pas l'ouvri'.

Elle se leva vivement et passa devant Caddy. Elle ne toucha pas la porte ni la barre de bois.

— Pourquoi ? dit Caddy.

— Revenez près de la lampe, dit Nancy. On va s'amuser. Vous n'avez pas besoin de pa'tir.

— Nous devrions partir, dit Caddy, à moins qu'on ne s'amuse beaucoup.

Nancy et elle revinrent près du feu, près de la lampe.

— J' veux rentrer à la maison, dit Jason. Je le dirai.

— Je connais une aut' histoire, dit Nancy.

Elle était debout, près de la lampe. Elle regardait Caddy comme quand vous regardez un bâton en équilibre sur votre nez. Il lui fallait baisser les yeux pour voir Caddy, mais c'était pourtant comme ça que ses yeux regardaient, comme quand on tient un bâton en équilibre.

— J' veux pas l'écouter, dit Jason. Je vais trépigner.

— C'est une jolie histoire, dit Nancy. Bien plus jolie que la première.

— De quoi qu'elle parle ? dit Caddy.

Nancy était debout près de la lampe. Sa main reposait sur la lampe, contre la flamme, longue et brune.

— Ta main est sur ce verre chaud, dit Caddy. Ça ne te fait pas chaud à la main ?

Nancy regarda sa main sur le verre de lampe. Elle enleva sa main lentement. Elle était là, debout, les yeux fixés sur Caddy, et elle tordait sa longue main comme si elle l'avait eue attachée au poignet par une ficelle.

— Faisons quelque chose, dit Caddy.

— J' veux rentrer à la maison, dit Jason.

— J'ai du *popcorn*[1] dit Nancy. Elle regarda Caddy, puis Jason, puis moi, puis Caddy à nouveau. — J'ai du *popcorn*.

— J'aime pas le *popcorn*, dit Jason. J'aimerais mieux du bonbon.

Nancy regarda Jason. — Tu tiendras le « *popper* »[2]. Elle continuait à tordre sa main, sa longue main molle et brune.

— Bon, dit Jason, j' veux bien rester un peu si je peux faire ça. Caddy peut le tenir, mais j'aurai encore envie de rentrer à la maison si c'est Caddy qui le tient.

Nancy prépara le feu.

— Regardez Nancy qui met ses mains dans le feu, dit Caddy. Qu'est-ce que tu as donc, Nancy ?

— Je vais vous donner du *popcorn*, dit Nancy. J'en ai.

Elle sortit le *popper* de dessous le lit. Il était cassé. Jason se mit à pleurer.

— Voilà, on ne pourra pas avoir de *popcorn*, dit-il.

— De toute façon, il faut rentrer chez nous, dit Caddy. Viens Quentin.

— Attendez, dit Nancy, attendez. Je vais l'arranger. Vous ne voulez pas m'aider à l'arranger ?

— J' crois pas que j'en veuille, dit Caddy. Il est trop tard.

— Jason, aidez-moi, dit Nancy. Vous ne voulez pas m'aider ?

— Non, dit Jason. J' veux rentrer à la maison.

— Chut, dit Nancy. Chut. Rega'dez-moi, Rega'dez.

1. Maïs que l'on fait éclater au feu.
2. Appareil dans lequel on fait éclater le maïs.

Je peux l'arranger. Comme ça Jason pourra le tenir pour faire éclater le maïs.

Elle prit un fil de fer et arrangea le *popper.*

— Ça ne tiendra pas bien, dit Caddy.

— Si, ça tiendra, dit Nancy. Vous verrez. Venez m'aider à égrener un peu de maïs.

Le maïs était également sous le lit. Nous l'égrenâmes dans le *popper* et Nancy aida Jason à le tenir sur le feu.

— Il n'éclate pas, dit Jason. J' veux rentrer à la maison.

— Attendez, ça va venir, dit Nancy. On va bien s'amuser.

Elle était assise auprès du feu. La mèche était si haute que la lampe commençait à filer.

— Pourquoi que tu ne la baisses pas ? dis-je.

— Ça ne fait rien, dit Nancy. Je la nettoierai. Attendez. Ça va commencer dans une minute.

— J' crois pas que ça commence, dit Caddy. Du reste, nous devrions rentrer. On va être inquiets.

— Non, dit Nancy. Le maïs va éclater. Dilsey leu' dira que vous êtes chez moi. Voilà longtemps que je travaille pou' vous. Ça leu' est égal que vous soyez chez moi. Attendez, ça va commencer d'une minute à l'autre.

Après cela, Jason reçut de la fumée dans les yeux et se mit à pleurer. Il laissa tomber le *popper* dans le feu. Nancy prit un linge humide et lui essuya la figure, mais il continua à pleurer.

— Chut, disait-elle, chut.

Mais, il ne se taisait pas. Caddy tira le *popper* du feu.

— C'est tout brûlé, dit-elle. Nancy, faudra que t'ailles chercher d'autres maïs.

— Est-ce que vous l'aviez tout mis dedans ? dit Nancy.

— Oui, dit Caddy.

Nancy regarda Caddy. Puis elle prit le *popper,* l'ouvrit, vida les cendres dans son tablier et se mit à trier les grains, de ses mains longues et brunes. Nous la regardions.

— Est-ce que tu n'en as pas d'autre ? dit Caddy.

— Si, dit Nancy. Si, Regardez. Ça c'est pas brûlé. Nous n'avons qu'à...

— J' veux rentrer à la maison, dit Jason. Je le dirai.

— Chut, dit Caddy. (Nous écoutions tous. Nancy, les yeux pleins des lueurs rouges de la lampe, avait déjà tourné la tête vers la porte barricadée). Il y a quelqu'un qui vient, dit Caddy.

Alors, Nancy se remit à faire le bruit, pas fort. Assise, penchée au-dessus du feu, elle laissait pendre ses longues mains entre ses genoux. Soudain, l'eau se mit à couler sur sa figure, en grosses gouttes. Et, dans chaque goutte, tournait une petite boule de feu, comme une étincelle, jusqu'au moment où elle lui tombait du menton.

— Elle ne pleure pas, dis-je.

— Je ne pleu'e pas, dit Nancy (elle avait les yeux fermés). Je ne pleu'e pas. Qui est-ce ?

— Je ne sais pas, dit Caddy qui se dirigea vers la porte et regarda au-dehors. Il va falloir que nous partions, dit-elle. Voilà papa.

— Je vais le dire, dit Jason. C'est toi qui m'as forcé à venir.

L'eau coulait toujours sur le visage de Nancy. Elle se retourna sur sa chaise.

— Écoutez. Dites-lui. Dites-lui qu'on va bien

s'amuser. Dites-lui que je prendrai bien soin de vous jusqu'à demain matin. Dites-lui de me laisser entrer avec vous, de me laisser do'mi' sur le plancher. Dites-lui que j'ai pas besoin de matelas. On s'amusera. Vous vous rappelez, la de'nière fois comme on s'était bien amusés.

— Moi, je ne me suis pas amusé, dit Jason. Tu m'as fait mal. Tu m'as jeté de la fumée dans les yeux. Je le dirai.

V

Notre père entra. Il nous regarda. Nancy ne s'était pas levée.

— Dites-lui, dit-elle.

— C'est Caddy qui nous a fait venir ici, dit Jason. Moi, j'voulais pas.

Papa s'approcha du feu. Nancy le regardait.

— Tu ne pouvais pas aller coucher chez la mère Rachel ? dit-il.

Nancy, les mains entre les genoux, leva les yeux vers notre père.

— Il n'est pas ici, dit notre père. Je l'aurais vu. Il n'y a pas âme qui vive.

— Il est dans le fossé, dit Nancy. Il attend dans le fossé, là-bas.

— Quelle bêtise ! dit notre père. Il regarda Nancy.

— Est-ce que tu sais qu'il est ici ?

— J'ai reçu un présage, dit Nancy.

— Quel présage ?

— Je l'ai reçu. Il était sur ma table quand je suis entrée. Un os de porc avec de la chair saignante dessus, là, près de la lampe. Il est là-bas, je vous dis. Sitôt que vous au'ez franchi cette po'te, moi, pa'tie...

— Partie où, dis Nancy ? dit Caddy.

— Moi, j' suis pas un rapporteur, dit Jason.

— Quelle bêtise ! dit notre père.

— Il est là-bas, dit Nancy. En ce moment même il regarde par la fenêtre. Il attend que vous soyez so'tis. Alors, moi, pa'tie...

— Quelle bêtise ! dit notre père. Ferme ta maison, nous allons t'emmener chez la mère Rachel.

— Ça ne se'vira à rien, dit Nancy. (Elle ne regardait plus notre père, mais baissait les yeux vers elle, vers ses longues mains agitées et molles.) Ça ne se'vira à rien de reta'der.

— Alors, qu'est-ce que tu veux faire ? dit notre père.

— Sais pas, dit Nancy. J' peux rien faire. Reta'der simplement. Et ça ne se'vira à rien. M'est avis que ça m'est dû. Probable que ce qui va m'arriver, c'est pas aut' chose que ce que je mérite.

— Qu'est-ce qui va t'arriver ? dit Caddy. Qu'est-ce que tu mérites ?

— Rien du tout, dit notre père. Allez tous vous coucher, tous.

— C'est Caddy qui m'a fait venir, dit Jason.

— Va-t-en chez la mère Rachel, dit notre père.

— Ça ne servira à rien, dit Nancy. (Elle restait assise devant le feu, les coudes sur les genoux, ses longues mains entre les genoux.) Même vot' cuisine n'y ferait rien. Même si je do'mais sur le plancher de la chambre avec les enfants, le lendemain... ça y serait... du sang...

— Chut, dit notre père. Barre ta porte, éteins la lumière et couche-toi.

— J'ai peur du noir, dit Nancy. J'ai peur que ça arrive dans le noir.

— Alors, tu vas rester comme ça, la lampe allumée ? dit notre père.

Alors, assise devant le feu, les mains entre les genoux, Nancy recommença à faire le bruit.

— Ah, damnation, dit notre père. Allons, venez, mes enfants. L'heure d'aller au lit est déjà passée.

— Sitôt que vous serez so'tis, moi, pa'tie, dit Nancy. (Elle parlait plus calmement à présent. Son visage, comme ses mains, semblait plus calme.) Enfin, j'ai l'a'gent de mon cercueil, placé chez Mr. Lovelady.

Mr. Lovelady était un petit homme sale qui percevait les assurances des nègres. Il faisait la tournée des cases et des cuisines, tous les samedis matin, pour percevoir quinze *cents*. Sa femme et lui vivaient à l'hôtel. Un matin, sa femme se suicida. Ils avaient un enfant, une petite fille. L'enfant et lui partirent. Au bout d'une semaine ou deux, il revint seul. Tous les samedis matin nous le voyions longer les sentiers et les ruelles.

— Quelle bêtise, dit notre père. Tu seras la première personne que je verrai demain matin dans la cuisine.

— Vous verrez ce que vous verrez, dit Nancy. Mais, seul, le Seigneu' pourrait dire ce que ça sera.

VI

Nous la laissâmes devant le feu.

— Allons, mets la barre, dit notre père.

Mais elle ne bougeait pas. Elle ne nous regardait

pas. Elle restait là, assise, tranquillement, entre la lampe et le feu. Du chemin, à une certaine distance, nous pouvions, en nous retournant, la voir par la porte ouverte.

— Qu'est-ce que c'est papa ? di Caddy. Qu'est-ce que c'est qui va arriver ?

— Rien, dit notre père.

Jason était sur le dos de papa, aussi était-il bien plus grand que nous tous. Nous descendîmes dans le fossé que j'examinai tranquillement. Je ne pouvais pas voir grand-chose là où les ombres et le clair de lune se mêlaient.

— Si Jésus est caché là, il peut nous voir, n'est-ce pas ? dit Caddy.

— Il n'est pas caché là, dit notre père. Il y a longtemps qu'il est parti.

— C'est toi qui m'as fait venir, dit Jason, très haut. (Contre le ciel, on aurait dit que papa avait deux têtes, une petite et une grosse.) Moi, j' voulais pas.

Nous remontâmes de l'autre côté du fossé. Nous pouvions encore voir la maison de Nancy et la porte ouverte, mais nous ne pouvions plus voir Nancy, assise devant le feu, la porte ouverte, parce qu'elle était fatiguée. — J' suis fatiguée, voilà tout, disait-elle. J' suis qu'une pauv' négresse. Ce n'est pas de ma faute.

Mais nous pouvions l'entendre parce que, dès que nous eûmes remonté le fossé, elle recommença le bruit qui n'était ni un chant, ni pas un chant.

— Papa, qui c'est-il qui lavera notre linge, maintenant ? dis-je.

— J'suis pas nègre, moi, dit Jason, très haut, tout contre la tête de notre père.

— T'es pire que ça, dit Caddy, t'es un rapporteur. Si quelque chose te sautait au nez, maintenant, tu aurais plus peur qu'un nègre.

— C'est pas vrai, dit Jason.

— Tu pleurerais, dit Caddy.

— Caddy, dit notre père.

— C'est pas vrai, dit Jason.

— Poule mouillée, dit Caddy.

— Candace, voyons, dit notre père.

SEPTEMBRE ARDENT[1]

I

Dans le crépuscule sanglant de septembre, regain de soixante-six jours sans pluie, la rumeur ou l'histoire, peu importe, courut comme le feu dans l'herbe sèche. Quelque chose concernant Miss Minnie Cooper et un nègre. Attaquée, insultée, terrorisée : personne ne savait exactement ce qui était arrivé, parmi les hommes qui, ce samedi-là, emplissaient la boutique du coiffeur où le ventilateur du plafond brassait sans le rafraîchir l'air vicié, leur renvoyant, avec des bouffées de vieille pommade et de lotions, leurs haleines âcres et leurs odeurs.

— Sauf que ce n'était pas Will Mayes, dit un des garçons coiffeurs. C'était un homme entre deux âges, un homme mince, couleur de sable, avec une figure douce. » Il rasait un client. — Je connais Will Mayes. C'est un brave nègre. Et je connais Miss Minnie Cooper également.

— Qu'est-ce que tu sais d'elle ? dit un autre garçon.

— Qui est-ce ? dit le client. Une jeune fille ?

— Non, dit le coiffeur. Elle doit bien avoir dans les

1. Traduit par M.-E. Coindreau.

quarante ans, je suppose. Elle n'est pas mariée. C'est pour ça que je ne crois pas...

— Croire, eh foutre! dit un gros jeune homme vêtu d'une chemise de soie tachée de sueur. Vous ne croyez pas à la parole d'une blanche plutôt qu'à celle d'un nègre?

— Je ne crois pas que Will Mayes ait fait ça, dit le coiffeur. Je connais Will Mayes.

— En ce cas vous savez peut-être qui l'a fait. Vous l'avez peut-être même déjà aidé à s'enfuir de la ville, sacré sale négrophile.

— Je ne crois pas que personne l'ait fait. Je crois qu'il n'est rien arrivé du tout. Voyons, messieurs, est-ce que ces dames qui prennent de l'âge sans avoir réussi à se marier ne se figurent pas toujours qu'un homme ne peut pas...

— Pour un blanc, vous êtes un joli coco », dit le client. Il s'agita sous sa serviette. Le jeune homme d'un bond s'était mis debout.

— Vous ne croyez pas? dit-il. Accuseriez-vous une blanche de mentir?

Le coiffeur tenait son rasoir en l'air au-dessus du client à moitié levé. Il ne regardait pas autour de lui.

— C'est la faute à ce sacré temps, dit un autre, ça suffirait pour qu'un homme fasse n'importe quoi... même à elle.

Personne ne rit. Le coiffeur dit de sa voix douce, entêtée : « Je ne porte d'accusation contre personne. Tout ce que je sais, et vous le savez aussi bien que moi, messieurs, c'est qu'une femme qui n'a jamais...

— Sacré sale négrophile! dit le jeune homme.

— Assez, Butch, dit un autre. Nous nous mettrons au courant des faits à temps pour agir.

— Qui ça, nous ? Qui se mettra au courant ? dit le jeune homme. Des faits, pour quoi foutre ? Moi je...

— Vous êtes un chic blanc, vous pouvez le dire », reprit le client. Sous sa barbe savonneuse il avait l'air d'un de ces gueux du désert qu'on voit au cinéma.

— Parfaitement, Jack, dit-il au jeune homme, s'il n'y a pas de blancs dans cette ville, tu peux compter sur moi, bien que je ne sois qu'un commis voyageur et un étranger.

— C'est cela, mes amis, dit le coiffeur. Trouvez d'abord la vérité. Je connais Will Mayes.

— Ah, nom de Dieu, hurla le jeune homme, penser qu'il y a un blanc dans cette ville !...

— Assez, Butch, dit l'autre, nous avons tout le temps.

Le client se redressa. Il regarda celui qui venait de parler : « Prétendriez-vous qu'un nègre qui attaque une blanche peut avoir une excuse ? Auriez-vous la prétention d'être un blanc et de soutenir une chose comme ça ? Vous feriez mieux de retourner dans le Nord d'où vous venez. Le Sud n'a pas besoin de types de votre espèce.

— Comment, le Nord ? dit l'autre. Je suis né et j'ai été élevé ici même.

— Ah, nom de Dieu ! dit le jeune homme. Il regarda autour de lui d'un air tendu, déconcerté, comme s'il essayait de se rappeler ce qu'il voulait dire ou faire. Il passa sa manche sur son visage en sueur. — Du diable si je permettrai qu'on laisse une blanche...

— Parfaitement, Jack, dit le voyageur de commerce. Nom de Dieu, s'ils...

La porte en toile métallique s'ouvrit brusquement. Un homme apparut, les jambes écartées, plein d'aissance malgré la lourdeur de son corps. Sa chemise blanche s'échancrait à son cou; il portait un chapeau de feutre. Son regard brûlant et audacieux balaya le groupe. Il s'appelait Mc Lendon. Il avait commandé des troupes sur le front français et il avait été décoré pour son courage.

— Alors, dit-il, c'est comme ça que vous restez assis et que vous laissez un nègre violer une blanche dans les rues de Jefferson?

Butch bondit à nouveau. La soie de sa chemise était plaquée à ses épaules trapues. Sous chaque aisselle il y avait une demi-lune sombre.

— C'est justement ce que je leur disais. C'est ce que...

— Est-ce que c'est réellement arrivé? dit un troisième. Ça ne serait pas la première fois qu'elle aurait eu peur d'un homme, comme le disait Hawkshaw. Il y a environ un an, est-ce qu'il n'y a pas eu une histoire d'un homme qui serait grimpé sur le toit de la cuisine pour la regarder se déshabiller?

— Quoi? dit le client. Qu'est-ce que c'est que ça? Le coiffeur avait lentement tenté de le faire rasseoir; la tête levée, il s'arrêta à demi redressé tandis que le coiffeur continuait à le pousser.

Mc Lendon se tourna vers celui qui venait de parler :

— Si c'est arrivé? Eh foutre quelle importance ça a-t-il? Allez-vous laisser les nègres en prendre à leur aise jusqu'au jour où ça arrivera pour de bon?

— C'est justement ce que je leur disais! hurla

Butch. Il égrena un long chapelet de jurons, sans rime ni raison.

— Allons, allons, dit un quatrième, pas si fort. Ne parlez pas si fort.

— Pour sûr, dit Mc Lendon, il est bien inutile de parler. J'ai dit ce que j'avais à dire. Qui m'aime me suive.

Dressé sur ses pieds il regardait autour de lui.

Le coiffeur maintenait la figure du voyageur sous son rasoir en position : « Informez-vous d'abord, mes amis. Je connais Will Mayes. Ce n'est pas lui. Il faut faire les choses en règle et aller chercher le sheriff ».

Mc Lendon pirouetta vers lui, furieux, le visage figé. Le coiffeur ne détourna pas ses regards. On eût dit deux hommes de race différente. Les autres garçons s'étaient également arrêtés au-dessus de leurs clients renversés.

— Comment, est-ce que vous prétendriez croire à la parole d'un nègre plutôt qu'à celle d'une blanche? Sacré sale négrophile...

Celui qui avait parlé en troisième se leva et saisit le bras de Mc Lendon. Lui aussi avait été soldat. — Voyons, voyons, examinons un peu la question. Qui est-ce qui sait réellement comment les choses se sont passées?

— Examiner, pourquoi foutre ! » Mc Lendon libéra son bras. « Que tous ceux qui sont pour moi se lèvent. Les autres... » Il regarda autour de lui, en passant sa manche sur sa figure.

Trois hommes se levèrent. Le commis voyageur se redressa sur son fauteuil. — Allez, dit-il en tirant sur la serviette autour de son cou, enlevez-moi ce torchon. Je suis pour lui. Je n'habite pas ici, nom de Dieu, mais si nos mères et nos femmes et nos sœurs... » Il se bouchonna la figure avec la serviette et la jeta par terre. Mc Lendon debout jurait contre les autres. Un second client se leva et s'approcha de lui. Les autres restaient assis, mal à l'aise, évitant de se regarder. Puis, un à un, ils se levèrent et se joignirent à lui.

Le coiffeur ramassa la serviette par terre. Il se mit à la plier soigneusement : « Mes amis, ne faites pas ça. Will n'est pas coupable. Je le sais ».

— En avant », dit Mc Lendon. Il fit demi-tour. La crosse d'un lourd revolver automatique sortait de sa poche de derrière. Ils s'en allèrent. La porte grillagée battit derrière eux, en résonnant dans l'air mort.

Le coiffeur se hâta de nettoyer son rasoir et de le serrer, puis il courut vers le fond du magasin et prit son chapeau au mur. — Je reviendrai le plus tôt possible, dit-il aux autres garçons, je ne peux pas laisser... » Il sortit en courant. Les deux autres coiffeurs le suivirent jusqu'à la porte qu'ils arrêtèrent au moment où elle se refermait. Penchés, ils le regardèrent remonter la rue. L'air était lourd et mort. Il laissait sous la langue un goût métallique.

— Qu'est-ce qu'il peut y faire ? dit le premier. (Le second répétait à demi voix : nom de Dieu, nom de Dieu). J'aimerais autant être dans la peau de Will Mayes que dans celle de Hawk si jamais il fait mettre Mc Lendon en rogne.

— Nom de Dieu, nom de Dieu ! murmurait le second.

— Alors, tu crois que le nègre lui a vraiment fait ça ? dit le premier.

II

Elle avait trente-huit ou trente-neuf ans. Elle habitait avec sa mère infirme et une tante menue, jaune et affairée, dans une petite maison en bois où, chaque matin, on la voyait apparaître sous la véranda, coiffée d'un bonnet de dentelle. Elle s'installait dans le hamac, et s'y balançait jusqu'à midi. Après déjeuner, elle s'étendait un moment jusqu'à l'heure où la chaleur commençait à tomber. Alors, dans une des trois ou quatre robes de voile qu'elle se faisait faire chaque été, elle descendait en ville passer l'après-midi dans les magasins où, avec d'autres dames, elle pouvait tripoter les marchandises et discuter les prix d'une voix sèche, directe, sans la moindre intention d'acheter.

Elle appartenait à une famille aisée, non des meilleures de Jefferson, mais assez bien classée cependant, et elle avait encore une certaine beauté courante, une manière d'être et de s'habiller vive, légèrement hagarde. Dans sa jeunesse elle avait eu un corps souple et nerveux joint à une sorte d'entrain vigoureux qui lui avait permis, pendant un temps, de trôner au sommet de la vie mondaine représentée par les fêtes d'école et de paroisse, alors qu'elle et ses contemporains étaient encore trop jeunes pour avoir l'esprit de classe.

Elle fut la dernière à s'apercevoir qu'elle perdait du terrain, que ceux parmi lesquels elle avait été une flamme un peu plus brillante, un peu plus lumineuse, commençaient à savourer le plaisir du snobisme — côté hommes — et celui des représailles — côté femmes. C'est alors que son visage prit cette expression vive et hagarde. Dans les réunions, sous les vérandas ombragées, sur les pelouses d'été, elle portait encore cet air-là comme un masque ou un drapeau, avec, dans les yeux, cet air étonné de quelqu'un qui, furieusement, refuse de voir la vérité. Un jour, dans une soirée, elle entendit un jeune homme et deux jeunes filles, ses camarades d'école, qui causaient. Elle n'accepta plus jamais d'invitation.

Elle vit les jeunes filles avec lesquelles elle avait été élevée, se marier, avoir des foyers et des enfants, mais aucun prétendant sérieux ne se présenta avant l'époque où, depuis longtemps déjà, les enfants des autres jeunes filles l'appelaient Tante Minnie, tandis que leurs mères leur disaient combien Tante Minnie avait été populaire dans sa jeunesse. C'est alors que la ville commença à la voir se promener en voiture, le dimanche après-midi, avec le caissier de la banque. Veuf, frisant la quarantaine, il avait le teint coloré et dégageait toujours une vague odeur de salon de coiffure ou de whisky. Il fut le premier à avoir une automobile dans la ville, une voiture rouge. C'est à Minnie que la ville, pour la première fois, vit un chapeau et un voile d'auto. Et la ville commença à dire : « Pauvre Minnie ». « Oh ! elle est bien d'âge à savoir se débrouiller », disaient les autres. C'est alors qu'elle demanda aux enfants de ses anciennes camarades d'école de l'appeler cousine au lieu de tante.

Il y avait maintenant douze ans qu'elle avait été reléguée dans l'adultère par l'opinion publique, et huit ans que le caissier était parti pour Memphis d'où il revenait chaque année, à Noël, passer un jour dans un club de chasse, sur la rivière, où se donnait un dîner annuel de célibataires. Derrière leurs rideaux, les voisines regardaient passer les convives et, lors des visites traditionnelles du jour de Noël, on parlait de lui à Minnie, on lui disait qu'il avait l'air fort bien, qu'on avait entendu dire que ses affaires prospéraient en ville, et on surveillait avec des yeux vifs et secrets l'expression vive et hagarde de son visage. Généralement, ces jours-là, son haleine sentait le whisky. Elle se le procurait par l'entremise d'un jeune homme employé au comptoir des sodas chez le droguiste. — Bien sûr, la pauvre fille, c'est moi qui le lui achète. Elle a bien le droit de s'amuser un peu, je suppose.

Sa mère ne quittait plus la chambre; la tante efflanquée dirigeait la maison. Sur ce fond, les robes voyantes de Minnie, ses journées vides et oisives prenaient un air de furieuse irréalité. Le soir, elle sortait; elle allait au cinéma, mais toujours avec des femmes maintenant, des voisines. Chaque après-midi elle mettait une de ses robes neuves et elle descendait en ville, seule. Ses jeunes « cousines » flânaient déjà, au soir tombant, avec leurs têtes délicates, soyeuses et fines, ne sachant que faire de leurs bras, conscientes de leurs hanches, enlacées; ou bien criant et ricanant en compagnie de jeunes garçons, au comptoir des sodas, tandis qu'elle passait, et s'éloignait le long des devantures aux portes desquelles les hommes, assis à ne rien faire, ne la suivaient même plus des yeux.

III

Le coiffeur remonta rapidement la rue où les lampes rares, encerclées d'insectes, suspendaient dans l'air sans vie leur reflet rigide et violent. Le jour était mort sous un linceul de poussière. Au-dessus du square sombre enseveli sous la poussière, le ciel était aussi clair que l'intérieur d'une cloche de cuivre. Sous la ligne de l'orient on sentait la rumeur d'une lune deux fois pleine.

Il rattrapa Mc Lendon et les trois autres au moment où ils montaient dans une auto garée dans une impasse. Mc Lendon baissa sa grosse tête pour voir par-dessous la capote. — Alors, vous avez changé d'avis, hein ? dit-il, et vous avez bougrement bien fait. Bon Dieu, quand on saura demain, en ville, la façon dont vous avez parlé ce soir...

— Allons, allons, dit l'autre soldat, Hawkshaw est un brave type. Venez Hawk ; montez.

— Ce n'est pas Will Mayes qui l'a fait, mes amis, dit le coiffeur, en admettant que quelqu'un l'ait fait. Voyons, vous savez aussi bien que moi qu'il n'y a pas de ville où on ait de meilleurs nègres que chez nous. Et vous savez comment les dames se figurent souvent un tas de choses au sujet des hommes, sans aucune raison, et Miss Minnie en fin de compte...

— Mais oui, mais oui, dit le soldat. Nous voulons simplement lui dire un mot, c'est tout.

— Lui dire un mot, j't'en fous, dit Butch, quand nous en aurons fini avec le...

— Oh ! assez, pour l'amour de Dieu, dit le soldat, voulez-vous que toute la ville ?...

— Vous pouvez le leur dire, nom de Dieu, dit Mc Lendon, vous pouvez dire à tous les salauds qui laisseront une blanche...

— Partons, partons, voilà l'autre auto...

La seconde voiture sortait en grinçant d'un nuage de poussière à l'entrée de l'impasse. Mc Lendon démarra et prit la tête. La poussière pesait sur la rue comme du brouillard. Les réverbères pendaient, auréolés, comme noyés d'eau. Ils sortirent de la ville.

Un sentier plein d'ornières tournait à angles droits. La poussière flottait au-dessus comme sur toute la campagne. La masse sombre de la glacière où le nègre Mayes était gardien de nuit se détacha sur le ciel. — Si on s'arrêtait ici, vous ne croyez pas? dit le soldat. Mc Lendon ne répondit pas. Il poussa sa voiture et s'arrêta brusquement, les phares en plein sur le mur blanc.

— Mes amis, écoutez, dit le coiffeur, s'il est ici, est-ce que ce n'est pas la preuve qu'il ne l'a pas fait? Voyons, ce n'est pas vrai? Si c'était lui il se serait enfui. Vous ne voyez pas ça?

La seconde auto arriva et stoppa. Mc Lendon descendit et Butch sauta à terre à côté de lui. — Écoutez, mes amis, dit le coiffeur.

— Éteignez les phares, dit Mc Lendon.

L'étouffante obscurité s'engouffra. Pas d'autre bruit que celui de leurs poumons cherchant de l'air dans la poussière sèche où ils vivaient depuis deux mois; puis ce fut le crissement décroissant des pieds de Mc Lendon et de Butch, et un instant après la voix de Mc Lendon.

— Will!... Will!...

A l'Est, la blême hémorragie de la lune augmentait. Elle pesait sur la crête des collines, argentant l'air et la poussière, si bien qu'ils avaient l'air de respirer, de vivre dans une vasque de plomb fondu.

Nul bruit, ni d'insecte, ni d'oiseau nocturne; rien que le souffle de leur respiration et un léger cliquetis de métal contracté, dans les autos. Où leurs corps se touchaient ils semblaient suer à sec, car ils n'étaient même plus en moiteur. — Nom de Dieu, dit une voix, partons d'ici.

Mais ils ne bougèrent que lorsque des bruits vagues commencèrent à sortir de l'obscurité en face d'eux. Alors ils descendirent et, angoissés, attendirent dans l'obscurité étouffante. Un nouveau son se fit entendre : un coup, un souffle sibilant, et Mc Lendon qui jurait à mi-voix. Ils restèrent encore un moment immobiles puis ils s'avancèrent en courant. Ils couraient en groupe, trébuchant comme s'ils fuyaient quelque chose.

— Tuez-le, tuez-le, le salaud, murmura une voix. Mc Lendon les fit reculer.

— Pas ici, dit-il. Mettez-le dans l'auto.

— Tuez-le, tuez-le, ce sale nègre, murmura la voix.

Ils tirèrent le nègre jusqu'à l'auto. Le coiffeur était resté près de la voiture. Il sentait la sueur couler sur lui et il savait qu'il allait avoir mal au cœur.

— Qu'est-ce qu'il y a, capitaine ? dit le nègre, j'ai rien fait. Pour l'amour de Dieu, Mr. John.

Quelqu'un sortit des menottes. Calmes, attentifs, se gênant les uns les autres, ils s'affairaient autour du nègre comme s'il eût été un poteau. Il se laissa mettre les menottes. Il ne cessait de regarder rapidement chacun des visages indistincts. — Qui est là, capitaine ? dit-il, se penchant pour scruter leurs visages, au point qu'ils sentirent son haleine mêlée à des relents de sueur. Il prononça un ou deux noms. — Qu'est-ce que vous dites donc tous que j'ai fait, Mr. John ?

D'une secousse Mc Lendon ouvrit la portière de l'auto.

— Monte ! dit-il.

Le nègre ne bougea pas. « Qu'est-ce que vous allez

me faire, Mr. John ? J'ai rien fait. Hommes blancs, capitaines, j'ai rien fait : je le jure devant Dieu ». Il appela un autre nom.

— Monte ! dit Mc Lendon. Il frappa le nègre. Les autres, la respiration sèche et sifflante, le frappèrent au hasard ; il pirouetta, les insulta, brandit ses mains enchaînées devant leurs visages, déchira la bouche du coiffeur et le coiffeur le frappa à son tour. — Faites-le monter, dit Mc Lendon. Ils le poussèrent. Il cessa de résister, monta et s'assit tranquillement tandis que les autres reprenaient leurs places. Il était assis entre le coiffeur et le soldat, rentrant ses membres pour ne pas les toucher, jetant sur chaque visage des coups d'œil rapides et continus. Butch s'accrocha au marchepied. L'auto se mit en marche. Le coiffeur se tamponnait la bouche avec son mouchoir.

— Qu'est-ce qu'il y a, Hawk ? dit le soldat.

— Rien, dit le coiffeur. Ils regagnèrent la grand'route et tournèrent le dos à la ville. La seconde voiture sortit de la poussière. Ils avancèrent, augmentant de vitesse ; la dernière rangée de maisons disparut.

— Nom de Dieu, ce qu'il pue ! dit le soldat.

— On va y remédier, dit le commis voyageur, assis à côté de Mc Lendon. Sur le marchepied Butch jura dans le courant d'air chaud. Le coiffeur se pencha soudain et toucha le bras de Mc Lendon.

— Laissez-moi descendre, John, dit-il.

— Vous n'avez qu'à sauter, négrophile, dit Mc Lendon sans tourner la tête. Il menait vite. Derrière, les lumières sans source de l'autre voiture luisaient dans la poussière. Bientôt Mc Lendon tourna dans un chemin étroit. Hors d'usage, il était creusé d'ornières. Il conduisait à des fours à brique abandonnés, série de monticules rougeâtres et de puits sans fond emplis de ronces et de lianes. Pendant un temps, ce lieu avait servi de pâturage jusqu'au jour où le propriétaire perdit une de ses mules. Bien qu'il eût soigneusement sondé les puits avec un long bâton, il n'avait jamais pu même en toucher le fond.

— John ! dit le coiffeur.

— Vous n'avez qu'à sauter, dit Mc Lendon en poussant sa voiture dans les ornières. A côté du coiffeur le nègre parla :

— Mr. Henry.

Le coiffeur s'assit plus en avant. L'étroit tunnel de la route fila et disparut. Leur mouvement ressemblait à la bouffée d'air qui sort d'une chaudière éteinte : plus fraîche, mais complètement morte. L'auto bondissait d'une ornière à l'autre.

— Mr. Henry, dit le nègre.

Le coiffeur se mit à secouer furieusement la portière.

— Attention ! » dit le soldat, mais le coiffeur, d'un coup de pied, avait déjà ouvert la portière et s'était élancé sur le marchepied. Le soldat se pencha pardessus le nègre, les mains tendues vers Hawk, mais il avait déjà sauté. L'auto continua sans ralentir.

La vitesse précipita Hawk à travers les ronces poussiéreuses jusque dans le fossé. Un nuage de poussière s'éleva autour de lui, et il resta étendu, haletant, secoué de nausées, parmi les craquements ténus et vicieux de tiges sans sève, jusqu'à ce que la seconde voiture fût passée et hors de vue. Alors, il se leva et s'éloigna, traînant la jambe. Arrivé sur la grand'route, il prit la direction de la ville en brossant de ses mains son vêtement. La lune avait monté, elle glissait très haut, sortie enfin du nuage de poussière sous lequel, au bout d'un moment, la lueur de la ville apparut. Il allait toujours, clopin-clopant. Tout à coup il entendit les autos. La lumière des phares grandissait derrière lui. Il quitta la route et s'accroupit dans le fourré jusqu'à ce qu'elles fussent passées. La voiture de Mc Lendon roulait maintenant la dernière. Elle était occupée par quatre personnes et Butch n'était plus sur le marchepied.

Ils disparurent ; la poussière les avala ; la lueur et le bruit s'éteignirent. La poussière qu'ils avaient soulevée flotta encore quelque temps, mais la poussière éternelle eut tôt fait de l'absorber. Le coiffeur se hissa de nouveau sur la route, et reprit en boîtant le chemin de la ville.

IV

Ce samedi-là, comme elle s'habillait pour dîner, elle eut l'impression que toute sa chair brûlait de fièvre. Ses mains tremblaient parmi les crochets et les œillets, ses yeux avaient un éclat fiévreux et, sous le peigne, ses cheveux s'enroulaient secs, crépitants. Elle n'avait pas fini de s'habiller quand ses amies vinrent la chercher. Elles s'assirent pendant qu'elle enfilait ses dessous les plus légers, ses bas et sa robe de voile neuve. — Vous sentez-vous assez bien pour sortir ? » dirent-elles, les yeux brillants d'une lueur sombre. « Quand vous serez revenue de votre émotion, il faudra nous raconter ce qui est arrivé, ce qu'il a dit, ce qu'il a fait, enfin tout. »

Dans l'obscurité feuillue, tandis qu'elles descendaient vers le square, elle se mit à respirer longuement comme un plongeur qui s'apprête à plonger, jusqu'à ce qu'elle eût cessé de trembler. Toutes les quatre marchaient lentement à cause de la chaleur torride et aussi par sollicitude pour elle. Mais en approchant du square elle recommença à trembler. Elle marchait, la tête haute, les mains crispées aux côtés, enveloppée de leurs voix chuchotantes sous l'éclat de leurs yeux qui également brillaient de fièvre.

Elles arrivèrent sur la place. Elle était au centre du groupe, frêle dans sa robe neuve. Elle tremblait davantage. Elle marchait de plus en plus lentement, comme les enfants qui mangent une glace. La tête haute, les yeux brillants dans l'expression hagarde de son visage, elle passa devant l'hôtel où les voyageurs de commerce en bras de chemise, assis sur le trottoir, se retournèrent pour la regarder « Tenez, la voilà, vous voyez ? Celle qui est en rose, au milieu. — Oh ! c'est elle ? Qu'est-ce qu'on a fait du nègre ? Est-ce qu'on l'a... ? — Bien sûr, il a tout ce qu'il lui faut. — Tout ce qu'il lui faut, hein ? — Parfaitement, il est parti pour un petit voyage. » Puis ce fut la boutique du droguiste où même les jeunes gens qui flânaient sur la porte soulevèrent leur chapeau et suivirent des yeux, quand elle passa, le mouvement de ses hanches et de ses jambes.

Elles continuèrent devant les chapeaux soulevés des messieurs, les voix qui s'interrompaient brusquement, déférentes, protectrices. — Vous voyez, lui dirent ses amies. (Leurs voix résonnaient comme de longs soupirs attardés où sifflait le triomphe). Il n'y a pas un nègre sur la place. Pas un seul. »

Elles arrivèrent au cinéma. On aurait dit un pays enchanté en miniature avec son hall tout illuminé, ses lithographies en couleur où la vie était saisie dans ses mutations terribles et superbes. Elle sentit un picotement à ses lèvres. Dans l'obscurité, quand le film aurait commencé elle se sentirait mieux. Elle pourrait réfréner son rire afin de ne pas le gaspiller si vite et si tôt. Aussi se hâta-t-elle, devant les têtes qui se tournaient, sous les murmures d'étonnement discret; et elles occupèrent leurs places habituelles d'où elle pouvait voir l'allée dans la lueur argentée, et les jeunes gens et les jeunes filles qui s'y détachaient, entrant deux par deux.

Les lumières s'éteignirent. L'écran s'embua d'argent et, bientôt, la vie commença à se dérouler, superbe, passionnée et triste. Cependant jeunes gens et jeunes filles arrivaient encore, parfumés et chuchotants dans la demi-obscurité; leurs dos accouplés se détachaient en silhouettes luisantes et fines; leurs corps nerveux, élancés, pleins de gaucherie, débordaient de jeunesse divine. Plus loin, devant eux, le rêve d'argent s'accumulait, inévitable, infini. Elle commença à rire. En essayant de s'arrêter elle ne parvint qu'à faire plus de bruit. Des têtes commencèrent à se retourner. Elle riait toujours quand ses amies la firent lever et l'entraînèrent; et elle resta plantée sur le trottoir, secouée d'un rire aigu, continu, jusqu'à l'arrivée du taxi où elles l'aidèrent à monter.

Elles enlevèrent le voile rose, les dessous légers et les bas, et elles la mirent au lit. Elles cassèrent de la glace pour lui mettre sur les tempes et elles envoyèrent chercher le docteur. On eut de la peine à le trouver, aussi, prirent-elles soin d'elle avec des exclamations étouffées, renouvelant la glace, l'éventant. Tant que la glace était fraîche et froide elle ne riait pas. Couchée, tranquille pour un temps, elle se contentait de pousser quelques plaintes. Mais bientôt le rire reprenait et sa voix s'élevait, stridente. — Chhhhh! Chhhhh! disaient-elles en changeant la glace, caressant sa chevelure, y cherchant des cheveux gris : Pauvre fille! Puis l'une à l'autre : — Croyez-vous qu'il se soit vraiment passé quelque chose? et leurs yeux brillaient d'une lueur sombre, secrets, et passionnés. — Chhhhh Pauvre fille! Pauvre Minnie!

V

Il était minuit quand Mc Lendon arrêta son auto devant sa jolie maison neuve. Elle était fraîche et coquette comme une cage à oiseaux et presque aussi petite, toute propre sous sa couleur verte et blanche. Il ferma sa voiture, monta sur la véranda et entra. Sa femme se leva de la chaise où elle lisait, sous la lampe. Mc Lendon s'arrêta au milieu de la pièce et la regarda si fixement qu'elle baissa les yeux.

— Regarde-moi l'heure qu'il est, dit-il, en levant le bras pour montrer la pendule Elle était debout devant lui, tête basse, un magazine entre les mains. Elle avait la figure pâle, tirée, fatiguée. — Combien de fois t'ai-je dit de ne pas rester comme ça à guetter l'heure à laquelle je rentre?

— John, dit-elle. Elle posa son magazine. Debout, il la fixait de ses yeux brûlants, la face ruisselante de sueur.

— Ne te l'ai-je pas dit? Il s'approcha d'elle. Alors elle releva les yeux. Il la prit par l'épaule. Passive, elle le regardait :

— Je t'en prie, John. Je ne pouvais pas dormir... La chaleur... quelque chose... Je t'en prie, John. Tu me fais mal.

— Ne te l'ai-je pas dit ? Il la lâcha et, la frappant à demi, la rejeta sur la chaise. Affalée, elle le regarda tranquillement quitter la pièce.

Il traversa la maison en arrachant sa chemise, et arrivé sur la véranda obscure tendue de toiles métalliques, il s'arrêta et s'épongea la tête et les épaules avec sa chemise qu'il jeta au loin. Il tira le revolver de sa poche et le posa sur la table près du lit ; puis il s'assit sur le lit, enleva ses souliers et, s'étant mis debout, il laissa glisser son pantalon. Il était de nouveau en sueur. Il se pencha, chercha furieusement sa chemise. Il finit par la trouver et, s'étant épongé le corps, il resta debout, haletant, le corps pressé contre le grillage poussiéreux. Pas un mouvement, pas un bruit, pas même un insecte. On eût dit que le monde obscur gisait, abattu, entre la pâleur froide de la lune et l'insomnie des étoiles.

TROISIÈME PARTIE

MISTRAL

I

C'était le reste de l'eau de vie milanaise. Je bus, puis je passais la bouteille à Donald, qui leva le flacon de poche jusqu'à ce que, à travers le mince regard du revêtement de cuir, le liquide ambré fît une ligne oblique. Au même moment, le soldat monta le sentier, sa tunique ouverte sur la poitrine, poussant sa bicyclette. C'était un jeune homme au visage maigre et hardi. Il nous adressa un rogue bonjour, et jeta en passant un regard au flacon. Nous le vîmes disparaître derrière la crête et enfourcher sa bicyclette.

Don avala une gorgée et répandit le reste par terre. Le liquide éclaboussa le sol desséché, le marquant un instant de fugitives pustules. Don secoua le flacon jusqu'à la dernière goutte. « Salut », dit-il en le retournant. « Grâces soient rendues aux dieux. Du diable si j'aurais pensé qu'il me faudrait aller me coucher avec encore un peu plus de cette drogue dans le ventre. »

— Embêtant que tu sois obligé de la boire », fis-je. « Absolument obligé. » Je fourrai le flacon dans ma poche et nous poursuivîmes notre route au-delà de la crête. Le sentier se mit à descendre, toujours à l'ombre. L'air était limpide, tout plein d'un soleil qui était plus que de la simple lumière, plus que de la simple chaleur. Quelque part, au-delà du premier tournant, lointaine et distincte, tintait mystérieusement la clochette d'une chèvre.

— Je suis navré de te voir porter cette drogue-là tous les jours à longueur de journée », déclara Don. « Voilà la raison de ce que je viens de faire. Tu ne pouvais pas la boire et tu ne voulais pas la balancer. »

— La balancer ? Il y en avait pour dix lires. Pour quel usage l'avais-je donc achetée ?

— Dieu sait », fit Don. Entre nous et la vallée remplie de soleil, la vallée bleue et dorée, les arbres avaient l'air des barreaux d'une grille, le sentier d'un espace entre les barreaux. Quelque part, en avant, la clochette de chèvre tintait. Une sente à peine tracée, plus escarpée, s'embranchait à angle droit sur le sentier plus large que nous suivions. « C'est par là qu'il est allé », fit Don.

— Qui cela ? » demandai-je. Don indiqua du doigt les faibles traces des pneus de la bicyclette, à l'endroit où elles tournaient par l'étroit sentier.

— Tu vois ?

— Le nôtre n'a sans doute pas été assez raide pour lui », dis-je.

— Il était peut-être pressé.

— Il l'était sûrement quand il a fait ce virage.

— Il y a probablement une meule de foin en bas.

— Il aurait pu aussi traverser la vallée, grimper l'autre versant, faire demi-tour, redescendre, remonter celui-ci, jusqu'à l'épuisement de son élan.

— Ou jusqu'à ce qu'il soit mort de faim », ajouta Don.

— Justement », fis-je. « As-tu jamais entendu dire qu'un homme était mort de faim à bicyclette ? »

— Non », dit-il. « Et toi ? »

— Moi non plus ». Nous continuâmes de descendre. Le sentier fit un coude, et nous aperçûmes la clochette de chèvre. Elle pendait au cou d'un mulet bâté, en train de brouter le long du sentier, avec de légers mouvements de tête qui faisaient tinter la clochette, non loin d'une chapelle de pierre. Près de la chapelle étaient assis un homme en costume de velours à côtes et une femme drapée dans un châle aux couleurs criardes, un panier couvert à côté d'elle. Ils nous regardèrent approcher.

— Bonjour, signor », dit Donald. « Est-ce encore loin ? »

— Bonjour, signori », répondit la femme. L'homme nous regardait. Il avait des yeux bleus aux prunelles déteintes comme si elles avaient trempé longtemps dans l'eau. La femme lui toucha le bras, puis se livra, devant la figure de l'homme, à une rapide gesticulation des doigts.

— Bonjour, signori », fit-il d'une voix sèche et métallique comme un crissement de cigale.

— Il n'entend plus », expliqua la femme. « Non, ce n'est pas loin. De là-bas vous apercevrez les toits. »

— Bien », répondit Donald. « Nous sommes las. Pourrions-nous nous reposer ici, signora ? »

— Reposez-vous, signori », dit la femme. Nous laissâmes glisser nos sacs par terre et nous nous assîmes. Le soleil éclairait obliquement la chapelle, la figure fruste et sereine dans la niche, et les deux bouquets desséchés d'asters des montagnes qui gisaient devant elle. La femme continuait de gesticuler avec ses doigts devant le visage de l'homme. L'autre main, qui reposait sur le panier placé à côté d'elle, était noueuse et rude. Elle était immobile, raidie dans une inaction inaccoutumée, dans un repos qui ressemblait à un total épuisement, morte. Elle avait l'air d'une main artificielle attachée au bord du châle, comme si la femme l'avait mise en même temps que le châle ainsi qu'un ornement obligatoire. L'autre main, celle qui lui servait à se faire comprendre de l'homme, était aussi vive, aussi souple que celle d'un prestidigitateur.

L'homme nous regarda. « Vous voyagez à pied, signori ? » dit-il de sa voix faible et monocorde.

— Si », répondîmes-nous. Don sortit ses cigarettes. L'homme leva la main, esquissant un geste de protestation. Don insista. L'homme s'inclina cérémonieusement, toujours assis, et fourragea maladroitement dans le paquet. La femme en tira la cigarette et la lui mit dans la main. Il s'inclina de nouveau en acceptant du feu. « Nous venons de Milan », expliqua Don. « C'est loin. »

— C'est loin », répéta la femme. Ses doigts eurent une brève ondulation. « Il y a été », ajouta-t-elle.

— J'y ai été, signori », dit l'homme. Il tenait précautionneusement sa cigarette entre le pouce et l'index. « Il faut prendre garde aux voitures. »

— Oui », dit Donald. « Aux voitures sans chevaux. »

— Sans chevaux », reprit la femme. « Il y en a beaucoup. Même ici dans les montagnes. Nous en savons quelque chose. »

— Beaucoup », fit Don. « Et elles font tout le temps ououch. Ououch. Ououch. »

— Oui », répondit la femme. « Même ici, j'en ai

vu. » Sa main ondula dans le soleil. L'homme, tout en fumant, nous regardait sans rien dire. « Ce n'était pas encore comme ça quand il y était, vous comprenez », ajouta-t-elle.

— Il y a de cela longtemps que j'y étais, signori », dit-il. « C'est loin. » Il parlait du même ton que tout à l'heure, celui d'une grave et courtoise explication.

— C'est loin », répéta Don. Nous fumions. Le mulet broutait, aux tintements légers et saccadés de sa clochette. « Mais nous pourrons nous reposer là-bas », ajouta Don en étendant la main vers la vallée semblable à un lac bleu, ensoleillé, au-delà du précipice où tournait le sentier. « Une écuelle de soupe, du vin, un lit ? »

La femme nous observait par-dessus le rempart impassible et infranchissable du sourd, qui tenait, étroitement serrée entre le pouce et l'index, sa cigarette fumante. La main de la femme voltigea devant sa figure. « Si », dit-il, « si. Chez le curé. Pourquoi pas ? Le curé les logera. »

Il ajouta autre chose, trop vite pour moi. La femme enleva le linge à carreaux qui couvrait le panier et sortit une outre de vin. Don et moi nous nous inclinâmes et bûmes chacun notre tour. L'homme nous rendit nos révérences.

— Y a-t-il loin d'ici chez le curé ? » demanda Don.

La main de la femme s'agita avec une incroyable rapidité. Son autre main posée sur le panier aurait pu tout aussi bien appartenir à un autre corps. « Qu'ils l'attendent ici, alors », dit l'homme. Il nous regarda. « Il y a un enterrement aujourd'hui. Vous le trouverez à l'église. Buvez, signori. »

Nous bûmes chacun notre tour, tous les trois,

cérémonieusement. Le vin était âpre, amer et fort. Le mulet broutait en faisant tinter sa clochette. Son ombre, sous le soleil couchant, s'allongeait en travers du sentier. « Qui est-ce qui est mort, signora ? » interrogea Don.

— Il devait se marier après la prochaine récolte avec la pupille du curé », répondit la femme. « Les bans étaient publiés et tout était prêt. Un homme riche, et pas vieux. Mais il est mort voilà deux jours. »

L'homme observait les lèvres de la femme. « Bah. Il avait de la terre, une maison, tout comme moi. Ce n'est pas le Pérou. »

— Il était riche », déclara la femme, « parce qu'il avait à la fois de la jeunesse et du bien. Mon homme est jaloux de lui. »

— Mais plus maintenant », fit l'homme. « Pas vrai, signori ? »

— C'est bon d'être en vie », proféra Don. Il dit *e bello.*

— C'est bon », répéta l'homme. Il dit lui aussi *e bello.*

— Il devait épouser la nièce du curé, dites-vous ? » reprit Don.

— Elle n'est pas sa parente », dit la femme. « Le curé l'a simplement élevée. Elle avait six ans quand il l'a recueillie, sans père ni mère, sans aucun parent. Sa mère avait été élevée dans un asile de pauvres. Elle habitait une bicoque, là-bas, dans la montagne. On ne savait pas qui était le père, bien que, pendant longtemps, le curé eût essayé de persuader à l'un d'entre eux de l'épouser, rapport à l'enfant... »

— L'un d'entre eux ? » questionna Don.

— Un de ceux qui auraient pu être le père, signor.

Mais, jusqu'en 1916, on n'a jamais su lequel. C'était un jeune homme, un journalier. Le lendemain, on apprit que la mère était partie, elle aussi, à la guerre également, car tous ceux qui la connaissaient se demandaient ce qu'elle était devenue jusqu'au jour où l'un des jeunes gens revint au pays, après Caporetto, et raconta qu'on avait vu la mère dans une maison à Milan, une maison qui n'était pas honnête. C'est pourquoi le curé alla chercher l'enfant. Elle avait six ans dans ce temps-là, et elle était maigre et brune comme un lézard. Quand le curé arriva, elle était cachée dans la montagne ; la maison était vide. Il la poursuivit parmi les rochers et la captura comme une bête sauvage. Elle était à moitié nue, sans souliers, et on était en hiver. »

— Ainsi, c'est le curé qui l'a élevée », fit Don. « Un brave type. »

— Elle n'avait pas de parents, pas de toit, pas une croûte à elle, rien que ce que le curé lui donnait. Mais on ne l'aurait jamais dit. On la voyait toujours en robe rouge ou verte pour le dimanche et les fêtes, même à quatorze ou quinze ans, à l'âge où une fille devrait apprendre la modestie et le travail afin de faire le bonheur d'un mari. Le curé avait dit qu'elle entrerait en religion, et nous nous demandions quand il lui ferait laisser, pour la plus grande gloire de Dieu, tous ces affiquets. Mais, à quatorze ou quinze ans, elle était déjà la plus brillante, la plus bruyante, la plus infatigable à la danse, et, déjà, les jeunes gens commençaient à lui faire les yeux doux, même après que ce fut arrangé entre eux deux, elle et le mort qui est là-bas. »

— Le curé avait changé d'avis en ce qui concernait

l'entrée en religion, il a préféré lui chercher un mari », commenta Don.

— Il lui avait trouvé le meilleur parti de la paroisse, signor. Un homme jeune et riche, qui avait tous les ans un complet neuf de chez un tailleur de Milan. Et puis la récolte est venue, et, figurez-vous, signori, qu'elle n'a pas voulu l'épouser. »

— Vous avez dit, je crois, que les noces devaient avoir lieu après la récolte qui va venir », fit remarquer Don. « Est-ce à dire que le mariage avait déjà été remis l'autre année ? »

— Voilà trois ans qu'on le remet. Il y a trois ans, c'était affaire faite, le mariage était fixé pour après la récolte de cette année-là. Il devait se faire la semaine même où Giulio Farinzale a été appelé au service militaire. Tout le monde, je m'en souviens, en a été surpris, parce que personne ne pensait que son numéro serait pris si tôt, bien qu'il fût célibataire et sans autre parenté qu'un oncle et une tante. »

— En vérité », fit Don, « il arrive parfois aux gouvernements d'étonner tout le monde. Comment s'est-il tiré de là ? »

— Il ne s'en est pas tiré.

— Ah ! C'est pour cela qu'on a remis le mariage, sans doute ?

La femme regarda Don pendant un instant. « Le fiancé ne s'appelait pas Giulio. »

— Ah ! je comprends. Qui donc était Giulio ?

La femme ne répondit pas tout de suite. Elle resta immobile, la tête un peu baissée. L'homme avait observé leurs lèvres, à elle et à Don, pendant qu'ils causaient. « Continue », dit-il. « Raconte-leur. Ce sont des hommes : ils peuvent écouter les bavardages des femmes avec leurs oreilles seules. Un vrai caquetage, signori. Laissez-les seulement ouvrir le bec, et les voilà parties à caqueter, comme des oies. Buvez donc un coup. »

— C'était lui qu'elle avait l'habitude d'aller rejoindre de l'autre côté de la rivière. Il était encore plus jeune que l'autre, c'est pourquoi on fut étonné que son numéro fût appelé si tôt. Elle n'avait seulement pas l'âge, à ce qu'on pensait, qu'elle allait déjà avec lui. Et elle cachait cela au curé avec autant d'habileté que l'aurait pu une femme faite. » L'homme nous regarda un instant, une lueur égrillarde dans ses yeux déteints.

— Est-ce qu'elle fréquentait Giulio pendant qu'elle était fiancée avec l'autre ? » demanda Don.

— Non, c'est plus tard qu'elle fut fiancée. On ne pensait pas qu'elle avait l'âge de ces choses-là. Quand on l'apprit, on se dit qu'une enfant sans père c'est comme une lettre à la poste : l'enveloppe ressemble à n'importe quelle autre enveloppe, mais lorsqu'on l'ouvre... Et le saint homme peut être la dupe du péché aussi facilement que vous et moi, signori. Plus facilement même, parce qu'il est saint. »

— L'a-t-il jamais su ? » questionna Don.

— Oui. Pas très longtemps après. Elle se glissait au crépuscule hors de la maison. On la voyait, et on voyait le curé caché dans le jardin à surveiller la maison. Un serviteur du bon Dieu obligé de faire le chien de garde devant tout le monde. Ce n'était pas beau, signori ».

— Et alors le jeune homme a été appelé tout à coup sous les drapeaux », fit Don. « Est-ce que c'est régulier ? »

— Ça a été tout à fait soudain. Nous en fûmes tous

surpris. Alors on pensa que c'était la main de Dieu et que, maintenant, le curé allait envoyer la fille au couvent. Et puis, dans la même semaine, on apprit que c'était arrangé entre elle et le mort qui est là-bas, que c'était fixé pour après la récolte, et on se dit que c'était la main de Dieu qui voulait lui donner un mari au-dessus de ses mérites pour protéger Son serviteur. Car les saints sont exposés au mal tout comme vous et moi, signori : eux aussi sont impuissants contre le péché, sans l'aide de Dieu. »

— Heu, heu », fit l'homme. « Ce n'était pas bien grave. Le curé la reluquait, lui aussi », ajouta-t-il. « Car, même dans une soutane, un homme est un homme. Pas vrai, signori ? »

— Tu serais capable de dire ça », s'écria la femme. « Tu ne respectes rien. »

— Et le curé la reluquait, lui aussi », reprit Don.

— Ce fut pour lui une épreuve, son châtiment d'avoir été trop indulgent pour elle. Et le châtiment n'était pas fini. La moisson arriva et l'on apprit que la noce était remise à l'année suivante. Que pensez-vous de ça, signor ? Une fille sortie d'où est sortie celle-là avoir la chance que le curé lui a donnée de se sauver d'elle-même, de se sauver de sa propre nature... On apprit qu'ils se querellaient, elle et le curé, qu'elle le bravait en se glissant hors de la maison à la nuit tombée pour aller dans des bals où son fiancé pouvait la voir ou apprendre un jour ou l'autre qu'elle était allée.

— Est-ce que le curé la reluquait toujours ? » questionna Don.

— C'était son châtiment, son expiation. Vint la moisson suivante, la noce fut de nouveau remise après celle de l'année qui viendrait ; les bans ne furent pas même publiés. Elle le bravait à ce point-là, signori, elle qui n'avait pas le sou, et nous disions tous : Quand donc son fiancé apprendra-t-il tout cela et se rendra-t-il compte que c'est une rien du tout, alors qu'il y a des filles d'honnêtes familles qui savent ce que c'est que la réserve et les convenances ?

— Vous avez des filles à marier, signora ? » demanda Donald.

— Si. Une. J'en ai deux de mariées et une encore à la maison. Une honnête fille, signori, ce n'est pas parce que c'est moi qui le dis.

— Allons donc, femme », dit l'homme.

— Je vous crois sans peine », fit Don. « Ainsi, le jeune homme était parti au régiment et la noce fut remise à l'année suivante. »

— Et à une année de plus encore. Puis à une troisième année. Alors la noce fut fixée pour après cette récolte-ci, elle devait avoir lieu ce mois-ci. Les bans avaient été publiés, le curé les a lus lui-même à l'église pour la troisième fois dimanche dernier ; et lui, le fiancé, qui était là vêtu de son complet neuf fait par un tailleur de Milan, et elle à côté de lui dans le châle qu'il lui avait donné, — il a coûté cent lires —, avec une chaîne d'or, car il lui faisait des cadeaux plus convenables pour une reine que pour une fille qui ne pouvait pas même dire le nom de son père. Et nous pensions qu'enfin l'expiation du curé était terminée, que le mal avait quitté sa maison, puisque le temps de service du soldat allait aussi finir cet automne. Et, maintenant, le fiancé est mort.

— A-t-il beaucoup souffert ? » demanda Don.

— Cela a été tout à fait subit. Un homme en pleine

santé, qui semblait taillé pour vivre longtemps. Le premier jour, il se portait parfaitement bien ; le second, il était au plus mal, et le troisième, il était mort. Vous entendez peut-être la cloche en prêtant l'oreille, vous qui l'avez jeune. » Les montagnes d'en face étaient dans l'ombre. Entre elles et nous s'étendait la vallée toujours invisible. Dans le silence ensoleillé, la clochette du mulet tintait par brusques saccades. « Car tout est dans la main de Dieu », ajouta la femme. « Qui peut dire que sa vie lui appartient en propre ? »

— Qui peut le dire ? » acquiesça Don sans me regarder. Puis il dit en anglais : « Passe-moi une cigarette. »

— C'est toi qui les as.

— Non, je ne les ai pas.

— Mais si. Dans la poche de ton pantalon.

Il tira ses cigarettes, tout en continuant de parler en anglais. « Il est mort subitement. Et il s'est fiancé subitement. Et, au même moment, Giulio a été appelé subitement sous les drapeaux. Cela est extraordinaire. Tout a été soudain dans cette affaire, excepté l'empressement de qui que ce soit à célébrer ce mariage. Ils ne semblaient pas pressés de ça, n'est-il pas vrai ? »

— Je l'ignore. Je ne parle pas italien.

— En réalité, ils ont tous l'air d'avoir cessé d'être pressés jusque vers l'époque où Giulio devait rentrer dans ses foyers. Alors, ils le sont tous redevenus. C'est pourquoi je me demande si, en Italie, les prêtres font partie des bureaux de recrutement. » Le vieillard observait les lèvres de Don. Son regard était grave et attentif. « Et si ce sentier-ci est le principal pour descendre de la montagne, et si cette bicyclette a tourné par la sente étroite, là-bas derrière nous; qu'est-ce que vous pensez de ça, signori? »

— Je pense qu'il était épatant. Seulement, il râpait un peu le gosier. On pourra peut-être boire quelque chose en bas pour chasser le goût.

L'homme observait nos lèvres. La femme avait de nouveau la tête penchée; sa main gourde caressait l'étoffe à carreaux qui recouvrait le panier. « Vous le trouverez à l'église, signori », dit l'homme.

— Entendu », fit Don. « A l'église. »

Nous bûmes encore une lampée. L'homme accepta une autre cigarette avec sa sempiternelle et cérémonieuse politesse, qui conférait à son geste je ne sais quoi de raffiné et de solennel, mais qui n'avait rien de ridicule. La femme remit l'outre dans le panier qu'elle couvrit de nouveau. Nous nous levâmes et nous reprîmes nos sacs.

— Vous parlez vite avec la main, signora », fit Donald.

— Il lit aussi sur mes lèvres. L'autre façon de parler nous l'avons imaginée quand nous sommes couchés dans notre lit dans le noir. Les vieux, ça ne dort pas beaucoup. Les vieux ça reste au lit à parler. Ce n'est pas encore comme ça pour vous. »

— C'est vrai. Vous avez fait beaucoup d'enfants au padrone, signora?

— Si. Sept. Mais nous sommes vieux à présent. Alors, au lit, on se tient tranquille et on bavarde.

II

Nous n'avions pas atteint le village que la cloche commença de sonner. Les sons rythmés qui tombaient du maigre clocher ressemblaient au mugissement du vent d'hiver à travers les branches. Dès le soleil couché le vent se mit à souffler. Nous vîmes le soleil toucher la cime des montagnes, puis le ciel perdit son bleu pâle et vif et prit une teinte vert claire, une couleur de verre sur laquelle se découpa, noire et nette, la crête que nous venions de quitter, où s'estompait déjà la chapelle avec ses bouquets de fleurs séchées au pied du fruste crucifix. Alors, le vent se leva : un mur d'air toujours en mouvement, plein d'imperceptibles particules d'on ne savait quoi. Devant lui, les branches se courbaient sans osciller, comme sous la pression d'une main invisible, et, avant même que nous nous arrêtions à l'endroit où le sentier devenait une rue pavée de galets, nous sentîmes son souffle nous glacer le sang.

La cloche sonnait toujours. « Drôle d'heure pour un enterrement », dis-je. « On aurait pu croire qu'à cette altitude il se conserverait longtemps. Il n'était pas nécessaire de le fourrer en terre si vite que ça. »

— C'était un emballé », fit Donald. D'où nous étions, nous ne pouvions voir l'église cachée par un mur. Nous nous arrêtâmes devant une barrière à regarder dans une cour close par trois murs et couverte d'une vigne soutenue par un treillis de lattes. Il y avait là une table de bois et deux bancs sans dossier. Nous demeurâmes devant la barrière à regarder la cour, et Don me dit : « Alors, c'est ici chez l'oncle. »

— Quel oncle ?

— Il n'avait pas de famille, excepté un oncle et une tante », déclara Don. « Regarde là-bas à côté de la porte. » La porte était au fond de la cour. A l'intérieur il y avait du feu et, auprès de la porte, une bicyclette appuyée contre le mur. « La bicyclette, idiot », ajouta Don.

— C'est une bicyclette ?

— Mais oui, c'en est une. » C'était une machine démodée avec un guidon surélevé et recourbé en arrière comme des cornes de gazelle. Nous la regardâmes.

— L'autre sentier conduit à la porte de derrière », fis-je. « L'entrée pour la famille. » Tout en regardant dans la cour nous entendions la cloche.

— Peut-être qu'il ne fait pas de vent là-dedans », dit Donald. « D'ailleurs nous n'avons pas besoin de nous presser. De toute façon nous ne pourrons voir le curé que quand la cérémonie sera terminée. »

— Il y a quelquefois de ces maisons-là qui sont des auberges. » Nous entrâmes. Alors nous aperçûmes le soldat. Quand nous nous approchâmes de la table il vint à la porte, et, silhouetté par la lueur du feu, y demeura à nous regarder. Il portait à présent une chemise blanche. Mais nous pouvions le reconnaître à ses jambes. Puis il fit demi tour et rentra à l'intérieur de la maison.

— Alors, Malbrough est revenu », constata Don.

— Sans doute pour les obsèques. » Nous écoutâmes la cloche. A l'intérieur, la pénombre était plus épaisse. Au-dessus de nos têtes, les feuilles frissonnaient, raides, dans le vent, taches noires sur le ciel livide et diaphane. Les battements de la cloche semblaient, eux aussi, les feuilles, laminées par le vent, de quelque vigne céleste.

— Comment a-t-il su qu'elles avaient lieu ? » demanda Don.

— Le curé lui a peut-être écrit une lettre.

— Peut-être », acquiesça Don. La lueur du feu, de l'autre côté de la porte, était bonne à voir. Une femme y apparut, nous regarda. « Bonjour padrona » fit Don. « Pourrions-nous avoir une gorgée de vin ? » Elle nous regardait, sans bouger, découpée comme une ombre chinoise par la lueur du feu. Elle était grande, elle se tenait, haute, immobile, sur ce fond lumineux, sans s'appuyer au chambranle. La cloche sonnait toujours. « Elle a dû être soldat, elle aussi », remarqua Don. « Elle était sergent.

— C'est elle sans doute le colonel qui a donné à Malbrough l'ordre de rentrer dans ses foyers. »

— Non, là-haut, quand il nous a dépassé, il n'allait pas assez vite pour que ce soit elle. » Alors la femme parla.

— Parfaitement, signori. Asseyez-vous. » Elle rentra dans la maison. Nous nous débarrassâmes de nos sacs et nous nous assîmes. Nous regardâmes la bicyclette.

— La cavalerie », fit Don. « Je me demande pourquoi il est entré par la porte de derrière. »

— Très bien », dis-je.

— Très bien quoi ?

— Très bien. Continue à te le demander.

— C'est une astuce ?

— Tu parles. C'est parce que nous sommes vieux. Nous couchons dans un courant d'air. Ça aussi c'est une astuce.

— Dis-moi quelque chose qui n'en soit pas une.

— Très bien.

— As-tu compris ce que je crois avoir compris là-haut ?

— Je ne parle pas italien. J'adore l'Italie. J'adore Mussolini. » La femme apporta le vin. Elle le posa sur la table et s'apprêta à s'en aller. « Demande-le lui », dis-je. « Pourquoi pas ? »

— Chiche que je le fais. Vous avez un militaire chez vous, signora ?

La femme le regarda. « Ce n'est rien, signor. C'est mon neveu qui revient du service. »

— Libéré, signora ?

— Libéré, signor.

— Toutes mes félicitations. Il a sans doute beaucoup d'amis qui vont se réjouir de son retour. » C'était une femme maigre, entre deux âges, aux yeux inexpressifs. Elle regarda Don avec un intérêt soudain, attendant. « On enterre quelqu'un au village, aujourd'hui ? » Elle ne répondit pas. Elle se contenta de rester là, debout, attendant que Don ait fini de parler. « Il sera pleuré », ajouta Don.

— Espérons », dit-elle. Elle allait s'éloigner ; Don lui demanda si elle pouvait nous loger. Elle n'avait pas de chambre, nous déclara-t-elle péremptoirement. Nous nous aperçumes alors que la cloche ne sonnait plus. Nous entendions le chuchotement ininterrompu du vent dans les feuilles au-dessus de nous.

— On nous a dit que le curé... » commença Don.

— Ah ? On vous a dit que le curé. »

— Que nous pourrions peut-être trouver à nous loger chez lui.

— Alors, vous feriez bien d'aller le voir, signor. »

Elle rentra dans la maison. Elle fit quelques pas à grandes enjambées, comme un homme, dans la lueur du feu, puis disparut. Quand je regardai Don, il détourna les yeux et étendit la main pour prendre la bouteille.

— Pourquoi ne lui as-tu pas demandé autre chose ? » dis-je. « Pourquoi t'es-tu arrêté en si beau chemin ? »

— Elle était pressée. Son neveu, a-t-elle dit, vient de rentrer du service militaire. Il est arrivé cet après-midi. Elle désire être avec lui, puisqu'il n'a pas d'attaches. »

— Elle a sans doute peur qu'on ne l'envoie en détachement.

— C'est une astuce, ça aussi ?

— Très peu pour moi. » Il remplit son verre. « Rappelle-la. Dis-lui que tu as appris que son neveu devait se marier avec la pupille du curé. Dis-lui que nous voulons lui offrir un cadeau. Une pompe stomacale. Ce n'est pas une astuce non plus. »

— Je le vois bien. » Il remplit son verre avec application. « Qu'est-ce que tu préfères ? Coucher chez le curé ce soir ? »

— Salut », dis-je.

— Salut. » Nous bûmes. Les feuilles faisaient un bruit strident, incessant, furieux. « Si seulement on était encore en été. »

— Il ferait probablement froid, ce soir, même dans une grange.

— Oui. Heureusement que nous ne sommes pas obligés de coucher dans une grange, ce soir.

— On n'y serait pas trop mal, une fois réchauffés et endormis.

— Mais nous n'y sommes pas obligés. Nous pouvons faire un bon somme et nous mettre en route de bonne heure demain matin.

Je remplis les verres. « Je me demande à quelle distance est le prochain village. »

— Trop loin. » Nous bûmes. « Je voudrais bien que ce fût encore l'été. Et toi ? »

— Moi aussi. » Je vidai dans les verres le reste de la bouteille. « Bois. » Nous levâmes nos verres. Nous nous regardâmes. Les parcelles de je ne sais quoi en suspens dans le vent semblaient pénétrer à travers nos vêtements, à travers notre chair, jusqu'aux os, traverser les briques et le plâtre des murs pour venir jusqu'à nous. « Salut. »

— Nous l'avons déjà dit tout à l'heure », fit Don.

— Bon. Alors, salut.

— Salut.

Nous étions jeunes : Don vingt-trois ans, moi vingt-deux. Et l'âge fait tellement partie, si inséparablement partie de l'endroit où l'on est né, où l'on a été élevé. Aussi, quand on n'est pas chez soi, quand on est à quelque distance, — d'espace, de temps ou d'expérience —, on se sent toujours, à la fois, plus âgé et éternellement plus jeune qu'on ne l'est en réalité.

Nous restâmes dans le vent noir à regarder passer l'enterrement, — curé, cercueil, un petit groupe de gens en deuil. Leurs vêtements, surtout la soutane rétive du curé, qui se gonflaient devant eux comme des ballons, leur donnaient un air de se précipiter avec une hâte indécente à travers l'âpre et vert crépuscule (on eût dit l'atmosphère obligée d'absorber en plein hiver une citronnade glacée), pour entrer dans l'église. « Nous allons nous mettre à l'abri du vent, nous aussi », déclara Don.

— Il y a encore pour une heure de jour.

— Oui, nous pourrions même atteindre le sommet avant la nuit. » Il me regarda. Je détournai les yeux. Les tuiles rouges des toits étaient toutes noires à présent. « Nous serons à l'abri du vent. » Alors la cloche se remit à sonner. « Nous ne savons rien. Il n'y a probablement rien à savoir. En tout cas nous ne le savons pas. Nous n'avons pas besoin de le savoir. Mettons-nous à l'abri du vent. » C'était une de ces églises de pierre, carrées et massives, élevées par les rudes comtes-évêques de Lombardie. Elle avait été construite il y avait de cela longtemps ; le temps ne l'avait pas même effritée, ne pourrait jamais l'effriter, l'éternité même ne le pourrait pas. Ils avaient peut-être également bâti les montagnes et inventé le crépuscule, dans un donjon souterrain, au sein ténébreux de la terre. Près de la porte était appuyée la bicyclette. Nous la regardâmes silencieusement en entrant à l'église, puis nous dîmes tout bas, tous deux en même temps :

— Quand on parle du loup...

— C'est un de ceux qui tiennent les cordons du poêle », me souffla Don. « C'est pour cela qu'il est revenu. » La cloche sonnait toujours. Nous traversâmes la nef et nous nous arrêtâmes au bas de l'église. Nous étions maintenant à l'abri du vent, hormis de petits remous glacés qui nous léchaient le dos. Nous pouvions l'entendre, dehors, arracher au clocher, à peine émis, les lents coups de la cloche, de telle sorte qu'au moment où nous les percevions ils nous semblaient revenir de très loin, comme un écho. La nef, dont les arêtes montaient dans les ténèbres, faisait paraître minuscule le petit groupe de gens aux têtes baissées. Au-delà d'eux, plus haut que les cierges immobiles, se dressait le Saint-Sacrement, planant parmi les ombres couleur de suie semblables à des festons de toiles d'araignées, douloureux, triomphant, comme des ailes. Il n'y avait pas d'orgue, pas de musique, pas le moindre bruit humain, tout d'abord. Ils étaient simplement à genoux dans l'ombre écrasante, sous la faible lueur froide et calme des cierges. Peut-être étaient-ils morts. « Il fera nuit depuis longtemps avant qu'ils n'en aient fini », souffla Don.

— C'est sans doute à cause de la moisson », lui répondis-je tout bas. « Ils doivent probablement travailler toute la journée. Les vivants ne peuvent être à la disposition des morts, tu le sais bien ».

— Mais s'il était aussi riche qu'on nous l'a dit, il me semble que...

— Qui est-ce qui enterre les riches? Sont-ce les riches ou les pauvres?

— Ce sont les pauvres », murmura Don. Puis le curé fut là, au-dessus des têtes penchées. Nous ne l'avions pas aperçu tout d'abord, mais il était là, maintenant, indistinct, fumée plus sombre parmi les ombres au-dessous des cierges, son visage comme une tache confuse, comme l'empreinte d'un pouce, sur le fond d'obscurité où l'ostensoir s'élevait en une succession de lueurs fugitives semblables à celles d'une chute d'eau. Sa voix emplit l'église, lente, ininterrompue, comme un battement d'ailes contre la pierre froide, contre la résonance du vent où les cierges immobiles se dressaient pareils à des cierges peints. « Ainsi il a jeté les yeux sur elle », me souffla Don à voix basse. « Il devait être assis en face d'elle, à table, dis donc, et l'observer. La regarder manger la nourriture qui la changeait de rien en tout, sachant qu'elle n'avait rien à manger et que c'était la nourriture qu'il lui donnait qui en était cause, et que ce changement n'était pas pour lui. Tu sais, les filles, d'abord elles ne sont rien, et puis elles sont tout. On les voit devenir tout devant ses yeux. Non, pas devant ses yeux. Dans l'obscurité c'est la même chose. On le sait avant qu'elles ne le sachent, et ce que l'on craint c'est qu'elles ne le découvrent alors qu'on le sait déjà depuis longtemps. On meurt trop de fois. Ce n'est pas juste. Pas juste. J'espère bien n'avoir jamais de fille. »

— C'est de l'inceste », murmurai-je.

— Je n'ai jamais dit le contraire. J'ai dit que c'était comme du feu. Comme si on regardait le feu s'élancer contre vous et que l'on s'enfuyait.

— Il faut regarder le feu ou brûler dedans. Ou ne pas être là du tout. Lequel choisirais-tu ?

— Je ne sais pas. Si j'étais fille, j'aimerais mieux être brûlé.

— Mieux même que de ne pas être là du tout ?

— Oui.

Nous étions jeunes. Et les jeunes semblent n'attacher d'importance à rien, sauf aux propos en l'air. Ils savent les vêtir d'une poignante profondeur, et c'est cela le monde. Car, après tout, la réalité n'a rien de particulièrement profond, et, lorsqu'on touche à la réalité, vers l'âge de quarante, cinquante ou soixante ans, on découvre qu'elle n'a que six pieds de profondeur, dix-huit de long et autant de large.

La cérémonie était terminée. Dehors, de nouveau, le vent descendu des montagnes sombres soufflait sans répit, creusant le ciel vert comme une coupe de cristal. Nous regardâmes le cortège sortir de l'église, mener le cercueil au cimetière. Quatre d'entre eux portaient des lanternes de fer, et, dans le crépuscule, ils se groupèrent, grotesques et silencieux, autour de la tombe, tandis que le vent, qui leur faisait courber le dos et couchait la flamme des bougies, soufflait dans la fosse une fine poussière, comme si la nature entière avait eu hâte de la combler. Puis ce fut fini. Les lanternes oscillèrent, approchèrent, et nous observâmes le curé. Il traversa le cimetière d'un pas précipité, poussé en avant dans sa soutane ballonnée par le vent. Le soldat, pour le moment, était en civil. Il sortit du groupe, marchant lui aussi, selon la manière de sa tante, à grandes enjambées. Il nous lança un bref regard, avec son air hardi et rogue, monta sur sa bicyclette et s'éloigna. « Il était un de ceux qui tenaient les coins du poêle », observa Don. « Et que pensez-vous de ça, signori ? »

— Je ne parle pas italien », répondis-je. « J'adore l'Italie. J'adore Mussolini. »

— Tu l'as déjà dit tout à l'heure.

— Très bien. Alors, salut.

Don me regarda, l'air tout à fait sérieux. « Salut », dit-il. Puis, remontant son sac d'un coup d'épaule, il regarda du côté du presbytère. La porte en était fermée.

— Don », lui dis-je. Il s'arrêta, tourna les yeux vers moi. Les montagnes avaient perdu toute perspective, on eût dit qu'elles allaient tomber sur nous. Nous avions l'impression d'être au fond d'un volcan éteint rempli de ce vent vert, furibond, perdu, mort au milieu de sa propre course et plein de sa propre poussière agressive et toujours en éveil. Nous nous regardâmes l'un l'autre.

— Très bien, sacrebleu », fit Don. « Tu vas me dire alors ce que nous allons faire maintenant. » Nous nous regardions mutuellement. Au bout d'un moment, le bruit du vent nous aurait probablement bercés. Probablement, si nous avions été au chaud et à l'abri entre quatre murs.

— Très bien », fis-je.

— A qui en as-tu avec ton « très bien »? Le diable m'emporte, il faut que nous décidions quelque chose. Nous sommes en octobre et non en été. Et nous ne savons rien. Nous n'avons rien entendu. Nous ne parlons pas italien. Nous adorons l'Italie. »

— J'ai dit « très bien », répondis-je. Le presbytère était en pierre, lui aussi, lugubre au milieu d'un jardin en friche. Nous étions à mi-chemin du sentier dallé quand une croisée s'ouvrit au-dessous des gouttières. Quelqu'un en blanc y apparut, nous regarda, puis referma le volet. Tout cela d'un seul mouvement. Et nous murmurâmes tous deux en même temps :

— Quand on parle du loup... » Mais il faisait trop noir pour que nous puissions distinguer grand-chose, et maintenant la fenêtre était fermée. Tout cela n'avait pas duré dix secondes.

— Seulement c'est « quand on parle de la louve » que nous aurions dû dire », observa Don.

— Tu as raison. Est-ce une astuce?

— Oui. C'en est une. » Une paysanne à la figure taillée à coups de serpe nous ouvrit la porte. Elle tenait une chandelle, la flamme penchée vers l'intérieur pour la protéger du vent. Le corridor, derrière elle, était noir, il en sortait une odeur froide et fade. Elle resta là plantée à nous regarder. Les plans rudes de son visage s'accusaient avec un dur relief, ses yeux étaient deux cavernes au fond desquelles étincelaient deux petites flammes.

— Vas-y », fis-je. « Dis-lui quelque chose. »

— On nous a affirmé que sa révérence, signora », commença Don, « que nous pourrions peut-être... ». La flamme de la bougie se coucha, se redressa. La femme leva la main pour la protéger, bouchant de son corps l'ouverture de la porte. « Nous sommes des voyageurs en promenade, on nous a dit... à souper et un lit... »

En la suivant, dans le corridor, nous emportions dans nos oreilles, comme le bruit de la mer dans une conque, le hurlement prolongé du vent que nous venions de laisser derrière nous. Aucune lumière, sauf la chandelle qu'elle avait à la main, et nous marchions à sa suite dans une obscurité d'où notre ombre, dentelée comme celle d'un escalier, s'allongeait derrière nous à mesure qu'avançait la chandelle et se projetait sur le mur contre lequel elle montait en dentelures indistinctes que l'œil pouvait suivre jusqu'à l'endroit où ne parvenait plus aucune lumière. « Il fera bientôt trop sombre pour qu'on puisse apercevoir quoi que ce soit de cette fenêtre », dit Donald.

— Elle n'aura peut-être rien à regarder à ce moment-là.

— Peut-être bien. » La femme ouvrit une porte, nous pénétrâmes dans une salle éclairée. Il y avait là une table, et sur la table une bougie dans un chandelier de fer, une carafe de vin, un long pain et une tirelire en fer blanc. Il y avait aussi deux couverts. Nous jetâmes nos sacs dans un coin tout en regardant la servante ajouter un troisième couvert et apporter du corridor une autre chaise. Mais cela ne faisait que trois places. Nous vîmes la femme prendre la chandelle e' sortir par une autre porte. Don me regarda. « Nous la verrons, peut-être, après tout. »

— Comment sais-tu qu'il ne mange pas ?

— Quand cela ? Ne sais-tu pas où il sera ? » Je regardai Don. « Il faudra qu'il reste dehors dans le jardin. »

— Comment le sais-tu ?

— Le soldat était à l'église, il a dû le voir. Il a dû entendre dire... » Nous tournâmes les yeux vers la porte, mais ce n'était que la femme. Elle apportait trois écuelles. « De la soupe, signora ? » demanda Don.

— Si, de la soupe.

— Bon. Nous venons de loin. » Elle posa les écuelles sur la table. « De Milan. » Elle regarda Don un instant par-dessus son épaule.

— Vous auriez mieux fait d'y rester », dit-elle. Et elle sortit. Don et moi nous nous regardâmes. J'avais encore les oreilles pleines de vent.

— Ainsi, il est dans le jardin », fit Don.

— Comment le sais-tu ?

Au bout d'un moment, Don détourna les yeux. « Je ne sais pas. »

— Non, tu ne sais pas. Moi non plus, je ne sais pas. Nous ne tenons pas à savoir, n'est-ce pas ?

— Non, je ne parle pas italien.

— Et moi je parle sérieusement.

— Moi aussi », répondit Don. Le bourdonnement de nos oreilles nous donnait l'impression que la salle était pleine de vent. Puis nous nous rendîmes compte que c'était le vent, le vent lui-même, que nous entendions, quoique l'unique fenêtre fût hermétiquement close par des volets. La salle tranquille semblait être isolée sur le plus haut sommet de l'espace, creusée au sein murmurant du chaos, de l'éternelle et ténébreuse furie du temps. Il paraissait extraordinaire que la flamme de la bougie se tînt pareillement immobile au-dessus de la mèche.

III

Nous ne l'avions pas vu avant d'être dans la maison. Jusqu'alors, il n'avait été qu'une silhouette de petite taille, informe et mal fagotée, se hâtant en tête du cortège dans le crépuscule plein de vent. Cela et une voix. Et l'on eût dit qu'aucun des deux n'avait le moindre rapport avec l'autre : la silhouette dans le vent et les ténèbres, et la voix, impersonnelle, impassible, infatigable, éperdue et lugubre, qui avait fait vibrer l'air immobile au-dessus des cierges.

Dans la façon dont il entra, il y avait une sorte de précipitation, comme celle du plongeur qui respire à pleins poumons avant de plonger. Il ne nous avait pas encore gratifiés d'un regard qu'il parlait déjà, nous saluait, s'excusant de son retard, tout d'une haleine, d'une voix basse et rapide. Puis, sans cesser de parler, sans nous avoir regardés, il nous désigna nos chaises, s'assit, pencha la tête au-dessus de son assiette, et, sans changer de ton, se mit à dire en latin son *Benedicite,* et sa voix sembla de nouveau couvrir sans hâte ni effort le bruit du vent, comme à l'église. Cela continua pendant quelques instants au bout desquels je levai la tête. Don m'observait, les sourcils légèrement froncés. Nous regardâmes le curé et nous vîmes ses mains se crisper lentement de chaque côté de son assiette. Puis la femme prononça derrière moi un mot bref. Je ne l'avais pas entendu entrer. Elle était maigre, pas grande, avec une figure terne couleur d'acajou, à laquelle on pouvait attribuer n'importe quel âge entre vingt-cinq et soixante ans. Le curé se tut. Il nous regarda pour la première fois de ses yeux naïfs et toujours en mouvement. Ils étaient bruns et sans iris, comme ceux d'un vieux chien. En nous regardant, il avait l'air de les avoir arrêtés à coups de fouet dans la position où ils étaient et de les y maintenir de force dans une contrainte humiliée et un désir exaspéré de se fixer ailleurs. « J'oubliais », dit-il : « Il arrive des circonstances... » De nouveau la femme aboya un mot à son adresse. Tandis qu'elle posait une soupière sur la table, l'ombre de son bras tomba sur la figure du curé et y resta, mais nous avions déjà détourné les yeux. Le vent se ruait le long des chéneaux de pierre ; au milieu de ce hurlement sans répit, la flamme de la bougie se tenait aussi droite qu'un crayon bien taillé. Nous entendîmes la femme remplir les écuelles, puis elle resta quelques instants immobile, l'ombre de son bras sur la figure du curé. Elle avait l'air de nous retenir tous jusqu'à ce que le moment, — quel qu'il fût, — fût passé. Elle sortit. Don et moi, sans regarder le curé, nous nous mîmes à manger. Quand il parla enfin ce fut sur un ton d'indifférence courtoise et gênée. « Vous venez de loin, signori ? »

— De Milan », répondîmes-nous ensemble.

— Et avant cela de Florence », ajouta Don. Le curé avait la tête penchée au-dessus de son écuelle. Il mangeait rapidement. Sans lever les yeux, d'un geste, il désigna le pain. Je le poussai vers lui. Il cassa le bout, le prit et continua de manger.

— Ah », dit-il. « Florence. Voilà une ville. Plus, — comment dirais-je ? — plus intellectuelle que notre Milan. » Il mangeait hâtivement, sans aucune élégance. Les manches retroussées de sa soutane laissaient apercevoir celles d'une chemise de flanelle. Il frappa avec sa cuiller, aussitôt la femme entra, apportant une platée de brocoli. Elle enleva les écuelles. Il tendit la main, elle lui passa la carafe. Il emplit les verres, sans regarder, et leva le sien avec une brève formule de politesse. Mais il fit seulement mine de boire. En le regardant, je vis ses yeux fixés sur mon visage. Je détournai les miens. Je l'entendis remuer bruyamment le plat. Don me regardait également. Puis l'épaule de la femme vint entre le curé et nous. « Il arrive des circonstances... » dit-il. Il fit du bruit avec le plat. Quand la femme lui parla dans son patois rapide et brusque, il repoussa sa chaise en arrière, et, pendant un instant, nous aperçûmes, par-dessous le bras de la femme, les yeux effarés du prêtre. « Il arrive des circonstances... » dit-il en élevant la voix. Mais la femme en se mettant complètement entre lui et nous nous empêcha d'entendre la suite. Don et moi nous cessâmes de regarder et nous les entendîmes quitter la salle. Les pas s'éloignèrent. On n'entendit plus que le bruit du vent.

— C'était l'office des morts », dit Donald. Don était catholique. « C'était ça son *Benedicite.* »

— Ah », fis-je. « Je ne savais pas. »

— Oui, c'était bien l'office des morts. Il s'est trompé. »

— Certainement », dis-je. « C'est cela. Qu'allons-nous faire maintenant ? » Nos sacs gisaient dans le coin. Deux sacs peuvent avoir l'air humain, aussi complètement humain et fourbu qu'une paire de chaussures. Nous étions en train de regarder la porte lorsque la femme entra. Mais elle ne fit pas mine de s'arrêter. Elle ne nous regarda pas.

— Que devons-nous faire à présent, signora ? » demanda Don.

— Mangez. » Elle passa sans s'arrêter. Nous écoutâmes de nouveau le vent.

— Prends du vin », me dit Donald. Il leva la carafe, mais la tint en suspens au-dessus de son verre, et nous écoutâmes. La voix était de l'autre côté du mur, peut-être de deux murs, un flot continu et indistinct. Celui qui parlait ne parlait à personne, il était facile de s'en rendre compte. En quelque endroit qu'il fût, il était seul, on pouvait l'affirmer. Mais c'était peut-être le vent. Peut-être que dans tous les paroxysmes de la nature, — vent, pluie, sécheresse, — l'homme est toujours seul. Cela continua plus d'une minute, tandis que Don tenait la carafe au-dessus de mon verre. Puis il versa le vin. Nous nous mîmes à manger. La voix assourdie, incessante, semblait provenir d'une mécanique.

— Si seulement c'était l'été », dis-je.

— Prends du vin. » Il m'en versa. Nous tînmes nos verres en suspens. Cela faisait tout à fait l'impression d'une mécanique. On pouvait affirmer qu'il était seul. N'importe qui s'en serait rendu compte. « C'est cela qui me tracasse », fit Donald. « C'est qu'il n'y a personne ici. Personne dans la maison. »

— La femme.

— Et nous. » Il me regarda.

— Ah », fis-je.

— Certainement. Quelle meilleure occasion aurait-elle pu désirer ou demander ? Il a été ici avec nous au moins cinq minutes. Et l'autre qui vient de rentrer du service militaire au bout de trois ans. Le jour même de son retour, puis l'après-midi, le crépuscule et la nuit. Tu l'as vue là-haut. Ne l'as-tu pas vue là-haut ?

— Il a fermé la porte à clef. Il l'a bouclée, sais-tu.

— Cette maison appartient à Dieu, elle ne doit pas avoir de clef. Tu ignores cela.

— C'est vrai, j'oubliais que tu es catholique. Tu connais tout cela. Tu connais bien des choses, n'est-il pas vrai ?

— Non. Je ne sais rien. Et, de plus, je ne parle pas italien. Et, de plus, j'adore l'Italie. » La femme entra. Elle n'apportait rien, cette fois. Elle vint près de la table, resta là, son visage décharné au-dessus de la bougie, à nous regarder.

— Alors », dit-elle. « Vous allez partir ?

— Partir ? » fit Don. « Ne pas coucher ici ce soir ? » Elle nous regarda, la main sur la table. « Où pourrions-nous loger ? Qui nous recevrait ? On ne peut pas coucher dans la montagne au mois d'octobre, signora. »

— Si », dit-elle. Maintenant, elle ne nous regardait plus. A travers les murs, nous écoutions la voix et le vent.

— Qu'est-ce que tout cela veut dire, signora ? » demanda Don. « Que se passe-t-il donc ici ? »

Elle le regarda gravement, contemplativement, comme on regarderait un enfant. « Vous êtes en train d'apercevoir la main de Dieu, signorino », dit-elle. « Demandez à Dieu d'être trop jeune pour vous en souvenir. » Puis elle s'en alla. Un moment après la voix se tut, coupée comme un fil. Et l'on n'entendit plus que le vent.

— Quand nous en aurons fini avec ce vent ça ira mieux », dis-je.

— Prends du vin. » Don leva la carafe. Elle était plus qu'à moitié vide.

— Nous ferions mieux de ne plus boire.

— Non. » Il remplit les verres. Nous bûmes. Puis nous nous arrêtâmes brusquement. Cela recommençait, tout à coup, à toute vitesse, comme si, cette fois, c'était le silence qui était le fil. Nous vidâmes nos verres. « Nous devrions finir aussi les brocoli. »

— J'en ai assez.

— Un peu de vin, alors.

— Tu en as déjà bu plus que moi.

— Bien. » Il remplit mon verre. Je bus. « Allons, encore un coup. »

— Nous ne devrions pas boire tout.

Il leva la carafe. « Il n'en reste que deux verres. Pas la peine de laisser cela. »

— Il n'en reste pas deux verres.

— Je te parie une lire.

— Tenu. Mais laisse-moi verser.

— Soit. » Il me passa la carafe. Je remplis mon verre et allongeai la main vers le sien. « Écoute », dit-il. Depuis une minute environ la voix avait des hauts et des bas, comme une roue qui tourne arrivée au bout de son élan. Cette fois, elle ne remonta pas, il n'y eut plus que le son prolongé du vent.

— Verse », fit Don. Je versai. Le vin ne monta qu'aux trois quarts de la hauteur du verre. Il n'en coulait plus que goutte à goutte. « Penche la carafe », fit Don. J'obéis. Une unique goutte resta un instant suspendue, puis tomba dans le verre. « Je te dois une lire », déclara Don.

Les pièces de monnaie tintèrent bruyamment dans la tirelire. Quand il la prit sur la table et la secoua, elle ne fit entendre aucun bruit. Il tira les pièces de sa poche et les laissa tomber par la fente. Il agita de nouveau la tire-lire. « Ça ne fait pas tout à fait assez de potin. A toi. » Je glissai quelques pièces dans la fente. Il secoua de nouveau la boîte. « Cela sonne comme il faut, maintenant. » Il me regarda par-dessus la table, son verre vide retourné sens dessus dessous devant lui. « Qu'est-ce que tu dirais d'un petit coup de vin ? »

Nous nous levâmes et j'allai prendre mon sac dans le coin. Il était au-dessous de l'autre. Il fallut déranger celui de Don. Celui-ci me regarda. « Qu'est-ce que tu veux en faire ? » dit-il. « L'emmener faire un petit tour ? »

— Je ne sais pas », répondis-je. Le long des gouttières invisibles et glacées, le vent, sans trêve, traînait ses longs soupirs. Au-dessus de la bougie, la flamme se dressait comme une plume en équilibre sur le long nez enfariné d'un clown.

Le corridor était noir ; il y régnait un absolu silence. Rien dedans sinon l'odeur fade du plâtre sans soleil et le silence, l'odeur de vie, d'un endroit où des gens ont vécu et vivront. Nous laissions pendre nos sacs à bout de bras contre nos jambes, comme si nous venions de les voler. Nous nous dirigeâmes vers la porte, nous l'ouvrîmes, nous replongeant dans le vent noir. Il avait récuré le ciel jusqu'aux tréfonds, en extirpant ce qu'il restait de lumière, ce qu'il restait de crépuscule. Nous étions à mi-chemin de la barrière lorsque nous l'aperçûmes. Il faisait rapidement les cent pas le long du mur. Il était tête nue, sa soutane ballonnait autour de lui. En nous voyant, il ne s'arrêta pas. Il n'accéléra pas non plus son allure. Il fit seulement demi-tour, remonta le long du mur, fit une seconde fois demi-tour, du même pas rapide. Nous attendîmes devant la barrière et nous le remerciâmes de son repas. Il restait immobile dans sa soutane gonflée par le vent, la tête penchée, un peu de biais, comme un sourd qui écoute. Lorsque Don s'agenouilla à ses pieds, il recula comme si mon camarade allait le frapper. Alors je me sentis catholique, moi aussi. A mon tour, je m'agenouillai et il fit au-dessus de nos têtes un rapide signe de croix, dans le vent et le crépuscule verts et noirs, comme si c'eût été dans l'eau. Après avoir franchi la barrière, nous nous retournâmes et nous vîmes encore, se profilant sur le ciel et la maison blafarde dans la pénombre, sa tête qui passait et repassait rapidement comme un nain courant sur la crête du mur.

IV

Le café était situé sur le côté de la rue opposé au vent. Nous nous assîmes à l'abri. Mais nous pouvions voir des rafales et des remous de détritus tourbillonner le long du caniveau, tandis que, de temps en temps, le vent, d'une langue glacée, venait nous lécher les jambes et que nous l'entendions poursuivre sa ruée obstinée, là-haut, dans le crépuscule, parmi les toits.

Sur le trottoir, deux musiciens montagnards, — un violon et une flûte, — étaient assis, jouant un air sauvage et rauque. De temps à autre, ils s'arrêtaient pour boire, puis ils recommençaient le même air : un air qui n'avait pas de commencement et, semblait-il, pas de fin ; dont l'étrange et incohérente mélodie se déroulait au fil du vent avec un je ne sais quoi de martial et de mélancolique tout ensemble. Le garçon nous apporta du café et de l'eau-de-vie. Son tablier crasseux, soulevé brusquement par le vent, découvrit au-dessous un second tablier de serge verte aussi raide qu'une feuille de cuivre vert-de-grisé. A l'autre table, cinq jeunes gens assis à boire firent sonner chacun son tour des pièces de même monnaie sur le plateau du garçon, qui sembla les compter d'après le son qu'elles rendaient avant de les enfouir d'un seul coup dans la poche de son gilet. Puis, une jeune paysanne aux longues cuisses s'arrêta pour écouter la musique, un enfant à califourchon sur sa hanche. Elle posa à terre l'enfant, qui se glissa sous la table où étaient assis les jeunes gens. Ils rangèrent leurs jambes pour le laisser passer, tandis que la femme regardait ailleurs. Figure ronde et placide, la bouche entr'ouverte, elle regardait les musiciens.

— Si nous prenions du vin », proposa Don.

— Ça va », dis-je. « J'adore l'Italie. » Nous prîmes une seconde eau-de-vie. La femme essaya de décider l'enfant à sortir de sous la table. Un des jeunes gens l'y attrapa et le lui rendit. Des gens firent halte dans la rue pour écouter la musique. Une haute charrette à deux roues, chargée de fagots, tirée par une femme et un minuscule mulet, passa devant le café sans s'arrêter. A ce moment, la fille monta la rue, vêtue de sa robe blanche, et je ne me sentis plus du tout catholique. Elle était tout en blanc, sans manteau, et marchait d'un pas léger et souple. En regardant sa robe blanche, rapide dans le crépuscule, qui la portait quelque part, ou qu'elle portait quelque part, je ne me sentais plus rien du tout. Quoi qu'il en soit, robe et fille allaient de compagnie, l'une marchant quand et parce que l'autre marchait, la robe perdant la fille quand celle-ci se perdait, car, lorsque la fille avançait, la robe avançait aussi et l'accompagnait jusqu'à l'instant où l'on ne vit plus ni l'une ni l'autre. Je me rappelle qu'en apprenant la vérité sur Thaw, White et Evelyn Nesbitt[1], je me mis à pleurer. Je pleurai parce qu'Evelyn, qui n'était qu'un mot, était belle et perdue et que, sans cela, je n aurais jamais entendu parler d'elle. Car il fallait qu'elle fût perdue pour que je la trouve et que je la trouve pour la perdre. Et lorsque j'appris qu'elle avait l'âge d'avoir un grand fils et une grande fille, je pleurai parce que j'étais moi-même perdu et que, désormais, nulle perte ne pourrait me faire souffrir. Je regardai donc la robe blanche en songeant : « Dans une seconde, elle sera plus près de moi qu'elle ne le sera jamais plus, et puis elle s'en ira, dans sa robe blanche, pour toujours, dans le crépuscule pour toujours. » Et je sentis que Don me regardait, puis nous vîmes le soldat sauter à bas de sa bicyclette. Ils se rejoignirent, s'arrêtèrent, et, pendant un instant, ils restèrent là, dans la rue, parmi les gens, face à face, sans se toucher. Peut-être ne parlaient-ils même pas, et peu importait

1. Héros d'un célèbre drame passionnel. Thaw, le mari, reconnu coupable du meurtre de White, l'amant d'Evelyn Nesbitt, se fit passer pour fou afin d'échapper à la peine capitale à laquelle le jury l'avait condamné.

le temps qui s'écoulait, car le temps ne comptait plus. Don me donna un coup de coude.

— L'autre table », dit-il. Les cinq jeunes gens s'étaient retournés, leurs têtes rapprochées, avec, de temps en temps, un geste furtif de la main ou du bras, tous les visages tournés du même côté. Ils se penchèrent en arrière sans détourner la tête, et le garçon resta là, son plateau sur la hanche, — personnification avachie et sardonique plus vieille que la Grand'Mère Luxure elle-même, — à regarder aussi. Enfin, ils rebroussèrent chemin, continuèrent à suivre ensemble la rue dans la direction d'où ils étaient venus, lui guidant sa bicyclette. Au moment de disparaître, ils s'arrêtèrent, se tinrent de nouveau face à face, parmi les gens, parmi les bêtes, sans se toucher si peu que ce fût. Puis ils poursuivirent leur chemin. « Buvons du vin », fit Don.

Le garçon posa les deux eaux-de-vie sur la table. Son tablier soulevé par le vent parut un instant aussi raide qu'une planche. « Vous avez un militaire au pays », lui dit Donald.

— En effet », répondit le garçon. « Un seul. »

— Eh bien, un seul, n'est-ce pas assez ? » reprit Don. Le garçon regarda dans la rue. Mais ils avaient disparu, à présent, avec sa robe blanche modelée sur sa propre allure, sa virginale blancheur, qui n'était pas pour nous.

— Trop, à ce qu'on dit. » Il avait un air beaucoup plus monacal que le curé avec son long nez mince et sa tête chauve Il ressemblait à un faucon déplumé. « Vous logez chez le curé, n'est-ce pas ? »

— Il n'y a pas d'auberge ici », répondit Donald.

Le garçon nous rendit la monnaie, qu'il tira de la

poche de son gilet, en faisant sonner consciencieusement les pièces sur la table. « Pourquoi ? Qui s'arrêterait ici, à moins de voyager à pied. Personne ne voyage à pied, excepté vous autres Anglais. »

— Nous sommes Américains.

— Bon. » Il haussa légèrement les épaules. « Ça, c'est votre affaire. » Il nous regardait sans en avoir l'air, c'est-à-dire sans regarder Don. « Avez-vous essayé chez Cavalcanti ? »

— Un débit de vin à l'entrée du village ? La tante du soldat, n'est-ce pas ? Oui, mais elle a dit... »

Maintenant, le garçon le regardait. « Elle ne vous a pas envoyé chez le curé ? »

— Non.

— Ah ! » fit le garçon. Son tablier se souleva tout a coup. Il le rabattit, non sans peine, puis en essuya la surface de la table. « Américains, alors ? »

— Oui », répondit Don. « Pourquoi ne nous aurait-elle pas indiqué où aller ? »

Le garçon essuyait la table. « Cette Cavalcanti. Elle n'est pas de la paroisse. »

— Vraiment ?

— Pas depuis trois ans. Le padrone est de celle derrière la montagne. » Il nomma un village que nous avions traversé le matin même

— Je comprends », fit Don. « Ils ne sont pas d'ici. »

— Oh, ils y sont nés. Il y a trois ans ils étaient encore de cette paroisse-ci.

— Mais, il y a trois ans, ils ont changé.

— Comme vous dites. » Il découvrit une autre tache sur la table. « Il y a changement et changement ; les uns ont plus de conséquences que les autres. »

— La padrona a fait plus que d'aller de l'autre côté de la montagne, hein ?

— La padrona n'est d'aucune paroisse. » Il nous regarda. « Comme moi. »

— Comme vous ?

— Avez-vous essayé de lui parler de l'église ? » Il regarda Don. « Demain, arrêtez-vous chez elle et parlez-lui de l'église. »

— Et cela remonte à trois ans », remarqua Don. « Ce fut pour eux une année de changements. »

— Vous l'avez dit. Le neveu à l'armée, le padrone de l'autre côté de la montagne, la padrona... Et tout cela en huit jours. Passez chez elle demain et parlez-lui de cela.

— Qu'est-ce qu'on pense ici de tous ces changements-là ?

— Lesquels ?

— Ceux de ces derniers temps.

— Depuis quand ? » Il regarda Don. « Il n'y a pas de loi qui interdise les changements. »

— Non. Pas s'ils se font comme la loi le prescrit. Quelquefois la loi les surveille ne fût-ce que pour voir s'ils se passent selon les règles. N'est-il pas vrai ?

Le garçon avait pris une attitude de désinvolte négligence, excepté ses yeux et sa longue figure. Elle était trop grande pour lui, cette figure. « Comment savez-vous qu'il est de la police ? »

— De la police ?

— Vous avez dit militaire. Mais j'ai bien vu que vous vouliez dire de la police et que c'était parce que vous ne parlez pas bien notre langue. Mais avec de la pratique vous y arriverez. » Il regarda Don. « Alors, vous l'avez reconnu, vous aussi, n'est-ce pas ? Il a dit qu'il était voyageur en chaussures. Mais je l'ai bien reconnu. »

— Déjà arrivé », fit Don. « Je me demande pourquoi il n'a pas arrêté le... avant qu'ils... »

— Comment savez-vous qu'il est de la police ? » demandai-je.

Le garçon me regarda. « Qu'il en soit ou non, moi je m'en fiche, mon p'tit. Qu'est-ce qui vaut le mieux : croire qu'un homme est de la police et qu'il n'en soit pas, ou croire qu'il n'en est pas et découvrir qu'il en est ? »

— Vous avez raison », fit Don. « C'est donc cela qu'on dit ici ? »

— On dit tant de choses. On en a toujours dit et on en dira toujours. Comme dans n'importe quel patelin.

— Et vous, qu'est-ce que vous en dites ? » demanda Don.

— Rien. Ni vous non plus ?

— Non.

— Ça n'est pas mes oignons. S'ils veulent boire, je les sers ; s'ils veulent parler, je les écoute. J'ai de quoi m'occuper tout mon content à longueur de journée.

— C'est juste », dit Donald. « Ce n'est pas à vous que c'est arrivé. »

Le garçon regarda dans la rue. Il faisait presque nuit noire. Il semblait ne pas avoir entendu. « Qui a fait venir le flic ? je me le demande », questionna Don.

— Quand un homme a de la galette, il y a tout plein de gens qui ne demandent pas mieux que de l'aider à faire des histoires aux autres, même après sa mort », fit le garçon. Puis il nous regarda. « Moi », dit-il. Il se pencha en se tapotant la poitrine. Il jeta un rapide coup d'œil à l'autre table, puis, se baissant vers nous : « Je suis athée, comme en Amérique. » Il se redressa et nous regarda. « En Amérique, tout le monde est athée. Nous savons cela. » Il resta là planté, avec son tablier sale, avec sa longue figure ravagée et veule, tandis que nous nous levions chacun notre tour pour lui serrer gravement la main et que les cinq jeunes gens se retournaient pour nous regarder. De son autre main, il nous fit signe, d'une tape sur sa cuisse. « Restez, restez », souffla-t-il. Par-dessus son épaule il jeta un coup d'œil vers les jeunes gens. « Asseyez-vous », chuchota-t-il. Il désigna d'un geste de la tête la porte devant laquelle nous étions, celle de la salle où la padrona était assise derrière le comptoir. « Faut que j'aille manger, comprenez-vous ? » Il s'éloigna précipitamment et revint nous apporter deux autres eaux-de-vie, avec son adresse désinvolte et négligente de tout à l'heure, comme s'il ne nous avait parlé que pour prendre notre commande. « Avalez ça », dit-il. C'est ma tournée. »

— Et maintenant, quoi ? » demanda Don. La musique s'était tue. De l'autre côté de la rue, nous vîmes le violoniste, son violon sous le bras, debout à côté de la table où étaient assis les cinq jeunes gens, gesticulant de l'autre main et du chapeau qu'elle tenait. La jeune femme était déjà en train de monter la rue, son enfant de nouveau à califourchon sur sa hanche et dodelinant la tête, dans son demi-sommeil, comme un homme sur un éléphant.

— Et maintenant, quoi ?

— Je m'en fiche.
— Oh ! voyons.
— Non, je m'en fiche.
— Il n'y a pas de détective ici. Il n'en a jamais vu. Il ne serait pas capable de le reconnaître. Il n'y a pas de détectives en Italie. Peux-tu t'imaginer un fonctionnaire italien en civil et non en uniforme ?
— Non.
— Elle nous indiquera où trouver un lit, et demain matin de bonne heure...
— Non. Fais comme tu l'entendras. Mais moi pas.
Il me regarda, balança son sac sur son épaule. « Bonne nuit. Je te reverrai demain matin. Au café, là-bas. »
— Entendu. » Il s'éloigna sans regarder en arrière. Puis il tourna le coin de la rue. Je restai là, dans le vent. En tous les cas, c'était moi qui avais la veste. C'était une veste de chasse en tweed Harris ; nous l'avions payée onze guinées et nous la portions alternativement : un jour la veste, un jour le chandail. L'été d'avant, dans le Tyrol, Don l'avait gardée trois jours, tandis qu'il s'efforçait d'obtenir les faveurs d'une fille qui vendait de la bière dans une auberge. Il avait porté la veste trois jours consécutifs, me promettant de me la laisser une semaine entière quand je voudrais. Le troisième jour, le bon ami de la fille revint. Il était haut comme un silo, avec une plume verte à son chapeau. Nous le vîmes la soulever d'une main au-dessus du comptoir. Je crois qu'elle aurait pu en faire autant de Don. Elle était blonde, rose et blanche comme un grand verger, ou comme un champ de neige au soleil levant. Et, de plus, pendant ces trois jours-là, elle aurait pu le faire à n'importe quelle heure. Il lui eût

suffi d'étendre la main. Durant notre séjour, Don engraissa de quatre livres.

V

Alors, j'entrai en plein dans la ruée du vent. Toutes les maisons étaient noires, mais, au ras du sol, il y avait encore un peu de lumière, comme si le vent l'y eût aplatie et qu'elle eût été incapable de se lever et de s'enfuir. Les murs finissaient à la tête du pont ; la rivière semblait d'acier. Je me croyais déjà rendu au fort de la rafale, mais je n'y étais pas encore. Le pont était en pierre, tablier, parapet et tout. Je m'accroupis au bas du parapet, du côté abrité contre le vent. J'entendais le vent en haut et en bas, qui descendait la rivière avec un bourdonnement prolongé et rageur, comme s'il eût passé à travers des fils de fer. Je m'accroupis là à attendre. Mais je n'attendis pas longtemps.

Il ne m'aperçut pas tout d'abord avant que je ne me misse debout. « As-tu pensé à faire remplir le flacon ? » me dit-il.

— J'ai oublié. Je voulais le faire. C'est bien là ma veine. Retournons...

— J'ai acheté une bouteille. De quel côté allons-nous maintenant ?

— Où tu voudras, pourvu qu'il n'y ait pas de vent. Ça m'est égal. » Nous franchîmes le pont. Nos pieds ne faisaient pas de bruit sur les pierres : le vent l'emportait. Il laminait la surface de l'eau, la polissait : on eût absolument dit de l'acier. Elle avait une sorte de poli où la lumière persistait, comme une région entre l'eau et le vent, un miroitement suffisant pour que l'on pût y voir. Mais le vent emportait tous les sons presque avant qu'ils ne fussent nés, si bien que, quand nous atteignîmes la rive opposée et que nous pénétrâmes dans la tranchée où la route commençait à monter, plusieurs instants passèrent avant que nous pussions entendre quoi que ce fût, excepté nos oreilles ; puis nous entendîmes. « C'est un enfant », déclara Don. « Un petit enfant. »

— Non, un animal. Une bête quelconque. » Nous nous regardâmes l'un l'autre dans l'obscure clarté, écoutant.

— C'est là-haut, en tout cas », fit Don. Nous grimpâmes hors de la tranchée. Il y avait un petit mur de pierre entourant un champ, un champ faiblement éclairé, qui se perdait dans les ténèbres. Juste à la limite de l'obscurité, à une distance d'une trentaine de mètres, un taillis se dressait, tout noir, comme une tache d'encre informe dans la nuit. Le vent soufflait violemment à travers le champ. Nous nous accoudâmes sur le mur, écoutant, les yeux fixés sur le taillis. Mais le son était plus rapproché que cela, et, au bout d'un moment, nous aperçûmes le curé. Il était étendu, la face contre terre, juste de l'autre côté du mur, sa soutane relevée par-dessus la tête. La tache sombre que faisait sa robe ne cessait de s'agiter faiblement, soit à cause du vent, soit que ce fût lui-même qui remuât sous elle. Et quoi que voulussent dire les sons qu'il émettait, ils n'étaient pas destinés à être entendus, car, au premier bruit que nous fîmes, la voix se tut. Mais il ne leva pas les yeux et le léger frissonnement de sa soutane ne s'arrêta pas. Tremblements, soubresauts, tortillement, tout ce que vous voudrez. Don me poussa le coude. Nous longeâmes le mur. « Il est plus facile de descendre par ici », dit tranquillement Donald. La route faiblement éclairée montait peu à peu sous nos pieds à mesure que la colline devenait moins escarpée. Le taillis n'était qu'une tache noire. « Seulement, je n'ai pas vu la bicyclette. »

— Alors, retourne chez Cavalcanti », fis-je. « Où diable comptes-tu donc la voir ? »

— Ils l'auraient cachée. J'oubliais. Ils l'auraient naturellement cachée.

— Allons », dis-je, « Cesse donc de déconner. »

— A moins qu'ils n'aient pensé qu'il serait occupé avec nous et qu'ils ne... » Il se tut et s'arrêta. Je me cognai contre lui et j'aperçus moi aussi la chose, j'aperçus ses guidons qui dépassaient du mur comme les cornes d'une antilope cachée à cet endroit. Sur le fond de ténèbres, le taillis avait l'air de palpiter imperceptiblement, comme s'il respirait, comme s'il vivait. Car nous étions jeunes, et la nuit, le noir, sont des choses si terribles pour les jeunes, même une obscurité déchaînée et glaciale comme celle-ci. Ils devraient être faits de telle sorte que, dès le coucher du soleil, ils entrent dans une sorte de coma, dans une torpeur impénétrable aux ténèbres, à cet intime et nostalgique sentiment de frustration, de désir insatiable et sans objet.

— Descends donc, sacrebleu », dis-je. Avec son sac haut perché, son chandail collant, il était ridicule. Il avait l'air d'un clown. Il était effrayant, laid et pitoyable à la fois, puisqu'il était ridicule et que, sans la veste de chasse, il devait avoir si froid. Et moi aussi, laid, effrayant et piteux. — « Ce sacré vent. Ce sacré vent. » Nous regagnâmes la route. Nous étions à l'abri pour le moment. Don sortit la bouteille et nous bûmes. C'était une drogue infernale. « Et tu crachais sur mon eau-de-vie de Milan », lui dis-je. « Quel sacré vent. Quel sacré vent. Quel sacré vent. »

— Passe-moi une cigarette.

— C'est toi qui les as.

— Je te les ai données.

— Sale menteur, va. » Il les trouva dans sa poche. Mais je ne l'attendis pas.

— Tu n'en veux pas une ? Vaudrait mieux l'allumer ici, pendant que nous sommes... » Je ne l'attendis pas. La route montait, arrivait au niveau du champ. Au bout d'un moment j'entendis Don juste derrière moi et nous entrâmes dans le vent. Je pouvais voir par-dessus mon épaule sa cigarette dont la cendre s'éparpillait derrière lui en fils de feu sous la violence effrénée du mistral, ce vent noir et glacé, plein d'une poussière semblable à des étincelles de glace.

DIVORCE À NAPLES

I

Nous étions attablés à l'intérieur, Monckton, le maître d'équipage, Carl, George, moi et les trois femmes, les trois femmes de cette catégorie d'aguichantes réprouvées que fréquentent, ou qui fréquentent, les marins. Nous parlions anglais et elles ne disaient rien. Ce qui fait qu'elles pouvaient nous parler tout le temps, par-dessus le bruit de nos voix, dans une langue plus ancienne que les langages humains, plus ancienne que le temps même. Plus ancienne, en tout cas, que les trente-quatre jours de voyage que nous venions de faire. De temps en temps, elles s'adressaient mutuellement la parole en italien. Les femmes en italien, les hommes en anglais. On eût dit que ces langues différentes étaient fonction de la différence des sexes, que le jeu des cordes vocales n'était qu'une façon déguisée d'attendre l'heure ténébreuse de l'accouplement. Les hommes en anglais, les femmes en italien : convention semblable à deux courants parallèles momentanément séparés par une digue.

C'était à George que nous parlions. Nous lui parlions de Carl.

— Pourquoi donc l'as-tu amené ici ? » demanda le maître d'équipage.

— Oui », approuva Monckton. « Bien sûr que je n'aurais pas amené ma femme dans un endroit pareil. »

George invectiva Monckton. Non pas d'un mot ou même d'une phrase, mais de toute une tirade. C'était un Grec, grand et noir, une bonne tête de plus que Carl. Ses sourcils avaient l'air de deux corbeaux se chevauchant en plein vol. Il nous engueula tous, avec une perfection instantanée, presque dans le plus pur et le plus classique anglo-saxon, lui qui, à d'autres moments, usait d'un vocabulaire qui semblait emprunté au produit hybride, et en bas âge, disons d'une chanteuse de beuglant et d'un cheval.

— Oui, monsieur », dit le maître d'équipage. Il fumait un cigare italien en buvant un ginger beer ; le même, entre parenthèses, avec lequel il était aux prises depuis environ deux heures et qui devait avoir maintenant à peu près la température des douches du bateau. « Sûrement que je n'aurais pas amené ma poule dans une bastringue comme celle-ci, même si elle portait un pantalon. »

Carl, jusqu'à présent, n'avait pas bronché. Il demeurait impassible au milieu de nous, avec sa ronde tête blonde, ses yeux ronds et son air de bébé perverti, parmi le bruit et la lumière, devant son verre de pâle bière italienne et ces femmes qui chuchotaient entre elles, et qui nous observaient, tantôt nous, tantôt Carl, avec cette patiente et impénétrable intuition que les femmes ne semblent pas se rendre compte qu'elles possèdent. « *E innocente* » dit l'une, et elles se remirent à chuchoter tout en considérant Carl avec des regards pensifs et profonds. « Il t'a peut-être déjà fait cocu », dit le maître d'équipage. « Il aurait pu te filer sous le nez par un sabord à n'importe quel moment, pendant ces trois dernières années. »

George lança au maître d'équipage un regard foudroyant, la bouche ouverte, prêt à l'injurier. Mais il ne le fit pas. Il se contenta de regarder Carl, la bouche toujours ouverte. Elle se ferma lentement. Nous regardâmes tous Carl. Sous nos regards, il leva son verre et but avec une lenteur calculée.

— Tu es encore puceau ? » demanda George. « Sans blague ? »

Sous nos sept paires d'yeux, Carl vida son verre de bière à trois degrés, amère et pâle. « Voilà trois ans que je suis en mer », fit-il. « J'ai parcouru toute l'Europe. »

George lui jeta un regard furibond, l'air déconfit et scandalisé. Il était rasé de frais ; la ligne nette de ses joues bleues, plates et dures comme celles d'un boxeur professionnel ou d'un pirate, allait se perdre dans l'exubérance de sa chevelure noire. Il était notre second cuisinier. « Sacré petit salaud de menteur », dit-il.

Le maître d'équipage leva son verre de ginger beer d'un geste qui était la réplique exacte de celui que venait de faire Carl. Le buste incliné en arrière, la tête renversée, il vida, avec une lenteur calculée, le ginger beer par-dessus son épaule gauche, absolument comme s'il l'avalait, toujours avec ce même air qu'avait Carl, cet air important et faraud du gas qui a beaucoup bourlingué. Il reposa son verre et se leva. « Allons », nous dit-il à Monckton et à moi, « fichons-le camp. Il aurait autant valu rester à bord si on doit passer toute la soirée dans une seule boîte. »

Nous nous levâmes Monckton et moi. Il fumait une courte pipe. Une des femmes était à lui, une autre au maître d'équipage. La troisième avait plusieurs dents d'or. Elle pouvait avoir une trentaine d'années, peut-être moins. Nous la laissâmes avec George et Carl. En m'en allant, je regardai de leur côté. Le garçon venait de leur servir à nouveau de la bière.

II

Ils s'étaient embarqués ensemble à Galsveston, George portant un phono et un petit paquet enveloppé dans un papier à la marque d'un « prisunic » bien connu, et Carl chargé de deux valises en simili-cuir, toutes rebondies et qui avaient l'air de peser chacune quarante livres. George s'appropria deux couchettes superposées comme celles des wagons-lits, tout en apostrophant sans interruption, d'une voix rude où grasseyaient les *v* et les *r*, et en commandant comme un nègre Carl affairé à ranger leurs effets avec le soin méticuleux d'une vieille fille, et à extraire d'une des valises une pile d'au moins une douzaine de vestes de garçon de restaurant fraîchement lavées et repassées. Pendant les trente-quatre jours qui suivirent (c'était lui qui servait à table), à chaque repas il portait une veste propre, et il en avait toujours deux ou trois récemment lavées en train de sécher sous la tente de la poupe. Et pendant trente-quatre soirs, après la fermeture de la cuisine, nous les vîmes tous les deux, vêtus d'un pantalon et d'un jersey, danser au son du phonographe sur les panneaux de la cale arrière, au-dessus d'une cargaison de coton du Texas et de résine de Géorgie. Ils ne possédaient pour leur phono qu'un seul disque. Ce disque était fêlé, et chaque fois que l'aiguille faisait tic tac, George frappait plus forcément du pied sur le pont. Je crois bien que ni l'un ni l'autre ne se rendait compte qu'il le faisait.

Ce fut George qui nous renseigna sur le compte de Carl. Celui-ci avait dix-huit ans. Il était de Philadelphie, que tous deux appelaient Philly, — George d'un ton de propriétaire, comme s'il avait créé cette ville pour la seule fin qu'elle engendrât Carl. Mais nous apprîmes plus tard que George n'avait découvert Carl qu'alors que celui-ci était déjà matelot depuis un an. Carl lui-même nous dit quelques mots de tout cela. Il était le quatrième ou cinquième enfant d'une première génération de constructeurs de navires scandinavo-américains. Il avait été élevé par sa mère ou une sœur aînée dans une de ces séries d'identiques petites maisons de bois, à une distance respectable de l'eau salée, même en tramway. Lorsqu'il avait quinze ans et pesait sans doute un peu moins de cent livres, c'était lui que quelque ancêtre, entrechoquant depuis longtemps ses os paisibles au fond de la mer (ou peut-être enfoui, par aventure, dans la terre sèche, et devenu enragé de repos et de calme), avait renvoyé au vieux rêve et à la vieille agitation avec un retard de trois ou quatre générations.

— J'étais un gosse, dans ce temps-là », nous dit Carl, qui ne savait pas encore ce que c'est que de se raser et qui n'en avait pas besoin. « Je pensais à tout sauf à me faire marin. J'avais l'intention, à un certain moment, d'être joueur de baseball ou boxeur professionnel, comme les types dont je voyais les portraits sur les murs, le samedi soir, vous comprenez, quand ma sœur m'envoyait chercher le vieux au bistro du coin. Sapristi, je restais planté dans la rue devant le bistro, je les regardais entrer, je pouvais apercevoir leurs jambes par-dessous la porte, les entendre parler, sentir l'odeur de la sciure de bois sur le plancher et voir leurs photos sur les murs à travers la fumée. J'étais gosse, dans ce temps-là, voyez-vous. Je n'étais encore allé nulle part, dans ce temps-là. »

Nous demandâmes à George comment Carl avait pu obtenir un emploi, même de garçon de mess, avec les cinq pieds six pouces tout au plus qu'il avait maintenant et cette figure qui aurait pu accompagner la procession du Saint-Sacrement dans la nef des églises, sinon la contempler du haut même d'un des vitraux des baies.

— Pourquoi donc n'aurait-il pas pu s'embarquer ? » demanda George. « Nous sommes dans un pays de liberté, n'est-ce pas, même si c'est une pétaudière. » Il nous regarda, noir, sérieux. « Il est vierge, voyez-vous ? Savez-vous ce que ça veut dire ? » Et il nous l'expliqua. Ce que cela voulait dire, de toute évidence quelqu'un le lui avait appris depuis peu, lui avait dit ce qu'il avait été lui-même pour peu qu'il pût se rappeler ces temps lointains. Il se figurait sans doute que nous ne connaissions pas ce quelqu'un, à moins qu'il ne fût persuadé que c'était là un terme inédit que l'on avait inventé. C'est pourquoi il nous dit ce que cela signifiait. C'était pendant le premier quart de nuit et nous étions sur la poupe, après le dîner, à deux jours de Gibraltar, à écouter Monckton disserter sur le chou-fleur. Carl prenait une douche, (il en prenait toujours une après avoir nettoyé la salle à manger, une fois le dîner terminé ; George, qui n'était que cuisinier.

ne se lavait jamais avant que nous fussions à quai et la cale vidée), et George nous expliqua ce que voulait dire ce mot.

Puis il se mit à parler et cela n'en finit plus.

— Eh bien, George », demanda le maître d'équipage, « supposons que tu le sois ; qu'est-ce que tu ferais ? »

— Qu'est-ce que je ferais ? » dit George. « Qu'est-ce que je ne ferais pas ? » Il se remit à jurer pendant un moment sans interruption. « C'est comme la première cigarette du matin », dit-il. « A midi, quand on se souvient du goût qu'elle avait, de ce qu'on a ressenti en attendant que l'allumette en touche le bout, et quand cette première bouffée... » Il jura, longuement, sans colère, comme s'il récitait une litanie.

Monckton le regardait sans l'écouter, le regardait en tirant sur sa pipe. « Mais, George », dit-il, « te voilà sur le chemin de devenir poète. »

Il y avait là une espèce de voyou, une balayure de West India Docks, dont je ne me rappelle plus le nom. « Z'appelez ça avoir la langue bien pendue ? » fit-il. « J'voudrais qu'vous entendiez un second de Lime House engueuler tout un château d'avant de sacrés mecs de Portugais. »

— Ce n'était pas la façon de parler que voulait dire Monckton. C'est à la portée de tout le monde de jurer », fit le maître d'équipage. Il regarda George. « Tu n'es pas le premier à souhaiter cela, George. C'est une chose dont on ne doit pouvoir parler qu'au passé, car on ne se rend pas compte qu'on l'est, ni quand on l'est. » Puis il paraphrasa, sans le savoir et avec un à-propos inimprimable, l'épigramme de Byron sur les lèvres de femmes. « Mais à quoi le réserves-tu ? Quel bien ça te fera-t-il quand il ne le sera plus ? »

George se mit à jurer en nous regardant tour à tour d'un air attrapé et scandalisé.

— Carl permettra sans doute à George de lui donner un coup de main au moment psycho », dit Monckton. Il prit une allumette dans sa poche. « Or donc, quant aux choux de Bruxelles... »

— Tu pourrais demander au capitaine de le mettre en quarantaine quand nous toucherons à Naples », proposa le maître d'équipage.

— Or donc, en ce qui concerne les choux de Bruxelles... » continua Monckton

III

Il nous fallut encore quelque temps, ce soir-là, pour nous mettre en train ou pour nous fixer dans quelque endroit. Nous, — c'est-à-dire Monckton, le maître d'équipage, les deux femmes et moi, — nous allâmes successivement dans quatre autres cafés, tous semblables les uns aux autres et à celui où nous avions laissé George et Carl : même musique, même public, même pâles boissons. Les deux femmes nous suivaient, avec nous sans être des nôtres, prometteuses et consentantes, nous faisant comprendre avec une inlassable patience, et sans dire un mot, qu'il était temps d'aller au lit. Au bout d'un peu de temps je les quittai donc et retournai à bord. George et Carl n'étaient pas rentrés.

Le lendemain matin, ils n'étaient toujours pas là, bien que Monckton et le maître d'équipage fussent de retour. Le cuisinier et le maître d'hôtel allaient et venaient dans la cuisine en jurant. Le cuisinier avait vraisemblablement formé le projet de passer lui-même la journée à terre. Force leur fut donc de rester à bord tout ce jour-là. Vers le milieu de l'après-midi monta sur le bateau un petit bout d'homme au complet crasseux, dont la dégaine rappelait celle de ces externes de Columbia, qui, tous les matins, partent du quartier de Chatham Square et prennent le métro pour se rendre à leurs cours. Il était tête nue, ses cheveux huilés rejetés en arrière, une barbe de plusieurs jours, et il parlait un anglais inintelligible avec un accent ridicule et lamentable, tout en dents. Mais il avait trouvé le bateau qu'il cherchait et il apportait un mot de George écrit sur la marge d'un journal maculé. C'est ainsi que nous apprîmes ce qu'était devenu George. Il était en prison.

Le maître d'hôtel n'avait pour ainsi dire pas arrêté de jurer depuis le matin. Ce ne fut pas cela qui le fit cesser. Il s'en alla au consulat avec le messager. Un peu après six heures, il revint avec George. Celui-ci n'avait pas trop l'air de s'être soûlé. Il paraissait abruti et paisible, avec ses cheveux en désordre et son menton bleu d'une barbe de la veille. Il alla tout droit à la couchette de Carl et se mit à retourner l'une après l'autre les couvertures méticuleusement disposées, comme un voyageur inspectant le lit d'un hôtel européen de troisième ordre. On eût dit qu'il espérait trouver Carl caché dedans. « Vous dites », fit-il, « qu'il n'est pas rentré. Pas rentré du tout ? »

— Nous ne l'avons pas vu », répondîmes-nous. « Le maître d'hôtel non plus ne l'a pas vu. Nous le croyions au violon avec toi. »

Il se mit en devoir d'arranger les couvertures ; c'est-à-dire qu'il fit mine de les replacer une par une sur la couchette, inconscient, semblait-il, et comme insensible. « Ils ont foutu le camp », fit-il d'un air lugubre. « Ils m'ont plaqué. Je n'aurais jamais cru ça de lui. Jamais je n'aurais cru qu'il me plaquerait comme ça. C'est elle. C'est elle qui lui a fait faire cela. Elle s'est rendu compte de ce qu'il était et que je... » Il se mit à pleurer silencieusement de son même air lugubre et absent. « Il a dû rester assis près d'elle, la main sur ses genoux, tout le temps. Et moi qui ne me doutais de rien. Elle approchait sans cesse sa chaise de plus en plus près de lui. Mais j'avais confiance en lui. Je n'ai rien soupçonné. J'étais persuadé qu'il ne ferait jamais rien de sérieux sans me demander d'abord... Ça par exemple... Moi qui avais confiance en lui ! »

Evidemment, à travers le fond de son verre, Carl avait aperçu l'image de ses compagnons suffisamment déformée pour qu'il conservât l'illusion que Carl et la femme buvaient comme il le faisait lui-même, copieusement, mais sans arrière-pensée de coucher ensemble. Il les laissa donc ensemble et s'en alla aux cabinets, ou, plus exactement, ainsi qu'il le raconta, il se rendit compte tout à coup qu'il était aux cabinets et que ce qu'il avait de mieux à faire était de retourner à sa place. Non qu'il fût préoccupé de ce qui pouvait se passer en son absence, mais il l'était du temps qui avait pu s'écouler, de sa propre incapacité à récapituler ses propres actes, du moins ceux que supposait sa présence dans l'endroit où il était. Il retourna donc à sa table, pas encore inquiet, seulement hilare et un peu éméché. Il trouvait ça tout à fait rigolo, dit-il.

Tout d'abord, il pensa que c'était parce qu'il

trouvait cela à ce point rigolo qu'il ne parvenait pas à retrouver sa table. Il finit tout de même par découvrir celle qu'il croyait être la sienne, mais elle était vide, à part les trois piles de soucoupes. Il fit alors le tour de la salle, toujours joyeux et amusé, et, toujours aussi joyeux, il alla pour finir se planter au beau milieu du dancing, dépassant de la tête les danseurs, et se mit à hurler : « Ohé du bistro ! » et continua ainsi jusqu'à ce qu'un des garçons, qui parlait anglais, l'eût reconduit à cette même table inoccupée où étaient les trois piles de soucoupes et les trois verres, dont il reconnut alors l'un pour être le sien.

Mais il trouvait toujours ça rigolo, bien qu'un peu moins à présent. Il se figura tout d'abord être victime d'une sale blague de la part du patron du café, et il se mit sans doute à faire du pétard, trouvant cela de moins en moins rigolo à mesure que s'ameutaient de plus en plus autour de lui garçons et clients.

Lorsqu'enfin il comprit et se rendit à l'évidence, lorsqu'il se rendit compte que Carl et la femme avaient filé, ce dut être pour lui un mauvais moment à passer : l'humiliation, le désespoir, le sentiment du temps perdu, la nuit dans une ville inconnue où il s'agissait de retrouver Carl, si possible, et tout de suite. Il tenta de s'en aller, de se frayer un passage à travers la foule, sans payer les consommations. Non qu'il refusât de payer, mais tout simplement parce qu'il n'avait pas le temps. S'il avait pu retrouver Carl en dix minutes, il n'aurait pas demandé mieux, j'en suis certain, que de revenir et de payer le double du prix des consommations.

On l'empêcha de passer, cet énergumène d'Américain, tout un cordon de garçons et de consommateurs, hommes et femmes, tandis qu'il tirait de sa poche une poignée de pièces qui dégringolèrent en tintinnabulant sur le sol dallé. Alors, dit-il, il eut l'impression d'avoir une meute grouillant autour de ses jambes : garçons, clients, hommes et femmes, à quatre pattes sur le carreau, se battant pour empoigner les pièces qui roulaient, et lui, George, frappant à droite et à gauche avec ses grands pieds en essayant de marcher sur leurs mains pour les faire lâcher prise.

Puis il se trouva debout au centre d'un cercle subitement élargi, un peu essoufflé, entre deux Napoléons avec leurs épées, leurs gants de croque-morts et leurs bonnets de chevaliers de Pythias. Il ne se rendait pas compte de ce qu'il avait fait, il comprit seulement qu'on l'arrêtait. Ce ne fut qu'au moment où ils arrivèrent à la préfecture, où il y avait un interprète, qu'il apprit qu'il était prisonnier politique pour avoir insulté Sa Majesté le Roi en posant le pied sur l'effigie des pièces de monnaie. On l'enferma dans une cellule de dix mètres carrés avec sept autres prisonniers politiques, parmi lesquels l'homme qui avait apporté son message.

— On me prit ma ceinture, ma cravate, mes cordons de souliers », nous dit-il avec calme. « Il n'y avait rien dans la pièce, sauf un baquet fixé au milieu du plancher et un banc de bois qui régnait tout autour de la muraille. Je compris tout de suite à quel usage était réservé le baquet, car il servait pour cela depuis pas mal de temps déjà. On était censé dormir sur le banc quand on ne tenait plus sur ses pattes. Lorsque je me suis penché pour regarder de plus près, j'ai eu absolument l'impression de regarder du haut d'un avion la Quarante-Deuxième rue. Les punaises faisaient l'office des taxis jaunes. Puis je suis allé utiliser le baquet. Mais ce ne fut pas l'extrémité de moi-même à laquelle il était destiné que je lui présentai. »

Il nous parla ensuite de l'homme par lequel il nous avait fait porter un message. En vérité, il y a une providence pour les désespérés comme pour les pauvres. Il y avait là un Italien qui ne parlait pas anglais et George qui ne parlait guère une langue, quelle qu'elle fût, et en tout cas pas l'italien. Il pouvait être quatre heures du matin. Et, malgré cela, avant qu'il fît jour, George avait découvert le seul homme qui pût lui être utile ou qui consentît à l'être.

— Il me confia qu'on allait le libérer à midi. Je lui promis dix lires dès que je serais libre, et il me procura un bout de papier et un crayon (ceci dans une cellule dénuée de tout, parmi sept hommes dépouillés de tout jusqu'à la peau, argent, couteaux, lacets de chaussures, excepté les vêtements strictement nécessaires pour ne pas geler), je rédigeai le billet, il le dissimula, on lui rendit la liberté, et, quatre heures après environ, on vint me chercher, lui et le maître d'hôtel.

— Dans quelle langue lui as-tu parlé ? Car, avant d'arriver au consulat, le maître d'hôtel lui-même ne comprenait goutte à tout cela.

— Je ne sais pas », répondit George. « On a causé, voilà tout. C'était le seul moyen de faire connaître à qui que ce fût où je me trouvais. »

Nous fîmes ce que nous pûmes pour lui persuader d'aller se coucher. Mais il n'en voulut rien faire. Il ne se rasa même pas. Il alla chercher à la cuisine quelque chose à manger, puis il retourna à terre. Nous le regardâmes partir.

— Pauvre couillon », fit Monckton.

— Mais pourquoi », demanda le maître d'équipage, « pourquoi diable a-t-il emmené Carl là-bas ? Ils auraient pu aller au ciné. »

— Ce n'était pas à George que je pensais », dit Monckton.

— Bah », fit le maître d'équipage. « On ne peut pas toute sa vie descendre à terre en quelque endroit que ce soit, surtout en Europe, sans se faire violer de temps en temps. »

— Bon Dieu », dit Monckton, « j'espère bien que non. »

George revint à six heures le lendemain matin. Il avait encore l'air ahuri, bien que nullement ivre, et parfaitement calme. Sa barbe avait poussé pendant la nuit d'un demi-centimètre. « Je n'ai pas pu les trouver », dit-il tranquillement. « Je n'ai pu les trouver nulle part. » Il dut alors remplir les fonctions de garçon de mess et remplacer Carl à la table des officiers. Mais dès que le petit déjeuner fut expédié, il disparut. Jusqu'à midi nous entendîmes le maître d'hôtel parcourir le bateau en pestant après lui. Juste avant midi, il revint, servit le déjeuner et repartit. Il ne rentra qu'à la tombée de la nuit.

— L'as-tu retrouvé ? » lui demandai-je. Il me fixa un instant de son regard absent, puis il se rendit aux deux couchettes, descendit l'une des valises en similicuir, y empila pêle-mêle toutes les affaires de Carl, rabattit brutalement le couvercle sur les manches et les chaussettes qui dépassaient, envoya le tout à la volée sur l'arrière-pont, où la valise fit une pirouette et s'ouvrit, vomissant un flot de vestes blanches, de paisibles chaussettes et de sous-vêtements. Puis il se coucha tout habillé et dormit quatorze heures d'affilée.

Le cuisinier tenta de le réveiller pour le petit déjeuner, mais autant essayer de réveiller un mort.

Quand il sortit de son sommeil, il avait meilleure mine. Il m'emprunta une cigarette, alla se raser, revint, m'en emprunta une seconde. « Qu'il aille où il voudra, ce couillon-là. Je m'en fous. »

Cet après-midi-là, il remit les affaires de Carl dans la couchette de celui-ci. Ni soigneusement ni le contraire ; il se contenta de les ramasser, de les jeter dans la couchette en s'arrêtant un instant pour s'assurer si quelque chose n'allait pas dégringoler avant qu'il ne tourne les talons et ne s'en aille.

IV

C'était juste avant le lever du jour. Quand j'étais rentré à bord, aux environs de minuit, toutes les couchettes étaient vides. Lorsque je m'éveillai, juste avant le jour, toutes, sauf la mienne, étaient toujours inoccupées. J'étais là dans un demi-sommeil quand j'entendis Carl dans le couloir. Il marchait sans bruit, je l'avais à peine entendu lorsqu'il apparut dans l'encadrement de la porte. Il s'y tint quelque temps avant d'entrer ; dans la pénombre il semblait de la taille d'un adolescent. Immédiatement je refermai les yeux. Je l'entendis venir sur la pointe des pieds jusqu'à ma couchette. Il resta penché au-dessus de moi un instant. Puis je l'entendis s'éloigner. J'ouvris les yeux, juste assez pour le regarder.

Il se déshabilla rapidement, arrachant ses vêtements, et fit sauter un bouton qui vint frapper avec un léger bruit la cloison étanche. Nu dans la lumière blafarde, il avait l'air d'un gringalet et semblait plus frêle que jamais tandis qu'il piochait dans les effets que George avait jetés pêle-mêle sur sa couchette et qu'il en tirait une serviette en écartant les autres vêtements avec une sorte de précipitation terrifiée. Puis il sortit et j'entendis ses pieds nus crisser dans le couloir.

J'entendis la douche couler longuement de l'autre côté de la cloison : elle devait être froide à cette heure-ci. Mais elle coula longtemps, puis elle s'arrêta, et je fermai de nouveau les yeux au moment où il rentrait. Je le vis alors ramasser par terre le caleçon qu'il avait quitté et le jeter soudain par le hublot avec une expression à peu près semblable à celle de l'ivrogne dessoûlé qui écarte de sa vue une bouteille vide. Il s'habilla, enfila une veste propre, se pencha sur le minuscule miroir où il examina longuement son visage.

Puis il se mit à l'ouvrage. Il travailla toute la journée sur le pont de la dunette. Ce qu'il pouvait bien y trouver à faire, nous n'en avions pas la moindre idée. Mais le quartier de l'équipage ne le revit qu'à la nuit tombée. Toute la journée nous vîmes sa veste blanche aller et venir au-delà des portes ouvertes ou s'agenouiller tandis qu'il fourbissait les cuivres de la rambarde. Il semblait travailler avec une sorte d'acharnement. Durant toute la journée, quand son service le forçait à revenir sur le pont, nous remarquâmes qu'il y revenait toujours par babord : le côté tribord était contre le quai. Dans la cuisine et sur l'arrière-pont, George travailla un peu et flâna beaucoup, sans même jeter un coup d'œil vers le pont de la dunette.

— C'est pour ça qu'il reste là-haut toute la journée à polir ses cuivres », dit le maître d'équipage. « C'est parce qu'il sait que George ne peut y aller. »

— George ne m'a pas l'air d'y tenir », fis-je.

— C'est vrai », dit Monckton. « Pour un dollar il monterait bien à la dunette demander au Vieux une cigarette. »

— Mais pas par curiosité », ajouta le maître d'équipage.

— Pensez-vous que ce ne soit que cela ? » demanda Monckton. « Rien que de la curiosité ? »

— Bien sûr », fit le maître d'équipage. « Pourquoi pas ? »

— Monckton a raison », fis-je. « C'est le moment le plus difficile de la vie conjugale : le lendemain du jour où votre femme a découché. »

— Tu veux dire le plus facile », dit le maître d'équipage. « A présent, George peut le plaquer. »

— Penses-tu ? » répondit Monckton.

Nous restâmes à quai pendant cinq jours. Carl continuait d'astiquer les cuivres de la rambarde. Le maître d'hôtel le renvoyait souvent sur le pont, puis il s'en allait. Quand il revenait, il retrouvait Carl en train d'astiquer à babord et il l'envoyait à tribord, au-dessus du quai où grouillaient des gosses italiens dans leurs crasseux jerseys aux couleurs criardes et des vendeurs de cartes pornographiques. Mais il n'y restait jamais longtemps, puis nous le voyions, une fois de retour en bas, assis bien sagement, en veste blanche, dans la pénombre rance, en train d'attendre l'heure du dîner. Généralement, il reprisait des chaussettes.

George ne lui avait pas adressé une seule parole. Carl aurait tout aussi bien pu ne pas être à bord et le volume qu'occupait son corps dans l'espace n'être qu'un air libre et respirable. C'était au tour de George, à présent, d'être absent du bateau la majeure partie de la journée et la nuit tout entière et de rentrer, légèrement éméché, vers trois ou quatre heures du matin pour réveiller chacun, — excepté Carl, — d'une bourrade et se mettre à parler, crûment et bruyamment, avant de grimper dans sa couchette, des femmes, jamais la même, qu'il venait de se payer. Autant que nous le sachions, ils ne se regardèrent même pas avant que nous fussions rendus à Gibraltar.

A ce moment-là, la furie de travail qui possédait Carl se relâcha quelque peu. Toutefois, il travaillait assidûment toute la journée, puis, après son bain, ses cheveux blonds humides et souples, son corps mince moulé dans son jersey de coton, nous le voyions, tout seul dans le lent crépuscule, appuyé à la lisse au milieu ou à l'avant du bateau. Mais jamais sur l'arrière-pont où nous restions à fumer et à causer, et où George avait recommencé à faire tourner son unique disque de phono, qu'il bissait et rebissait imperturbablement sans y être invité et malgré nos malédictions.

Et puis, un soir, nous les vîmes ensemble. Ils étaient appuyés côte à côte contre la lisse de la poupe. C'était la première fois que Carl regardait en arrière, du côté de Naples, depuis ce matin où il était rentré à bord. Et, même en ce moment, c'était le soir ; les colonnes d'Hercule venaient de sombrer dans la nuit qui tombait, et le fleuve Océan commençait à se déverser dans la mer enténébrée, tandis qu'au-dessus de nos têtes les vergues se balançaient d'un rythme lent et régulier sur le ciel haut et sombre et sur la nouvelle lune basse à l'horizon.

— Il est guéri, maintenant », fit Monckton. « Le chien est retourné à ses vomissements. »

— Je t'avais bien dit que cela n'était rien », dit le maître d'équipage. « George s'en foutait pas mal. »

— Je ne parlais pas de George », dit Monckton. « George n'est pas encore guéri. »

V

Voici ce que George nous raconta :

« Il continuait de bouder et de regarder ailleurs, et moi j'essayais continuellement de lui parler, de lui dire que je n'étais plus fâché. Sacrédié, il fallait bien que ça arrive un jour ou l'autre. On ne peut pas être un ange toute sa vie. Mais il faisait semblant de ne pas comprendre. Et puis, un soir, il m'a dit à brûle-pourpoint :

— Qu'est-ce qu'on fait avec les femmes ? » Je le regardai. « Comment ? »

— Tu ne vas pas me faire entendre », que je lui dis, « que tu as passé trois jours avec elle sans qu'elle te l'ait appris. »

— Je veux dire : qu'est-ce qu'il faut leur donner ? Est-ce que les hommes ne leur donnent pas... »

— Bon Dieu », que je lui dis, « tu lui as fait cadeau de quelque chose qu'on t'aurait payé gros au Siam. Là-bas, tu serais devenu prince ou pour le moins premier ministre. Qu'est-ce que tu veux dire ? »

— Pas de l'argent », répondit-il. « Je veux dire... »

— Eh bien », que je lui ai dit, « si tu allais la revoir, si elle devait être ta poule, tu lui donnerais quelque chose. Tu lui rapporterais une babiole quelconque pour sa toilette ; je ne sais quoi. Ça leur est égal à ces étrangères qui passent toute leur vie à courir après des mecs qui ne leur donneraient pas seulement un souffle d'air si elles étaient des ballons. Elles se fichent pas mal de ce que ça peut être. Mais tu ne vas pas la revoir, dis ? »

— Non », qu'il fit. « Non, non. » Et on aurait dit qu'il avait envie de plonger du haut du bateau, de nous précéder à la nage et d'aller nous attendre à Hatteras.

— T'en fais pas pour ça », que je lui dis. Et puis je suis allé faire tourner le phono, espérant que ça lui redonnerait des idées gaies. Car il n'est pas le premier, bon Dieu. C'est pas lui qui a inventé ça. Mais ce fut le lendemain soir. Nous étions appuyés à la lisse de la poupe, — il avait d'abord regardé en arrière, — en train de contempler la mer phosphorescente le long de la corde du loch, quand il me dit :

— Je l'ai peut-être fourrée dans le pétrin ?.

— Comment cela ? » que je lui dis « Avec quoi ? Avec la police ? Tu ne lui as donc pas fait montrer sa carte ? Comme si elle avait eu besoin de carte avec cette gueule pleine d'or. Sacrebleu, elle aurait de quoi se payer un billet de chemin de fer rien qu'avec le prix de sa gueule. C'est peut-être elle qui lui sert de coffre-fort au lieu de ses bas. »

— Quelle carte ? » demanda-t-il. Alors je lui expliquai. A un moment j'ai cru qu'il pleurait, puis je me suis rendu compte qu'il faisait tout simplement des efforts pour ne pas dégueuler. Alors j'ai compris ce qui lui prenait, ce qui l'avait tracassé. Je me rappelle que, la première fois, ça m'avait surpris, moi aussi. « Ah », que je lui dis. « L'odeur. Ça ne signifie rien », que je lui dis. « Faut pas t'en faire pour ça. C'est pas qu'elles sentent mauvais. C'est tout simplement l'air national de l'Italie. »

Après cela nous crûmes réellement qu'il avait une maladie. Il travaillait tout le long du jour et ne se couchait qu'une fois que nous étions tous endormis et en train de ronfler. Une fois, pendant la nuit, je le vis se lever et monter sur le pont. Je le suivis et l'aperçus assis sur un cabestan. Tranquille, menu, immobile dans ses vêtements de nuit, il avait l'air d'un petit garçon. Mais il était jeune, et même un vieux ne peut rester bien longtemps malade s'il n'a rien à faire que travailler et respirer l'air salin. Aussi, quinze jours plus tard, nous les vîmes de nouveau danser, George et lui, en maillot, après dîner, sur l'arrière-pont, tandis que le phono lançait à la lune nouvelle son absurde et monotone rengaine, et que le bateau haletait poussivement sur la mer vers Hatteras. Ils ne parlaient pas, ils se contentaient de danser, graves, infatigables, pendant que la lune, chaque nuit, montait un peu plus dans le ciel. Puis nous nous dirigeâmes vers le sud. Le Gulf Stream, qui coulait à nos côtés, bleu comme de l'encre, bouillonnait de feu, la nuit, sous ces latitudes tropicales. Un soir, devant Tortugas, le bateau se mit à suivre, comme un galant maladroit et passionné, la traîne argentée de la lune, et, pour la première fois depuis une vingtaine de jours, Carl parla.

— George », dit-il. « Veux-tu me faire plaisir ? »

— Mais oui, mon p'tit », répondit George en tapant du pied sur le pont chaque fois que l'aiguille du phono accrochait. Il dépassait de toutes ses épaules et de sa tête noire la tête blonde de Carl. Tous deux étaient décemment enlacés et leurs espadrilles crissaient à l'unisson sur les planches du pont. « Mais oui », dit George. « Allons, vas-y. »

— Quand nous serons à Galveston, je voudrais que tu me paies un de ces petits caleçons de soie rose comme en ont les femmes. Un peu plus grand que ceux que je portais. Tu comprends ? »

CARCASSONNE

Et moi sur un coursier couleur de daim avec des yeux comme de l'électricité bleue et une crinière semblable à un écheveau de flammes, franchissant au galop la colline pour s'élancer tout droit au sein du ciel vertigineux qui recouvre le monde

Sa carcasse gisait immobile. Peut-être était-ce à cela qu'elle songeait. Toujours est-il qu'au bout d'un moment elle grogna. Mais ne dit rien, *ce qui, certes, ne te ressemble guère,* pensa-t-il, *tu ne te ressembles pas à toi-même, mais je ne puis dire qu'un peu de calme ne soit pas agréable.*

Lui était étendu sous le couvert d'une bande déroulée de papier goudronné. Lui tout entier, c'est-à-dire tout entier sauf cette partie de lui-même qui ne souffrait ni des insectes, ni de la température, mais qui galopait infatigablement sur le libre coursier gravissant vers l'inaccessible précipice de l'azur le chaos argenté d'une montagne de cumuli, où ses sabots n'éveillaient point d'écho et ne laissaient point d'empreinte. Cette partie-là n'était ni chair ni quelque chose qui ne fût pas chair, et lui, étendu sous sa couverture de papier goudronné, il éprouvait un léger frisson de plaisir à cette vaine contemplation de cette autre partie de lui-même.

Ainsi était simplifié le rite machinal de dormir, de se gîter pour la nuit. Chaque matin le lit tout entier redevenait un rouleau et prenait place debout dans un coin. Il était comme ces face-à-main, ces face-à-main pour lire que les vieilles dames portaient suspendus à une chaînette s'enroulant sur un axe dans une simple boîte en or sans ornement, un axe, une boîte attachée sur le sein ténébreux de la mère du sommeil.

Il demeurait étendu, immobile, savourant tout cela. Au-dessous de lui Rincon vaquait à ses inéluctables et secrètes occupations nocturnes, dans la calme et profonde obscurité des rues où les lumières des fenêtres et des portes s'allongeaient comme les touches grasses d'une large brosse trop chargée de couleur. Du côté des docks, la sirène d'un bateau s'éteignit. Pendant un instant ce fut un son, qui décrut par degré jusqu'au silence, une atmosphère ne transmettant aux tympans qu'un vide où rien n'existait, pas même du silence. Puis cela prit fin, reflua ; le silence, de nouveau, respira avec un cliquetis de palmes semblable au crissement du sable sur une feuille de métal.

Sa carcasse gisait toujours, immobile. Peut-être était-ce à cela qu'elle songeait et lui pensait à son lit de papier goudronné comme à une paire de lunettes à travers lesquelles il scrutait chaque soir la trame de ses rêves :

Sur les transparents jumeaux des lunettes, le cheval continue de galoper, avec son écheveau tumultueux de flammes ondoyantes. En avant, en arrière, contre la rondeur ferme de ses flancs, ses jambes battent rapidement, s'allongent, se rejoignent en cadence, chaque foulée ponctuée d'une souple et étincelante chiquenaude de sabots ferrés. Lui peut apercevoir la sous-ventrière et la plante des pieds du cavalier dans les étriers. La sangle coupe le cheval en deux juste en arrière du garrot, pourtant, il galope toujours d'un rythme furieux, infatigable, sans avancer. Et il songe à ce destrier normand sans cavalier, galopant contre l'émir sarrasin au coup d'œil si perçant, au poignet si délié et si vigoureux, qui, brandissant son épée, trancha en deux d'un seul coup la bête en plein galop, les moitiés séparées poursuivant leur course foudroyante sur la poussière sacrée où Bouillon et Tancrède aussi s'entrechoquaient en une sombre retraite, poursuivant sa course foudroyante à travers les ennemis assemblés de notre doux Seigneur, toujours enveloppé dans la furie et l'orgueil de la charge, et ne se rendant pas compte qu'il était mort.

Le plafond du grenier s'inclinait en une pente délabrée jusqu'au bord du toit. Il faisait noir, et la conscience de son corps remplissait l'office de vision, représentait aux yeux de son esprit son corps immobile devenu phosphorescent en proie à cette décomposition continue qui s'était installée en lui au jour de sa naissance, *la chair est morte, qui vit de sa propre substance s'entretient et se consume elle-même avec parcimonie dans son propre renouvellement et ne périra jamais car Je suis la Résurrection et la Vie* D'un homme, la larve devrait être vigoureuse, maigre et velue. Celles des femmes, des délicates jeunes filles dont tout l'être ressemble aux accords d'une mélodie, devraient être d'un galbe suave, imprégnées, nourries de beauté, nourries, *qu'est-ce pourtant sinon comme un bouillonnement de lait frais pour Moi qui suis la Résurrection et la Vie*

Il faisait noir. Le bois reprenant son volume sentait ses affres s'apaiser ; les salles vides cessent de geindre et de craquer. Sans doute le bois était-il semblable à n'importe quelle autre carcasse une fois que les réflexes dus aux habituelles contraintes s'étaient épuisés d'eux-mêmes. Des ossements pouvaient reposer au fond des mers, dans les cavernes sous-marines où viennent les entrechoquer les mourants reflux des vagues. Comme des os de chevaux maudissant les mazettes qui les montèrent, et se vantant à l'envi de ce qu'ils auraient accompli sous un cavalier émérite. Mais quelqu'un toujours crucifiait les cavaliers émérites. C'est pourquoi mieux vaut n'être que des os s'entrechoquant au reflux alangui des marées descendantes dans les cavernes et les grottes de la mer.

où Bouillon et Tancrède aussi

Sa carcasse grogna de nouveau. Traversant les transparents jumeaux du plancher semblable à du verre, le cheval galopait toujours, sans relâche comme sans progrès vers la grange où était établé le sommeil, Il faisait noir. Luis, le tenancier de la cantine d'en bas, l'autorisait à coucher dans le grenier. Mais la Standard Oil Company, qui était propriétaire du grenier et du papier goudronné, l'était également de l'obscurité; c'était l'obscurité de Mrs Widdrington, l'épouse de la Standard Oil Company, qu'il utilisait pour dormir. Si vous ne travailliez nulle part, elle vous considérait comme un poète. Elle était persuadée qu'une raison d'exister qu'elle ne pouvait concevoir n'était pas une raison. Pour elle, un blanc qui ne travaillait pas ne pouvait être que vagabond ou poète. Peut-être avait-elle raison. Les femmes ont tant d'expérience. Elles ont appris à vivre sans se laisser troubler par la réalité, impénétrables à la réalité. Il faisait noir. *et entrechoquez sans répit mes os les uns contre les autres*

Il faisait noir, un noir tout rempli d'un trottinement féerique de pieds minuscules, furtifs et affairés. Parfois, la nuit, leur frôlement froid sur son visage l'éveillait, et, au moindre de ses mouvements, c'était, comme un brusque envol de feuilles mortes dispersées par un coup de vent, une fuite invisible, arpèges de murmures et de bruits infimes laissant persister une subtile mais indéniable émanation de ruse et de voracité. Parfois, lorsqu'il était ainsi étendu tandis que l'aube grise rampait le long de la pente délabrée du toit, il regardait leurs ombres légères bondir d'un coin sombre à un autre coin sombre, obscures, énormes, comme des chats, égrenant au long des mares de silence le grêle crépitement de leurs pieds de fées.

Mrs Widdrington était aussi propriétaire des rats. Mais les gens riches sont obligés d'être propriétaires de tant de choses. Seulement elle n'attendait pas des rats qu'ils lui payassent en écrivant des poésies le privilège d'user de son obscurité et de son silence. Ils auraient sans doute pu le faire, et en vers assez bien tournés probablement. Il y a chez Byron quelque chose du rat, des tirades pleines d'une furtive voracité, un trottinement féerique de petits pieds derrière une tapisserie couleur de sang où tomba *où tomba où j'étais le Roi des Rois sans la femme, avec la femme aux yeux de chien pour entrechoquer sans trêve mes os les uns contre les autres*

« J'aimerais accomplir quelque chose », dit-il, façonnant silencieusement de ses lèvres les mots dans l'obscurité, et le cheval au galop emplit de nouveau son esprit d'un muet tonnerre. Il pouvait voir la sous-ventrière et les plantes des pieds du cavalier dans les étriers, et il songeait à ce destrier normand, sorti d'une longue suite d'ancêtres pour porter l'armure de fer dans les basses vallées humides et vertes d'Angleterre, affolé de chaleur et de soif et de chimériques horizons peuplés d'un vide étincelant, passant comme la foudre, coupé en deux sans le savoir, incorporé toujours au rythme de son élan accru. Sa tête était cuirassée de telle sorte qu'il ne pût absolument rien voir devant lui, et, du milieu des plaques de fer saillait un... saillait un...

— « Chanfrein », dit sa carcasse.

— « Chanfrein... » Il réfléchit un instant tandis que la bête sans savoir qu'elle était morte poursuivait sa charge foudroyante et que les rangs des ennemis de l'Agneau s'ouvraient dans la poussière sacrée pour la laisser passer... « Chanfrein », répéta-t-il. Menant, comme elle le faisait, une vie retirée, sa carcasse ne pouvait presque rien connaître du monde. Et pourtant, elle avait une façon étrange et exaspérante de lui rappeler des bribes de connaissances momentanément évadées de sa mémoire. « Tout ce que tu sais, déclara-t-il, c'est moi qui te l'ai dit. »

— Pas toujours, fit la carcasse. Je sais que la fin de la vie c'est de rester étendu sans bouger. On ne vous l'a pas appris pourtant. Ou, en tout cas, vous ne m'en avez pas soufflé mot. »

— Que si, je l'ai appris. Ce n'est pas faute qu'on m'en ait rebattu les oreilles. Mais ce n'est pas pour cela. C'est parce que je ne crois pas que ce soit vrai.

La carcasse grogna.

— Je ne le crois pas, entends-tu, répéta-t-il.

— Bien, bien, fit la carcasse avec humeur. Je ne vais pas discuter avec vous. Ce n'est pas mon genre. C'est un avis que je vous donne, voilà tout.

— Il est probablement nécessaire que quelqu'un

m'en donne, concéda-t-il de mauvaise grâce. Du moins, à ce qu'il paraît. Il était toujours étendu sous son papier goudronné, dans un silence peuplé de féeriques trottinements. Puis, de nouveau, son corps descendit, descendit à travers des cloîtres couleur d'opale aux voûtes innervées d'une mourante lumière de soleil qui se dissolvait dans les hauteurs en une clarté diffuse, et vint enfin reposer dans les calmes jardins de la mer. Autour de lui vacillaient les cavernes et les grottes, et son corps gisait sur le sol onduleux, paisiblement bercé par le reflux oscillant des marées.

Je veux accomplir quelque chose de hardi, tragique, austère, répéta-t-il, façonnant ces muettes syllabes dans le silence plein de trottinements *moi sur un coursier couleur de daim avec des yeux comme de l'électricité bleue et une crinière comme un écheveau de flammes franchissant au galop la colline pour s'élancer tout droit au sein du ciel vertigineux qui recouvre le monde* Toujours galopant, le cheval prend son essor vers l'infini ; toujours galopant, il gravit avec un bruit de tonnerre la longue montée du ciel azuré, secouant sa crinière aux boucles dorées comme des flammes, Coursier et cavalier galopent toujours avec un fracas de tonnerre, un tonnerre qui va s'éteignant par degré : mourante étoile sur l'immensité des ténèbres et du silence au fond desquels, immuable en son insensible évanescence, sein profond et flancs lourds, rêve la sombre et tragique figure de la Terre, sa mère.

N. B. — Une rose pour Emily, Soleil couchant *et* Septembre ardent *ont été traduits par M. M.-E. COINDREAU; Toutes les autres nouvelles ont été traduites par MM. R.-N. RAIMBAULT et Ch.-P. VORCE.

DU MÊME AUTEUR

Aux Éditions Gallimard

Romans

SANCTUAIRE. *Préface d'André Malraux* (« Folio », *n° 231*).

TANDIS QUE J'AGONISE. *Préface de Valery Larbaud* (« Folio », *n° 307*).

LUMIÈRE D'AOÛT. *Préface de Maurice-Edgar Coindreau* (« Folio », *n° 621*).

SARTORIS (« Folio », *n° 920*).

LE BRUIT ET LA FUREUR. *Préface de Maurice-Edgar Coindreau* (« Folio », *n° 162*. Traduction révisée en 1972).

PYLÔNE. *Préface de Roger Grenier* (« Folio », *n° 1531*).

L'INVAINCU (« Folio », *n° 2184*).

L'INTRUS (« Folio », *n° 420*).

SI JE T'OUBLIE JÉRUSALEM [LES PALMIERS SAUVAGES]. *Préface et notes de François Pitavy*. Nouvelle édition en 2001 (« L'Imaginaire », *n° 439*).

ABSALON! ABSALON! *Préface et notes de François Pitavy avec la collaboration de Ch.-P. Vorce*. Nouvelle édition en 2000 (« L'Imaginaire », *n° 412*).

DESCENDS, MOÏSE (« L'Imaginaire », *n° 246*).

REQUIEM POUR UNE NONNE. *Avant-propos d'Albert Camus* (« Folio », *n° 2480*).

PARABOLE (« Folio », *n° 2996*).

LE HAMEAU (« Folio », *n° 1661*).

LA VILLE.

LE DOMAINE (« Folio », *n° 4006*).

LES LARRONS (« Folio », *n° 2789*).

ELMER *suivi de* LE PÈRE ABRAHAM. *Édition de Diane J. Cox et James B. Meriwether. Préface de Michel Gresset.*

LES SNOPES : Le Hameau. La Ville. Le Domaine (« Quarto »).

Nouvelles

TREIZE HISTOIRES. *Préface de R.-N. Raimbault* (« Folio », *n° 2300*).

LE DOCTEUR MARTINO et autres histoires (« Folio », *n° 3876*).

LE GAMBIT DU CAVALIER (« Folio », *n° 2718*).

HISTOIRES DIVERSES.

L'ARBRE AUX SOUHAITS. *Illustrations de Keleck* (« Folio junior édition spéciale », *n° 459*).

IDYLLE AU DÉSERT et autres nouvelles. *Édition de Joseph Blomer* (« Folio », *n° 3091*).

CROQUIS DE LA NOUVELLE-ORLÉANS *suivi de* MAYDAY. *Édition et introduction de Carvel Collins.*

UNE ROSE POUR EMILY et autres nouvelles. Nouvelles extraites de TREIZE HISTOIRES (« Folio 2 € », *n° 3758*).

LE CAÏD et autres nouvelles. Nouvelles extraites de IDYLLE AU DÉSERT ET AUTRES NOUVELLES (« Folio 2 € », *n° 4147*).

Poèmes

LE RAMEAU VERT. Édition bilingue.

LE FAUNE DE MARBRE — UN RAMEAU VERT. *Postface de Michel Gresset* (« Poésie/Gallimard »).

Littérature

FAULKNER À L'UNIVERSITÉ. Cours et conférences prononcés à l'Université de Virginie (1957-1958).

PROSES, POÉSIES ET ESSAIS CRITIQUES DE JEUNESSE.

ESSAIS, DISCOURS ET LETTRES OUVERTES. *Édition de James Meriwether.*

Scénarios

DE GAULLE : SCÉNARIO. *Édition préparée par Louis Daniel Brodsky et Robert W. Hamblin.*

STALLION ROAD *suivi de* L'AVOCAT DE PROVINCE ET AUTRES HISTOIRES POUR L'ÉCRAN. *Édition de Louis Daniel Brodsky et Robert W. Hamblin.*

Dans la collection Folio bilingue

AS I LAY DYING/TANDIS QUE J'AGONISE, *nº 1. Préface de Michel Gresset.*

A ROSE FOR EMILY/UNE ROSE POUR EMILY — *THE EVENING SUN*/SOLEIL COUCHANT — *DRY SEPTEMBER*/SEPTEMBRE ARDENT, *nº 59. Préface de Michel Gresset.*

THE WHISHING TREE/L'ARBRE AUX SOUHAITS, *nº 117. Préface de Michel Gresset.*

Correspondance

CORRESPONDANCE MALCOLM COWLEY-WILLIAM FAULKNER. Lettres et souvenirs de 1944 à 1962, *commentés par Malcolm Cowley.*

LETTRES CHOISIES. *Édition de Joseph Blotner.*

LETTRES À SA MÈRE 1918-1925. *Édition préparée par James G. Watson* («Arcades», *nº 40*).

Théâtre

LES MARIONNETTES. *Introduction et note sur le texte par Noël Polk. Illustrations de l'auteur.*

Dans la Bibliothèque de la Pléiade

ŒUVRES ROMANESQUES. *Édition de Michel Gresset, d'André Bleikasten et François Pitavy*

I. Sartoris – Le Bruit et la Fureur – Appendice Compson – Sanctuaire – Tandis que j'agonise.

II. Lumière d'août – Pylône – Absalon, Absalon! – Les Invaincus.

III. Si je t'oublie Jérusalem [Les Palmiers sauvages] – Le Hameau – Le Père Abraham – Descends, Moïse – Lion.

ALBUM FAULKNER. *Iconographie choisie et commentée par Michel Mohrt.*

Dans la collection Futuropolis/Gallimard

TANDIS QUE J'AGONISE. *Illustrations d'André Juillard. Préface de Valery Larbaud. Postface de Michel Gresset.*

Au Mercure de France

ÉVANGELINE.

COLLECTION FOLIO

Dernières parutions

5100. Jean Daniel	*Les miens*
5101. Shakespeare	*Macbeth*
5102. Anne Bragance	*Passe un ange noir*
5103. Raphaël Confiant	*L'Allée des Soupirs*
5104. Abdellatif Laâbi	*Le fond de la jarre*
5105. Lucien Suel	*Mort d'un jardinier*
5106. Antoine Bello	*Les éclaireurs*
5107. Didier Daeninckx	*Histoire et faux-semblants*
5108. Marc Dugain	*En bas, les nuages*
5109. Tristan Egolf	*Kornwolf. Le Démon de Blue Ball*
5110. Mathias Énard	*Bréviaire des artificiers*
5111. Carlos Fuentes	*Le bonheur des familles*
5112. Denis Grozdanovitch	*L'art difficile de ne presque rien faire*
5113. Claude Lanzmann	*Le lièvre de Patagonie*
5114. Michèle Lesbre	*Sur le sable*
5115. Sempé	*Multiples intentions*
5116. R. Goscinny/Sempé	*Le Petit Nicolas voyage*
5117. Hunter S. Thompson	*Las Vegas parano*
5118. Hunter S. Thompson	*Rhum express*
5119. Chantal Thomas	*La vie réelle des petites filles*
5120. Hans Christian Andersen	*La Vierge des glaces*
5121. Paul Bowles	*L'éducation de Malika*
5122. Collectif	*Au pied du sapin*
5123. Vincent Delecroix	*Petit éloge de l'ironie*
5124. Philip K. Dick	*Petit déjeuner au crépuscule*
5125. Jean-Baptiste Gendarme	*Petit éloge des voisins*
5126. Bertrand Leclair	*Petit éloge de la paternité*
5127. Musset-Sand	*« Ô mon George, ma belle maîtresse... »*
5128. Grégoire Polet	*Petit éloge de la gourmandise*

5129.	Paul Verlaine	*Histoires comme ça*
5130.	Collectif	*Nouvelles du Moyen Âge*
5131.	Emmanuel Carrère	*D'autres vies que la mienne*
5132.	Raphaël Confiant	*L'Hôtel du Bon Plaisir*
5133.	Éric Fottorino	*L'homme qui m'aimait tout bas*
5134.	Jérôme Garcin	*Les livres ont un visage*
5135.	Jean Genet	*L'ennemi déclaré*
5136.	Curzio Malaparte	*Le compagnon de voyage*
5137.	Mona Ozouf	*Composition française*
5138.	Orhan Pamuk	*La maison du silence*
5139.	J.-B. Pontalis	*Le songe de Monomotapa*
5140.	Shûsaku Endô	*Silence*
5141.	Alexandra Strauss	*Les démons de Jérôme Bosch*
5142.	Sylvain Tesson	*Une vie à coucher dehors*
5143.	Zoé Valdés	*Danse avec la vie*
5144.	François Begaudeau	*Vers la douceur*
5145.	Tahar Ben Jelloun	*Au pays*
5146.	Dario Franceschini	*Dans les veines ce fleuve d'argent*
5147.	Diego Gary	*S. ou L'espérance de vie*
5148.	Régis Jauffret	*Lacrimosa*
5149.	Jean-Marie Laclavetine	*Nous voilà*
5150.	Richard Millet	*La confession négative*
5151.	Vladimir Nabokov	*Brisure à senestre*
5152.	Irène Némirovsky	*Les vierges et autres nouvelles*
5153.	Michel Quint	*Les joyeuses*
5154.	Antonio Tabucchi	*Le temps vieillit vite*
5155.	John Cheever	*On dirait vraiment le paradis*
5156.	Alain Finkielkraut	*Un cœur intelligent*
5157.	Cervantès	*Don Quichotte I*
5158.	Cervantès	*Don Quichotte II*
5159.	Baltasar Gracian	*L'Homme de cour*
5160.	Patrick Chamoiseau	*Les neuf consciences du Malfini*
5161.	François Nourissier	*Eau de feu*
5162.	Salman Rushdie	*Furie*
5163.	Ryûnosuke Akutagawa	*La vie d'un idiot*
5164.	Anonyme	*Saga d'Eiríkr le Rouge*
5165.	Antoine Bello	*Go Ganymède !*
5166.	Adelbert von Chamisso	*L'étrange histoire de Peter Schlemihl*

5167. Collectif — *L'art du baiser*
5168. Guy Goffette — *Les derniers planteurs de fumée*
5169. H.P. Lovecraft — *L'horreur de Dunwich*
5170. Tolstoï — *Le Diable*
5171. J.G. Ballard — *La vie et rien d'autre*
5172. Sebastian Barry — *Le testament caché*
5173. Blaise Cendrars — *Dan Yack*
5174. Philippe Delerm — *Quelque chose en lui de Bartleby*
5175. Dave Eggers — *Le grand Quoi*
5176. Jean-Louis Ezine — *Les taiseux*
5177. David Foenkinos — *La délicatesse*
5178. Yannick Haenel — *Jan Karski*
5179. Carol Ann Lee — *La rafale des tambours*
5180. Grégoire Polet — *Chucho*
5181. J.-H. Rosny Aîné — *La guerre du feu*
5182. Philippe Sollers — *Les Voyageurs du Temps*
5183. Stendhal — *Aux âmes sensibles* (À paraître)
5184. Dumas — *La main droite du sire de Giac* et autres nouvelles
5185. Wharton — *Le Miroir* suivi de *Miss Mary* Parks
5186. Antoine Audouard — *L'Arabe*
5187. Gerbrand Bakker — *Là-haut, tout est calme*
5188. David Boratav — *Murmures à Beyoğlu*
5189. Bernard Chapuis — *Le rêve entouré d'eau*
5190. Robert Cohen — *Ici et maintenant*
5191. Ananda Devi — *Le sari vert*
5192. Pierre Dubois — *Comptines assassines*
5193. Pierre Michon — *Les Onze*
5194. Orhan Pamuk — *D'autres couleurs*
5195. Noëlle Revaz — *Efina*
5196. Salman Rushdie — *La terre sous ses pieds*
5197. Anne Wiazemsky — *Mon enfant de Berlin*
5198. Martin Winckler — *Le Chœur des femmes*
5199. Marie NDiaye — *Trois femmes puissantes*

Impression CPI Bussière
à Saint-Amand (Cher), le 7 juillet 2011.
Dépôt légal : juillet 2011.
1er dépôt légal dans la collection : octobre 1991.
Numéro d'imprimeur : 112319/1.
ISBN 978-2-07-038414-3./Imprimé en France.

185314